코끼리를 찾아서

조경란 소설집
코끼리를 찾아서

초판 발행_2002년 5월 7일
4쇄 발행_2005년 6월 28일

지은이_조경란
펴낸이_채호기
펴낸곳_(주)문학과지성사
등록번호_제10-918호(1993. 12. 16)

주소_서울 마포구 서교동 395-2(121-840)
편집_338)7224~5 FAX 323)4180
영업_338)7222~3 FAX 338)7221
홈페이지_www.moonji.com

ISBN 89-320-1334-9

코끼리를 찾아서

조경란 소설집

문학과지성사
2002

코끼리를 찾아서 · 차례

동시에 한번 떠난 사람은 다시 같은 모습으로 돌아올 수 없단다.
슬픈 건 헤어졌다는 사실이 아니라 다시 돌아왔을 때 우리가 그의 모습을
알아보지 못하는 거란다. 그는 너를 떠나지 않을 거다. 네가 병하를 잊을 수 없는 것처럼.
저 바람은 씨앗을 멀리 퍼트리는 힘을 갖고 있단다. 병하는 또 다른 씨앗의 모습으로
너를 찾아올 거야. 그러니 너는 깨어나야 한단다.

동시에

아주 오래전부터 이 땅에는 나무들이 자라났고 그 나무들이 모여 숲을 만들었고 사람이 생겨났단다. 나무들이 울창하게 자라면 신들은 나무를 쪼갰다. 쪼개진 나무 조각들이 사람이 되었다고도 하고 나무들이 스스로 쪼개져서 여러 쌍의 사람이 되었다고도 한다. 누군가는 열매를 맺는 대신 남자와 여자를 낳는 나무에 관해 이야기하곤 했었다. 그 남녀는 키가 몹시 작은 탓에 나무 안에서 살았고 사람들은 바람이 불면 이들의 몸이 얼음처럼 차가워졌다가 바람이 멈추면 다시 건조해졌다고도 하는구나. 먼 나라에서는 양을 낳는 나무도 있었으며 열매 대신 흰 거위가 주렁주렁 달린 나무도 있었다고 전해진다.

바람과 안개와 눈과 빗속에서 나무들은 자랐고 봄이 되면 나무의 씨앗 털들로 인해 세상은 눈가루를 뿌린 것처럼 희고 환해지기도 했다. 씨앗은 점점 더 멀리 퍼져나가 새로운 나무와 사람을 만들었으나 그들은 태초의 기억을 차츰 잊어버린 채 각각의 이야기를 만들며 늙고 병들어갔단다. 기억을 잃어버린 탓에 사람들은 제가 어디서 왔는지 숲은 어떻게 만들어지고 한 그루의 나무들은 어떻게 씨앗이 만들어졌는지 모두 잊어버리고 말았지. 그래서 숲과 함께 형성된 크고 작은 지역들은 한때 모두 큰 강의 하류였다는 것, 강 하류에는 원래 울창한 숲이 형성되어 있었으며 물이 풍부했었다는 사실도 까맣게 잊혀졌다. 그 지역들은 오늘날 모두 황폐해졌거나 사막이 되어버렸다. 숲이 사라졌기 때문이지. 곡식을 심고 경작하게 되면서부터 사람들은 숲을 파괴하기 시작했단다. 나무들은 점점 잘려나갔고 상류 지대까지 숲이 파괴되었으며 이로 인해 홍수와 가뭄이 반복되었다. 호수 바닥의 퇴적물인 꽃가루 분석을 통해서 과거에 살았던 식물의 종류와 양을 조사한 결과 사하라 사막도 그 옛날에는 숲이었다는 사실이 밝혀지기도 했단다.

그러나 생존의 위협을 느낀 나무들은 서로 도와가며 번식해가는 방법을 터득하기 시작했고 얘야, 보통 3, 4년 주기로 열매를 낳는 나무들 이외에 포플러나 버드나무, 오리나무처럼 매년 수많은 양의 열매를 생산하는 나무들도 생겨났단다. 그중에는 천년이 지나도 썩지 않는 열매들도 있었단다. 씨앗들은 바람과 새의 날개를 타고 멀리, 더 먼 곳으로 이동해갔다. 돌과 풀과 하늘과 태양의 기억을 간직한 씨앗들은 나무와 나무 사이, 아직 알려지지 않은 깊은 숲속으로 혹은 단단한 아스팔트 속을 뚫고 땅속으로 숨어들었다. 오랜 시간이 지난 후 씨앗들은 하나둘씩 발아하기 시작했고 새로운 작은 숲이 생기고 사람들이 새로 태어나곤 했다. 사랑하는 나의 조카 윤슬아. 너는 숲이 무너지기 시작하고 남아 있는 숲마저 한밤의 벌목꾼들의 도끼질에 난도당하고 있을 때, 저 먼 곳의 구름과 바람과 태양을 거쳐 이곳에 날아온 한 점 작고 흰 씨앗이란다.

한때 잊혀졌었던 나무와 숲과 지금도 우리 머리 위를 떠다니고 있는 저 환하디환한 씨앗 털들에 관해 이야기한다면 얘, 윤슬아, 너가 깨어날 수 있을까. 어쩌면 너는 지금 저 씨앗 털들과 함께 가볍고 작은 새처럼 허공을 날고 있을 테니까. 그러나 얘야, 너무 멀리 가지는 마라. 너무 멀리 간다면 다시 이곳으로 돌아오기 위해선 십 년, 이십 년, 혹은 백년도 더 넘는 긴 시간이 필요할지도 모른단다. 그러니 얘야, 이젠 그만 눈을 좀 뜨렴.

네가 침울한 눈빛으로 고개를 저었을 때 나는 그래도 너를 데려가야 하지 않을까 잠깐 망설이기도 했다. 그러나 너는 줄곧 혼자 있고 싶어했고 네가 사랑하던 공원과 그림과 음악과 그리고 이모부나 나도 너에게 도움이 되지 못한다는 걸 우리는 서로 너무도 잘 알고 있었잖니. 그렇다곤 해도 너를 혼자 두는 게 아니었는데. 그랬는데, 윤슬아, 나는 너를 빈 집에 혼자 두고 죽은 자를 위한 기도를 하기 위해 집을 비웠구나.

미광사에 도착했던 때가 아침 10시 무렵이었다. 새털구름 하나 없이 날은 맑고 화창했지만 불씨 하나만 튀어도 온 산이 활활 타버릴 정도로 건조했다. 대웅전을 지나 지장전에 들어가려고 신발을 벗으려는데 퍼뜩 멀리서 개 짖는 소리가 들리기 시작했다. 주위를 둘러보았지만 어디에도 개는 보이지 않았다. 개 짖는 소리라고 생각했던 건 차츰 새 울음 소리처럼 들려왔고 그것이 나는 까마귀나 까치나 아니면 검은등뻐꾸기의 울음일 거라고 생각했단다. 그러나 하늘 어디에도 새 한 마리 보이지 않았다. 개의 울음 소리인지 새 울음 소리인지 분간할 수 없는 그 칵칵 소리는 마침내 목을 부러뜨리는 것처럼 칵! 절정을 향해 치닫다가 이윽고 그쳐버렸다. 사위가 조용해진 후에야 나는 지장전으로 들어갔다. 죽은 자들의 이름이 씌어진 수백 개의 흰 등이 켜져 있었지만 지장전은 맞은편 부처가 보이지 않을 정도로 어두컴컴했다. 그 어둠 속에서 나는 오랫동안 무릎을 꿇고 있었다. 병하라는 청년에게 그 일이 일어난 순간 혹시 너도 그런 소리를 들었던 거니?

집으로 돌아왔을 때, 혹여 네가 잠이라도 들었을까 싶어 열쇠로 문을 따고 안으로 들어갔다. 네 방을 지나치는데 지장전 툇마루에서 들었던 그 울음 소리가 들려오는 것 같았다. 너의 방에선 커다란 북의 여운 같은 울림 소리가 은은히 들려오고 있었다. 또 음악을 틀어놓고 잠이 들었나 보다, 나는 생각했었지. 세수를 하고 옷을 갈아입고 저녁 반찬으로 먹을 호박나물을 다 무치고 났을 때까지도 음악은 되풀이해 들려왔고 너는 깨어나지 않았다.

그래, 한병하. 그 청년을 내가 어떻게 잊을 수 있겠니. 그가 우리 집에 처음 와서 저녁 식사를 함께하던 날, 매번 너를 데려다주면서 공원 그네에 앉아 네 방에 불이 켜지기를 기다리던 청년. 지난번 명절에 그가 선물로 들고 왔던 송이버섯이 아직도 냉장고에 남아 있는데.

생각나니, 윤슬아? 그가 처음 우리집에 왔을 때 그가 나를 어머님, 이라고 불렀던 것을. 너와 자매처럼 자란 나에게. 너는 보지 못했을 거다, 곁에 앉아 있던 이모부가 슬그머니 나의 어깨를 감싸 안는 것을. 나는 이모부의 팔에 내 팔을 끼워넣고 무성히 잘 자란 자작나무 같은 그 청년의 얼굴을 물끄러미 올려다봤단다. 마치 네가 미리 시키기라도 한 것처럼 그 청년은 이모님, 이 아니라 나를 어머니라고 청렬한 목소리로 자꾸만 부르더구나. 그랬지. 나는 너의 이모였던 적은 없었다. 그건 너무 먼 이야기구나.

청년이 돌아간 뒤에 너의 이모부가 말했다. 윤슬에게 잘 어울리는 청년인 것 같다고. 나는 반박을 했단다. 무슨 생각을 하고 있던 것인지 이모부가 내 얼굴을 가슴으로 끌어당기더구나. 네가 그 청년을 배웅하고 있는 동안 나는 이모부 가슴에 얼굴을 묻고 흐느끼고 있었단다. 네가 들어오는 소리가 들리자마자 나는 얼른 욕실로 들어가버리고 말았지. 내 붉은 눈을 너에게 들키고 싶지 않았다. 욕실에서 나오니까 너는 저녁 설거지를 다 끝내놓고 이모부와 바둑을 두고 있더구나. 그리고 내 쪽을 쳐다보며 가지런한 치아를 드러내곤 환히 웃었다. 그게 언젯적 일이냐. 아주 먼 옛날처럼 왜 이렇게 가물가물해지는 거냐. ……아니다 얘야. 나는 네가 기억하고 있는 모든 것을 아직도 다 기억하고 있단다. 지금의 너의 아픔을 내가 아주 모른다고도 차마 말하진 못하겠구나.

한번 떠난 사람은 다시 같은 모습으로 돌아올 수 없단다. 슬픈 건 헤어졌다는 사실이 아니라 다시 돌아왔을 때 우리가 그의 모습을 알아보지 못하는 거란다. 그는 너를 떠나지 않을 거다. 네가 병하를 잊을 수 없는 것처럼. 저 바람은 씨앗을 멀리 퍼트리는 힘을 갖고 있단다. 병하는 또 다른 씨앗의 모습으로 너를 찾아올 거야. 그러니 너는 깨어나야 한단다. 얘, 윤슬아. 내가 이야기를 마칠 때쯤이면 너는 깨어나겠니. 우리 숲으로 가자. 가서 너와 내 나이를 합한 것보다 더 오래된 나무들도 보고 꽃도 보고 나비도 보고 오자꾸나. 거기라면 그동안 한 번도 하지 못한 이야기를 너에게 들려줄 수도 있을 것 같구나. 얘야, 그 청년이 죽은 건 너 때문이 아니란다.

잔디는 연녹색으로 파릇파릇 자랐고 백목련과 자두나무는 꽃을 피우고 열매를 맺고 너와 내가 늦게 일어나면 이모부가 우리를 깨워 마당으로 데리고 나가 배드민턴 채를 손에 들려주기도 했었지. 너와 이모부가 이른 아침에 공을 탁탁 튕기는 경쾌한 소리를 들으며 나는 쌀을 씻고 너의 도시락을 싸곤 했단다. 폭우가 내리고 우박이 떨어지는 한밤이면 겁에 질린 네가 우리 방으로 와 이모부를 한가운데 두고 서로 어깨를 끌어안고 밤을 지새우기도 했었잖아. 여느 가족들처럼 말이다.

병하라는 청년을 만나기 전에 너는 늘 입버릇처럼 이모부 같은 남자를 만나고 싶다는 말을 했었다. 이모부는 그 말을 들을 때마다 쑥스러운 듯 허허 웃고는 내 손을 잡아 쥐었단다. 나와 네 이모부를 쳐다보는 네 눈에 이따금씩 그렁그렁 눈물이 괴어 있다는 걸 난 알 수 있었다. 그러나 너는 너의 부모에 관해서는 더 이상 묻지 않았단다. 네가 이미 알고 있는 사실 외에 달리 내가 해줄 수 있는 말도 없었지만 말이다. 그러고 보니 병하를 만났을 때 처음 보는 그의 외모나 말투 같은 것들이 네 이모부를 닮았다는 느낌을 받기도 했다.

네 이모부는 단 한 순간도 너를 우리의 아이가 아니라고 여긴 적이 없는 사람이란다. 쉬운 결정이 아니었을 텐데 이모부는 너와 함께 살겠다고 약속했고 지금껏 변함없이 그 약속을 지키고 있다. 그러나 우리에게도 한때 위기란 게 있었단다. 지금에 와서야 하는 얘기지만, 이모부는 우리에게 아이가 생기지 않는 이유가 너 때문이라고 생각하는 것도 같았다. 우리에게 올 아이가 집에 들어오려고 하다가도 너의 웃음 소리나 빨랫줄에 널린 너의 옷을 보곤 그냥 되돌아 어느 낯선 집으로 가버리는 것이라고. 나는 이모부의 등을 할퀴기도 하고 고함을 치기도 하고 꽃병이나 쿠션 같은 것들을 내동댕이치기도 했었단다. 지금 돌이켜 생각해보니 그건 이모부를 향한 적대의 감정이 아니라 그럴 수 있을지도 모른다는 의심에 사로잡히기 시작한 나 자신에 대한 미움과 회한이었는지도 모르겠구나.

그런 날들은 오래 가지 않았다. 10년쯤 지나자 이모부도 아이를 포기하는 것 같았다. 이모부와 나는 불임의 원인이나 인공수정 같은 건 생각하지도 않았단다. 너를 두고는, 아니 너와 함께 살고 있는 이상은 그런 일은 해서는 안 되는 일이라고 생각했던 거겠지. 성교를 하고 난 다음날 아침이면 이모부는 자리에서 일어나기 전에 간밤에 꾼 꿈에 대해서 이야기하곤 했었다. 홀씨처럼 작고 가벼운 흰 털뭉치들이 하늘을 선회하다가 개화하듯 화락 벌어져 바람에 뿔뿔이 날아가버린다거나 어느 날인가는 풋사과가 가득 든 바구니가 무릎 위에 놓여 있기도 한다는 등의 이야기였다. 이모부는 간절히 아이를 갖길 원했었던 것 같다. 나는……, 내가 그런 적이 있었던가는 잘 모르겠구나. 나는 이미 너와 함께 살기 시작한 지가 25년이 되었으니. 이제 너는 내 언니의 딸이 아니라 나의 딸이고 나의 나무가 되었다. 네가 이모부를 좋아하고 따르는 것처럼 윤슬아, 나는 너의 이모부를 사랑한단다.

그런데 얘야, 내가 사랑한 사람은 너의 이모부가 아니란다.

네 팔목에 친친 감았던 수건을 풀기 시작하는 의사를 붙잡고 나는 애원했다. 그 목소리가 의식을 잃은 너에게도 들렸던 것일까. 너는 뭐라 입술을 움직거리면서 한차례 몸을 부르르 떨기도 하더구나. 그 순간 네 심장 박동이 뛰는 움직임에 따라 분수처럼 피가 다시 쿨럭쿨럭 솟아올랐다. 안경을 쓴 의사의 가운과 안경알에까지 너의 붉은 피가 튀어올랐구나. 그리고 내 가슴과 이마에도. 몸 어디에 그토록 많은 피가 숨어 있었을까. 분수처럼 터진 피는 멈추지 않았다. 한밤의 응급실을 지키고 있던 의사와 간호사들은 연락이 닿는 대로 성형이나 정형외과 의사에게 콜을 하고 있었고 한쪽에서는 소독약을 묻힌 거즈로 상처가 난 동맥이 훤히 들여다보이는 네 손목을 소독하고 압박 붕대로 지혈을 했단다.

나는 기어이 수술실까지 너를 따라 들어갔다. 다시는 너를 혼자 두지 않겠다고 생각했던 것이지. 너의 인대는 크게 손상돼 있었던가 보다. 동맥결찰 수술을 한 후에 다시 인대재건 수술까지 했으니까. 하루에도 몇 차례씩 죽음을 목격하는 사람들이라 그럴까. 그들은 한 번도 왜 스물다섯의 아름답고 까만 머리카락을 가진 네가 죽음을 선택했는지에 관해 묻지 않는구나. 너를 살려달라는 나의 애원도 귀담아 듣는 것 같아 보이지 않았단다.

얼음장처럼 차가웠던 너의 발가락과 손끝에 차츰 온기가 돌기 시작한 건 오늘 오후의 일이란다. 나는 이제 너의 웃음과 청량한 목소리가 아니라 너의 손가락과 발가락을 통해서 네가 살아 있다는 걸 느낀다.

간호사가 와 새 링거를 꽂고 난 후 나는 모처럼 병실을 나와 병원 마당으로 나갔다. 그새 이틀이 지났는데 이모부는 한 번도 병실에 와보질 않는구나. 하필이면 이모부의 서재에 걸려 있던 장식용 칼로. 이모부는 네게 화가 난 게 아니라 장식용 칼을 거기에 걸어두었던 자신을 원망하고 있는 건지도 모른다. 애야, 깨어나면 우리 이모부랑 먼 섬으로 가 배도 타고 해가 다 기울도록 해변가에 앉아 땅콩을 까먹자. 다시 돌아왔을 땐 이 모든 기억을 다 잊을 수 있도록. 그때쯤이면 네 손목의 상처도 다 아물 것이다.

건조한 하늘엔 흰 구름들이 유유히 흘러가고 꽃 향기를 품은 바람이 먼 데서부터 불어오고 있었단다. 그 바람 속에 얼굴을 쳐들고 앉아서 나는 아픈 너와 병하라는 청년과 오지 않는 이모부와 네 부모와 그리고 한 사람을 떠올리고 있었다. ……그 사람. 천년이 지나도 썩지 않는 씨앗처럼, 고산지대 사막의 죽지 않는 메마른 소나무처럼 내게 남아 있는 사람.

2년 전 이맘때 일이다. 그때의 나를 네가 기억하고 있는지 모르겠구나. 나는 혼자 며칠씩 집을 비우기도 했고 이른 새벽에 깨어나 어두운 실내에 우두커니 앉아 있다가 화장실에 가기 위해 잠에서 깬 너에게 몇 번씩 그 모습을 들키기도 했단다. 그건 그 일이 일어난 직후란다.

그때 내가 다니고 있던 해주사에서는 같은 구역에 사는 사람들 몇 명씩 모여 자원봉사 활동을 하고 있었다. 혼자서는 몸을 가누지 못하는 사람들을 찾아가 목욕을 시켜주기도 하고 빨래도 해주고 김장을 담가주거나 쌀을 나눠주러 다녔지. 우리집 건너편 상가 2층에 있는 '터사랑'이란 레스토랑을 기억하고 있니? 거긴 내가 속해 있던 모임의 한 사람이 그때 개업한 곳이란다. 몇 번인가 너도 이모부를 따라 그곳에 가 밥을 먹고 오기도 했었잖니. 물론 나는 함께 가진 않았지만 말이다. 개업날 이후로 나는 한 번도 그곳에 가본 적이 없단다.

개업하는 날 꽤 많은 사람들이 레스토랑에 모였다. 그날 우리 모임 사람들은 그곳에서 점심을 먹기로 돼 있었는데 몰려드는 손님 탓에 어떤 이는 직접 접시를 나르기도 했고 행주로 탁자를 치워주기도 했단다. 점심 시간이 지나자 조금씩 한가해지기 시작했다. 우리는 차를 마시면서 다음주에 봉사 가야 할 지역 주민들에 관해 이야기를 나누고 있었다. 건너편 테이블에는 주인의 다른 친구들이 몰려와 있었지. 무슨 이야기 끝엔가 우리는 주인을 중심으로 가장 넓은 홀로 자리를 옮겨 합석하게 되었단다. 그 사람들 중에 C 미대를 졸업한 사람이 있었던가 보다. 주인이 나를 가리키며 어? 윤슬이 이모도 거기 나온 거 아냐? 라고 물었다. 나는 고개를 끄덕였다. 한 학기를 남겨두고 네 이모부를 만나 결혼을 하게 되었지만 말이다. C 미대를 나왔다는 사람이 나의 전공학과를 물었다. 서양학과요. 몇 학번이세요? 난 조소과예요. 그럼 혹시 서양학과의 김 선배 아세요? 아뇨. 이야기는 그런 식으로 꼬리를 물고 이어졌다. 나는 그만 자리에서 일어나고 싶었단다. 무슨 예감 같은 것도 없었는데 말이다.

아니다, 얘야. 의식도 없이 누워 있는 널 붙잡고 이제 와서 내가 왜 거짓말을 하겠니. 나는 그 선배의 소식을 듣고 싶었단다. 그래서 마침내 내가 물었지. 조소과, 정수규 선배를 아세요?

주인의 친구라는 이가 입을 꽉 다물었다. 그리곤 한참이나 내 얼굴을 뚫어지게 쳐다보더구나. 난 긴장했지. 많이 아픈 사람이었으니까. 혹시 이미 이곳을 떠났을지도 모른다는 생각을 여러 번 하기도 했었단다. 봄이 되면, 해마다 봄이 되면. 그래, 내가 결혼을 하면서부터 학교에서 알았던 모든 이와 연락을 두절하고 살았던 것도 그 사람 때문이었다.

소식 못 들었나 보네요. ……자살했어요, 2년 전에. 주인의 친구가 말했다. ……! 찻잔을 집어드는 손, 웃고 있다 채 다물지 못한 입술, 입술 연지를 새로 바르던 사람, 회비를 걷던 사람들, 그리고 한 손으로 턱을 괴고 있던 나. 모두들 꼼짝도 하지 않았다. 긴 침묵이 흘렀다. 어쩌면 그건 나만의 느낌이었는지도 모르겠다. 곧이어 수군거리는 소리와 혀를 차는 소리, 또 정수규라는 남자와 내가 어떤 관계였는가를 묻는 소리들이 들려오기 시작했으니.

……그 순간, 나는 생각했단다. 그가 지금 나를 부르고 있는 거라고. 우리는 다시 한 번 만나야 한다고.

윤슬아, 너 3년 전 가을에 너를 찾아왔던 남자를 기억하고 있겠지. 희끗희끗 흰 머리카락이 생기고 그새 오십이 다 된 그 남자는 오랫동안 미국에서 살다가 잠시 돌아온 이모부의 친구였다. 그는 자신이 묵고 있는 호텔의 중국식당으로 우리 세 사람을 초대했었지. 너의 어릴 적 모습을 기억하고 있다는 그를 만나러 가기 전에 몇 번씩이나 옷을 갈아입던 너는 결국 산벚꽃 빛깔의 화사한 원피스를 입고 까맣고 찰랑거리는 머리에 흰 헤어밴드를 하고 집을 나섰다. 너는 이모부와 네 아버지의 친구였다는 그에게서 네가 알지 못하는 네 부모에 관한 이야기들을 들을 수 있을 거라고 기대했었는지도 모르겠다. 네 뺨의 홍조는 돌아오는 길에도 사라지지 않았으니.

우리 세 사람과 그는 저녁 식사를 하고 와인 한 병을 마셨다. 몇 번인가 너는 네 어렸을 때 모습을 기억하느냐고 묻긴 했지만 정작 부모에 관해서는 입을 다물고 있었다. 이모부와 나는 까맣게 그을리고 탄탄해 보이는 너의 종아리와 단정한 콧날과 이마가 자랑스러웠단다. 이모부의 친구라는 사람은 오래전 이 땅을 떠난 이유와 그곳 생활에 관해 짧게 이야기하곤 했었지. 이모부나 나나 술을 잘 못하는 편인데 와인 한 병을 더 주문한 건 그 사람이었다. 그리고 그걸 혼자서 다 마셔버린 사람도. 그 사람은 이틀 후 출국하기로 되어 있었다. 식당에서 일어서려는데 그 사람이 자리에서 일어나는 너의 한쪽 팔을 슬며시 잡아당기더구나. 이모부와 나는 모른 척하고 먼저 입구 쪽으로 걸어나갔지.

다음날 너는 그를 만나러 나갔다. 혼자 보내는 게 마음에 걸렸는지 이모부는 너를 약속 장소까지 태워다주고 집으로 돌아왔단다. 돌아온 이모부는 아무 말도 하지 않았어. 나는 초조하게 너의 귀가 시간을 기다리고 있었단다. 너에게 무슨 일이 생겼을까. 그러나 얘야, 나는 이모부와는 달리 별다른 걱정은 하지 않았단다. 난 그 사람을 잘 알고 있거든. 우리가 먼저 그 사실을 털어놓지 않는 이상 그는 자신의 입으로 오래전 그 이야기를 꺼낼 사람이 아니다. 그랬다면 그는 떠나지 않았을 거야.

다시 말하지만 얘야, 나는 한 번도 너와 함께 살았던 시간들을 후회해본 적이 없다. 네가 내 언니의 아이라고 생각한 적이 없는 것처럼. 그러나 이따금씩은 돌이켜보곤 한단다. 너를 혼자 두었으면, 그랬으면 지금쯤 네 곁에는 어쩌면 우리가 아닌 다른 사람이 너와 함께 있을 텐데. 혹시 우리가 그의 자리를 빼앗아간 것은 아닌지 하는 생각들을.

네가 태어난 다음해 동대문 시장에서는 큰불이 일어났단다. 내 어머니와 아버지가 일하던 포목점도 마찬가지였지. 그 일대 상점들이 모두 불타버리고 수없이 많은 사람들이 죽어나갔단다. 그곳에서 일하던 내 부모와 스물한 살의 네 엄마도. 나는 세 사람 몫의 밥이 든 찬합을 싸들고 포목점을 향해 가고 있던 참이었다. 포대기에 싸인 너는 내 등에 한쪽 볼을 댄 채 잠들어 있었고. 그토록 거대하고 큰 불을 나는 지금껏 본 적이 없다. 무너지는 기둥 소리와 사람들의 아우성 속에서 불꽃은 아랑곳없이 맹렬하고도 거침없이 타오르고 있었다. 지난해 이맘때쯤인가 동해안 일대에 큰 산불이 났던 걸 기억하고 있겠지. 텔레비전으로 그 산불을 지켜보면서 나는 자꾸만 찬물을 들이켰단다. 너는 그 산에서 타고 있을 오래된 나무와 나비와 시냇가에서 물을 먹고 있던 고라니를 염려하고 있었지. 내 기억 속에선 그 산불도 23년 전의 불보다 두렵고 무서운 존재는 아니었다. 산불은 열흘이 지나도록 진압되지 않았는데 말이다.

그렇게 너는 나에게로 왔다. 나의 형부, 네 아버지란 사람은 그 후 얼마쯤 더 이곳에서 피폐한 얼굴로 살아가다가 돌연 이 나라를 떠나버렸다. 너를 내게 맡기고. 다시 찾으러 오겠다는 약속도 하지 않고서. 형부는 그때 너를 버렸다. 그리고 한 번도 이 땅으로 돌아오지 않았단다. 나는 형부의 이름을 너에게 가르쳐주지 않았다. 혹여 네가 그를 미워하게 될까 봐 두려웠을까. 어쨌거나 그는 한때 내 언니를 사랑했던 사람이었으니.

네가 아주 안 돌아올 길을 간 것도 아니었는데 나는 네가 돌아오는 시간까지 잠을 이루지 못하고 내내 대문 앞을 서성거렸어. 네가 택시에서 내릴 때 옆자리에 앉아 있던 그와 내 눈이 마주쳤다. 이모부의 친구는 택시에서 내리지 않더구나. 너는 짧게 그에게 인사하고 내 쪽으로 돌아섰다. 피곤한 얼굴이었지만 너의 눈은 나를 의심하는 눈빛도 그를 원망하는 눈빛도 아니었다. 그제야 나는 안정을 찾을 수 있었단다. 그러나 안정은 곧 깨어지고 말았지.

내가 정수규 선배의 소식을 듣고 난 후 고통스런 시간을 보냈을 때 나는 그 무렵의 너를 떠올리곤 했었단다. 넌 내가 아무것도 모를 거라고 짐작했던 모양이다. 이모부의 친구와 헤어진 후 너는 급격히 말수가 줄어들었고 한동안은 이모부와 나와 함께하는 식사 시간도 피했었다. 너는 늘 분주했고 피곤했으며 잠이 많아졌다. 그런 너의 모습을 지켜볼 때마다 나는 톱날로 내 허리를 가르는 듯 선연한 통증이 느껴지곤 했구나. 얘, 윤슬아. 넌 왜 내게 아무것도 되물어보지 않았었니. 그게 나를 더 힘들게 했다는 걸 너는 알고 있을까. ……고맙구나. 그 말밖에는 달리 할 말이 없다. 그래, 그 이모부의 친구라는 사람은 나의 형부다. 네 아버지란다. 그는 결국 그 말을 네게 하지 못하고 떠났더구나. 그러나 너는 알아버린 거지. 한눈에 그를 알아버린 거야. 지금껏 나에게 말도 못 하고.

네가 깨어나면 윤슬아, 그의 이름을 말해주마. 네 아버지의 이름을 가르쳐주마.

……이모부에게도 그리고 너에게도 나는 정수규 선배에 대한 일에 관해서는 아무 말도 할 수 없었다. 나는 이모부에게 사랑의 언약을 했고 이모부는 나를 세상에 태어나 처음 심은 나무에서 열린 첫 열매를 돌보듯 사랑했던 사람이란다. 그런 사람에게 어떻게 내 마음속에 죽지 않고 남아 있는 그에 관해 말할 수 있었겠니.

너도 알다시피 내겐 친구란 것도 없었다. 정수규라는 사람과 헤어진 후 학교 다닐 때 알았던 사람들과는 인연을 끊다시피 하며 지냈으니. 그날, 레스토랑에서 그 이야기를 듣고 난 후에도 나는 여느 때처럼 절에 열심히 다녔고 자원봉사 활동도 빠지지 않았고 식탁도 풍성하게 차렸으며 이모부와 너와 나의 새 옷도 사들이고 마당에 새 나무들을 심기도 했었다. 아무 일도 없었던 것처럼. 그러나 얘야, 나는 누군가 내 마음을 털어놓을 수 있는 사람이 필요했었다. 그땐 왜 그렇게 내 곁에 아무도 보이지 않았었는지. 네 아버지를 만나고 나서 너도 그랬었니? 너도 네 가슴속의 비밀을 털어놓을 수 있는 누군가를 찾아다니곤 했던 거냐?

자원봉사 활동을 다니던 철거를 앞둔 구역에 사람들이 기피하던 한 집이 있었단다. 늙은 노모를 모시고 사는 중년의 남자가 사는 집이었는데, 사람들은 그 집에 가길 꺼려했다. 옛날에 벌목하는 일을 했다는 그 남자는 숲에서 입은 화상 때문에 온몸이 거뭇거뭇하게 그을려 있었으며 특히 얼굴 부분은 눈을 마주하고 있기가 힘들 정도로 상태가 나빴다. 게다가 불에 탄 그의 두 귀는 문드러진 채 양쪽 뺨에 짓이겨져 있었다. 아주 흉측한 모습이었다. 사람의 모습이라고는 생각할 수 없을 만큼. 그는 하루 종일 집 안에만 틀어박혀 있었다. 집 안에 불도 켜지 않고 말이다.

몇 번인가 죽을 결심을 했었다는 소문도 막상 그를 만나고 보니 소문이 아니었을 거란 짐작이 들더구나. 그와 심한 관절염을 앓고 있는 노모는 동사무소에서 주는 약간의 쌀과 생활 보조비로 생계를 이어가고 있었다. 처음에 몇 사람이 함께 그 집에 갔을 때 우리는 거동도 할 수 없는 노모를 이동식 목욕 시설로 목욕시켜주고 청소를 하고 쌀과 밀가루를 놔주고 왔었단다. 그러나 아무도 다시 그 집에 가고 싶어하지 않았어. 노모의 아들인 그 벌목꾼을 마주치는 게 두려웠던 게지.

나는 꼬박꼬박 일주일에 한 번씩 그 집엘 갔단다. 나와 함께 그 집에 봉사를 다니던 레스토랑 주인도 슬그머니 빠지곤 더 이상 오지 않더구나. 내가 고집스럽게 그 집을 다닌 건 화상을 입은 남자나 거동이 불편한 그의 노모 때문은 아니었다. 나는 몰입할 수 있는 일이 필요했고 그 일이 나를 더 이상 정수규에 관한 생각을 할 수 없도록 지치게 만들기를 바랐던 거지.

그런데 시간이 지날수록 내가 그 집에 봉사를 하러 다니는 게 아니라 내 마음의 짐을 풀어놓고 온다는 그런 느낌이 들더구나. 특별히 뭔가 벌어지는 일도 없었는데 말이다. 김치나 부식 등을 챙겨주고 노모의 상태를 봐주고 나서 나는 그 집 쪽마루에 한참을 앉아 있다 오곤 했었다. 너도 알잖니. 우리집에는 나만 오롯이 있을 공간이란 게 없다는 것을. 주방도 베란다도 그건 나만의 공간이 아니다. 수업이 없는 날이면 하루 종일 서재에 있는 네 이모부의 세 끼 밥을 챙겨줘야 하고 어쩌다 혼자 있을 적이면 나를 발견한 네가 우울한 눈으로 지켜보고 있고. 나는 혼자 있고 싶었단다. 혼자서 그 사람을 떠올리고 싶었지. ……방금 곁에 있던 사람이 갑자기 사라질 땐 그냥 무덤덤하더라. 시간이 흐른 후에야 이토록 설움이 북받치는 것이지.

그 집 쪽마루에 앉아서 나는 혼자 중얼거렸다. 17년 전에 헤어진 그를 향해 원망도 하고 채 털어놓지 못한 그리운 마음도 전하고 지금 내가 살고 있는 모습도 들려주고. 웅달진 남의 집 마루에 앉아서 나는 혼자 울고 웃었다. 어느 결엔가 내 옆에 벌목꾼이었다는 노모의 아들이 와 앉아 있는 것도 모른 채 말이다.

그는 어디서부터 나의 이야기를 듣고 있었던 것일까.

헤어질 것을 알기라도 했듯 그래, 곧 죽음을 눈앞에 둔 사람처럼 윤슬아, 병하에게 사고가 나기 전에 너희 둘이 함께한 사랑의 시간을 우리는 알고 있었지. 그러나 나는 병하라는 청년이 자신의 죽음을 미리 알고 있었다고는 정말이지 생각하지 않는단다. 그는 다만 그 여느 때처럼 너를 사랑하고 아꼈던 걸 거야. 지금에 와서 돌이켜보니 어쩌면 그것이 전부가 아니었을 거란 짐작이 드는 것이겠지만 말이다. 병하의 죽음은 이미 정해진 게 아니었을까. 아무튼 죽음을 앞둔 병하는 그 어느 때보다 더욱 너를 사랑했고 너희는 잠시라도 헤어져 있는 시간을 못 견뎌 했었다. 옆에서 지켜보는 나와 이모부가 불안할 정도로. 이따금씩 너희 둘이 밤의 대문 앞에서 차마 헤어지지 못해 부둥켜안고 있는 것을 2층 베란다에서 내려다볼 때면 너희는 곧 활활 불타버릴 듯한 칠월의 석류나무들 같았단다. 네가 정원의 새벽 이슬을 밟고 들어오기 시작한 것도 그 무렵이었지.

……나는 바리다제라는 소염제와 세파클러라는 항생제, 그리고 진통제를 정량의 절반만 물에 개어 네 입술 사이에 흘려넣는다.

벌목꾼이었다는 그 남자에게 나는 정수규에 관한 모든 것들을 다 털어놓았단다. 혼잣말에 불과했겠지만 그는 내가 쪽마루에서 일어나 그 집 대문을 나설 때까지 언제나 내 곁에 잠자코 앉아 있었단다. 너와 네 이모부에게도 하지 못한 말들을 그에게 했던 건 아마 그의 귀가 온전치 못하다는 이유가 가장 컸을 것이다. 그렇다고 그가 아무런 소리를 듣지 못하는 것도 아니었는데. 시간이 흐르면서 나는 차츰 그가 내 비밀을 지켜줄 거라는 확신을 했단다. 그는 정말 귀가 없는 사람처럼 행동했으니까. 그런데 어느 날인가 그가 불쑥 이런 말을 하더구나.

나무를 베는 일은 한 순간에 이루어지는 것처럼 보이지만 그건 아주 계획적인 일입니다. 우리들은 돌아오는 겨울이나 새 봄에 죽어야 할 나무들을 골라 동력 톱으로 껍질을 벗겨놓습니다. 미리 표시를 해두는 거지요. 멀리서 보면 표시를 해둔 나무들은 마치 흰 띠를 두른 것처럼 보입니다. 그런데 난 아주 이상한 점을 발견했습니다. 껍질을 벗겨놓은 나무들은 모두 마지막으로 꽃을 피울 때 그 어느 때보다 특별히 많은 씨앗을 맺고 있다는 것입니다. ……나무들은 제가 죽을 때를 미리 알고 있었던 겁니다. 그런데 한 가지 더 이상한 점은 껍질을 벗겨놓은 나무들이 있는 계곡 맞은편의 나무들은 껍질을 벗겨놓지 않았는데도 엇비슷한 시기에 유독 많은 꽃과 씨앗을 맺고 있었다는 사실이었습니다. 난 그 이유를 알 수 없었습니다. ……그 숲에서 번개 때문에 산불이 난 건 그 다음해 봄이었습니다. 아직 벌목을 시작도 하기 전이었어요. 처음에 난 뭐에 홀린 듯한 기분이 들었습니다. 그래요, 맞은편 계곡의 나무들 역시 자신들이 죽을 때를 알고 있었던 것이었습니다. 그래서 생의 마지막으로 죽을힘을 다해 꽃과 열매와 씨앗을 힘껏 맺어놓았던 거였어요. 그게 자연의 자기 보존 기능이 아니었나 생각합니다. 나는 벌목할 생각도 못한 채 일꾼들 사이를 빠져나와 숲속을 마구 헤매고 다녔습니다. 뭔가 또 내가 발견하지 못한 사실들이 숨어 있을 것만 같았거든요. 아니, 난 사실 무서웠던 건지도 모릅니다. 계곡을 벗어나 한참을 걸었어요. 그런데 그 계곡을 중심으로 5킬로미터 반경의 나무들 모두 같은 현상을 보이고 있다는 걸 발견했습니다. 먼 곳에서 죽어가는 나무들이 어떤 물질을 분비하고 바람에 의해 그 물질이 다른 나무들에 가 닿아서 신호를 주고받을지도 모른다는 짐작을 한 건 한참 후였습니다. ……내가 놀란 건 그 사실보단 표시를 해놓은 나무들이 이미 죽을 때를 알고 있다는 사실이었습니다. 그리고 그 유난히 탐스런 꽃과 열매와 씨앗들…… 사람도, 난 다르지 않을 거라고 생각합니다.

내 쪽을 쳐다보지도 않은 채 그는 단숨에, 그러나 또박또박한 어조로 말을 이어갔단다. 나는 그의 귀를 쳐다보았다. 살갗이 짓이겨져 뺨에 찰싹 달라붙은 귀를. 그랬는데도 그는 내 말을 다 듣고 있었던 거였지. 어쩌다가 그런 화상을 입게 되었느냐고, 처음으로 나는 그에게 물었단다. 그는 입을 다물고 있었다. 나는 마스크로 얼굴을 가린 남자의 보이지 않는 입술을 고집스럽게 쳐다보았다. 그는 이미 내 생의 가장 큰 비밀을 알고 있는 사람이었으니까.

나는, 위험을 느꼈습니다. 숲에서, 나무를 베어내고 있을 때 말입니다. 바람이 부는 날엔 나무들은 더 사납고 난폭하게 변합니다. 살아 있는 짐승처럼 말예요. 나는 될 수 있으면 바람이 부는 날엔 일하러 나가지 않았습니다. 내 앞으로 서서히 다가오는 위험을 감지했던 거지요. 그날도 꽤 바람이 심하게 불어댔습니다. 그날은 별 수 없이 나도 숲으로 갔어요. 중장비 톱을 돌리기 시작했습니다. 바람이 거세지기 시작했어요. ……나무들이 내게 복수를 하려 한다는 느낌에 사로잡히기 시작할 때는 이미 모든 게 늦어 있었습니다. ……숲은 기억력이 아주 좋아요. 특히 복수를 할 때는 말입니다.

거기서 그는 말을 멈추었다. 나는 그에게 무슨 일이 벌어졌었는지 짐작할 수 있었지. 평생을 벌목하는 일로 살아온 그는 아마도 영원히 마스크나 모자를 벗지 않고서는 외출할 수 없을 거란 생각도 했단다. 그런데 숲의 복수라니. 그건 너무 무서운 이야기였단다. 어느새 나는 어깨를 덜덜 떨고 있었구나. 한 그루의 나무도 베어본 적도 없는 내가. 그러나 난 정말 무서웠단다. 내가 기억하지 못하는 새 무심코 마당의 치자나무를 죽였을지도 모르고 회양목을 베어 넘어뜨렸는지도 몰랐으니까. 혹은 나무로 가장한 다른 무엇인가를 미처 알아보지 못하고 날카로운 톱날을 갖다댔는지도 모를 일이잖니.

그는 숲에서 본, 서로 나무 껍질을 벗겨 상대방에게 내던지며 싸우는 나무들에 관한 이야기도 들려주었단다. 그들은 전생에 서로 화목하게 지내지 못했던 부부들이었을 거라고. 그리고 그는 키득키득 웃었다. 아마도 말을 돌리고 싶은가 보다 생각했지. 그러나 나는 다른 생각을 할 수는 없었단다. 죽음을 미리 알고 있던 나무들…… 나는 그 전해 봄의 이야기를 벌목꾼에게 하기 시작했다.

이상하게 봄이면 더욱 그가 생각났어요. 오래 폐결핵을 앓던 사람이었죠. 해마다 봄이 되면 그가 아직 살아 있을까, 혹은 벌써 오래전에 죽은 건 아닐까 생각했죠. 지난 봄이었어요. 정말이지 견디기 힘들 만큼 갑자기 그가 보고 싶어졌어요. 어떻게 수소문을 해 그의 거처를 알아볼까 하는 생각까지 했거든요. 하지만 관두고 말았어요. 한번 그를 만난다면 다시 그를 만나지 않고는 더는 견딜 수 없을 게 분명했으니까요.

……그랬구나 윤슬아. 나는 자신이 없었단다. 한번 그를 만나게

된다면 난 다시 그를 사랑했던 예전의 나로 돌아가버릴 것만 같았단다. 그와 헤어진 17년 동안 내가 껴안고 있던 모든 것들을 훌훌 다 버린 채 말이다.

그해 봄에 나는 꿈을 꾸었다. 그와 나는 서로의 몸을 부둥켜안고 있었지. 내 눈두덩과 목덜미와 어깨를 만지는 그의 손길이 그토록 생생할 수가 없었단다. 내 몸의 솜털들이 보시시 일어나는 소리까지 들릴 정도였지. 마침내 그의 손이 내 가슴으로 파고들어왔을 때 나는 번쩍 눈을 뜨고 말았다. 꿈에서 깨어난 후에도 한참 동안 식은땀을 흘리고 있었단다. 그 생생하고 선명한 손길은 정녕 꿈속의 일이 아닌 것만 같았으니까. 내가 잠든 사이에 그가 다녀갔을까, 나는 자리를 박차고 일어나 집 안 곳곳을 휘둘러보기도 했단다. 난 그의 뜨겁던 손길을 오랫동안 떠올리고 있었단다.

헤어지기 얼마 전, 나는 한밤에 그의 화실로 혼자 찾아갔었다. 난 내 손으로 옷을 벗고 그가 막 일어난 간이 침대로 들어갔어. 불이 꺼지는 소리가 들리더구나. 난 후륵 숨을 들이쉬었지. 그리고 그가 오기를 기다렸어. 나는 그에게 나의 첫 몸을 주고 싶었구나. 네가 병하라는 청년에게 그러했던 것처럼. 문 소리가 나더구나. ……밤 내내 그는 돌아오지 않았다.

그 꿈을 꾸고 난 며칠 후, 막 봉오리가 터지기 시작하는 화단의 목련 아래 혼자 앉아 나는 중얼거렸단다. 이제 그가 죽었나 보다, 라고.

그게 지난 봄의 일이었어요.

벌목꾼이 내 쪽을 돌아다보고 있었다.

그리고 1년이 지난 올봄에 난 낯선 장소에서 생전 얼굴도 모르는 이한테 그가 죽었다는 소식을 듣게 된 거였죠.

무슨 뜻인가, 벌목꾼이 고개를 끄덕거렸다.

어쩌면 그도 자신의 죽음을 알고 있었는지도 몰라요. 그런데 그는 그때 날 사랑하지 않았어요. 우리의 마지막은 정말이지 끔찍했죠. 그는 작업실에 있던 조각들을 바닥으로 다 패대기치면서 이제 그만 자신을 떠나라고 소릴 쳤죠. 석고상들이 조각조각 나 사방으로 튀어올랐어요. 누군가 먼저 그 자리를 떠나지 않는다면 그예 누구 하나 다치거나 더 큰 사고가 날 것만 같았어요. 난 울면서 뒷걸음질쳤어요. 내가 떠나겠다고, 그러니 이제 제발 그만 하라구요.

그러나 얘, 윤슬아. 그때도 난 그가 날 사랑하지 않는 거라고는 생각하지 않았단다. 그는 두려웠던 걸 거야. 자신의 병든 몸과 가난과 한 치 앞도 내다볼 수 없던 미래와 그리고 서미향이라는 23살의 젊은 처녀가.

그후에도 나는 벌목꾼의 집에 자원봉사를 하러 다녔단다. 노모의 몸을 씻겨주고 부식거리들을 놔주고 그 모든 일들이 끝난 후면 벌목꾼과 나란히 쪽마루에 앉아 시간을 보내다 집으로 돌아오곤 했다. 그새 봄이 다 가고 여름이 지나고 가을이 왔단다. 마당의 은행나무가 노랗게 물들기 시작한 날이었다. 나는 일주일 만에 그 집으로 갔구나. 일을 끝내고 집으로 돌아오려고 하는데 노모의 아들이 내 팔을 잡았다. 여느 때처럼 마스크와 모자로 얼굴을 가린 그 남자가. 시간을 낼 수 있느냐고, 그는 조심스럽게 내게 물었다. 축 처진 일그러진 눈꺼풀 속의 눈동자는 형형히 빛나고 있었다.

자동차 열쇠를 꺼내려는데 그가 운전석 쪽으로 다가오더구나.

그가 내 자동차를 몰곤 빠른 속도로 달리기 시작했다. 톨게이트를 빠져나갈 때쯤에야 나는 그에게 어딜 가는 거냐고 물어봤단다. 그는 대답하지 않았다. 정오가 지난 뜨거운 가을 햇살이 차창으로 쏟아지고 나는 내 이마와 정수리께가 불에 덴 듯 뜨거워지는 것을 느끼고 있었다. 정선을 지나 그가 차를 세운 곳은 숲 초입의 어느 모퉁이였다.

그는 트렁크에 넣었던 그의 커다랗고 딱딱하게 각 진 가방을 어깨에 짊어지곤 앞장 섰다. 나는 큰 걸음으로 성큼성큼 숲속을 향해 올라가는 그의 뒤를 바싹 따르기 시작했지. 그가 내게 어떤 나무 한 그루를 보여주려나 보다, 그런 짐작만 한 채 말이다. 그런데 왜?

숲 한가운데서 그는 우뚝 걸음을 멈추었다. 나는 의아한 얼굴로 그를 돌아다봤다. 그의 정수리께에서 땀이 뚝뚝 떨어지는 것이 보였다. 진흙을 덕지덕지 이어붙인 듯한 나무의 메마른 수피를 매만지다가 그게 무슨 나무인가, 그에게 물었다. 갈참나무, 라고 그가 알려주더구나. 그는 아주 오랜만에 숲에 와본 거라고 덧붙였다. 그래, 그랬겠지, 그 큰 산불 속에서 가까스로 목숨만 건져 살아나왔으니. 그는 아직도 그때의 공포에서 벗어나지 못한 듯 보였다. 어깨를 덜덜 떨고 있는 게 내 눈에 보이기도 했으니까 말이다.

잘 보세요.

벌목꾼이 말했다.

그는 가방을 열었다. 친친 동여맨 까만 전선줄들과 가죽 커버에 싼 톱과 손도끼와 그 밖에 내가 이름을 알 수 없는 여러 도구들이 들어 있었다. 얘, 윤슬아, 그때 문득 나는 두려워지더구나. 벌목꾼과 나를 제외하곤 아무도 보이지 않는 숲의 짙은 그늘과 앞으로 벌어질 일들이. 그는 수령 백년은 더 넘을 것 같아 보이는 나무 둥치에 대고 전선이 연결된 철못을 박기 시작했단다. 그가 망치로 철못을 나무 둥치에 박을 때 아아, 나는 마치 내 몸에 몇백 볼트짜리 전극을 꽂는 것처럼 진저리를 치면서 부들부들 떨고 있었다.

무, 무슨 짓이에요.

나는 간신히 입을 벌려 소리쳤다.

안심하세요, 이 정도론 나무에 해가 되지는 않습니다.

길게 늘어진 전선에 흰 종이 뭉치를 연결하던 그가 내 쪽을 돌아보며 말했다. 그의 눈은 어느 때보다 평화롭고 고요해 보였다. 나는 숨을 크게 내쉬고 있었다. 내가 진정할 때까지 기다렸다가 그는 100여 미터쯤 떨어진 곳으로 걸어가 곁에 있는 나무에 전선을 연결하기 시작했다. 나는 종내 숲에 혼자 버려질 것을 두려워하는 사람처럼 종종걸음 치며 줄곧 그의 뒤를 따라다녔단다. 그는 100여 미터 간격을 두고 서 있는 양쪽의 나무에 전선을 연결하곤 그 중간쯤 되는 위치에 딱딱한 그의 가방을 내려놓았다. 그 가방 위에 두 그루의 나무에 전선이 연결된 흰 종이들을 펼쳐놓기 시작했단다. 대체 무슨 일을 하려는 것일까.

이해하는 것보단 눈으로 직접 확인하는 게 도움이 될 겁니다.

……!

그가 종이 뭉치를 내게 내밀어보였다. 내가 알 수 없는 부호 속에서 가느다란 선이 수평으로 곧게 그려져 있었다.

이 움직이지 않는 선을 잘 보세요.

한 손에 짧은 도끼를 쥔 벌목꾼이 나를 돌아보며 말했다. 나는 고개를 저었다. 그의 말도, 그가 지금 숲 한가운데서 벌이고 있는 일들도 나는 하나도 이해할 수 없었으니까.

그러니까 이게 송신 나무가 되는 겁니다.

그가 전극을 연결한 첫번째 나무 앞으로 나를 데리고 가선 말했다. 나는 고개를 들어 울창한 참나무를 올려다봤다. 우듬지 끝에서 천천히 구름이 흘러가고 있는 게 설핏설핏 보이기도 했다. 돌연히 나는 날이 반짝거리는 도끼를 든 그 벌목꾼이 무서워지기 시작했단다. 그래서 그 송신 나무가 아니라 바람이 불 때마다 한 뼘씩 한 뼘씩 드러나는 하늘만 연신 쳐다보고 있었던 게지.

마침내 그가 도끼로 한 번, 두 번, 세 번, 송신 나무의 둥치를 내리치기 시작했다.

쿵, 쿵, 쿵. 나는 귀를 틀어막았단다. 그러나 벌목꾼은 도끼질을 멈추지 않았다. 귀를 틀어막은 두 손이 덜덜 떨려 내 얼굴이 마구 일그러지고 있었을 거다. 꼭 그렇게 세 번, 도끼를 내리친 벌목꾼이 내 손을 낚아채더니 가방이 있는 쪽으로 뛰어가기 시작했다. 나는 군데군데 잘려나간 나무 밑동에 발이 걸려 넘어지면서도 벌목꾼을 향해 따라 뛰어갔다. 가방 위에는 나무와 전선이 연결된 흰 종이 뭉치가 있었고 벌목꾼은 나를 향해 그 종이를 가리켰다. 나는 종이를 들여다봤다. 그리고 믿을 수 없는 일들이 곧 내 눈앞에 벌어지기 시작했구나.

움직이지 않고 있던 송신 나무의 기록기의 선이 돌연 날개를 파닥거리듯 높이 치솟았다. 그러니까 벌목꾼이 나무를 세 번 내리친 그 순간 말이다. 몸을 떨 듯 기록기는 한껏 치솟았다가 어느새 고요하고 일정한 선을 그리고 있었다. 내가 그 기록기를 확인한 것을 눈여겨보고 있다가 벌목꾼은 나를 그 자리에 세워두곤 다른 한 전선이 연결된 50미터쯤 떨어진 다른 나무를 향해 걸어갔다. 도끼를 들고서 말이다. 나는 기록기에서 눈을 떼지 않았지. 그리고 그가 수신 나무 둥치에 도끼를 내리치는 소리를 듣고 있었단다. 가슴이 터져나갈 것만 같았다.

10여 초쯤 지났을까. 그가 수신 나무를 내리친 후 수신 나무의 기록기의 선이 또 높이 치솟기 시작했다. 송신 나무가 그랬던 것처럼. 나는 한 손으로 입을 꽉 틀어막고 기록기를 뚫어지게 쳐다보고 있었다. 송신 나무의 기록 선은 종이 끝까지 치솟았다가 어느 순간 숨을 고르듯 천천히 제자리로 돌아오고 있었다. 꿈을 꾸고 있는 것일까. 주렁주렁 열린 갈색 도토리들과 무성한 나무의 이파리 사이로 내려 비치는 가느다란 햇살과 머리카락을 흐트러뜨리는 부드러운 바람과 저 구름과 먼 새의 울음 소리와 움푹 패는 발 밑의 흙들. 아, 나는 그 어느 때보다 맑은 정신으로 깨어 있었던 것이다. 그 깨어 있는 상태에서 얘야, 나는 종이 위에 선명하게 나타난 나무들의 신호를 분명히 읽을 수 있었다.

……귀를 찢어대는 듯한 커다란 웃음 소리가 들려오고 있었다. 나는 반사적으로 고개를 후딱 들곤 내게서 멀리 떨어져 있는 벌목꾼을 쳐다보았다. 그가 온몸을 비틀어대면서 큰소리로 웃고 있었다. 무서운 숲의 그늘 속에서 그는 비명을 지르듯 웃음을 터트리고 있었다. 그는 울음을 토해내고 있었다. 언제 마스크와 모자를 벗었던 것일까. 그의 울음 소리는 한참 더 이어졌다 수신 나무의 기록처럼 서서히 끊겼다. ……숲은 다시 고요해지기 시작했다.

내가 전선의 한쪽을 저기 저 떨어져 있는 나무에 연결시키기 전

에 이 수신 나무는 일정한 선을 그리고 있었습니다. 움직임이 없어던 거죠. 그랬는데,

……나도 보았어요.

나는 침울하게 말했다.

두 나무가 멀리 떨어져 있으면 있을수록 수신 나무는 신호를 늦게 받습니다. 그러나 분명한 것은 나무들끼리 이렇게 신호를 주고받는다는 사실입니다.

나는, 아무것도 모르겠어요.

우리가 저 나무들의 교신을 알아듣지 못한다고 해서 그게 존재하지 않는다고는 말할 수 없습니다.

……우리가 여기 이렇게 앉아 있는 동안에도 저 나무들은 교신을 하고 있을까요?

눈에 보이는 게 전부는 아니겠지만, 그렇다고 확신합니다. 난 숲에서 내 생의 절반을 다 보낸 사람입니다.

나무들이 이미 죽을 때를 알고 있다는 말, 그 유난히 탐스런 꽃과 열매와 씨앗들…… 그게 다 우연이 아니었군요.

그 남자는, 아마 영원히 죽지 않을 겁니다. 당신이 그를 기억하고 있는 한. 당신이 그를 떠올릴 때마다 그도 동시에 당신을 떠올리고 있을 거예요.

나는 연락을 끊고 지냈던 학교 사람들 연락처를 알아내 몇 군데 전화를 걸었다. 그때 정수규 선배와 동기였던 한 선배와 가까스로 연결이 되었단다. 17년이란 시간이 흘렀는데도 불구하고 그 선배가 나를 기억하는 데는 단 몇 초밖에 걸리지 않았다. 선배는 내 이

름도 정확하게 기억하고 있었지만 그 이름으로 나를 부르지는 않더구나. 어디서 소식을 듣게 되었느냐고, 무슨 일이냐고도 묻지 않았다. 그는 나에게 성을 내고 있는 사람 같더구나. 한때는 정수규와 함께 어울려 경춘선을 타고 나들이를 가고 작업실을 빌려 쓰기도 했던 관계였는데. ……나는 기어들어가는 목소리로 정수규가 있는 장소를 알고 싶다고 말했다. 그는 침묵했다.

이제 와서.

긴 침묵 끝에 그가 차갑게 내뱉은 말이었다. 그래요, 이제 와서. 나는 서슴없이 대꾸했다.

……시간이 많이 흘렀다.

시간이 많이 흘렀지만 그와 사랑을 하던 지난 시절은 내 생에서 따로 오려내 간직하고 싶은 시간이었다. 그러나 나는 그 선배에게 그렇다는 사실을 설명할 수 없었다. 내가 어떤 말을 해도 그에게는 변명으로밖에는 들리지 않을 테니까. 나와 헤어진 후 정수규는 학교를 휴학했고 경기도 벽제에 있던 그 선배 작업실에 머물렀다는 것을 알고 있었다. 내가 아는 사실은 거기까지였다. 선배가 그토록 냉랭한 목소리로 전화를 받지 않았다면 나는 아마도 그에게 한 번 만나자고 했을 터였는데.

착각하지 마라.

……!

그 자식이 죽은 건, 너 때문이 아니다.

상관없어요, 지금 중요한 건 그게 아니니까.

나는 그 선배에게 주눅들고 싶지 않았다. 이상한 오기 같은 것이 서서히 가슴 속에서 치솟아 오르는 게 느껴지더구나. 오기가 아니라 슬픔이었을까.

파주의 미광사에 있다는 말을 하곤 선배는 다시 말이 없었다. 나는 그가 언제 죽었는지, 죽기 직전에 그가 만난 사람은 누구였는지, 그런 것들이 궁금했다. 그러나 더는 아무것도 물어볼 수가 없더구나. 선배가 여태도 그의 죽음 때문에 고통스러워한다는 게 선연히 느껴지고 있었으니까. 나는 전화를 탁 끊어버리고 말았다.

처음으로 그를 만나러 가던 날, 나는 자동차를 놔두고 구파발까지 지하철을 타고 나가 거기서 파주로 가는 시외버스를 탔다. 부러 길을 돌아갈 요량이었는데, 거기서부터 파주까지는 채 35분이 더 걸리지 않더구나. 그리고 버스는 바로 절 입구까지 가더구나. 버스에서 내리는데 허리가 휘청, 했다. 이토록 가까운 거리에 있다니. 죽어서, 그가 다시 내 옆으로 온 것은 아닐까. 나는 정거장 앞의 아무 나무에나 매달려 울고 싶은 심정이었단다.

석가탄신일을 앞둔 날이었을 거다. 절 입구 양쪽 길가엔 연등이 길게 늘어져 있었고 등을 켜기 위해 접수하는 창구에는 많은 신자들로 붐비고 있었으니까. 차례를 기다렸다가 나는 그의 이름을 대곤 기록을 찾아봐달라고 부탁했다. 곧바로 지장전으로 가지 않은 건 그가 언제 죽었는가 분명한 날짜를 확인하고 싶었던 까닭이었지. 내 꿈에 나타났을 때, 나를 어루만지다가 홀연히 사라져버렸을 때, 정말 그 무렵이 아니었을까. 기록에는 그의 이름이 남아 있지 않았고 얼마 되지도 않는 장부를 후륵후륵 넘기는 보살의 표정엔 귀찮다는 기색이 역력하더구나. 나는 기어이 목청을 높여 화를 내고 말았다. 그래도 이 절에 있다는 사람인데.

스님 한 분이 내게 다가왔다. 그 절의 주지라고 하더구나. 주지

스님은 사십구재를 지낸 사람이라면 그들의 이름을 모두 기억하고 있다고 했다. 그러나 정수규라는 이름은 떠올릴 수 없다고. 무릎이 꺾이는 것만 같았다. 아랫입술을 깨물고 있다가 접수처를 뒤로하고 걸어나왔다. 그러고도 곧바로 지장전으로 가지는 않았구나. 언제 죽었는지도 모르는데, 여기 있다는 게 확실한 것도 아닌데.

스님이 나를 따라 나와 그의 나이가 몇 살쯤이나 되었나, 어느 해인가, 물었다. 벽제에서 화장한 후 절에 모시지 않고 바로 절 뒤편의 산에 골분을 뿌렸던 단 한 사람이 있었다고 했다. 스님의 짐작엔 아마도 내가 찾는 정수규가 그 사람일 것 같다고. 스님은 나에게 뒷산으로 오르는 길을 가르쳐주곤 대웅전 쪽으로 사라져버렸다. 여기 와서도 그를 만나지 못한다는 서러움 때문에 눈알이 쓰라릴 지경이었단다. 그리고 혼자 죽은 사람을 사십구재도 지내지 않고 바로 산에다 뿌리기만 했다는 사실도 참아내기 힘들었다. 그와 교제를 하던 무렵에 만나곤 했던 그의 어머니와 세 분의 형님들. 그들은 왜 그런 식으로 홀대하고 내버리듯 정수규를 보내야만 했을까. 나는 휘청거리며 산을 오르기 시작했다.

……산이랄 것도 없었다. 민둥산이었고 얼마 가지 않아 길은 더 이상 이어지지도 않았다. 채 오르지도 못하고 선 평지가 전부더구나. 그 황폐하고 막막한 데가 그가 있는 장소라니. 그때 나는 그의 죽음보다 다신 걸음도 하고 싶지 않을 정도로 황폐한 장소에 그가 있다는 사실에 더욱 마음이 아프더구나. 날은 몹시 건조했다. 바람 한 점 불지 않았고 극심한 황사가 며칠째 이어지던 무렵이었다. 어느 누가 그곳까지 와 그를 만날 것인가. 아마도 그가 그 장소에 머

문 이후부턴 단 한 번도 아무도 그를 찾아오지 않았을 거란 확신이 서더구나.

나는 그 메마른 땅에 손수건을 깔고 해질녘까지 앉아 있었다. 긴 시간이었지만 나는 그에게 아무런 말도 하지 않았다. 담배 한 개비도 붙여놔주지 않았다. 한데도 시간은 불쑥 흘러가버리더구나. 그날 내가 한 일은 산을 내려와 지장전에 들어가 삼배를 하고 1년짜리 영가등 하나를 접수한 게 고작이었다. 그후로 나는 미광사에 가지 않았다. 다시 미광사에 가기 시작한 건 올봄부터이구나.

미광사에 다녀와 나는 아무데도 나가지 않고 집 안에만 틀어박혀 있었다. 봄꽃이 후득후득 다 지고 장마가 시작될 때까지. 장마가 지나간 후에야 나는 다시 해주사에 다니기 시작했고 사람들과 어울려 오랜만에 봉사 활동도 나갔다. 그게 벌써 지난 초가을의 일이로구나. 나는 맨 먼저 벌목꾼의 집으로 갔다. 미광사에 다녀온 후 나는 시간이 흐르는 것도 계절이 두 번씩이나 바뀌고 있다는 사실도 미처 몰랐었구나. 벌목꾼의 집에 가본 뒤에야 그동안 꽤 많은 시간이 흘렀다는 사실을 깨닫게 되었지.

벌목꾼의 집은 사라지고 없었다. 철거는 이미 여름에 시작되었고 서너 대의 포크레인이 땅을 파헤치고 있는 중이었다. 나는 다음해로 철거가 미루어졌다는 그 동네 골목 초입의 가게로 들어가 벌목꾼에 관해 물었단다. 가게 주인은 고개를 가로저었다. 그가 언제 동네에서 사라졌는지 어디로 떠난 것인지 누구도 알지 못했다. 나는 마치 오래 사귄 친구 한 명을 갑자기 잃어버린 듯한 허탈감에 빠졌단다. 그는 어디로 갔을까. 어디서 어떤 모습으로 살아갈까. 다시 태어난다면 한 그루 나무가 되고 싶다고 말했던 그는.

벌목꾼이 사라진 후 두 번 다시 누구에게도 정수규에 관한 이야기는 하지 않았단다. 말할 대상을 잃어버린 거였지. 그와 내게 있었던 일들에 관해 이렇듯 다시 이야기하게 될 줄은 미처 몰랐구나. 그러나 병하라는 청년이 죽고 난 후 네가 병원에 실려오지 않았다면 내가 이 이야기를 했을까. 얘, 윤슬아, 네가 지금 내 목소리를 듣고 있기는 한 건지. 그날 숲속에서 그가 마지막으로 내게 한 이야기는 역시 나무들에 관한 것이었단다.

그는 불쑥 전기톱을 꺼내들더구나. 그리고는 내가 뭐라 말할 틈도 없이 쓱삭쓱삭 참나무 한 그루를 베어버리더라. 아주 익숙한 솜씨였지. 수령 몇십 년쯤 돼 보이던 나무 한 그루가 눈 깜짝할 사이에 잘려나갔다. 쾅, 소리를 내며 넘어지는 나무를 보며 나는 숲의 기억력, 나무들의 복수, 라고 했던 벌목꾼의 말을 떠올리고 있었지. 그러자 뒤에서 누가 목을 조르는 것처럼 무섬증이 일기 시작했단다. 그러나 정작 벌목꾼의 표정은 태연해 보였다. 다시는 나무를 베지 않을 거라고 말했던 사람이.

그는 내 손목을 잡아끌곤 베어진 나무 둥치 앞으로 데리고 갔다. 그가 가리킨 건 나무의 나이테였단다. 나이테는 지문 같은 둥근 원을 그리며 거미줄처럼 촘촘하고 빽빽이 둘러져 있었지.

어차피 이 나무는 더 이상 자랄 수 없을 겁니다. 나무들도 너무 가까이 있으면 제대로 성장할 수가 없습니다. 서로 너무 가깝게 있으면 중요한 양분인 빗물을 잘 흡수하지 못할뿐더러 햇빛이 나무 윗부분에서 차단되기 때문에 성장 속도도 느려지고 토양도 변질돼 버리거든요. 그래서 때로는 나무들을 솎아주거나 벌목을 해야 할 필요도 있는 법이죠.

벌목꾼은 전기톱을 커버에 씌우고는 가방에 넣었다. 탁, 하고 가방이 잠기는 소리가 숲 한가운데 크게 울렸다. 다짐을 하는 듯한 그 소리 때문이었을까. 나는 그가 다시는 숲으로 오지 않을 거라는 확신을 했단다. 그는 이미 숲에서 많은 것을 잃었고 또 많은 것을 배운 사람이었으니까. 다시는 여기 오지 마세요, 게다가 혼자서는요. 나는 벌목꾼을 쳐다보면서 속엣말을 했단다. 결국 그게 마지막 인사가 될 줄이야.

……얘, 윤슬아, 잠깐만. 의사 선생님이 나를 부른다고 하는구나.

벌목꾼과 그 숲에 다녀온 후, 구월인가 시월쯤 나는 한 번 더 그곳엘 가보았단다. 무성한 참나무 숲속은 부드러운 바람과 흙냄새와 고요로 가득했고 나는 혼자 깊은 숲속에 있다는 사실도 잊어버린 채 나무 둥치를 벽처럼 짚어가며 자꾸만 위로위로 올라가고 있었다. 갈참나무와 졸참나무, 신갈나무, 떡갈나무를 지난 산의 가장 높은 곳에서는 신갈나무들이 집단 군락을 이루고 있더구나. 나무들마다 오월에 피었을, 채 여물지 않은 완두콩 같은 수꽃의 유이화서나 암꽃의 수상화서에서 맺게 되었을 수천 수만 개의 갈색 도토리들이 주렁주렁 열려 있었다. 한때는 길게 벗겨 지붕을 이어 너와집을 짓기도 했다는 나무의 수피들은 더욱 단단하고 짙은 잿빛으로 변해 있더구나. 바람이 불어올 때마다 초록빛 이파리들은 솨솨솨 소리를 내며 한꺼번에 우르르 이쪽으로 몰려갔다가 다시 반대편 방향으로 와와와 몰려가기도 하였구나.

천지가 나무들인 숲속에서 나는 발돋움을 하며 도토리를 따기도 하고 이파리 몇 장을 따 후륵 풀피리를 불기도 하고 배고픈 사슴마냥 나무들의 수피를 벗겨내 입에 넣고 씹기도 했단다. 정녕 그곳에서 나는 혼자였는데 혼자라는 느낌은 전혀 들지 않더구나. 해가 기울기 시작했는지 숲속은 점차 어두워져가고 있었는데도 정오가 가까워오는 것처럼 돌연한 온기마저 느끼고 있었단다. 나는 산 정상에 오른 사람들처럼 나팔같이 활짝 펼친 손가락을 입술 주변에 대곤 목청껏 아아, 내 이름을 크게 불렀다. 1분이나 2분쯤 지났을까. 웅웅 울리는 내 목소리가 먼 곳에서부터 부메랑처럼 다시 되돌아오더구나. 나는 내 이름도 부르고 정수규의 이름도 부르고 또 지금은 내 곁에 없는 사람들의 이름을 부르고 있었단다.

언젠가 벌목꾼이 그랬던 것처럼 나는 내 앞에 선 나무 둥치를 주먹으로 세 번 쿵, 쿵, 쿵, 두드렸다. 그리곤 나무 둥치에 내 귀를 바싹 가져다댔지. 숨을 쉬고 있는 듯 나무 둥치에서는 심장이 뛰는 소리가 들려오는 것만 같았단다. 나는 얼른 뛰어 그 나무에서부터 멀리 떨어진 또 다른 신갈나무 곁으로 달려갔단다. 그예 내 신호를 받은 것일까, 애, 윤슬아, 그 나무에서도 쿵쿵쿵 심장 뛰는 소리가 들리더구나. 나는 와락 그 나무를 껴안고 말았단다. 눈물이 솟구치는 것만 같았어. ……그때 어디선가 아주 낯익은 목소리가 들려오기 시작했단다. 나는 오월에 담록색 꽃이 피는 화살나무인가 꽃잎이 없는 수술만으로도 꽃을 피우는 밤나무인가 부채같이 아름다운 열매를 맺는 미선나무인가, 나는 복사나무인가 조팝나무인가 생강나무인가, 나는 당신의 나무인가 나는 나의 나무인가…… 내 목소리는 햇살을 받은 새 이파리처럼 출렁거리며 허공으로 높이높이 튕겨오르고 있었다. 아무도 없는 그 숲속에서 나는 내 목소리를 듣는다, 아니 너의 목소리를 듣는다.

벌목꾼이 떠난 후 동네에서는 그에 관한 여러 가지 소문이 들리기 시작했단다. 그가 노모를 혼자 버려두고 다시 숲으로 들어갔다거나 아직도 이 동네를 떠나지 못해 밤이면 흰 마스크와 모자를 눌러 쓴 채 골목을 휘적휘적 헤매고 돌아다닌다거나 하는 등의 소문이. 나는 그 동네가 완전히 철거가 될 때까지 봉사 활동을 나갔었단다. 실제로도 철거가 된 무너진 집의 지붕 위나 이른 아침 포크레인 위에 앉아 있는 그를 봤다는 소리가 들리기도 하였지.

그러나 얘야, 나는 알고 있었단다. 지금쯤 그는 한 그루의 나무가 되었다는 것을. 보내지 못한 편지를 평생 간직한 사람처럼 그는 한 그루의 뜨거운 수신 나무나 송신 나무가 되었다는 것을. 그는 아마도 자작나무가 되었을 것이다. 하늘소의 침입도 두려워하지 않겠다는 듯 드높이 쭉쭉 뻗은 가지와 사월이면 아래로 처져 달리는 수꽃 화서와 위로 서서 달리는 암꽃 화서가 양손의 검지를 기역자로 맞댄 듯 하나로 만나는 자작나무. 하얀 수피로 눈부신, 그 빛의 나무로.

지금도 나는 공원이나 어느 집 정원에 심어진 자작나무를 볼 때면 내게 한 번도 보지 못한 숲과 나무의 비밀을 알려준 그 벌목꾼을 떠올리곤 한단다. 그리고 그 정원의 주인에게 자작나무는 이런 땅에 심으면 뿌리를 깊이 내리지 않아 강한 바람에 약하다는 것과 가지를 잘라주면 아주 싫어한다는 이야기를 들려준단다. 자작나무는 산의 나무라고, 숲에서 자라야 하는 나무라는 사실도. 그러면 정원의 주인은 나를 물끄러미 쳐다보고는 나무에 관해 아는 게 많은 모양이라고 말한단다. 나는 고개를 젓는다. 아무것도 모른다고, 숲이나 나무에 관해서는 아는 게 아무것도 없다고. 나무는, 씨앗이 땅에 떨어져 뿌리가 내리고 잎이 나고 줄기가 자라고 꽃봉오리가 맺히고 수술과 암술이 자라고 꽃가루받이가 끝나면 꽃은 지고 열매가 열리고 종자가 성숙해지면 바람과 태양을 따라 씨앗은 멀리 멀리 퍼져나간다는 것도 정말 모른다고. 얘, 윤슬아, 병하라는 청년은 죽지 않았다. 네가 부르면 그는 네 목소리를 알아듣곤 곧장 심장을 쿵쿵거리며 네게로 올 거란다. 나의 그가 그러했듯이, 나의 나무가 그러했듯이.

의사 선생님 말씀이 이제 나흘 후면 퇴원을 해도 된다는구나. ……하지만 네가 받았던 뉴로레피라는 신경접합 수술이 썩 잘되었는데도 불구하고 아마 약지와 중지의 신경은 마비가 될 것 같다는구나. 하지만 얘야, 얼마나 다행이냐. 네 몸속의 아기 생명에는 아무런 지장이 없다고 하니. 네가 태어나기도 전에 언니는 너의 이름을 미리 지어놨단다. 윤슬. 햇빛이나 달빛에 비치어 반짝이는 잔물결. 고향 땅, 봄 바다 천지간 반짝이는 윤슬. 강이나 밤의 호숫가에서 일렁이는 물결 따라 반짝거리는 물비늘들. 그러니 얘, 사랑하는 윤슬아. 이제 그만 눈을 뜨렴. 그 맑게 빛나는 눈을 떠보렴. 〔『동서문학』, 2001년 여름〕

우린 모두 천사

……아, 지금 내 눈앞에 보이는 저 흰색은,
서로 다른 시간과 공간 사이의 경계선이겠죠. 하나의 색에서 다른 색으로
넘어가는 건, 경계를 넘는다는 말인가요? ……난 꼭, 이 말은 다 해야……
우리가 생각했던 것처럼 색들은, ……눈에 보이는 빛깔들은, 외부 세계에 존재하는 게 아니라……
내부에서부터, 오는…… 나만의 반응인 것 같아…… 아, 그리고 이 말만은, 정말이지……
난 차가운 걸, 아주 싫어해요, 나……, 바로, 금방, 그 차가운,
안치실로, 보내지, 말아줘요…… 그리고…… 아직, 못다 한, 말이……

우린 모두 천사

칠월은 사슴이 뿔을 가는 달이다. 칠월은 천막 안에 앉아 있을 수 없는 달이며 옥수수 튀기는 달이다. 들소가 울부짖는 달이며 산딸기 익는 달이다. 열매가 빛을 저장하는 달이다.

칠월의 달력엔 울창한 숲속의 검은 나무 둥치들 사이로 햇빛이 빛줄기를 뿜어내고 있다. 그 빛에 눈이 멀 것을 두려워하는 사람처럼 김요옥은 얼른 두 손으로 눈앞을 가린다. 그리고 눈을 꾹 감은 채 달력에 씌어진 대로 읊조려본다. 칠월은 사슴이 뿔을 가는 달이며 칠월은 천막 안에 앉아 있을 수 없는 달, 열매가 빛을 저장하는 달이라고. 마치 인디언들처럼 김요옥은 두 다리에 단단히 힘을 주고 팔을 내려뜨린다. 그러나 아무래도 달력 속의 나무들은 지나치게 까맣고 어둡다. 인디언들이 부르는 칠월의 노래를 연신 되뇌어봐도 적들로 가득한 한밤의 숲속에 홀로 남겨진 듯 사뭇 두려워지기까지 한다. 천막 안에 앉아 있을 수 없다면, 저 먼 곳의 인디언들은 칠월엔 어디로 떠날까. 빈 천막 안에 남겨진 밥공기며 침구며 낡은 옷가지들과 신발은 누가 지킬까. 김요옥은 고개를 가로젓는다. 이제 칠월이다. 어쩌면 열매가 빛을 다 저장하기도 전에 누군가 천막을 떠날지도 모를 일이다. 김요옥은 혼자 읊조리며 달력에서 비켜선다. 부족한 수면 때문일까. 가만히 서 있는 데도 무르팍이 후들후들 떨린다.

원장실 책상 앞에 놓인 메모지 한 장을 집어든다. 비뚤비뚤한 글씨로 이렇게 씌어 있다. 잠 잘 자는 열 가지 방법. 첫째, 잠자기를 포기하라, 벽시계를 치워라, 침실은 잠잘 때만 사용할 것, 잠드는 시간을 일정하게, 낮잠을 자지 않는다, 따뜻한 물로 샤워할 것, 군것질을 한다, 술 대신 우유를 마신다, 밤 운동은 금물, 수면제를 적절히 활용할 것. 그렇게 불면을 극복하기 위한 열 가지 방법이 씌어 있다. 어제 네온 남자가 화실을 나가면서 슬그머니 원장실 문을 열고 들어와 책상에 놔두고 간 메모지다.

불면에 시달려보지 못한 사람들이 불면증 환자보다 불면에 관해 더 많은 것을 알고 있는 듯하다. 그들에게 들은 불면을 이기는 방법은 수십 가지도 넘는다. 김요옥은 결코 잠자기를 포기하지도 않으며 벽시계를 치우지도 않고 잠드는 시간을 일정하게 하지도 않는다. 술 대신 우유를 마시는 일도 없다. 그러나 잠자리에 눕기 전에 꼭 양말을 찾아 신곤 한다. 발을 따뜻하게 하고 자라고 충고해준 사람은 이미란이다.

버릇이 돼버린 듯 네온 남자는 화실에 들어오자마자 김요옥의 눈을 들여다보곤 한다. 불면 때문에 늘 실핏줄이 터져 있는 붉은 눈동자를. 김요옥은 네온 남자에게 불면으로 일그러져버린 눈동자를 들키는 게 뭣보다 난감하다. 남자의 눈도 언제나 뛸 준비를 한 채 잠을 자는 토끼들의 눈처럼 붉게 충혈되어 있다.

네온 남자의 아내는 일주일째 화실에 오지 않고 있다. 메모지를 놓고 화실을 나가는 남자에게 그의 아내에 관해 묻지 못했다. 그는 집에 돌아가면 이미란을 만날 수 있을 것이다. 이미란과 네온 남자는 냉동실에 넣고 얼린 타월을 배 위에 얹어 놓고 창문을 반쯤 열어둔 채 섹스를 할지도 모른다. 계단을 내려가는 남자의 등을 바라보다 말고 계단 등 스위치를 탁 내려버렸다. 돌연한 어둠에 놀란 네온 남자가 위층에 서 있는 김요옥을 히뜩 돌아다봤는지도 모른다. 김요옥은 얼른 화실 문을 닫고 실내로 들어와버렸다. 남자는 어두운 4층 계단을 장님처럼 벽을 더듬어가며 내려갈 것이다. 김요옥은 끝내 그의 아내에 관해 묻지 못했다.

40여 분 후면 예중 입시반 아이들이 몰려올 터이다. 원장실 창문을 활짝 연다. 고개를 조금만 더 숙이면 김밥을 말거나 떡볶이를 뒤적거리고 있을 이미란을 볼 수 있을지도 모른다. 이미란의 식당은 반지하처럼 인도에서도 약간 움푹 들어가 있다. 며칠 내내 4층 높이에서 그녀를 굽어보느라 목덜미가 아팠다. 그러나 4차선 도로 맞은편에 있는 그녀의 얼굴을 보기란 좀체 쉽지가 않다.

에어컨을 틀고 형광등 주변으로 방향제를 뿌린다. 그녀가 오면 간밤에 무슨 꿈을 꾸었는지 얘기해줄 테다. 일주일 내내 무엇을 먹었는지 밑에 재래시장에서 산 호박과 오이의 연둣빛에 관해 혹은 지난 혹한기에 양쪽 눈이 모두 얼어 실명하고 목숨까지 잃은 까마귀에 관해 이야기해줄 테다. 그리고 또 일주일 내내 이미란의 식당으로 드나든 사람들의 숫자와 그들이 식당을 나와 몇 번 버스를 타고 어디로 사라졌는지, 네온 남자가 공들여 싼 도시락을 품안에서 꺼내듯 놓고 간 메모지에 관해 이야기할 테다.

그러나 김요옥은 한 번도 네온 남자에 관해 이미란에게 말한 적이 없다. 네온 남자에게 그의 아내에 관해 물어본 게 아무것도 없는 것처럼. 김요옥은 적들로 가득 찬 숲속에서 살아남기 위해 나무처럼 위장하거나 살짝 피하거나 움츠리거나 납작 엎드리는 방법을 터득한 작은 야생 동물들을 기억해낸다. 죽은 나무에 움푹 파인 구멍에 숨는 방법도 있지.

초등학교 6학년인 성현과 지예가 함께 화실 문을 열고 들어온다. 성현은 지예보다 한 뼘쯤이나 키가 작은 아이이다. 둘은 부모를 잃은 남매처럼 늘 함께 다닌다. 지예는 어제 그리다 만 수채화를 마저 그리게 하고 성현에게는 생수통과 플러그를 놓아주고 소묘를 시킨다. 아마 이미란이 있었더라면 성현에게 물통을 갖다주거나 알루미늄 호일로 꼼꼼히 싼 샌드위치나 김밥 같은 것들을 주었을 것이다. 성현이 와 있을 적이면 이미란은 제 그림을 그리는 시간보다 그림을 그리는 성현의 뒤에 서서 그 애의 뒷머리를 가만히 쓰다듬거나 탁해진 물통을 비워주거나 한다. 이미란과 네온 남자에겐 아직 아이가 없다.

대입 입시반 아이들까지 몰려들면 끼니를 챙겨먹을 시간도 없을 만큼 분주해진다. 여름 방학이 시작되면서부터 수강생들이 3, 4명 더 는 것은 다행한 일이지만 혼자 그들의 수업을 다 봐주기엔 벅차다. 화실을 함께 차렸던 다옥언니가 홀연히 사라져버린 건 벌써 2년 전 일이다. 다옥언니에게선 여태껏 아무런 연락이 없다. 수업이 끝난 한밤에 화실을 나갈 적에도 김요옥은 화실 문을 잠그지 않는다.

얼마 전까지만 해도 낮 1시쯤, 화실이 있는 낡은 건물 4층 계단을 천천히 올라갈 때 어쩌면 화실 안에 다옥언니가 와 있을지도 모른다는 상상을 하곤 했다. 화실 문 열쇠는 건물 1층 우편함에 들어 있다. 그러나 헛된 갈망을 비웃기라도 하듯 누구도 먼저 와 있지 않다. 아무도 없는 화실 안에 우두커니 서 있을 적이면 커다랗고 금이 간 모래시계에서 흘러나온 모래들이 발밑을 덮고 무릎을 지나 급기야 가슴팍까지 차오르는 환영에 시달린다. 이미란이 오면 없는 모래시계에 관한 이야기도 해야지, 아무에게도 못한 이야기들을 해야지.

김요옥은 원장실로 들어와 서랍 속에 든 카세트를 꺼낸다. 새 테이프를 끼워넣는다. 냉장고에서 생수병을 꺼내 한 모금 들이켠다. 의자에 앉아 카세트를 끌어당기곤 녹음 버튼을 누른다. 쉭쉭거리며 새 테이프가 돌아가기 시작한다.

"……내 이름은 김요옥이에요. 십이월이면 꼭 스물아홉 살이 되죠. 인디언들은 십이월을 어떻게 부를까요? 난 아직 달력을 넘겨보지 않았어요. 그건 십이월이 되면 저절로 알게 될 테니까 말이죠. 이 한여름에 벌써 십이월을 생각하고 있다니. 아직 팔월도 오지 않았는데 말예요. ……곧 장마가 시작된다고 하네요. 올해 장마는 산발적이라 대체 언제 장마가 시작되는지 언제 끝나는지 알 수가 없어요. 돌발적으로 비가 쏟아지다가도 연일 무더위가 이어지곤 해요. 불볕 더위가 며칠 이어졌으니 곧 비가 내리겠죠. 남쪽은 아직 가뭄이 해소되지 않았다고 하는걸요. 어쩌면 장마가 아니라 이제 태풍이 몰려올 시긴지도 모르겠네요. 태풍이 아주 나쁜 것만은 아녜요. 가뭄을 해소하고 또 그 광폭한 힘으로 바닷속을 확 뒤집어놔 물속의 산소를 풍부하게 만들어놓기도 한다는군요. 태풍 뒤의 풍어(豊漁)라는 말도 있잖아요, 왜. 아아, 곧 태풍이 불어닥칠 거예요. ……나는 이렇게 매일 일기를 써요. 어느 날인가는 누군가 내 일기를 들여다보게 되겠죠. 그가 누구일지 궁금하진 않아요. 어쩌면 내가 매일 화실 문을 열 때마다 기다리는 사람이 언제부터인가 다옥언니가 아니게 돼버린 것처럼 말이죠. 그가 누구라도 난 상관없어요. 다만 그가 언젠가 내가 이곳에 존재했었다는 것만 알아주면 돼요. 한때 내가 여기 있었다는 것, 그건 정말 진실일 테니까 말예요. 한 달 내내 악몽이 비처럼 쏟아지고 있어요. 그러나 나는 어떻게든 잠을 잘 거예요. 지금이 혹한기는 아니니까 잠이 든다고 해도 양쪽 눈이 모두 얼 염려는 하지 않아도 되겠죠. 그렇지 않나요? 맞아요, 이건 먼 나라 어떤 까마귀들에 관한 이야기죠. 하, 까마귀 이야기가 나왔으니 한마디만 더 할까요. 까마귀들은 나무에 내려앉은 후에는 항상 날개를 세 번 접는다고 하네요. 왜냐하면 날개가 제대로 접혔는지 확인하기 위해서라는군요. 츳, 고것들도 어떻게든 살겠다고. 그러고 보면 아주 영리한 새죠, 까마귀란 족속들은……"

*

붉은색 플라스틱 그릇 속에 김밥 20여 개가 차곡차곡 쌓여 있다. 붉은 그릇 속의 까만 김밥의 빛깔이 생경스럽기만 하다. 인근 초등학교 야구부 학부모가 간식 시간에 맞춰 주문해놓은 김밥이다. 아직 30여 개는 더 말아놓아야 하는데 벌써부터 팔목이 시큰거리기 시작한다. 4시가 다 돼간다. 어제 저녁에 일이 있다며 일찍 퇴근해버린 아르바이트 학생은 아직도 오지 않고 있다. 배달은 정확히 4시까지다. 잘 펼쳐둔 김 한 장에 깨소금과 참기름으로 양념한 밥을 꾹꾹 펴놓다가 문득 이미란은 고개를 든다. 그가 아직 이곳을 지날 시간은 아니다. 그런데도 버릇처럼 고개를 거리 쪽으로 빼꼼히 내밀어본다. 자동차들이 지날 때마다 차도 위로 희끔하게 지열이 피어오르는 것이 보인다.

며칠째 창밖을 내다보다가 문득문득 맞은편 건물 4층에서 김요옥이 원장실 창문을 열고 역시 밖을 내다보고 있는 것을 발견하기도 하였다. 그때마다 이미란은 목을 움츠리며 얼른 가게 안쪽으로 몸을 옮기곤 했다. 김요옥이 날마다 4층 창문을 통해 이쪽을 보고 있다는 걸 안다. 그러나 이만한 거리에서도 김요옥의 눈동자가 정확히 어디에 가 닿고 있는지 뚜렷이 알 수는 없다. 다만 김요옥도 누군가를 기다리고 있는 거라고만 짐작할 따름이다. 2년 전 떠났다는 김다옥이라는 언니일까.

일란성 쌍둥이도 아니면서 허리까지 길게 늘어뜨린 헤어스타일이며 작고 동글동글한 얼굴형, 홑눈 쌍꺼풀에 이름까지 몹시 닮아 있던. 화실에 다니기 전부터 이미란은 김요옥과 그녀의 언니가 함께 장을 보고 식당에 가 밥을 사먹고 똑같은 운동화를 고르곤 했던 모습을 자주 보아왔었다. 어느 날부터인가 그 모든 것을 김요옥 혼자 한다. 작은 키에 어깨까지 축 늘어뜨리고 발목이나 복숭아뼈 어디쯤에 상처 난 사람처럼 발을 질질 끌면서.

그들이 단골 손님이 된 건 식당 문을 연 지 한 달쯤 지나면서부터였을 것이다. 그들을 기억하는 건 분간할 수 없을 만큼 똑같이 생긴 외모 때문이 아니라 마치 몽골인들처럼 매번 음식을 적게 먹기 때문이었다. 그들이 식당을 나가고 나면 고스란히 남은 김밥과 덮밥 앞에서 이미란은 늘 곤혹스러워했다.

김다옥이 떠난 후 김요옥은 이따금씩 식당에 들러 밥을 먹곤 한다. 달라진 게 있다면 그녀가 혼자라는 것과 뜬금없이 폭식을 할 때가 있다는 사실이다. 닭발처럼 가는 손목을 가진 그녀가 떡볶이와 김밥과 덮밥과 순대 한 접시까지 순식간에 싹 먹어치우는 것을 볼 때마다 이미란은 조리대 앞에 서서 진저리를 치기도 했다. 그것은 실지렁이처럼 가느다랗고 긴 뱀이 크고 두툼한 두꺼비 한 마리를 한입에 덥석 먹어치우는 것을 볼 때처럼 등줄기가 서늘해지는 모습이다.

언젠가 늦은 저녁에 화실에 갔을 때, 이미란은 화실 학생들이 그림 그릴 꽃병이나 벽돌, 오일통 같은 정물들을 올려놓는 커다란 테이블 위에 김요옥이 혼자 앉아 있는 것을 본 적이 있다. 테이블 위에 흰 천을 씌워놓았기 때문일까. 이미란은 흠칫 놀라고 말았다. 아주 짧은 순간이긴 했지만 아무런 동요 없이 이쪽을 바라보는 김요옥의 동공은 텅 비어 있었다. 그녀는 희디흰 석고상처럼 보였다. 아니면 밀물 때 바닷물을 따라 들어왔다 썰물 때 밀려나가다 그물에 아주 갇혀버린, 생을 포기한 물고기처럼.

4층 창문에 서 있는 김요옥의 검은 그림자를 지켜볼 적마다 이미란은 아무도 없는 화실, 테이블 위에 혼자 등을 돌리고 앉아 있던 그녀의 모습을 떠올리지 않을 수 없다. 당신도 그늘을 찾고 있는 건가?

화실에 다니기 시작한 건 남편이 먼저다. 10년 넘게 다니던 자동차 회사에서 권고사직을 받고 난 이후 남편은 쉽게 새 직장을 찾지 못했다. 술에 취한 밤이면 남편은 울분을 삼키듯 젓꼭지를 깨물어 대며 흐느껴 울곤 했다. 유두 주변에 시퍼렇게 든 멍을 문지를 때마다 이미란은 입술을 꽉 앙다물었다. 아마도 남편은 권고사직의 충격보다 마흔도 안 된 젊은 나이에 새로운 일을 시작할 수 없다는 절망감을 더 견뎌내기 힘들었을 것이다. 공무원 시험을 준비하기도 주식을 하기도 번듯한 상점을 차리기에도 남편에겐 부족한 게 많았으니까.

남편은 지난해 봄부터 가을까지 한국종합기술원에서 네온사인 만드는 기술을 배우러 다녔다. 이미란은 차라리 남편이 한국열쇠협회나 병아리감별학원에 다니는 것보다는 낫겠다고 생각했다. 기술원을 마친 남편은 함께 수료한 사람과 소규모의 협소한 네온사인 상점을 열었다. 대부분은 고객의 디자인대로 네온을 만들어주곤 하지만 간혹 간판이나 로고 디자인까지 직접해야 하는 경우도 있어 스케치를 할 수 있는 솜씨가 필요하다고 했다. 그게 남편이 김요옥의 화실에 다니겠다고 한 이유였다.

이미란이 화실에 다니기 시작한 건 서너 달 전부터이다. 이미란은 화실에 다녀야 하는 이유를 구태여 남편한테 말하지 않았다. 그러고 보니 남편은 한 번도 그 질문을 한 적이 없는 것 같기도 하다.

한 청년이 식당에 왔다가 지갑을 잃어버렸다. 아니다. 유상진이 지갑을 두고 간 게 아니라 그가 김밥과 라면을 시켜놓고 잠깐 옆 건물 2층 화장실에 간 사이, 그의 가방을 뒤져 지갑을 꺼냈다. 이미란은 여태도 훔치는 것과 갖는 것의 다른 의미를 알지 못한다. 도벽은 의지와 감각적인 욕구 사이의 갈등에서 의지가 약해진 경우에 나타나는 것이기도 하지만 때로 열등감이나 부족감을 채워가려는 심리에서 발생하기도 한다는 걸 알고 있다. 그러나 도벽에 관해 심각하게 생각해본 적은 없다. 도둑도 늘 훔칠 물건에 관해서만 생각하고 사는 것만은 아니니까. 어쩌면 누구에겐가 도벽이란, 넓은 공간에만 가면 3, 4평쯤 오려내오고 싶은 충동처럼 자연스럽기까지 한 행위일지도 모른다고 위안하곤 한다.

그 다음날 오후 식당 바로 앞 버스 정거장에서 78번 버스에서 하차하는 젊은 남자를 보았다. 청년은 식당을 지나 녹색 신호가 들어오길 기다렸다가 횡단보도를 건너 낡은 건물 안으로 올라갔다. 건물은 지하에 스포츠센터가 있고 1층엔 돼지갈비 식당, 2층엔 독서실, 3층엔 보습학원이 있고 4층에 화실이 있다. 길을 건너는 청년의 손엔 둘둘 만 흰 종이 뭉치가 들려 있었다. 청년이 들어간 장소가 화실이라는 것을 직감했다.

아르바이트 학생이 오기를 기다렸다가 청년의 학생증과 주민등록증, 몇만 원의 현금이 든 지갑을 챙겨들고 김요옥의 화실로 올라갔다. 김요옥은 청년의 이젤 앞에 서서 한 손으로 허리를 짚은 채 뭔가 이야기를 나누고 있었다. 아마도 그가 그린 그림에 관해 이야기하고 있는 성싶었다. 이미란은 청년에게 지갑을 돌려줬다. 아니, 그가 잃어버린 걸 찾아줬다. 김요옥은 이미란을 쳐다보았고 청년은 자신의 앞쪽에서 등을 돌린 채 그림을 그리고 있는 다른 한 여자를 무연히 바라보고 있었다. 초록색 에이프런을 두른 여자는 누르스름한 모과 몇 개가 담긴 대바구니를 스케치하고 있는 중이었다.

어쩌면 이건 내 생의 또 다른 함정일지도 몰라. 함정이란 건 눈에 보이지도 않고 또 때로 무성한 덩굴 같아 보이기도 하지만 세상의 모든 말뚱가리들을 합친 것보다도 더 무서운 거라고 했지. 밤이고 낮이고 숨어 있다가 누군가 다가오면 발목을 휘어잡을 기회만 노리고 있고. 그러나 함정이라고 해도 좋다. 누구도 자신의 그늘 속으로 들어가서 쉴 수는 없는 법이다. 내 그늘 속에는 다른 사람만이 와서 쉴 수 있는 것처럼. 나는 그의 그늘 속으로 들어가고 싶다. 더 늦기 전에. 가파른 계단을 또박또박 짚어 내려오면서 이미란은 혼자 중얼거렸다.

그 이튿날부터 이미란은 김요옥의 화실에 다니기 시작했다.

그가 서울을 떠난 지 일주일째 되는 날이다. 그리고 오늘은 그가 돌아오는 날이기도 하다. 일주일 전 화실에서 만난 그는 며칠 화실에 나오지 못할 거라고 원장인 김요옥에게 간략하게 말했다. 그의 가까운 왼편에서 그림을 그리고 있던 성현 뒤에 서서 말을 엿듣던 이미란은 무슨 일이냐고 되묻지 못했다. 그가 돌아오겠다는 날만 정확히 기억하고 있다. 유상진이 화실에 나오지 않는 내내 이미란은 김요옥에게 아무 말도 하지 않고 화실에 나가지 않았다. 일주일 동안 김요옥은 저녁 시간에 아이들을 시켜 김밥을 사러 오지도 않았고 여느 때처럼 불고기 덮밥이나 오징어 덮밥을 먹으러 식당에 오지도 않았다. 신호등 하나만 건너면 될 거리에서. 그렇다고 김요옥이 다른 식당으로 들어가거나 배달원이 화실 건물로 들어가는 것도 보지 못했다.

배달할 김밥을 다 만 후에 다시 김밥 다섯 개를 더 말았다. 기름을 짠 참치와 오이 피클을 듬뿍 넣었다. 유상진은 피클이 넉넉히 들어간 참치 김밥을 좋아한다.

아르바이트 학생에게 배달을 맡기고 식당 한쪽 벽면 거울을 들여다보며 땀으로 번들거리는 얼굴에 분을 덧바른다. 남편은 수요일과 금요일에만 화실에 간다. 그는 월요일과 화요일, 그리고 토요일에 화실에 온다. 이미란은 주로 월요일과 토요일에 화실에 간다. 오늘은 월요일이다. 유상진이 돌아오는 날이다.

머리를 빗고 있는데 버스가 정차하고 있는 소리가 들린다. 이미란은 돌아보지 않는다. 작은 쟁반 크기만 한 거울 속으로 낯익은 샌들과 종아리가 식당 앞을 지나치는 게 들어온다. 이미란은 뚫어져라 거울을 쳐다본다. 몇 대의 버스가 순차적으로 정거장에 승객을 부려놓고 또 떠나가고 있다. 그는 지금부터 화실 문을 닫는 열시까지 그 건물 4층에 머물 것이다. 배달 간 아르바이트 학생이 돌아오기를 기다렸다가 식당을 나간다.

도시락이 든 비닐 봉지를 꽉 쥐고 이미란은 천천히 계단을 올라간다.

*

그림을 그릴 때마다 유상진은 대체 어디까지 그려야 완성된 것인지 확신할 수 없다. 게다가 다 그렸다고 붓을 놓아도 김요옥은 좀체 사인하라는 말을 하지 않는다. 완성됐다고 생각한 그림에 그녀가 다시 붓을 잡고 덧칠을 하면 그제야 빈 곳이 보이고 부족한 색채들이 눈에 들어온다. 유상진은 아직 한 번도 김요옥의 그림을 본 적이 없다. 화실 안쪽에 있는 작업실 문은 늘 잠겨 있다. 그곳에 김요옥과 그녀의 언니 김다옥의 그림이 차곡차곡 쟁여져 있다는 걸 안다. 언제부터인가 작업실 문은 단 한 번도 열리지 않는다.

화실에 오기 위해 횡단보도 앞에 서서 신호를 기다리다 건물을 올려다볼 때면 늘 원장실과 작업실에 불이 켜져 있고 창문이 활짝 열려 있곤 한다. 마치 그곳에서 누군가 작업을 하고 있는 것처럼. 그러나 화실에 들어와보면 잠겨 있기 마련이다. 학생들이 다 돌아가고 난 밤 10시 이후쯤, 어쩌면 김요옥이 그림을 그리기 시작하는지도 모르겠다고 짐작한 적이 있었다. 10시가 넘어 화실을 나와 오지 않는 버스를 한참 기다리고 있는데 점멸하듯 화실 불이 하나둘씩 꺼졌다. 곧 김요옥이 화실 건물을 나올 거라고 생각했다. 집으로 가는 버스가 도착할 때까지 건물 안에서는 아무도 나오지 않았다.

"사람들이 대개 생각하듯 빛은 흰색이 아니에요. 그렇다고 이렇게 노란 색깔도 아니죠. 이 사진을 한번 자세히 들여다보세요."

김요옥은 이젤 왼쪽 귀퉁이에 붙여놓은 사진을 손가락으로 가리킨다. 그림을 그리기 위해 유상진이 잡지에서 오려낸 사진이다. 사진은 곤돌라가 떠 있는 베니스 아침 바다의 일부분이다. 출렁이는 물결 위로 이제 막 구름 속을 뚫고 나온 아침 햇살이 바다 위로 눈부시게 번져 있다. 빛을 표현하기 위해 유상진은 흰색과 노랑을 혼합했다.

"그럼 그 빛은 어떻게, 무슨 색을 섞어서 표현해야 하는 겁니까?"

유상진은 물통에서 붓을 씻어내고는 아무 색도 바르지 않는 붓으로 캔버스를 덧칠하고 있는 김요옥에게 묻는다. 흘긋 박순례가 유상진과 김요옥을 바라보는 게 느껴진다. 박순례는 유상진의 왼편에서 지난달부터 시작한 유화 한 점을 마저 그리고 있는 중이다. 에이프런을 묶은 끈과 바지 뒤춤 사이로 등허리께가 약간 드러나 있다.

"빛의 색깔이 노란색은 아니지만 노랑의 최고 표출 방식은 바로 빛이죠. 그러나 역시 완전한 빛의 색깔은 아녜요. 아주 따뜻한 색이긴 하지만. ……흐린 겨울날 노란 유리를 통해 밖의 풍경을 바라본 적이 있나요? 그때 바로 노랑을 생생하게 경험할 수 있죠. 가슴이 넓어지고 시야가 확대되고 마치 어디선가 따뜻한 봄바람이 살랑살랑 불어오고 있는 듯한 느낌이 들어요. ……노랑은 고흐의 색이에요. 그가 그랬다는군요. 무엇이 나를 그렇게 억압하는지 나는 표현할 길이 없다, 그러나 나는 장애물, 철망, 그리고 벽의 느낌을 지속적으로 가지고 있다, 라고요. 고흐는 그것을 무한히 변주하는 노란 톤의 도움으로 벗어나고자 노력했죠. 어쩌면 그는 빛을 찾고자 했던 건 아닐까요. 빛의 색깔을 말예요."

"……"

"태양의 빛은, 바로 눈부신 무색이죠."

"무색, 이라구요?"

"그래요, 무색. 아무런 빛이 없어요."

"하지만 최고의 빛의 번득임을 묘사하는 데에는 흰색밖에 없다고 말한 화가도 있잖습니까?"

"글쎄요……, 하지만 흰색으로 부를 수 있는 빛이 존재한다면 그건 태양빛이 아니라 기울고 있는 달빛 같은 게 아닐까요? 단지 제 생각일 뿐이지만 말예요."

유상진은 박순례가 자리에서 일어나 종이컵에 생수를 따라 들고 한쪽 손으로 허리를 툭툭 두드리면서 원장실로 들어가는 것을 눈여겨본다.

"팔레트에서 이 흰색 물감을 치우는 게 어떨까요, 상진씨."

"선생님은 꼭 인상주의 화가들처럼 말하시는군요. 자, 이제부터 팔레트에서 검정색을 추방하라, 하듯 말입니다."

"음……, 클로드 모네가 죽은 뒤에 사람들이 검은 천으로 덮은 관을 묘지로 옮기려고 했을 때, 모네의 친구가 다가와서 찬란한 빛깔의 커튼을 창문에서 떼어내 그의 관 위에 덮은 일화가 있어요. 그러니까 검정색은 모네에게는 죽어서까지도 하나의 모욕과 같았던 거죠."

"검정색은 블랙홀 같아요. 모든 색을 삼켜버리는 듯해요. 아주 위협적이지 않습니까?"

"그건 생각하기 나름이죠. 똑같은 한 가지 색에 관해서도 서로 다 다른 의미를 부여할 수 있잖아요. ……검정색을 몹시 즐겨 쓰는 사람도 있어요, 우리 화실에도. 상진씨, 이 그림 아직 조금 더 계속 하셔야겠는걸요. 빛의 표현력도 부족하고 수면 위로 떨어지는 빛도 허공에 남아 있는 빛과는 뭔가 다른 구분이 있어야겠죠?"

김요옥은 유상진의 자리에서 일어나 대입 입시를 앞두고 있는 민호 쪽으로 걸어간다. 유상진은 노랑과 흰색으로 죽죽 그어댄 빛줄기를 한동안 바라보다가 화실 문을 열고 밖으로 나간다. 화장실에 들어가 손을 씻고 나서 거울을 들여다본다. 왼쪽 뺨에 여태 손가락 두 마디쯤 자국이 남아 있다. 화실 안쪽에 있는 생수통에서 물 한 잔을 받아들고는 원장실로 들어간다.

박순례가 한쪽 팔을 테이블에 괴고 앉아 담배를 피우고 있다. 살갗이 눈에 띄게 그을려 있기 때문일까. 일주일 새 그녀의 어깨가 더 좁아든 것 같다. 유상진은 박순례의 앞자리 의자를 끌어당겨 앉는다. 그녀가 새 담배를 꺼내들자 얼른 라이터를 꺼내 불을 붙여준다. 불빛 속에 박순례의 눈 밑이 환해졌다가 금세 도로 어두워진다. 분을 바르기는 했지만 흰 얼굴에 거뭇거뭇하게 핀 기미 자국은 감춰지지 않는다. 유상진은 담배를 꺼내 문다.

"벌써 한 달째 같은 그림을 붙잡고 있으려니 약간 지루해지네. 상진씨, 그 수채화는 다 그린 거예요? 꽤 오래 붙잡고 있던 거잖아요."

"선생님이 더 손을 봐야 한다고 하시던걸요. 고집스러운 데가 있잖아요, 우리 원장 선생님. 그런데 일주일 동안이나 왜 화실 안 나오신 거예요? 어디 다녀오셨습니까?"

"방학이잖아, 애 데리고 남편한테 내려갔다 왔어요."

"아, 강원도에 내려가 계신다고 했죠?"

"속초."

"벌써 여름 휴간가요?"

"그건 아니고. 뭐, 애한테 약간 문제가 생겨서……"

화실에서 그림을 그리고 있던 박순례가 학교에서 온 전화를 받고 허겁지겁 화실을 나간 적이 있다는 걸 유상진은 기억해낸다. 그 아이에게 또 무슨 일이 있었을까.

"……"

"저도 그동안 화실 안 나왔었어요."

"상진씬 왜?"

"그냥, 뭐 좀 할 일이 있어서요."

박순례가 김요옥에게 일주일 동안 화실에 못 나온다는 이야기를 할 때 유상진은 그들 뒤쪽에 앉아 빛의 색깔을 무슨 색으로 만들어야 할까 곤혹스러워하고 있는 중이었다. 팔레트 넓은 면에 노랑과 흰색을 마구 뒤섞기 시작한 건 박순례의 말이 끝나자마자였다. 빛은 지나치게 밝고 노란빛이 강해지기 시작했다.

"무슨 일을?"

"……계절 학기 수업도 듣고, 같이 아르바이트하던 애가 갑자기 그만두는 바람에."

박순례가 화실에 안 나오는 동안 유상진은 수업이 끝나자마자 가방을 챙겨들곤 줄곧 PC방에 가 새벽까지 눌러앉아 있었다. 광고전 준비를 하는 그룹 모임도 뒷전이었다. 게임에 몰입해 있는 동안만큼은 다른 아무것도 생각하지 않을 수 있었다. 새벽녘 게임방에서 나와 편의점 간이 의자에 앉아 캔맥주 서너 개를 마시고 아버지가 있는 돈암동이나 역삼동 어머니 집으로 가 고꾸라지듯 잠이 들곤 했다. 아무렇게나 비어 있는 방에 누워 천장을 올려다볼 적이면 환각제를 삼킨 듯 어질머리가 일고 곧 잠이 들어버렸다. 아무런 생각도 떠오르지 않는 그 텅 빈 무위의 상태가 좋았다. 그동안만큼은 박순례에 관한 생각도 나지 않았다. 그렇게 일주일이 흘렀다.

"……"

"……"

"그, 홍합들은 다 어떻게 됐는지 모르겠네."

뜬금없이 웬 홍합일까. 유상진은 영문을 모르겠다는 얼굴로 박순례를 바라본다. 그녀가 금방 아무것도 아니라는 듯 휘휘 손사래를 친다.

"아니, 며칠 바닷가 콘도에 머물고 있었거든. 그런데 애하고 남편은 하루 종일 잠만 자잖아요. 심심해서 혼자 자동찰 몰고 가까운 방파제로 나갔지, 산책이나 할까 싶어서요. 낚시꾼들이 낚시를 하고 있잖겠어. 구경을 했지. 숭어가 많은 곳이었던가 봐요. 내 팔뚝만 한 희고 살진 숭어들이 막 잡혀 올라오는 거야. 찌를 빼내는데 그 흰 살갗이 찍 찢어지면서 붉은 피가 배어 나오더라구. 끔찍해서 얼굴을 돌리는데 낚시꾼들이 막 웃더라구요."

테이블 위에 살갗이 찢긴 숭어들이 팔딱거리고 있는 듯 박순례는 눈살을 찌푸리고 있다. 그녀의 담뱃재가 테이블 위로 툭 떨어진다.

"아마 그걸 가까운 횟집 같은 데 넘길 거예요. 한 마리에 몇천 원씩 쳐서."

"상진씨가 그걸 어떻게 알아?"

"어렸을 적에 그곳에서 잠깐 산 적이 있었거든요. 그땐 부모님들과 함께."

"으응, 그랬구나. 그런데 내가 한참 낚시하는 걸 구경하면서 방파제에 서 있으려니까 숭어들이 좀체 오질 않더라구. 숭어들이 꽤 민감한 물고기라면서요? 암튼 공연히 미안해져서 걸어나오는데 어떤 낚시꾼이 어이, 아줌마, 하고 부르잖아요. 그러더니 방파제를 풀쩍풀쩍 뛰어내려 밑으로 내려가더니 뭔갈 주워오는 거야. 그걸 날 주겠다고 내 손바닥에 올려놓는데 글쎄 새끼손가락보다 작은 홍합 2개야. 내가 서울내기인 걸 알아차렸나 부지. 서울서 아줌마들이 내려오면 방파제 밑으로 내려가 그런 걸 따가고들 한다면서 말이지. 그걸 바지 주머니에 넣고는 그대로 잊어버렸지 뭐야."

"그런데요?"

"음, 그리고는 정말 잊어버렸어. 거기 며칠 머물다가 설악산 쪽으로 숙소를 옮겼어요. 돌아오기 전날 밤 짐 정리 하는데 주머니에서 그 홍합 두 개가 툭 떨어지잖겠어요. 별 생각 없이 그걸 물잔에 넣어뒀지. 그때까지 그것들이 살아 있을 거라고는 정말이지 생각도 못했어요. 아침에 숙소를 나오려는데 물속에서 그 작은 홍합들이 입을 이렇게, 이렇게 쪼끔 벌리고들 있는 거야. 세상에, 얼마나 신기하던지. 잔 속에서는 흠씬 바다 냄새가 나고 말이지. 물 한 방울 없던 내 바지 주머니 속에서 며칠씩 버티고 있었던 거지 뭐. 그걸 어떻게 할 수가 없어서 그냥 방에 두고 왔는데, 이렇게 자꾸만 생각이 나네. 그것들이 어떻게 됐는지. 아마 청소하는 사람들이 버렸겠죠?"

"……글쎄요. 어쩌면 아직 살아 있을는지도 모르죠."

"물잔 속에서 맡았던 바다 냄새가 아직도 손바닥에서 나."

박순례의 한쪽 어깨에서 에이프런이 흘러내린다. 여행을 다녀왔다는데 왜 그녀의 어깨가 더 좁아들었을까. 마른 목 안으로 자꾸만 침을 삼키는데도 여전히 목이 아프다.

김요옥과 이미란이 원장실 문을 열고 들어오는 것을 보며 박순례가 자리에서 일어난다. 유상진도 필터까지 타버린 담배를 비벼 끄고 일어선다.

"너무 오래 쉬었죠, 선생님. 꽤가 나서."

"아녜요, 그림 그리는 게 어떻게 보면 육체 노동인걸요. 좀더 쉬세요. 미란씨가 도시락 싸왔다는데 같이 드시고 하시죠."

"아니, 저 성현이랑 애들도 불러와야겠어요."

이미란은 도시락이 든 비닐 봉지를 테이블 위에 올려두곤 황황히 원장실을 나간다.

"전 괜찮아요, 애들이랑 함께 드세요. 집에 가서 애하고 먹어야죠, 기다리고 있을 텐데. 화실 다니느라 제가 집을 비우는 게 싫은 모양이에요. 그렇다고 화실에 안 나오긴 싫고 성당도 일주일에 두 번씩은 가야 하고."

"그맘땐 애들 다 그렇죠. 상진씬 저녁 먹어야죠?"

"저도 괜찮습니다. 점심을 좀 늦게 먹었더니."

"빨리 저 그림을 끝내야 할 텐데, 화실만 오면 시간이 훌쩍 가버리네요, 선생님."

박순례가 김요옥에게 자리를 내주며 혼잣말을 하듯 중얼거린다. 두 뼘쯤이나 키가 작은 박순례의 뒤를 따라 원장실을 나가면서 유상진은 생각한다. 그 홍합들은 다 어떻게 됐을까.

*

심리 테스트를 한 결과 정훈에게는 꽤 심각한 정서 불안과 공격적 욕구가 나타났다. 또래 다른 아이들의 평균 수치가 10이라면 정훈은 거의 20에 가까운 수치를 보였다. 학교로 박순례를 부른 정훈의 담임 선생은 방학 동안 세심한 지도와 냉정한 관찰이 필요하다고 당부하였다. 도벽이 일시적인 현상이 아니라 습관이 될 수도 있다고 충고했다. 젊은 여선생 앞에서 박순례는 차마 고개를 들지 못했다.

처음에 정훈이 학교 앞 만화 가게에서 만화책을 훔치다 들켰을 때, 아이들의 도벽이란 건 초등학교부터 중학교 때까지 나타나는 흔한 일과성 비행 중의 하나라고 생각했다. 아니면 정서적 불안정과 인격 발달의 미성숙 같은 심리적인 원인이 행동으로 옮겨진 현상이거나. 그것은 그들이 사회에 적응하기 위한 일종의 왜곡된 자기 표현 양식일 거라고 짐짓 대수롭지 않게 여겨버렸다. 게다가 정훈은 상위권인 성적도 유지하고 있었고 품행이 나쁜 친구들을 사귀고 있는 것 같지도 않았다. 그러나 정훈이 용산의 대형 장난감 상점에서 조립 탱크를 훔치다가 들켜 연락이 왔을 땐 피부 전체가 불에 타는 느낌이었다. 용산으로 자동차를 몰고 가다 박순례는 신호를 기다리고 있던 앞차를 들이받는 접촉 사고를 내고 말았다.

14년 전 일 때문일까. 생은 미래의 시간을 향해 달려가지만 그 생을 이해하는 것은 때로 과거의 시간을 따라 행해지기도 한다. 박순례는 불가피하게 14년 전 일을 떠올리지 않을 수 없었다.

정훈을 임신하고 있던 그 무렵, 남편은 강원도 정선의 수력발전소 책임 연구직을 맡고 있었다. 남편은 일주일에 한 번 서울에 올라왔다. 남편이 없는 동안 뜨개질을 하거나 태교 음악을 듣거나 꽃꽂이 강습을 받으러 다니기도 했다. 샐비어처럼 붉은 뺨과 손가락이 통통하고 검은 머리카락을 가진 아기를 낳을 거야, 그 작고 동그란 엉덩이에 매일매일 입을 맞춰줘야지. 계획보다 이른 임신이긴 했지만 박순례는 태교에 몰입하려 애를 썼다.

집을 나오지만 않았더라도 그렇게 일찍 결혼할 생각은 하지 않았을 것이다. 박순례는 스테인드글라스를 공부하러 독일로 유학가겠다는 꿈을 접고 남편과 결혼했다. 그건 집을 나온 지 한 달 만에 내린 결정이었다.

대학에 막 들어가면서부터 시작된 남편과의 교제는 늘 한밤을 넘기기 일쑤였다. 초등학교 교장 선생인 아버지는 밤 9시면 정원등이며 집 안의 모든 불을 끄고 잠이 들었다. 그것은 어머니도 마찬가지였다. 형제가 없는 탓에 박순례는 어려서부터 집 열쇠를 목에 걸고 다니곤 하였다. 늦은 귀가를 할 때 박순례를 반겨주는 건 마당에서 풀어놓고 기르던 개 한 마리뿐이었다.

열쇠를 잃어버린 날, 남편과 대문 앞에서 헤어진 박순례는 담장을 뛰어넘기 위해서 함석 쓰레기통을 밟고 올라갔다. 박순례의 기척을 알아차린 흰순이가 흰 털을 불불이 휘날리며 어두운 마당을 빠른 속도로 가로질러 달려왔다. 안 돼! 박순례가 소리친 건 이미 담장 밑으로 달려온 흰순이의 목을 운동화로 밟고 난 뒤였다. 박순례가 담장에서 마당으로 뛰어내리는 순간 흰순이가 꼬리를 흔들며 달려들었던 것이다. ……운동화 밑에서 허공을 찢을 듯 날카롭고 애처롭게 내뱉던 개의 신음 소리를 잊지 못한다. 병원으로 옮겨진 흰순이는 다음날 아침 죽었다. 질식사였다. 며칠 뒤 박순례는 집을 나왔다.

정훈을 임신하고 있었을 때 오래전 담장을 넘다 죽인 개가 뜬금없이 자꾸만 떠올랐다. 그때마다 악몽을 떨쳐내려는 듯 무거워지는 몸을 일으켜 세워 아파트 앞 공원으로 산책도 가고 쇼핑도 가고 슈퍼마켓도 갔다. 슈퍼마켓에서 돌연히 샴푸 하나를 훔친 것도 흰순이가 떠올라 할 일 없이 외출을 한 날이었다.

남편의 면도기와 인스턴트 우동, 참치, 포장된 매운탕 거리를 산 후 슈퍼를 나왔다. 계단을 오르는데 문득 샴푸를 사지 않은 게 생각나 다시 슈퍼로 되돌아갔다. 계산대 앞에는 긴 줄이 늘어서 있었다. 박순례는 늘어선 카터들 뒤에 서서 한동안 차례를 기다리다가 손에 들고 있던 샴푸를 이미 계산을 치른 물품이 든 비닐 봉지에 넣고 슈퍼를 나왔다. 아무도 박순례를 잡지 않았다. 박순례는 천천히 슈퍼를 빠져나와 비닐 봉지를 바닥에 내려놓고 하늘을 올려다봤다. 물방울을 품은 흰 새털구름들이 동쪽으로 막 몰려가고 있었다.

그뒤 박순례는 슈퍼에 갈 적마다 샴푸 하나씩을 훔쳐왔다. 욕실에는 몇 년 동안이나 쓰고도 남을 양의 샴푸들이 쌓여가기 시작했다. 하필이면 그게 왜 샴푸였는지 박순례도 알지 못한다. 그 상습적인 도벽은 정훈을 낳기 위해 병원으로 입원하기 전날까지 되풀이되었다. 정훈을 낳고 난 후 샴푸 따윈 까맣게 잊어버렸다. 어쩌면 갓난아기를 안고 집으로 돌아온 날 욕실 수납장 한쪽에 가득 세워져 있던 색색깔의 샴푸들을 다 버렸는지도 모른다. 정말이지 다 잊었다고 생각했다. 만화 가게에서 정훈이 책을 훔치다 들켰다는 담임 선생의 전화를 받기 전까지는.

용산에서 물건 값의 다섯 배를 배상하고 정훈을 자동차에 태워 집으로 돌아오다가 박순례는 갓길에 차를 세우곤 핸들에 얼굴을 묻고 울었다. 옆자리에서 정훈이 훌쩍거리는 소리가 들렸다. 박순례는 눈물을 훔치다 말고 아들을 돌아다봤다. 정훈이 잘못을 인정해서 울고 있는 게 아니라는 걸 박순례는 직감했다. 정훈은 엄마가 울고 있기 때문에 무턱대고 겁에 질려 있었던 것이다.

정훈의 담임 선생은 책상 위로 눈을 떨군 채 앉아 있는 박순례의 이마께를 뚫어지게 쳐다보면서 도벽은 어릴 때 어머니와의 초기 경험과 무관하지 않다고 말했다. 그리고 도벽이 있는 아이들의 어머니들은 정상적인 아이의 어머니들보다 더 신경질적이고 내향적인 성향을 갖고 있다고도 덧붙였다. 망설이긴 했지만 손등에 못을 찌르는 듯 확신에 찬 어투였다. 박순례는 자리에서 일어나 젊은 여선생의 얼굴을 일별하고는 서둘러 교무실을 나왔다. 학교를 나오다가 햇빛이 쏟아지는 운동장 한가운데 서서 자꾸만 가방을 열고 뒤적거려보았다. 샴푸는 발견되지 않았다.

가출을 할 때도 처음 실행에 옮기는 게 어렵지 일단 한 번 집을 나가게 되면 그후 습관화되기 쉬운 법이다. 아들은 언젠가 또 다른 물건을 훔칠 것이다. 목표로 정한 물건을 훔치기 전까지의 뜨겁게 등줄기를 타고 오르는 긴장과 짜릿함을 쉽게 잊지 못할 것이다. 도벽은 일시적으로 없어졌다가도 어떤 계기가 있으면 다시 돌출된다는 것을 박순례는 이제 어렴풋이 깨닫고 있다. 그게 샴푸나 장난감, 책 같은 물건이든 아니면 사람이든.

그 여자의 남편은 오늘 화실에 오지 않는다. 남자는 대개 수요일과 금요일에 화실에 오곤 하지만 늘 일정한 것은 아니다. 남자가 네온사인 만드는 일을 하고 있다는 사실을 알게 된 건 얼마 전이다. 화실 간판 맨 왼쪽, 첫번째 글자가 깨진 일이 생겼다. 김요옥은 옆 편의점이나 호프집에서 술을 마신 취객들이 돌을 던져 그랬거나 얼마 전 폭우가 쏟아졌을 때 깨진 거라고 짐작하는 것 같았다.

미란씨 남편한테, 아니 장이혁씨한테 한번 부탁해봐야겠어요. 저녁 시간에 원장실에서 배달해온 음식을 함께 먹다가 김요옥이 박순례에게 지나가듯 말했었다. 아, 네온 만드는 일을 한다구요? 네, 그이가 그런 일을 한다는군요. 재밌네요. 뭐가요? 그냥, 뭐랄까 네온이라는 건 옥외 광고 중에서도 가장 유력한 수단 아닌가요? 밤낮으로 빛을 뿜어낼 수 있잖아요. 특히 야간에는 디자인한 모양대로 광원체를 빛내면서, 또 간혹은 새벽녘의 별처럼 점멸하면서 말예요. 박순례는 젓가락으로 자장면을 돌돌 말고 있는 김요옥의 어깨 너머로 시선을 던지며 말했다. ……낮엔 아니죠. 환한 대낮의 네온 간판은 어쩐지 쓰다버린 낡은 수건처럼 초라하고 궁색해 보이던걸요. 박순례는 입을 다물어버렸다. 그리고는 퉁퉁 불은 면을 젓가락으로 뒤적거리기 시작했다.

이미란이 그의 아내라는 사실을 알게 된 것도 얼마 전이다. 그들이 함께 화실에 나오는 일은 드물다. 남자는 저녁 7시쯤 화실에 오고 이미란은 식당에 손님이 없을 시간인 오후나 저녁 시간이 지난 후 하루에도 몇 번씩 짬을 내서 화실에 오곤 한다. 이미란과 남자가 함께 화실에 있는 적도 있긴 하지만 원장실에서 함께 식사를 하거나 화실 밖 계단 참에서 차를 마시거나 담소를 나누거나 하는 것을 한 번도 본 적이 없다. 그랬기 때문에 박순례는 그들이 부부라는 사실에 전혀 놀라지 않았다.

화실에서 나와 저녁을 굶고 있는 아이에게 줄 음식을 사러 줄곧 다니던 학원 옆 건물 피자집이나 그 옆 분식점이 아니라 이미란의 식당에 이따금씩 들르기 시작한 것도 그 사실을 알고 난 이후부터다. 화실에 온 날이나 퇴근 후면 남자는 날마다 이미란의 식당으로 가 영업을 마칠 때까지 일을 거들다가 셔터 문을 내리곤 한다.

개인용 캐비닛에 팔레트와 붓과 차곡차곡 접은 앞치마를 넣고 화실을 나오려는데 유상진이 뒤따라 나온다. 3층 계단 모퉁이에서 유상진이 슬그머니 박순례의 손에서 가방을 잡아끈다. 무겁지 않은데. 박순례는 아무 말도 하지 않는다. 한 손에 박순례의 가방을 든 유상진은 박순례 뒤에서 한 걸음 떨어져 천천히 계단을 내려간다. 유상진이 화실 앞 정거장에서 버스를 타고 두 정거장쯤 지난 후 지하철로 갈아탄다는 것을 알고 있다. 언젠가 지하철 역 입구에서 그를 만난 적이 있었다.

박순례는 학원 건물 앞에 세워둔 자동차 쪽으로 걸어가다 말고 버스 정거장에 무춤히 서서 이쪽을 바라보고 있는 유상진을 부른다. 그가 눈을 크게 벌리고 자동차 쪽으로 다가온다.

"상진씨, 배고프지 않아요? 저녁 식사 여태 안 했잖아요?"

"전 괜찮은데……"

"미란씨 아까 그림 그리다 말고 식당 갔죠? 우리, 미란씨네 식당 가서 김밥이나 뭐 가벼운 거 조금 먹고 갈래요? 어차피 우리 아들 줄 음식도 사갖고 가야 하는데. 그리고 가는 길이니까 내가 지하철역까지 태워다주고."

"그럼, 가실까요? 그러고 보니 약간 허기가 지는걸요."

박순례와 유상진은 함께 횡단보도를 건넌다.

*

좁은 공간에서 오랜 시간 견딜 수 없는 사람은 네온 만드는 일을 할 수 없다는 사실을 깨닫는 데는 그리 오랜 시간이 필요치 않았다. 밀폐된 장소에서 하루를 견딘다는 건 생각보다 쉬운 일이 아니다. 그건 때로 외진 섬의 흉벽(胸壁) 안에서 수천 조각으로 깨진 거울 조각으로 자신의 금이 간 얼굴을 들여다보고 있어야 하는 것처럼 두렵기까지 하다. 게다가 그 밀폐되고 협소한 공간에서 지끈거리는 머릿속을 뒤적거려 무언가를 선택해야 하는 것만큼 곤혹스러운 것도 없다. 8백도 이상 가열시킨 물렁물렁한 유리관을 고객이 원하는 문자나 모양으로 구부린 다음 진공 상태로 만들 때나, 그후 가스를 넣고 양쪽 끝에 전극을 연결해서 방전시켜 빛을 만들

때나 매번 선택을 강요받곤 한다. 그리고 네온에 있어서 가장 중요한 색을 표현할 때도. 진공 상태로 만든 유리관에 네온 가스를 넣으면 빨간색이, 아르곤 가스를 넣으면 청색의 빛이 나타나고 유리관에 형광 도료를 착색하고 수은을 넣으면 노랑이나 녹색 빛이 발광된다. 대개는 고객이 원하는 대로 네온의 모양이나 색을 만들곤 하지만 스스로 결정해야 할 때가 있다. 더욱이 창의성과 미적 감각이 없다는 걸 깨닫게 되면 더욱 난감해지곤 한다.

한 개의 네온 작업을 마칠 때마다 장이혁은 자신의 육체가 혹한기의 기후를 견디기 위해 신체의 돌출 부분이 점점 작아지고 둥그스름한 체형으로 변하는 것을 목격하는 듯한 공포에 사로잡힌다. 관절이 구부러지고 소리없이 살갗이 뭉그러져버리는. 나는 날마다 작아지고 있는 게 틀림없어, 이러다 언젠간 난쟁이가 돼버리지 않을까. 아니면 한 개의 돌멩이, 누구의 눈에 띄지도 않는 한 개의 작은 돌멩이. 완성된 네온사인은 한밤에 밖을 향해 빛을 뿜어낸다. 장이혁은 날마다 키와 체중이 서서히 줄고 있다는 착각을 떨쳐버릴 수 없다.

언젠가 컴퓨터 관련 업체의 고객이 네온사인 디자인과 함께 참고 자료로 보내온 전단지의 내용을 기억하고 있다. 브레인 머신이라는 컴퓨터를 통해 각자가 주문한 환각을 체험할 수 있다는 내용이었다. 거리감과 입체 영상을 제공하는 전송 장치를 통해 컴퓨터 앞의 긴 의자에 누워 빛처럼 빠른 속도로 먼 곳으로 떠날 수 있다고 했다. 이를테면 하와이의 해변이나 마을 전체가 흰 벽과 흰 집으로 둘러싸였다는 스페인의 카사레스 같은 소도시로의 여행도.

끝이 뾰족한 화살 모양의 네온사인을 디자인해주고 돌아오는 길에 장이혁은 문득 한 번도 가본 적 없는 차탐이란 곳으로 떠나고 싶다고 갈망했다. 뉴질랜드에서 동쪽으로 7백여 킬로미터 떨어져 있는 섬, 세상에서 가장 먼저 태양이 뜬다는 그곳. 날짜 변경선 근처에 위치해 있다는 곳. 아니, 거기가 너무 멀다면 강원도 철원쯤이라고 해도 상관없다. 두루미가 많은 곳. 희고 다리가 긴 수컷 두루미가 뚜룹, 하고 울면 암컷이 뚜루루, 하고 따라 우는 곳. 그곳도 아니라면 리비아 사막 근처 어느 남루한 여관 앞이라도 좋다. 여기만 아니라면. 그러나 장이혁은 네온을 설치해준 후 다시 그 장소에 가본 적이 없다. 현란한 광고처럼 그곳에 브레인 머신이라는 기계가 도입됐는지도 확인한 적 없다.

마치 브레인 머신을 찾아 떠나려는 듯 서둘러 땀이 밴 옷을 갈아입고 신과장에게 가게를 맡긴 후 거리로 나온다. 아침 일기 예보에서는 6호 태풍이 남쪽에서부터 북상 중이라고 하였다. 동쪽 하늘에 폭우를 품은 검은 구름들이 금방이라도 일제히 무너져내릴 듯 숨을 죽이고 웅크리고 있다. 화실로 가는 버스를 타기 위해 정거장 쪽으로 발을 틀다가 문득 장미사진관 앞에서 걸음을 멈춘다.

오래전 헤어진 여자의 얼굴을 이 사진관에서 본 적 있다. 아니 정확하게 말하면 그녀의 얼굴이 아니라 그녀와 함께 찍은 사진을. 그녀의 얼굴도 기억할 수 없을 만큼 시간이 지난 후 장이혁은 버스를 타고 나왔다가 사진관 앞을 지났다. 걸음을 멈춘 건 사진관 쇼윈도 앞에 진열된 한 장의 사진 때문이었다. 낯선 여자와 그 여자 옆에 앉아 한쪽 손으로 어깨를 두르고 앉은 남자, 그 뒤에 선 젊은 여자와 군복을 입은 또 다른 남자.

……낯선 여자 옆에 앉아 있는 사람이 자신이라는 걸 깨닫는 순

간, 장이혁은 사냥꾼의 총알도 튕겨나올 정도로 단단한 뿔을 가진 물소 한 마리가 자신을 향해 전속력으로 질주해 오고 있는 듯한 느낌에 저도 모르게 뒷걸음질치고 말았다. 그건 틀림없이 5년 전, 자신의 모습이었다. 결혼을 약속한 그녀와 장이혁. 그리고 뒤에 서 있는 그녀의 여동생과 남동생. 그뒤 벌어질 사건에 대해선 전혀 짐작하지 못한 평온하고도 고요한, 아니 차라리 방심한 얼굴들. 그건 미란과 결혼을 한 달 앞둔 오월의 마지막 토요일 오후였다. 미란을 만나러 가는 길이었다.

다 잊었다고 생각했는데. 박제된 듯 장이혁이 사진관 앞에 서 있는 내내 고른 치아를 드러내고 웃는 그녀의 얼굴을 보자 그녀와 헤어진 일들이 두서 없이 떠올랐다. 결혼을 약속한 그녀와 헤어지겠다는 게 먼저였는지 아니면 그녀의 일기장을 본 이후였는지 어느 쪽도 단정할 수 없다. 장이혁은 그녀와 헤어지게 된 이유가 단지 일기장 때문만은 아니라고 믿고 싶었다.

그녀의 자취방에서 일기장을 훔친 건 정말이지 충동적이었다. 일기장이 아니라 그녀가 늘 손에 쥐고 있는 손수건, 혹은 건조대에 걸린 그녀의 속옷 한 장을 훔치는 일과 별반 다르지 않을 거라고 생각했었다. 가벼운 장난처럼 혹은 농담처럼. 일기장에는 두 명의 남자와 지속적으로 가진 섹스 후의 느낌에 관해 세세히 묘사돼 있었다. 큰 키에 곱슬머리, 뒷목에 지문처럼 커다란 점을 가진 남자는 장이혁이었다. 일기장을 통해 장이혁은 그녀의 성감대가 엄지발가락, 배꼽과 성기 사이의 도도록한 아랫배가 아니라 겨드랑이와 귓불이었다는 것, 입을 틀어막을 정도로 신음 소리를 내던 섹스 전의 긴 애무를 그다지 좋아하지 않는다는 사실을 알게 되었다. 훔친 그녀의 일기장을 통해서. 그녀가 다른 한 남자의 정액을 입으로 받아 삼켰다는 글을 읽고 나서 장이혁은 일기장을 덮었다.

지금도 그녀와 헤어진 이유가 일기장 때문이라고는 단정하고 싶지 않다. 그런데 그녀는 왜 그 남자가 아닌 장이혁과 결혼을 결심했을까. 헤어지면서도 끝내 그녀에게 묻지 못했다.

다시 그 사진관으로 간 건 일주일이 더 지나서다. 거짓말처럼 사진은 보이지 않았다. 헛것을 본 것일까. 장이혁은 사진관 문을 밀고 들어갔다. 사진관 실내에 있던 청년에게 일주일 전 쇼윈도에 전시돼 있던 가족 사진에 관해 물었다. 며칠 전, 한 여자가 와서 그 사진을 떼어갔다고 했다. 사진 때문에 여자와 직원 사이에 약간의 언쟁이 있었는지 직원은 불쾌하다는 어투로 여자가 초상권 침해라며 쏘아붙였다는 말도 덧붙였다. 그녀가 왔을까, 그녀도 이 사진을 본 것일까. 사진관 문을 닫고 밖으로 나오면서 장이혁은 그녀가 이곳에 다녀간 게 사실이라는 것을 확신했다.

78번 버스가 온다. 화실로 가는 버스다. 서둘러 버스에 올라탄다. 이제 15분 후면 김요옥을 만날 수 있다. 숫돼 보이는 김요옥의 검은 눈동자와 얼룩덜룩 물감이 묻은 그녀의 손가락도 볼 수 있고 덜 익은 복숭아를 씹어먹은 듯한 그녀의 들큰한 입냄새도 맡을 수 있다. 가까운 거리에서. 얼굴을 돌리면 뺨이 닿을 듯 아주 가까운 거리에서. 버스가 차선을 바꾸며 고개를 넘어가고 있다.

그런데 김요옥은 왜 아내의 이름으로 사진을 맡겨놓은 것일까. 정말 그녀의 말처럼 이미란과 자신의 언니가 닮아서, 잠시 이름을 혼동했다는 게 사실일까. 김다옥이라는 흔치 않은 이름과 이미란이란 이름을?

퇴근 후 사진관에 들러 사진을 찾아오라는 아내의 전화를 받고 버스를 타기 전에 사진관으로 갔었다. 장모의 육순 때 가족들끼리 모인 뷔페 모임에서 찍은 사진이었다. 사진관 직원은 이미란 이름으로 된 두툼한 사진 봉투를 세 통이나 건네주었다. 사진관 의자에 앉아서 장이혁은 한장 한장 사진들을 넘겨보았다. 두 통은 뷔페 모임에서 찍은 사진들이 틀림없었지만 나머지 한 통은 전혀 모르는 얼굴들이었다. 오래전에 찍은 필름을 새로 인화했는지 헤어스타일이며 옷차림이 다 유행이 지난 스타일이었다. 젊은 여자 두 명이 낚싯줄을 던지고 있거나 무채색의 커다란 그림 앞에서 팔짱을 끼고 찍은 사진들이었다. 그건 아내, 미란의 얼굴도 아니었고 처제의 얼굴도 아니었다. 이 동네에 이미란이라는 이름의 또 다른 여자가 살고 있을지도 몰랐다. 망설이다가 장이혁은 사진 세 통의 현상 값을 치르고 나왔다.

이미란 이름으로 씌어 있는 사진 봉투를 장부에 끼워둔 채 잊고 있었다. 그 사진을 기억해낸 건 미란의 식당 앞 정거장에서 버스를 기다리던 이른 오후였다. 맞은편 어둑신한 건물 안에서 한 여자가 발을 질질 끄는 듯한 걸음걸이로 밖으로 나오고 있었다. 장이혁은 후딱 그녀 쪽으로 눈을 돌렸다. 건물 안에서 나온 여자가 횡단보도 앞에 가 섰다. 장이혁은 천천히 걸음을 옮겨 그녀의 맞은편 쪽, 그녀가 마주 보이는 횡단보도 앞으로 갔다. 그녀가 손목에 감고 있던 머리끈으로 긴 머리를 올려 묶는 새 녹색 신호가 들어왔다. 발목까지 오는 긴 치마를 펄럭거리며 그녀가 이쪽으로 걸어오고 있었다.

장이혁은 주춤주춤 그녀 쪽으로 다가갔다. 재촉하듯 녹색 신호가 깜박거렸다. 한 걸음쯤을 사이에 두고 그녀가 가로막듯 다가서는 장이혁 앞에 우뚝 서서 다소 침통해 보이는 얼굴을 들어올렸다. 저어…… 장이혁은 비로소 여자의 얼굴을 정면으로 바라봤다. 붉은 등이 켜졌다. 자동차들이 클랙슨을 울리며 횡단보도를 지나가고 있었다. 그녀는 황급히 인도 쪽으로 달려나갔다. 이봐요, 난, 당신과 똑같이 생긴 여자를 알고 있어요. 장이혁은 엉겁결에 그녀에게 소리쳤다. 김요옥이 후딱 고개를 돌리곤 이쪽을 바라보고 있었다.

*

단 한 번도 창문을 닫은 적이 없는데도 오랫동안 뚜껑을 닫아둔 항아리처럼 작업실에선 퀴퀴하고 비릿한 물냄새가 나는 것 같다. 창백한 형광등 주변으로 창문을 통해 들어온 날벌레들이 말벌처럼 웅웅거리며 날아다니고 있다. 화실에 도착해 열쇠로 문을 열고 작업실로 들어올 적이면 불 켜진 밤 내내 생의 가장 긴 터널을 지나는 듯 사력을 다해 맹렬하고도 안타까운 날갯짓을 하다 죽어버린 날벌레들이 쇳가루를 뿌린 것처럼 바닥에 흩어져 있었다. 그래도 김요옥은 작업실 창문을 잠그지 않는다. 작업실 창문 왼쪽엔 얼마 전 새로 걸어놓은 그림 한 점이 걸려 있다.

상반신을 벗은 여자가 팔짱을 지른 채 정면에서 왼쪽으로 15도쯤 비켜앉아 있다. 여자의 목엔 검은 띠 같은 목걸이가 걸려 있다. 걸려 있다라기보다는 목을 감고 있다는 표현이 더 정확할 것이다. 입술을 꽉 다문 여자의 미간엔 눈썹 머리 양쪽으로 미세한 주름이 두 줄 가 있고 팔짱을 지른 손가락에 젖가슴이 위태롭게 늘어져 있다. 캔버스엔 담겨 있지 않지만 여자의 오른쪽엔 아마 창문이 있을 것이다. 미세한 빛줄기가 여자의 오른쪽 어깨에 가 닿고 있다. 그 빛이 여자의 오른쪽 뺨과 어깨까지 늘어진 오른쪽 머리카락과 어깨와 젖가슴을 반사시킨다. 그런데도 여자의 배경은 어둡다. 온통 검은색이다. 자세히 들여다보면 탄광의 늙은 아낙처럼 여자의 살갗도 군데군데 검은색으로 칠해져 있다. 이미란이 그린 그림이다.

김요옥은 이미란이 이 그림을 처음 그릴 때부터 줄곧 지켜보았었다. 스케치를 시작할 때 이미란은 그림 속의 여자를 정면에 놓고 그렸다. 물체나 인물을 캔버스 정중앙에 놓고 그리는 경우는 거의 없다. 구도가 불안정해 보이기 때문이다. 다음날 이미란은 한가운데 그린 여자의 형체를 다 지워버리고 중앙에서 약간 오른쪽으로 기운 곳에 새로 그려넣었다. 약간 커 보이는 코와 긴 입술, 풍성한 머리채를 또 지워버리고 이번엔 아주 오른쪽으로, 캔버스 오른쪽 가장자리에 새로 스케치하였다. 그림 속의 여자는 그렇게 날마다 캔버스 속에서 자리를 옮겼고 이미란은 기어이 중앙에 놓고 그린 것보다 더 불안정해 보이도록 흰 종이 맨 끝으로 여자를 몰아넣었다.

같은 수강생들이라고 해도 예전에 미대를 다녔거나 언젠가 그림 수업을 한 적이 있는 사람들에게는 그림에 관해 이야기하거나 작업을 도와주는 게 어렵다. 김요옥은 이미란에게 구도에 관해 다시 이야기하지 않았다. 다만 미란이 그 여자를 그리는 과정을 뒤에 서서 묵묵히 지켜보았을 따름이다. 스케치를 마친 이미란은 대뜸 팔레트에 검정색을 휘휘 풀었다. 그리고는 배경부터 거침없이 붓질을 하기 시작했다. 그림 속 여자의 배경은 순식간에 먹을 흩뿌린 듯 어두워져갔다.

한때 김요옥은 검은색이 모든 색들 가운데 가장 풍부하고 오묘하며 가장 심오한 색으로 생각했었다. 그러나 흰색을 이해하고 난 뒤부터는 검정색은 단지 빛의 상실일 뿐이라는 단정을 내리기도 했다. 흰색은 하나의 색이라기보다는 모든 색의 명백한 부재인 동시에 모든 색의 종합이기도 했다. 흰색은 색들의 전제 조건인 동시에 자기 자신을 드러내 보이지 않은 채 다른 색들을 빛나게 만드는 밑바탕인 것이다. 그렇게 김요옥은 검정에서 멀어져갔다.

지금은 검정도 흰색도 쓰지 않는다. 그건 단지 손에서 그림을 놓았다는 말과는 다르다. 이제 흰색과 검은색, 다른 어떤 색도 명확히 구분하기 어렵다. 환한 대낮에 길을 건너다 돌연히 두 눈이 멀어버린 사람처럼.

이미란의 그림을 지켜보면서 김요옥은 오래전 기억을 하나둘 되찾듯 다시 검정에 관해 생각하지 않을 수 없었다. 그럼에도 불구하고 여전히 검정은 빛의 상실이었다. 게다가 검정은 빛의 도움을 통해서만 관찰이 가능하다는 사실도. 어쩐 일인지 이미란은 마치 검정을 흰색으로 착각하고 있는 성싶었다. 이미란은 빛이 들어오고 있는 여자의 오른쪽도 검정으로 칠해가고 있었다. 검정은 본래 존재하는 것이 아니라 구멍이나 틈, 혹은 텅 빈 무위의 공간에 불과하다고 말하는 듯이. 이미란의 그림을 통해서 김요옥은 검정색을 다시 본다. 이미란의 검정색은 때로 이탈하는 듯 보이며 빛이 완전한 흰색이 아니듯 밤도 검정색이 아니라고 외치고 있는 것 같아 보였다. 그게 사실이라면 이미란의 검정은 빛의 색이다. 김요옥은 그림에 몰입해 있는 이미란 뒤에서 조용히 탄성을 내질렀다.

배경을 검정 일색으로 칠해놓은 다음 이미란은 빛이 들어오고 있는 캔버스 오른쪽에 약간의 노랑을 살짝 덧입혔다. 조명이 없는 곳에서는 색을 볼 수 없다는 걸 알고 있기라도 한 듯. 빛이 있을 때 색이 나타난다는 것을 잘 알고 있다는 듯 말이다. 빛은 밝은 곳이면 어디든 존재하게 마련이지만 그 빛 자체를 온전하게 자각하기는 힘들다. 빛을 보기 위해서는 그 빛을 어딘가에 반사시키지 않으면 안 된다. 색은 단지 물체나 모델의 표면에 머물러 있지만 빛은 공간 속으로 흘러가버리기 때문이다. 그림을 그리는 사람과 빛의 관계는 그와 그를 둘러싼 세계의 관계를 말해준다. 그러니까 그림을 그리는 사람에게 빛의 존재는 어쩔 수 없이 매양 자기 체험을 투영하기 쉽다. 그제야 김요옥은 이미란의 검정을 이해할 수 있었다. 그리고 이미란이 왜 여자의 살갗조차 어둡게 표현하는지, 오른쪽으로 반사되고 있는 그 빛의 세기가 왜 그토록 약하고 금방이라도 꺼질 듯 흔들리고 있는지를.

노랑이 밖으로 분출되는 색이라면 청색은 내부를 향해 빛난다. 이미란은 노랑도 청색도 아닌 검정으로 빛을 표현하고 있었다. 그 그림을 그리고 있는 내내.

캄캄한 배경 속에서 상반신을 드러낸 채 팔짱을 지른 여자는 가장 어두운 왼켠의 어느 한 곳을 뚫어지게 응시하고 있었다. 이국적으로 생긴 그림 속 여자의 얼굴은 이미란을 닮지 않았다. 그건 김요옥의 얼굴도 아니었다. 여자가 바라보고 있는 것은 무얼까. 그러나 그림 속엔 더 이상 아무것도 담겨 있지 않았다. 검정이 벌써 그 모든 것들을 흡수해버린 뒤였다. 여자는 마치 세상에 전혀 존재하지 않는 인물처럼 보였다.

이미란이 그 그림을 완성하던 날, 김요옥은 화실에 수강생들을 남겨두고 혼자 밖으로 나와 한 블록 떨어진 한식당에 가 불고기 2인분과 냉면을 시켜먹었다. 백김치 한 접시와 만두 1인분을 더 먹었다. 그렇게 먹는 동안 채 40분도 지나지 않았다. 폭식을 한 뒤 어두운 계단을 짚어 올라가면서 김요옥은 도벽은 지나친 소유욕을 억제할 때 기습적으로 찾아온다는 것을 부지불식간에 깨닫고 있었다.

그림을 넣어 보관할 수 있도록 칸칸이 만들어진 철제 서랍을 뒤적거리다가 제 그림이 없어졌다고 이미란이 지나가듯 말한 건 그 다음 날 저녁이었다.

화실 문 여닫는 소리가 들린다. 김요옥은 문 안쪽 잠금장치 버튼을 누르고 작업실을 나온다. 유상진이 눈인사를 하며 이젤 앞에 가 앉는다. 김요옥은 유상진이 화실 문 쪽에서부터 안쪽으로 걸어와 이젤 앞에 가 앉는 동안, 그가 다시 일어나 사물함을 열고 붓과 팔레트를 꺼내는 동안, 정물이 놓인 테이블 앞쪽에서 그림을 그리고 있던 이미란이 그를 줄곧 지켜보고 있는 것을 발견한다. 이미란은 유상진을 보고 김요옥은 이미란을 본다. 유상진은 물통을 들고 자리에서 일어나 문 쪽으로 다가가고 있는 박순례의 등허리를 바라보고 있다.

실내 온도를 낮추기 위해 에어컨 앞으로 다가간다. 실내 맨 귀퉁이에 있는 에어컨 앞에 서 있으면 그림을 그리고 있는 사람들의 뒷모습이 한눈에 들어온다. 그 뒷모습만으로도 그가 그림에 몰입해 있는지 연필이나 붓을 잡고 다른 생각을 하고 있는지 짐작할 수 있다.

한동안 에어컨에 등을 기대고 서 있다가 김요옥은 그들 사이를 비집고 나온다. 정물들을 올려놓은 테이블에 치맛자락이 걸려 성현이 데생하고 있던 사과 한 알이 바닥으로 툭, 떨어진다. 김요옥은 사과를 집어든다. 사과가 상했는지 손가락 사이에서 물컹거린다. 화병 속의 꽃도 다 시들었고 지난주에 사다 올려둔 토마토도 상했을 것이다. 내일은 화병 물도 갈아주고 사과며 토마토도 새로 사놔야지. 김요옥은 속으로 뇌까린다. 대입 입시생인 민석과 현기가 담배를 챙겨들고 화실 밖으로 나가고 있다. 김요옥은 원장실 안으로 들어온다. 30여 분쯤은 여유가 있다. 책상 서랍을 열고 카세트를 꺼낸다.

"……북상하던 태풍이 일본 해상 쪽으로 방향을 틀었다고 하는군요. 오늘 낮부터 폭염이 시작되고 있어요. 어떻게든 비가 좀 와야 할 텐데. 가뭄에 논밭이며 감자밭까지 탁탁 말라 터지고 있다잖아요. 어제 새벽녘엔 간헐적으로 쏟아지던 빗소리에 잠에서 깨어났는데, 금방 그치고 말더군요. 더 이상 잠은 못 잤죠. 난 여태도 잠자는 것을 포기하지 않고 있어요. 힘이 들긴 하지만 애를 쓰면 그래도 잠이 오긴 해요. 꿈속에서 나는 여기선 못 보는 것을 봐요. 그게 뭐냐구요? 글쎄, 그걸 어떻게 말로 표현할 수 있겠어요. 다만 여기엔 없는 거라고만 말해두죠. 아, 한 가지만 말할까요? 그곳엔 죽은 짐승들이 아주 많아요. 이를테면 사자나 독수리, 금강 앵무, 비둘기 같은 것들요. 권좌를 빼앗긴 사자나 자유를 박탈당한 독수리, 또 짝을 잃은 비둘기들은 모두 심리적인 충격으로 죽게 된다고 하더군요. 죽은 고것들이 질투도 증오도 없는 온통 흰색 일색인 배경 속에서 내내 크악크악거리며 울고 있어요. 그러니 흰색은 서로 다른 시간과 세계들 사이의 경계라는 말을 믿지 않을 수 없게 되었죠. ……아, 그래요. 물론 탄생이나 성찬식, 결혼이나 죽음 같은 통과의례를 표현하는 색이기도 하지만요. 어쨌거나 귀를 잘 기울여본다면 이곳에서도 그 울음 소리가 들릴지 몰라요. 예전처럼 그림을 그릴 때라면 나는 벌써 그 모든 것들을 그렸을 거예요. 언닌 다시 돌아오지 않아요. 난 잘 알고 있죠. 더 이상 언닐 기다리지 않아요. 야생 동물들의 삶에서 단 한 번의 실패란 다시 시작할 수 있는 그 무엇이 아니라 한 번의 실패, 그것은 곧바로 죽음을 뜻한다고 하더군요. 그건 동물이나 인간이나 다 마찬가지 아닌가요? 단 한 번의 실패라니. ……더 시간이 흐르기 전에 독수리처럼 한번 날개와 부리를 활짝 젖히고 하늘 높이 날아봐야 하는데. 단 한 번만이라도. 아잇, 왜 이렇게 더운지 땀이 발바닥까지 고이네요. 어느 순간엔 정말이지 이 피곤함을 견딜 수가 없어요. 그러나 사랑이란 게 평범한 것들을 어떻게 변화시키는지 난 잘 알고 있죠. 그리고 사랑이 궁지에 몰리면 또 그것들은 어떻게 변화되는지도……"

*

토요일 오후, 이미란과 유상진과 박순례, 장이혁이 함께 화실에 모였다.

주중에는 밤 10시까지 수업하지만 토요일엔 2시부터 시작해 6시면 수업이 끝난다. 그들이 모두 모인 건 6시가 가까워져서였다. 유상진과 박순례는 3시쯤부터 화실에서 그림을 그리고 있었고 장이혁은 5시 넘어 화실에 도착했다. 그가 그림을 그린 시간은 채 한 시간도 되지 않는다. 이미란은 아르바이트 학생이 오기를 기다렸다가 6시쯤 화실로 올라왔다. 예중 입시반 아이들과 대입 입시생 아이들은 화구를 정리하고 5시 반쯤 우르르 화실을 빠져나갔다. 토요일에 6시까지 정확히 시간을 채워 그림을 그리다 가는 수강생은 별로 없다.

토요일 오후가 되면 김요옥은 아무도 없는 화실 문을 잠그고 이따금씩 창밖을 내다보며 바닥을 쓸거나 작업실 한쪽 벽에 먼지가 쌓인 채 켜켜이 세워져 있는 옛 그림들을 하나씩 들춰보고는 한다. 해가 기울고 실내의 어둠에 익숙해질 무렵 벽시계를 올려다보면 주중의 여느 날들처럼 밤 10시가 넘어 있기 일쑤다. 그 시간에 화실 문을 닫고 밖으로 나간다. 건물을 빠져나와 맞은편 이미란의 식당을 본다. 때로 이미란은 손님이 없는 테이블 위에 신문을 펼쳐 놓고 들여다보고 있는 장이혁 앞에 턱을 괴고 우두커니 앉아 있거나 냅킨을 접고 있기도 하다. 식당은 자정이 가까워져서야 문을 닫는다.

김요옥은 실내에 모여 정물처럼 서 있거나 앉아 있는 네 사람의 얼굴을 흘긋 들여다보고는 원장실로 들어와 반소매 카디건을 걸치고 지갑을 챙겨든다. 지갑 속에 든 현금과 신용카드를 꺼내 다시 확인해본다. 한번 서로 시간을 맞춰서 저녁 식사를 하자고 제의한 사람은 장이혁이다. 다옥언니가 함께 화실에 있을 적에는 종종 수강생들과 어울려 식당엘 가거나 맥주를 마시기도 했다. 다옥언니가 화실을 떠난 후 수강생들과 저녁 식사를 하러 가는 건 처음이다. 이번처럼 장이혁이 먼저 말을 꺼내지 않았더라면 생각지도 않았을 것이다.

다옥언니가 있을 적에도 김요옥은 수강생들과 수업 시간 외에 다른 장소에서 만나거나 특별히 가깝게 지내는 것을 썩 달가워하지 않았다. 그런 자리 이후, 화실에서 수업을 하거나 받게 되면 서로 어색하거나 다소 불편해지는 것은 사실이었다. 수업을 하다가 이를테면 김요옥이 '빨강과 노랑을 쓰는 것은 공격적인 무언가가 있다는 것이며 그 무엇인가가 자기 쪽으로 뛰어들어오고 있다는 것을 무의식적으로 나타내고 싶을 때에 주로 사용하게 된다'라고 말하면 그는 빨강과 노랑의 이미지에 관해 상상하는 게 아니라 김요옥이 빨강과 노랑에 관해 그런 식으로 정의를 내릴 수밖에 없는 그 이면을 상상하곤 한다. 그건 그의 얼굴 표정만 봐도 쉽게 짐작할 수 있다.

유상진이 이미란의 식당에 가 저녁을 먹자고 하자 박순례가 고개를 젓는다. 계단을 내려가다 말고 이미란은 장이혁을 곁눈질한 다음 화실 옆 건물에 있는 치킨집으로 가는 게 어떻겠느냐고 말을 받는다. 장이혁이 고개를 끄덕거린다. 그들은 비좁은 계단을 한 줄로 길게 서서 내려간다.

"이번주부터 본격적인 무더위가 시작된다고 하네요. 하필이면 오늘 에어컨이 고장났는데 어찌나 더운지, 손님들도 식당에 들어왔다가 그냥 나가버리더라구요. 아르바이트 학생한테도 일찍 문 닫고 퇴근하라고 시켰어, 여보. ……태풍도 그냥 지나갔다죠, 선생님?"

이미란이 장이혁과 김요옥을 번갈아가며 쳐다보다가 말끝을 올린다. 김요옥은 맞은편에 앉아 있는 이미란을 본다.

"그, 그래요? 며칠 전부터 태풍이 북상할 거라고들 한참 시끄러웠었는데, 그냥 지나가버렸군요."

"오늘도 한 33, 4도는 됐을 거예요. 화실 오느라 버스를 탔는데 땀이 그냥 무릎으로 뚝뚝 떨어지더군요."

"상진씬, 너무 먼 데서 오느라 제가 괜히 미안하고 그래요. 학교 앞이나 그 근처에도 미술학원이 많이 있을 텐데. 박선생님이나 미란씨나 장이혁씨는 다들 이 근처에 사셔서 괜찮은데."

"제가 다니고 싶어서 오는 건데요, 뭘. 신경 쓰지 마세요. 화실이라고 다 같은가요."

김요옥 옆에 앉은 장이혁이 김요옥의 술잔에 맥주를 따른다. 유상진은 옆에 앉은 이미란의 잔에 술을 따르고 앞자리에 앉은 박순례의 잔에도 술을 따라준다. 박순례가 옆에 앉은 장이혁에게 술을 권한다.

"저, 호칭을 뭐라고 해야 할지…… 그냥 선생님이라고 부를게요. 그래도 괜찮겠습니까?"

유상진이 장이혁의 잔에 술을 따르는 박순례에게 묻는다. 박순례가 맥주병을 내려놓고 손바닥으로 입을 가리며 웃는다.

"그래도 아줌마라고 부르지는 않네? 뭐, 호칭 같은 거야 어때요. 하루이틀 얼굴 보고 말 사이도 아닌데. 그냥 편한 대로 불러요. 성당에서는 서로 형님, 동생이라고 하는데 원장 선생님도 그렇고 상진씨도 그렇고 화실만 오면 날 박선생이라고 부르네. 기분 나쁘진 않은걸? 나이가 좀 드니까 젊은 사람들 있는 데 가면 불편해들 하는 것 같아서 신경이 좀 쓰이기는 해요."

"뭘요, 아직 젊으시면서요. 술 드셔도 괜찮으시겠어요? 차는,"

"밥 먹고 술 마시자는 거 아니었어요? 자동찬 집에 두고 왔지.

아들한테도 오늘 좀 늦는다고 미리 말하고 왔어요. 상진씨도 어렸을 때 그랬어요? 나갔다가 집에 돌아와서 엄마가 없으면 그렇게 신경질을 부리더라구. 집에 들어오자마자 그래요 엄마, 엄마, 어딨어? 엄마, 밥 줘. 그럼 어떨 땐 확 짜증이 나요. 엄마가 너 밥 차려주는 사람이냐? 소릴 지를 때도 있어요. 어쩜 그렇게 부자지간에 쏙 빼닮았는지. 미란씨, 오늘 우리 아주 늦게 들어가요, 네?"

"그래요, 맨날 식당에만 있다가 저도 이렇게 술 마시러 나온 거 아주 오랜만이거든요. 이이는 술을 전혀 못해서."

"아들 이름이……"

"정훈이요, 최정훈."

"참, 미란씨, 과일 가게 아줌마한테 들었는데 그 건물 세 내놨다는 얘기가 들린다고 하던데 사실이에요?"

박순례가 이미란에게 말을 건넨다. 김요옥도 그 이야기를 듣긴 했다. 벌써 한 달 전이다. 건물 주인이 세를 다 내보내고 대형 전자센터를 새로 올린다는 소문이었다. 장이혁은 김요옥이 단숨에 맥주 반잔을 들이켜는 것을 본다. 그녀의 뺨이 불그스름해지고 있다.

"그래서 사실 요즘 식당 자릴 알아보고 있는 중이에요. 벌써 30년이나 넘게 이 동네에 살았다는데, 그래도 이이는 이 동넬 뜰 생각이 없나 봐요. 아마 근처에 가겔 얻게 될 것 같아요. 저도 정이 들어서 그런지 별로 낯선 동네로 나가고 싶지도 않고."

이미란이 유상진 쪽으로 훈제 치킨 접시를 슬쩍 밀어준다. 유상진은 다시 잔을 비우고 그 잔에 장이혁이 술을 따라준다. 이미란의 말대로 전혀 술을 못하는지 장이혁의 잔엔 술이 그대로 남아 있다.

"원장 선생님, 그쪽 건물 주인은 뭐 별다른 말 하지 않던가요?"

"……"

"아이 참, 우리 원장 선생님은 너무 말이 없으시다니까. 그렇죠?"

박순례가 김요옥의 잔에 술잔을 부딪친다.

"술을 잘 못해서."

"선생님, 천천히 드세요. 이 집 치킨 맛있다고 꽤 소문났어요. 이거 같이 드시면서 술 드세요. 그러다가 취하시면,"

"당신은 참 별 걱정도 다 하네요. 선생님 집이 천리만린가 뭐. 10분만 걸어가면 될걸. 선생님, 그러지 말고 많이 드세요. 이렇게 한 자리에 모이기도 어려운데. 선생님 취하시면 이이가 데려다드리면 되잖아요."

"그럼, 미란씨는요?"

"저요? 전……, 저는 괜찮아요. 여보, 선생님 취하시면 당신이 데려다드린다고 해, 선생님 맘놓고 술 드시게. 박순례씨도 오늘 늦게 들어간다고 하잖어. 자, 상진씨도 한 잔 더 해요. 저녁을 안 먹어서 그런지 벌써 술이 올라오는 거 같으네."

유상진은 이미란이 건넨 술을 단숨에 비우고는 슬그머니 자리에서 일어난다. 장이혁은 자꾸만 붉어지고 있는 김요옥의 왼쪽 뺨을 보며 맥주 한 모금을 넘긴다. 박순례는 고개를 왼쪽으로 돌리고 맥주 한 모금을 마시고 있는 장이혁의 젖은 입술을 쳐다본다. 김요옥은 먹기 편하도록 훈제 치킨을 조각조각 찢느라 기름 범벅이 된 이미란의 손가락에 눈을 두고 있다.

다시 자리로 돌아온 유상진은 담뱃갑을 박순례 앞으로 내민다. 유상진이 피우던 담배는 테이블 위에 남아 있다. 그가 사온 건 박순례가 피우는 캔트 붉은 갑이다.

"참 신기해요. 밖에 나갔더니 글쎄 하늘에 별 몇 개가 떠 있더군요."

"그게 뭐가 신기해요?"

박순례가 새 담배의 비닐을 벗기며 의아하다는 듯 묻는다.

"도시 한가운데서 별을 본다는 게 말예요."

"별이, 떴다구요? ……음, 그 별들은,"

"……?"

"그 푸른 별들은 사실 두 개의 늙고 오래된 별들이 합쳐져서 생겨난 거라는군요. 그러니까 오래된 별 두 개가 충돌해서 하나의 새 별이 생겨나는 거죠."

"선생님한텐 별도 노랑이 아니라 푸른색으로 보이시나 봐요."

유상진이 쓰게 웃으며 김요옥을 쳐다본다.

"대부분의 충돌이 단지 우리 눈에 보이지 않는 곳에서 일어나기 때문에 천문학자들은 충돌의 결과로 생겨난 푸른 별들을 발견할 수 있을 뿐이지 별들의 충돌을 직접 목격할 확률은 거의 없대요."

"그렇다면 그건 그 별이 원래 있던 두 별이 합쳐져서 생긴 것인지 아니면 전혀 관계가 없는 두 별이 우연히 충돌해서 생긴 것인지 알아낼 길이 없다는 말 아닌가요, 선생님?"

"그렇게 볼 수 있죠. 충돌하기는 하는데 단지 눈에 보이지 않는 거죠. 그러나 별들의 충돌이 드문 일이 아니라는 건 다 알려진 사실이잖아요. 충돌할 때, 처음의 그 격렬함이 가라앉고 나면 처음엔 별이라고 볼 수 없는 이상한 물체가 생겨난대요. 그 새로 생겨난 물체가 스스로를 정리해서 다시 별이 되기까지의 과정은 무려

10만에서 1000만 년 동안 계속된다는군요."

"그렇게나 오래요?"

"뜬금없이 웬 별 얘기를……"

"상진씨가 본 건 아마 지금 우리 머리 위에서 반원을 그리며 북극 쪽으로 가고 있는 작은 별일 거예요. 별들은 모두 지평선에서 떠서 반대 지평선으로 지잖아요."

"……"

"맥주 몇 병 더 주문할까요?"

"그런데 이상한 건, 아직 우리가 그 별로 갈 수 있는 통로는 발견되지 않았다는 거죠."

"별로 가는 길이라……"

"……!"

"……"

"선생님, 괜찮으세요?"

장이혁은 줄곧 꿈을 꾸듯 눈을 감고 있는 김요옥에게 묻는다.

"여기도 참 덥네요. 이 여름이 언제나 다 지나갈래나."

"아직 팔월도 오지 않았는걸요."

"그렇죠 참. 그런데, 언제 팔월이 올까요?"

"어머, 선생님 취하셨나 봐요. 내달이면 벌써 팔월인데."

"아녜요. 전 아직 안 취했어요. 미란씨, 술 더 시켜요, 우리."

"……"

"그러죠, 모처럼 이렇게들 모였는데."

"그래요, 정말 다 모인 건 처음인 것 같은데."

"우리가 또 언제 이렇게 다시 함께 만날 수 있을까요?"

"……선생님, 피곤하시면 먼저 일어나셔도 돼요. 제가 댁까지 모셔다드릴게요, 취하신 것 같은데."

"왜 자꾸 그래요, 난 정말 하나도 안 취했다니깐요!"

김요옥이 장이혁과 유상진을 획 돌아다보며 발작적으로 소리친다.

*

구청 건물을 둘러싼 낮은 담벼락에 전단지 몇 장이 붙어 있다. 안경을 쓴 20대 후반쯤 되는 청년의 얼굴이다. 유상진은 구청 위쪽으로 몇 걸음 더 올라갔다가 다시 내려와 전단지를 유심히 들여다본다. 사흘 전 발생했던 살인사건 용의자의 몽타주다. 청년은 K대 재학 중이라고 한다. 유상진은 퍼뜩 뒤를 한 번 돌아다본다. 버스 정거장으로 뻗어 있는 구청 위쪽엔 얼마 전 한쪽 담을 헐고 벤치 몇 개를 놓았다. 한낮의 무더위를 피해 나온 상점 사람들이나 밤나무 공원으로 산책 갔다 내려오는 사람들이 그곳에 잠시 앉아 구두를 벗고 부채질을 하고 있다. 버스 정거장에 서 있는 사람들은 뒷모습만 보일 뿐이다. 아무도 이쪽을 지켜보고 있는 사람은 없다. 유상진은 쓰고 있던 야구 모자를 눈썹 밑으로 푹 눌러쓴다.

인근 밤나무 공원에서 검정색 쓰레기 봉투에 담긴 토막 시신을 발견한 사람은 새벽에 청소를 나온 환경 미화원이었다. 꽉 졸라 묶은 쓰레기 봉투 사이로 50대 여자의 팔다리가 불거져나와 있었다. 10여 조각으로 토막 난 여자의 머리와 몸통이 든 쓰레기 봉투가 발견된 곳은 공원에서 2, 3킬로미터 떨어진 교회 주차장이다. 정교하게 오려낸 여자의 입술과 코는 지하철 역 입구 계단에서 발견되었다. 완전 범죄를 기도하거나 잔혹 영화를 흉내내기라도 한 듯 범인은 피해자의 신원을 알아낼 수 없도록 출혈 흔적을 거의 발견할 수 없을 만큼 완벽하게 물로 닦아놨으며 예리한 칼로 손가락 일부까지도 절단해놓았다.

토막 살인을 당한 50대 여자는 용의자의 어머니로 밝혀졌다. 범인은 범행 당시 집 안에 있던 양주 대여섯 잔을 마셨을 뿐 만취 상태도 아니었으며 직접적으로 부모를 살해할 만한 계기가 있었던 것도 아니었다. 정신 병력도 없었던 것으로 밝혀졌다. 경찰청 범죄심리분석 자문위원회는 다섯 시간 동안 범인에 대한 심리 분석을 실시했다. 그 결과 극심한 우울증과 강한 현실 도피적 욕구가 불붙어 저지른 범행이라는 결론이 나왔다. 그림 카드를 통한 심리 테스트에서는 아버지에 대한 두려움과 어머니에 대한 증오를 심하게 보였다고도 하였다.

심리학자와 범죄 전문가들은 '분노 폭발'이라는 전문 용어를 사용했다. 소심하고 사회성이 적은 데다 평소에 공격성을 배출하지 못하는 사람에게 분노가 쌓여 있다가 한꺼번에 폭발한 것이라고 분석했다. 범인은 부모에 관해 심한 분노를 억압하고 있었고 자존심이 매우 낮은 상태이며 성격적으로는 수동·공격적 성향을 갖고 있었다. 텔레비전 심야 토론 프로그램에 출연한 한 신경정신과 전문의는, 범인이 범행 후 치밀하게 마무리하려고 했던 점으로 미루어봐 본인이 제어할 수 없는 패닉 상태에서 범행을 저질렀다고는 볼 수 없으며 오랫동안 자신이 받은 신체적·정신적 학대를 부모에게 수직 이동해 되돌린 것이라고 단정했다. 범인의 부모는 범인이 어려서부터 줄곧 별거 중인 상태였다. 범인은 폭행을 일삼는 아버지와 신경 쇠약인 어머니의 집 사이를 전전하곤 했다.

용의자는 어제 인근 모텔에서 체포되었다. 용의자의 방에서 피 묻은 옷가지들과 흉기를 발견한 지 사흘 만의 일이다.

유상진은 범인을 검거하기 위해 붙여두었던 몽타주 귀퉁이를 잡고 손끝에 힘을 준다. 또렷한 눈매를 안경 속에 감춘 청년의 얼굴이 이마께서부터 천천히 찢어진다. 청년의 이마와 한쪽 뺨이, 입술과 턱이 차례로 뜯겨나간다. 유상진은 토막 살인을 하는 사람처럼 신중하고도 집요하게 청년의 얼굴을 벗겨낸다.

범행을 저지른 후 청년이 인근 모텔에 잠적해 있던 사흘 동안 유상진은 속옷과 겉옷을 모두 갈아입고 나서 집을 나왔다. 가방엔 여벌의 옷가지들과 약간의 현금을 챙겨 넣었다. 이쪽에서는 꽤 먼 거리의 수락산에 올라가 한낮을 보내다가 밤벌레가 들끓는 산 밑 식당에서 해장국 한 그릇을 사먹고 지하철을 갈아타고 부천 친구의 집으로 내려갔다. 모자를 산 건 지하철 역 안 간이 판매대에서였다. 사흘 동안 유상진은 부화장을 운영하는 친구의 부모를 도와 닭똥을 치우고 사료를 먹이고 한밤에 갑작스런 정전이 일어나 부화장 불이 모두 꺼졌을 땐 대형 전등기 몇 대를 돌리고 있는 닭장 옆에서 밤을 지새우기도 했다. 불빛에 익숙해진 수천 마리의 닭들은 전등기가 깜박 나갈 때마다 어둠 속에서 악을 쓰듯 날개를 파닥거리고 홰를 쳐댔다.

사흘째 되는 날, 돈암동 아버지의 집으로 몇 차례인가 전화를 넣어보았다. 아버지는 전화를 받지 않았다. 녹음된 기계음만이 되풀이해서 돌아갈 따름이었다. 역삼동 어머니 집도 마찬가지였다. 어머니는 집에 없을 터였다. 유상진이 집을 떠나오던 날 어머니는 이미 집 안에 없었다.

10여 대의 버스가 구청 앞을 지나갈 때까지 허리를 구부리고 벤치에 앉아 있다가 유상진은 자리에서 일어난다. 차도와 인도 사이를 경계 짓듯 서 있는 은행나무와 은행나무 사이 공중전화 부스로 들어간다. ……아무도 전화를 받지 않는다. 어쩌면 어머니는 아주 이곳을 떠났는지도 모른다. 작별 인사도 하지 못했는데. 유상진은 수화기를 내려놓을 염도 내지 못하고 오후의 햇살이 작열하고 있는 공중전화 부스에 등을 기댄 채 서 있다가 다시 번호판을 누른다. 오래 신호음이 울리다가 저쪽에서 누군가 수화기를 든다. 그녀의 목소리는 아니다. 그녀의 남편은 속초에 있다. 그는 한 달에 두 번 서울에 올라온다. 오늘은 수요일이다. 그녀가 성당에 가는 날이다. 전화를 받은 사람은 그녀의 아들이다. ……정훈,이라고 했던가.

유상진은 그 애가 친구 집에서 친구 어머니의 지갑을 훔치다 들켰다는 것을 알고 있다. 김요옥을 통해 알게 된 사실이다. 아마도 지난번 화실에서 학교에서 온 전화를 받고 허둥지둥 뛰쳐나간 것도 그와 유사한 일이었을 거라고 짐작해본다. 또래의 아이들에 비해 그 애의 용돈이 터무니없이 적거나 부족하지는 않을 것이다. 그렇다면 그건 습관성 도벽이다. 딱히 필요해서 물건을 훔치는 것도 아니고 훔칠 물건 자체에 관심이 있는 것도 아니다. 그 아인 아마 그것을 빼앗음으로써 상대를 해쳤다는 느낌을 받을 것이다. 그 상대는 친구의 어머니나 상점 주인이 아니라 자신의 부모나 가까운 친구들일 수 있다. 자신에게 보다 주의 깊은 관심을 보여주길 원하는 심리가 동시에 작용한 것이다. 그게 아니라면 죄의식이나 죄책감을 스스로 이기지 못하고 물건을 훔쳐 처벌받음으로써 그 죄의식에서 벗어나고자 하는 신경증적 도벽일 수도 있거나.

발각된 이후 정훈은 그 돈으로 친구들과 분식점에 가거나 오락기구를 사기 위해서였다고 부끄러워하며 변명했다고 한다. 박순례의 아들은 집중력이 떨어지고 다소 산만한 성향일 가능성이 많다. 어쩌면 그 아이도 공허감을 떨쳐내는 하나의 수단으로서 물건을 훔치는 것은 아닐까. 설명할 도리 없는 그 깊은 결핍 때문에.

그 일 이후 박순례는 화실에 나오지 않고 있다. 열흘이 지나고 있다. 이번에는 그녀도, 분명히 드러나는 자식의 잘못을 짐짓 못 본 척 외면해버리는 대개의 부모들처럼은 정훈의 일을 대수롭게 생각하지 못할 것이다. 그녀는 재두루미처럼 긴 목을 꺾고 앉아 여태 울고 있을지 모른다. 그런데 장이혁은 박순례가 화실에 나오지 않고 있다는 사실을 알고 있을까.

도벽은 때로 박탈감이나 소외감, 혹은 미움이나 질투심, 경쟁 심리 같은 것에서도 시작된다는 것을 유상진은 알고 있다. 훔치려는 대상이 물건이든 때로 사람이든. 돌연히 아래께부터 스멀스멀 올라오는 뜨거운 기운에 화들짝 놀라 누가 확 밀쳐내기라도 한 듯 공중전화 부스에서 뛰쳐나온다.

화실을 지나 두 정거장 더 가서 버스에서 내린다. 편의점과 일식집 사이 골목으로 들어간다. 낯선 집 대문 안으로 잘 가꾼 녹색의 정원수들이 빼곡하게 들어차 있는 것이 보인다. 유상진은 어깨에 멘 가방 끈을 짧게 줄이고 커다란 미로처럼 휘어진 골목골목을 돌아들어간다. 마치 낯선 사람에겐 절대로 길을 내보여주지 않겠다는 듯 골목길은 곧은길이 하나도 없이 모두 높은 담장 사이로 휘어져 있다. 갈림길 앞에서 왼쪽으로 꺾어든다. 대문 밖으로 감나무 가지가 휘어져나온 첫번째 집을 지나 철제 대문 틈으로 무릎 높이의 바위와 그 틈으로 키 작은 소나무들이 다문다문 심어진 집 앞에서 걸음을 멈춘다. 잔디 위로 징검다리처럼 놓인 발디딤 돌이 현관 앞까지 길고 유연한 나선형을 그리며 이어져 있다. 박순례의 집이다.

……나는 그녀의 아버지가 될 수 있고 남편이 될 수 있다. 그녀의 애인이 될 수 있다. 친구가 될 수 있다. 아니, 나는 그녀의 아들이 될 수도 있다.

유상진은 질끈 아랫입술을 깨문다. 집 안에는 박순례의 아들밖에 없을 것이다. 유상진은 두 팔로 담장을 짚고 기어오른다. 열정을 폭발한 맹수처럼 단 한 번의 망설임도 없이 훌쩍 담장을 뛰어넘는다.

*

남부 지방부터 폭우가 쏟아지기 시작했다. 집중 호우 때문에 피서를 간 등산객과 행락객들이 순식간에 고립되고 지리산 피아골과 뱀사골로 가는 등산로가 통제되었다. 주황색 유니폼을 입은 119 구조대원들이 소방 헬기와 밧줄을 이용해 고립된 사람들을 구조하는 모습이 하루 종일 방영되고 있다. 밧줄 하나에 의지해 강을 건너는 사람들의 모습이 위태롭고 불안해 보였으나 한 사람의 인명피해도 없이 모두 구조되었다. 이틀 전만 해도 20만 인파가 몰려

성시를 이뤘던 해변엔 거짓말처럼 단 한 사람도 보이지 않는다. 그러나 그 틈에도 동해로 빠지는 고속도로와 국도는 휴가를 떠나는 차량들로 정체되고 있다.

텔레비전 화면을 주시하고 있다가 이미란은 문득 어젯밤 퇴근길에 본 검은 구름들을 떠올린다. 태풍이 소멸됐다고 한 게 언젠데, 저 구름들은 뭐지? 이미란은 남편에게 물었다. 고개를 수그리고 구둣부리만 바라보며 걷고 있던 남편이 마지못한 듯 하늘을 한 번 올려다보긴 했다. 그러나 남편은 아무 말도 하지 않았다. 강렬하고도 어두운 파랑으로 빛나는 하늘 속의 무거운 잿빛 구름들이 밤 내내 무거운 이불처럼 몸을 짓눌렀다. 아침부터 그 구름들이 진군하듯 서서히 하늘을 뒤덮기 시작하더니 급기야 하루 종일 비가 쏟아지고 있다.

비가 오는 날은 식당에 손님이 없다. 이미란은 점심 시간에 맞춰 미리 김밥을 싸놓지도 않았고 덮밥을 만들기 위한 오징어나 불고기도 양념해놓지 않았다. 점심 시간이 지났는데 손님이라고는 라면을 먹으러 온 여학생 두 명밖에 없다. 식당 옆 슈퍼와 십자수 상점과 자전거 가게로 배달만 세 곳 다녀왔을 뿐이다. 텔레비전을 끄고 거리로 난 창 쪽으로 의자를 끌어당겨 앉는다.

짙은 재색의 천을 휘감아놓은 것처럼 거리는 어둑신하고, 낮게 내려앉은 먹구름 때문인지 고개로 넘어가는 길은 아예 뭉툭하게 끊어진 듯 보이지 않는다. 어두운 그 고개 너머로 미등을 켠 버스와 자동차들이 느리게 지나다니고 있다. 비가 오는 탓일까. 어쩐 일인지 도로 쪽으로 난 화실 창문들이 모두 닫혀 있다. 간판이 떨어져내리고 전신주가 뽑힐 만큼 무서운 폭우가 쏟아질 때도 작업실 창문만큼은 늘 열려 있곤 했었는데. 손바닥으로 창문의 습기를 닦아내고 다시 쳐다봐도 원장실과 작업실 창문은 닫혀 있다. 외출을 하지 않았다면 김요옥은 지금 화실에 있을 것이다. 1시 조금 넘어 한쪽 날갯살이 부러진 우산을 내려쓴 김요옥이 젖은 운동화를 끌고 화실로 올라가는 것을 봤다.

어제 늦은 오후에 오랜만에 김요옥이 식당에 왔었다. 주문한 덮밥을 만들어 조리대에서 나왔을 때 그녀의 모습은 보이지 않았다. 쟁반을 든 그대로 출입구 밖으로 나가봤다. 패배가 명백한 싸움을 앞둔 사람처럼 김요옥이 고개를 푹 꺾은 채 횡단보도 앞에 우두커니 서 있는 게 보였다. 녹색 신호가 들어왔는데도 그녀는 붙박인 듯 그 자리에 꼼짝않고 서 있었다. ……그런데 남편은 왜 그 처녀의 사진을 갖고 있었던 것일까.

배달시킨 단무지가 오지 않자 퇴근한 남편이 아래 재래시장에 있는 재료상으로 직접 내려갔다. 무료하게 앉아 있다가 이미란은 남편이 식당 테이블 위에 두고 간 커다란 수첩을 후룩 넘겨봤다. 바닥으로 사진 한 장이 떨어졌다. 한 여자가 연못가 벤치에 앉아 이쪽을 보고 함빡 웃고 있는 사진이었다. 오래전에 찍은 사진인 듯했으나 사진 속의 여자는 틀림없이 화실 원장인 김요옥의 얼굴이었다. 어쩌면 김다옥이 아닐까 싶어 다시 자세히 사진을 들여다보긴 했다. 그러나 뾰족한 콧날 옆의 데생 연필로 꾹 찍은 듯한 검은 점을 갖고 있는 사람은 김다옥이 아니라 김요옥이었다. 이미란은 얼마쯤 더 사진을 들여다보다가 도로 수첩에 끼워넣었다.

남편은 김다옥의 사진을 갖고 있을 수 있고 박순례의 사진을 갖고 있을 수 있으며 또 어쩌면 유상진이나 다른 어떤 이의 사진을 갖고 있을 수 있다. 이상하다면 그건 남편이 이미란 자신의 사진을 갖고 있는 것일 터이다.

이미란은 재료상에서 돌아온 남편에게 사진에 관해 묻지 않았다. 그리고 집으로 돌아가는 길에도 단지 태풍이 소멸된 후 나타난 먹구름에 관해 질문했을 따름이다.

아르바이트 학생이 식당으로 들어온다. 그 애의 바짓단과 옷 앞섶이 흥건하게 젖어 있다. 이미란은 앞치마를 벗고 식당을 나온다. 약속 시간은 한 시간 남짓 남았다.

나흘 내내 여자의 집엔 아무도 전화를 받지 않았다. 행주를 삶거나 뜨거운 물로 칼과 도마를 소독하다가도 이미란은 연신 전화를 걸어보았다. 한 번인가 여자의 아들이 전화를 받긴 했는데 그녀는 집에 없다고 말했다. 사내아이의 음성이 콱 잠겨 있었다. 수화기를 내려놓다 말고 퍼뜩 그녀가 집 안에 있을지도 모른다는 예감이 들었다. 그녀에게 무슨 일이 생긴 것일까. 지나가는 말처럼 화실에 나오지 않는 그녀에 관해 물었으나 김요옥은 입을 다물었다. 김요옥이 정물로 쓸 과일을 사러 나간 사이, 원장실에 들어가 책상 서랍을 열었다. 수강생들의 출석표와 연락처가 기재돼 있는 스프링 노트에서 그녀의 전화번호를 옮겨 적었다. 그녀는 벌써 열흘이 넘도록 화실에 안 나오고 있다. 유상진이 화실을 나오지 않기 시작한 건 그 이틀 뒤부터이다.

사거리에서 왼쪽으로 방향을 튼 버스가 남편의 네온 상점 앞을 막 지나치고 있다. 남편은 아마 지금쯤 고열 속에서 또 하나의 새로운 네온사인을 만들고 있을 것이다. 수은 때문일까. 남편에게선 늘 상한 식초 냄새가 풍겨난다. 마치 예전부터 줄곧 네온사인 기술자였던 사람처럼 남편은 그 일에 관해 불평하거나 처음 기술원에 다닐 때처럼 의기소침해 보이지도 않는다. 옥외 광고물 업체가 그렇듯 그 일도 경기 흐름이나 정부 시책 등에 다소 영향을 받긴 하지만 네온 인테리어 분야는 점점 더 부상하고 있다. 봄이 되면서부터는 남편이 가져오는 수입도 꽤 늘어가고 있는 중이다. 이 상태가 지속된다면 겨울쯤부터는 식당을 그만둘 수도 있을 것이다.

K대학 건너편에서 하차한다. 정거장 맞은편으로 대학 정문이 바라다보인다. 우산을 들고 등에 가방을 멘 학생들 몇몇이 정문을 나오거나 들어가고들 있다. 펼쳐든 우산을 어깨 뒤로 젖히고 대학 정문을 드나드는 사람들을 유심히 바라본다. 유상진이 다니는 대학이다. 약속 장소를 정한 건 이미란이다. 그녀는 화실 근방 찻집이나 아니면 식당으로 오겠다고 말했다. 이미란은 그녀의 말을 못 들은 척 일방적으로 약속 장소를 말하곤 서둘러 전화를 끊어버렸다. 약속 시간은 10분 남았다. 그녀가 올까. 빗줄기가 점점 더 굵어지고 도로 가장자리로 빗물이 고이기 시작한다. 우산을 쓰고 있어도 양쪽 어깻죽지가 다 젖었고 샌들 속으로도 빗물이 차오른다.

대학 정문 앞에서 10분쯤 무르춤히 서 있다가 학교가 맞바라다보이는 2층 찻집으로 들어간다. 머리칼에서 빗물이 뚝뚝 떨어진다. 이미란은 창가 자리로 가 앉아 실내를 휘둘러본다. 그녀의 모습도 유상진의 얼굴도 보이지 않는다. 전화를 걸 때까지만 해도 특별히 그녀를 만나야겠다는 작정 같은 것은 하지 않았다. 그러나 전화기 건너편으로 그녀의 목소리를 듣는 순간 두서 없이 약속 시간과 장소를 결정하고 말았다.

그녀를 만나면 무슨 말을 할까. 천장에 남아 밤 내내 목을 조르

듯 짓누르는 먹구름의 잔상을 뜬눈으로 쳐다보며 줄곧 혼자 되뇌어보았다. 나는 말할 것이다. 유상진에 관해 이야기할 것이다. 내 남편, 아니 장이혁에 관해 이야기할 수도 있다. 아니다. 단지 왜 화실에 안 나오는지 궁금했었다고만 말할까. 아니다. 그것도 아니다. ……바다를 보고 왔다고 했지. 그렇다면 등대나 오징어 채낚기 어선에서 떨어지는 수면 위의 한 줄기 불빛에 관해 이야기할까. 때로 물결에 따라 흔들리긴 하지만 끝내 제 형태를 잃지 않는 불빛의 아름다움에 관해?

한 여자가 물이 떨어지는 우산을 들고 찻집 문을 연다. 입구에서서 천천히 실내를 둘러보던 박순례가 이쪽으로 걸어오고 있다.

*

꺼끔하게 개기 시작하는 구름들 사이로 희미한 햇살이 촘촘한 부챗살처럼 가늘게 번져든다. 강한 열대성 저기압이 물러나기 시작한 건 아침부터이다. 비가 그치면서 기온이 올라가긴 했지만 되레 습도가 높아지고 가시거리도 현저히 줄어든 느낌이다. 유상진은 버스 손잡이를 잡고 있다가 차창으로 고개를 내밀고 먼 하늘에서부터 이곳으로까지 긴 선으로 떨어지고 있는 빛줄기를 바라본다. 햇살은 흰빛인 것 같다가도 희끗 황금색으로 변하기도 하고 황금색이구나, 단정하는 사이 어느 틈엔가 채도가 꺾인 푸른빛이 섞여들기도 한다. 빛은 마치 각도를 달리할 때마다 전혀 다른 새로운 윤곽을 드러내고 마는 오묘한 여인의 얼굴 같기도 하고 얼마 동안 빨강을 뚫어지게 바라보다 흰색을 보면 거기에 초록색 그림자가 생겨나는 것처럼 도무지 어느 한 가지 빛깔로는 단정하기 힘들다. 종잡을 수 없는 그 다성적인 빛깔 사이로 사람들이 무표정한 얼굴로 거리를 지나다니고 있다.

어쨌거나 오늘은 기어이 그 그림을 완성해야 할 텐데. 여태도 아침 바다 위로 떨어지는 햇살의 빛깔을 표현해내지 못하고 있다. 그림 속에 시간이 담겨 있지 않은 건 진정한 그림이 아니라고 원장 선생은 말하곤 했다. 그러나 한 달이란 시간은 너무도 길고 지루하다. 김요옥은 그 지루함에 관해 좀체 알지 못하는 사람 같다.

버스에서 내려 횡단보도 앞으로 걸어가다 말고 힐끔 식당 쪽으로 고개를 돌려본다. 거리로 난 창 앞에 앉아 김밥을 말고 있거나 무료한 듯 혹은 당장이라도 식당을 뛰쳐나가고 싶은 충동을 억누르는 듯 곤혹스런 얼굴로 매번 그 자리에 앉아 있던 이미란의 모습이 보이지 않는다. 눈이라도 마주치면 이미란은 낯선 타인을 스치는 것처럼 무감각하고 다소 냉소적인 표정으로 일별하고는 한다. 식당엔 고무장갑을 낀 아르바이트 학생만 남아 행주로 테이블을 닦고 있다.

횡단보도를 건너 화실 건물 입구로 들어선다. 계단 참은 늘 조도가 낮고 지나치게 가파르다. 유상진은 독서실과 보습학원을 지나 4층 계단으로 오른다. ……! 계단에서 한 여자가 쭈그리고 앉아 무릎에 얼굴을 파묻고 있는 모습이 눈에 들어온다. 유상진은 그녀에게서 비켜나 간신히 계단을 오른다. 앉아 있던 여자가 후딱 고개를 들곤 그의 이름을 부른다. 날카로운 송곳으로 얼음장을 깨부수는 듯 여자의 목소리가 쩍 갈라진다. 한 발을 계단 위에 올려둔 엉거주춤한 자세로 유상진은 뒤를 돌아다본다. 식당 여자, 이미란이 붉게 충혈된 눈으로 그를 올려다보고 있다. ……? 유상진은 설핏 그녀가 긴 팔을 뻗어 발목을 낚아채는 듯한 느낌에 진저리를 치며 벽에 등을 기댄다.

여자의 뺨엔 손등에 눌린 붉은 자국과 물기가 배어 있다. 무방비 상태였다가 혹한의 추위를 만난 사람처럼 어깨를 벌벌 떨고 있기까지 하다. 단 한 마디도 내뱉기 힘들다는 듯 여자는 유상진의 어깨 너머 4층 화실 쪽으로 눈을 던지고 있다. 여자의 눈을 따라 화실 문을 물끄러미 쳐다본다. 여느 때처럼 문은 닫혀 있다. 대체 무슨 말을 하려는 것일까. 여자의 침묵에 선뜻 아무 말도 건넬 수가 없다. 그 침묵을 뚫고 계단 밑으로 쇠붙이 같은 게 떨어지는 소리가 들린다. ……유상진은 밑으로 내려가 허리를 구부린다. 열쇠다.

화실 열쇠가 늘 건물 입구 스테인리스 우편함에 들어 있다는 건 수강생이면 모두 다 알고 있는 사실이다. 일찍 와 그림을 그리려는 사람을 위해 우편함에 넣어둔다고 했다. 그러나 유상진은 한 번도 그 열쇠로 문을 열고 가장 먼저 화실에 들어가본 적이 없다. 언젠가 아르바이트가 일찍 끝나 예정보다 이른 시간에 화실에 온 적이 있긴 했으나 화실 문은 잠겨 있지 않았다. 그 열쇠를 사용할 일이 없었다.

열쇠를 꽉 움켜쥐고 있었던 듯 축 늘어진 이미란의 손바닥엔 붉은 자국이 선명하게 남아 있다. 그렇다면 오늘 화실에 가장 먼저 온 사람은 이미란이다, 여느 때완 달리 화실 문은 잠겨 있었다, 이미란은 4층까지 올라갔다가 헛걸음하고 다시 1층으로 내려와 우편함에서 오랫동안 사용하지 않았을 열쇠를 꺼냈다, 그녀는 다시 계단을 올라가 화실로 들어갔다, 아니 들어간 것까지는 짐작할 수 없지만 어쨌거나 그녀는 화실 문을 열긴 했을 터이다, 그리고 지금 김요옥은 안에 없다.

누군가 자박자박 소리를 내면서 계단을 올라오고 있는 기척이 들린다. 두 팔로 어깨를 감싸쥐며 웅크리고 있던 이미란이 겁에 질린 눈으로 유상진을 바라본다. 유상진은 그녀의 눈길을 털어내버리려는 듯 한 계단 위로 성큼 올라간다. 계단 밑에서 또 한 여자의 머리카락과 목덜미와 상반신과 검은 가방이 차례대로 올라오는 게 보인다. 여자가 4층으로 올라오려다 말고 위를 올려다본다. 박순례다. 유상진은 돌연 안도를 하며 깊은 숨을 토해낸다. 박순례가 아연한 눈길로 이미란과 유상진을 번갈아가며 쳐다본다. 유상진은 도로 한 계단 밑으로 내려온다. 어깨선까지 닿아 있던 웨이브 머리형이 짧게 커트돼 있다. 달라진 헤어스타일 때문일까. 유상진은 박순례가 아닌 한 낯선 여인을 맞닥뜨린 듯한 공소한 느낌에 아무런 말도 하지 못한다.

……마치 음모를 꾸미려는 사람들처럼 깊고 무거운 침묵 속에서 유상진과 박순례와 이미란의 시선이 허공에 거미줄처럼 얽혀들고 있다.

결심한 듯 유상진이 먼저 등을 돌려 계단을 오른다. 그 뒤를 따라 천천히 두 여자가 손을 꽉 맞잡고 계단으로 올라선다. 화실 문 손잡이를 얼마쯤 가만히 쥐고 있다가 유상진은 힘껏 문을 열어젖힌다. 새벽녘에 돌연한 초인종 소리에 놀라 두려움을 숨긴 채 거기 누구요? 라고 어둠 속을 향해 혼자 소리치듯. 그렇게 해서 두려움을 숨기거나 가장할 수 있다는 듯.

새 종이가 올려진 이젤 네 개가 출입문 쪽을 향해 나란히 세워져 있다. 희디힌 종이의 빛깔 때문에 유상진은 한쪽 팔로 눈을 가리고 만다. 흰빛이 눈을 태워버릴 듯 강렬하게 빛나고 있다. 유상진은 주춤거리며 화실 한가운데로 걸음을 옮긴다. 그 이젤들 사이로 양파나 말린 꽃, 대바구니, 생수통, 플러그 같은 정물들이 모두 치워진 테이블이 보인다.

아무것도 없는 테이블 위에 깊은 잠을 자고 있는 사람처럼 김요옥이 길게 누워 있다. 한쪽 팔은 배꼽 언저리에 놓여 있고 오른쪽 팔은 테이블 밑으로 축 늘어져 있다. 그녀의 목엔 검은 끈이 칭칭 동여매져 있다. ……얼마나 시간이 지난 것일까. 그녀의 얼굴빛은 유혹하는 듯하면서도 노을 속으로 지는 태양의 빛깔처럼, 지평선 너머로 침몰하는 황혼의 빛바랜 자줏빛으로 변색돼 있는 듯 보인다. 종지부를 찍듯 그녀의 맨발에 창을 통해 들어온 하오의 빛줄기가 수직으로 내려꽂히고 있다. 뭔가 채 말을 다 끝내지 못한 사람처럼 김요옥의 입술은 반쯤 벌어진 상태다. 그러나 지금껏 단 한 번도 본 적 없는 평온하고 고요한 얼굴이다. 그 얼굴 위로 자줏빛에 빙의된 듯한 푸르스름한 빛깔이 섞여 있기도 하다.

테이블 앞에 새 종이가 깔린 이젤들은 마치 김요옥이 흰 종이를 통해 차마 할 수 없는 긴 작별 인사를 하겠다는 듯이, 그것도 아니면 자신의 모습을 그려달라고 말하기라도 하는 듯이 공허하고 불안정하게 서 있다.

"……아, 저것 좀 보세요!"

주춤거리며 이젤과 낮은 테이블 사이에 서 있던 유상진이 감탄하듯 목소리를 높인다. 서로 부둥켜안고 있던 이미란과 박순례가 퍼뜩 유상진을 쳐다본다. 누군가 먼저 말을 꺼내기를 기다렸다는 듯 이미란과 박순례의 시선은 얼른 김요옥의 몸에서 비켜난다.

"저 흰 천 위에 누워 있는 우리 원장 선생님 모습이 정말 아름답지 않습니까? 빛이 머물러 있는 발가락이랑 입 속의 까만 혓바닥이랑 아니, 선생님 몸 전체에서 번지는 죽은 자줏빛 색깔들이 말입니다."

"그, 그게 무슨 소리예요 대체. 서, 선생님은 지금……"

"네, 선생님은 죽었죠. 보시다시피 자살한 거라구요. 아, 그런데 정말이지 너무도 매력적이지 않습니까? 자살한 사람이 매력적으로 보이는 건 냉정한 눈으로 죽음의 경계까지 걸어갔다는 점 때문이죠. 눈을 크게 부릅뜨고 말입니다. 저 모습, 마치 엔드류 와이어드가 그린 헬가의 모습 같잖습니까? ……정말이지 선생님은 너무 아름다……"

"이것 봐요, 상진씨!"

박순례가 달려들어 유상진의 한쪽 팔을 낚아채며 소리친다.

"우린 지금 꿈을 꾸고 있는 게 아니라구요. 사람이 죽었잖아, 선생님이 죽은 거란 말예요, 지금 정신이 있는 거야 없는 거야!"

악을 쓰는 박순례의 뺨 위로 왈칵 눈물이 쏟아져내리기 시작한다. 공포에 질려 있던 이미란이 기어이 입술을 비틀며 울음 소리를 토해낸다.

"어쩌면 아, 아직, 살아 있을지도 모르잖아요."

"!……"

"?……"

"저, 혹시 손거울 같은 거 없습니까?"

박순례가 떨리는 손으로 가방을 뒤적거려 콤팩트를 꺼내 유상진에게 건넨다. 유상진이 이젤 사이로 몸을 세우고 들어가 허리를 구부리고는 김요옥의 코에 거울을 대본다.

"……죽었어요. 이것 보세요, 숨을 안 쉬잖아요."

유상진이 박순례와 이미란 쪽으로 거울을 비추며 말한다.

"박순례씨, 우리 얼른 신고해요. 경찰서에 전화하자구요."

이미란이 울먹거리며 간신히 입을 연다.

"그래요, 울지 말아요 미란씨. 이렇게 놀란 상태로는 아무것도 할 수 없잖아요. 진정해요, 우리 진정하자구요. 이럴 땐 뭣보다 침착해야 하는 거예요."

"신고라구요?"

유상진이 눈을 흡뜨며 가로막듯 큰 걸음으로 박순례 앞으로 다가선다.

"그래요, 신고하자구요. 뭐가 잘못됐어?"

"……하지만 우리가 선생님을 죽인 게 아니잖아요."

"우, 우리가 죽인 건 아니지만, 그래요, 우리가 죽인 건 아니지. 그래도 죽은 건 틀림없잖아. 일단 신곤 해야지."

"저어……, 잘은 모르겠지만 우리 혹시 사진 같은 거 찍어둬야 하는 건 아닐까요?"

이미란이 박순례의 귀에 대고 속삭인다.

"사, 사진이라뇨? 그건 왜요?"

"혹시 우리들이 선생님을 죽인 거라고 의심하면 어떡해요. 그, 그럴 수도 있잖아요."

"……!"

"그럴 순 없을 거예요. 증거가 없잖아요."

"증거요?"

"그래요, 증거."

"그, 그렇군요. 그럼 더 늦기 전에 얼른 경찰서에 전화부터 해요. 아니 앰뷸런스부터 불러야 하는 건 아닌지 모르겠네요."

"그럼 잠깐만 기다려주세요. 전 정말이지 저 모습을 꼭 그리고 싶단 말입니다. 이런 기횐 다신 없을 거예요, 지금이 아니면,"

"……!"

"……"

"나쁜 자식!"

박순례가 유상진의 뺨을 후려갈긴다. 한 번 더 후려친다. 뺨을 감싸쥐며 유상진이 얼결에 한 걸음 뒤로 물러난다. 기우뚱거리며 이젤 하나가 넘어진다. 넘어지는 이젤을 피하기 위해 유상진이 김요옥의 오른편으로 뒷걸음질친다. 축 늘어진 김요옥의 오른손 밑, 바닥에 떨어져 있던 녹음기가 한쪽으로 차곡차곡 쌓아둔 의자 밑으로 밀쳐지는 것을 눈물을 훔치던 이미란이 흘긋 본다.

넘어진 이젤을 일으켜 세우다 말고 박순례는 잠겨 있던 작업실 문이 반쯤 열려 있다는 것을 깨닫는다. 저기 또 누가 있는 건 아닐까. 무르팍과 손목에서 스르르 힘이 빠져나간다. 이젤이 도로 바닥으로 쓰러진다. ……결연히 입술을 깨물고 박순례는 작업실 안으로 들어간다. 도망치듯 이미란이 얼른 박순례의 뒤를 따라 들어간다. 작업실은 텅 비어 있다. 한쪽 벽에 세워져 있던 김요옥과 김다옥의 그림은 단 한 점도 보이지 않는다. 그러나 여느 날들처럼 창문은 활짝 열려 있다. 누군가 숨을 토해내는 소리가 들린다. 이미란은 텅 빈 실내 한쪽 벽에 눈높이쯤 걸려 있는 그림 한 점을 본다.

박순례가 그 그림을 쳐다본다. 문 입구에 선 유상진도 그 그림을 보고 있다. 누구도 입을 열지 않는다. 차창 밖으로 도로를 지나는 자동차들의 소음과 상인들의 확성기 소리가 한꺼번에 쏟아져 들어오고 있다.

"……우린 왜, 왜 그렇게……,"

박순례가 목 안으로 울음을 삼키며 먼저 말을 꺼낸다.

"우린, 왜 그렇게 남의 것을 훔치려고 했을까요."

"……!"

"……!"

"아마도 그건……, 내 것과 남의 것을 구별하는 능력을 상실했기 때문이 아닐까요."

커다란 항아리 속에 얼굴을 파묻고 내뱉는 것처럼 유상진의 음성이 웅웅거리며 길게 울려퍼진다.

"그러나, 그러나 말예요,"

"……"

"……"

"가질 수 없다면, 훔치는 수밖에 어쩔 도리가 없잖아요."

어느 결엔가 울음을 그친 이미란이 침통한 눈으로 제 그림을 들여다보며 혼잣말을 하듯 중얼거린다.

15분 후, 김요옥의 시신은 D병원 시체 안치실에 보관된다.

*

밤 바다로 출항을 나온 어선들이 불연속적으로 하나둘씩 불을 밝히고 있다. 숨을 쉬듯 이따금씩 바다가 들썩거릴 적마다 수면 위로 떨어져내린 불빛들이 고요히 흔들리며 형체를 잃고 풀어졌다가 다시 방심한 듯 물 위로 길고 노란 그림자를 떨구곤 한다. 눈을 할퀴는 것처럼 먼 섬의 등대 불빛이 장이혁의 얼굴을 빠르게 쓸고 지나간다. 장이혁은 얼결에 의자를 밀치며 자리에서 일어나고 만다.

어느샌가 거리에 네온이 하나둘씩 들어오고 있었다. 침침한 눈으로 상점 유리문 앞에 앉아 본 건 어선들이 불빛을 쏟아내고 있던 밤 바다가 아니라 이제 막 활기를 띠기 시작하는 밤의 거리다. 그 속의 간판 사인과 자동차들의 불빛이다. 네온이 켜지기 시작했다면 그건 저녁 7시가 지나고 있다는 것일 터이다. 장이혁은 어깨를 돌려세우곤 불 꺼진 비좁은 상점을 휘둘러본다. 현란한 밤의 네온에 익숙해진 눈에 실내의 어둠은 기습적일 만큼 무겁고 한 발짝도 옮기기 두려울 정도로 캄캄하다. 불을 밝혀야 하는데. 장이혁은 네온 상점 한가운데 서서 혼자 중얼거린다.

두 개를 겹친 커다란 비닐 가방을 든 채 상점 유리문을 닫고 셔터를 내린다. 상점 앞에 망연히 서서 사거리 쪽으로 눈을 던진다. 빠른 속도로 자동차들이 지나다니고 인근 사무실 건물 입구에서 퇴근하는 사람들이 한꺼번에 쏟아져나오고 있다. 사람들이 인도를 지나다니고 버스를 타고 어디론가 긴 전화를 하고 환하게 불 켜진 식당 안으로 우르르 몰려 들어간다. 버스 정거장은 상점 앞에서 몇 걸음 올라간 길에 있다. 장이혁은 몸을 돌려세우곤 왼쪽 길모퉁이로 접어든다. 정거장은 점점 더 멀어진다. 아내의 식당까지는 버스로 네 정거장이다. 걸어서 간다면 40여 분 안에 닿을 수 있는 거리다. 네온이 켜진 상점들 밑을 지나는 사람들 얼굴이 노랑색이었다가 파랑이었다가 다시 빨강, 혹은 연둣빛으로 물이 들었다 깜빡 사라지곤 한다. 두꺼운 비닐 가방을 왼손에서 오른손으로 바꿔쥐며 묵묵히 언덕 쪽으로 걸어다가 말고 퍼뜩 걸음을 멈춘다. ……! 누군가 뒤에서 이름을 부르고 있다. 장이혁은 천천히 뒤를 돌아다본다.

……미란씨, 아니 다옥언니, 아니 아니, 미란씨. 내가 아주 가버리기도 전에 이 녹음 테이프가 끊어지면 어떡할까. 손아귀에 이제 힘을 주기 시작했어요. 흔적도 없이, 나는 금방 저쪽으로 훅 날아가버리고 말겠죠. ……누군가 저쪽에서 아주 커다란 파란색 천을 그물처럼 내게 내던진 듯, 흐릿했다 점점 선명해지고 있는 파랑색이, 나를 향해 달려들고 있어요. 이제 알겠어요, 그러니까 파랑은……, 죽어가는 자가 죽음과 새로운 탄생 사이의 갈림길에서 소용돌이처럼 마주치게 되는, 첫번째 색깔이군요. 그 다음엔 또 어떤 색이 나를 데려갈까요. 더 깊이 들어가면, 미란씨의 검은색도 만나게 되겠죠. 손목의 힘이…… 아아, 저건 검은색이군요. 마침내 저 색이, 나에게로 왔어요. 저, 검정은 세상의 모든 불꽃을 한 입에 집어삼킨 색 같군요. 빛 앞의 또 다른 빛처럼 말예요. 저걸, 저 색을 미란씨한테 보여줄 수 있다면. 제발 이 테이프가 끝나지 말아야 할 텐데. ……그 끝에, 한 덩어리의 또 다른 불꽃이 있어요. 아, 저건 흰색이에요. 눈부신 흰빛이에요. 난, 이제, 다 걸어온 걸까요. 지금

내 눈앞에 보이는 저 흰색은, 서로 다른 시간과 공간 사이의 경계선이겠죠. 그러니까 미란씨, 하나의 색에서 다른 색으로 넘어가는 건, 경계를 넘는다는 말인가요? ……난 꼭, 아, 이 말은 다 해야…… 우리가 생각했던 것처럼 색들은, 서로 대립되는 게, 아니군요, 마주 보고 서 있는 게 아니라, 모든 색이…… 빛과 어둠의 혼합에서 생성되는…… 눈에 보이는 빛깔들은, 외부 세계에 존재하는 게 아니라…… 내부에서부터, 오는…… 나만의 반응인 것 같아…… 아, 그리고 이 말만은, 정말이지…… 난 차가운 걸, 아주 싫어해요, 그래서 한겨울엔, 집시처럼 겹겹이, 옷을, 껴입곤 했죠, 나……, 바로, 금방, 그 차가운, 안치실로, 보내지, 말아줘요…… 보내지 말고, 한참, 한참, 있다가, 보내줘요…… 그리고…… 아직, 못다 한, 말이…… 나, 이렇게, 많……

환청이었을까. 먼 곳에서부터 가늘게 울려오던 목소리는 거리의 소음에 묻혀 더 이상 들리지 않는다. 한참을 더 그대로 선 채 기다려도 이름을 부른 듯한 목소리는 다시 들려오지 않는다. 장이혁은 몸을 돌려 언덕길을 향해 오르기 시작한다. 그녀가 끝내 하지 못한 말은 무엇일까. 장이혁은 입술을 꽉 다문다. 카세트 테이프를 건네준 사람은 이미란, 아내였다. 그 속에는 김요옥의 마지막 10분이 고스란히 담겨 있었다. 장이혁은 끝까지 듣지 못했다. 김요옥의 목소리인 것을 확인하고는 얼마쯤 있다 볼륨을 조절하는 버튼을 끝까지 줄여버렸다. 빈 테이프가 돌아가듯 쉭쉭거리며 들리지 않는 그녀의 목소리가 끊어졌다 이어지곤 했다. 가방을 들지 않은 한 손으로 바지 주머니를 더듬거려본다. 꽤 묵직한 중량감이 몸을 짓누르고 있는 것만 같다. 생의 어느 날엔가 다시 그 목소리를 듣게 될 수 있을까. 아주 시간이 많이 흐른 어느 날엔가.

그녀는 지금, 춥겠다.

화실 앞 건물에서 걸음을 멈춘다. 맞은편 아내의 식당엔 환하게 불이 켜져 있다. 아내는 김밥 재료가 쌓인 창가에 우두커니 앉아 턱을 괴고 있다. 불빛을 등진 아내의 얼굴과 눈은 되레 어둠에 묻혀 보이지 않는다. 어쩌면 아내도 지금 나를 보고 있는 것은 아닐까. 장이혁은 4차선 도로 맞은편 아내의 얼굴을 주시해본다. 그러나 아내의 눈빛이 어디에 머물고 있는지 확인하기엔 너무 먼 거리다. 버스가 지나갈 때마다 플러그를 뽑은 듯 아내의 모습이 사라졌다가 이내 다시 그 모습을 드러내곤 한다. 버스가 올라가는 윗길 저쪽에 D병원, 응급실을 알리는 붉은 간판이 보인다.

장이혁은 화실 건물로 들어선다. 계단 밑 문틈으로 2층 독서실과 3층의 보습학원에서 불빛이 새어나오고 있다. 4층, 화실 문 손잡이를 당긴다. 소리도 없이 스르르 문이 열린다. 물비린내를 품은 후텁지근한 공기가 와락 달려든다. 뭔가를 기다리는 사람처럼, 아직 그곳에 우두커니 남아 있던 누군가가 잠시 자리를 피하는 것을 기다리는 듯 서 있다가 실내 전등 스위치를 올린다. 황급히 옷자락 끄는 소리를 내며 누군가 창 쪽으로 휙 사라지는 소리가 들린다. 잠깐, 아주 잠깐이면 돼. 장이혁은 활짝 열려 있는 창을 향해 변명하듯 웅얼거린다. 이제 아무도 없다. 여태 그곳에 남아 있던 사람도, 변사자 발생보고서를 작성하러 드나들던 경관들도 모두 보이지 않는다.

원장실로 들어가 비닐 가방을 열어 하루 종일 만들었던 네온사인, 글자 하나를 꺼낸다. 창문을 열고 고개를 숙여보다가 허리에

로프를 동여맨 후 원장실 출입문에 연결해둔다. 창문 밑으로 오랫동안 깨져 있던 네온 간판의 깨진 첫번째 글자를 떼어낸다. 새로 만든 네온사인을 그 자리에 부착시킨다. 귀밑으로 땀이 뚝뚝 떨어진다. 첫번째 글자와 끊어진 두번째 글자를 실리콘으로 연결시킨다. 먼 데서 보면 연결시킨 부분은 분간할 수 없을 것이다. 시간만 더 있었더라면. 시간에 쫓기지 않았더라면 간판 전체를 새로 만들 수 있었을 것이다. 그러나 장이혁은 서둘렀다. 그녀가 아주 가버리기 전에. 한쪽 발은 원장실 바닥과 허공 사이에 붕 떠 있다. 몸의 균형을 잃지 않도록 왼쪽 다리로 창틀에 무릎을 꿇는다. 고정판의 나사못들을 단단히 죈다. 빗물이 전기선에 젖지 않도록 간판 밑에서부터 창 안쪽으로 돌려 휘감는다. 전선 플러그가 원장실 바닥으로 길게 늘어진다. 긴 숨이 터져나온다. 허리를 감고 있던 밧줄을 푼다. 전깃줄을 잡아당겨 원장실 책상 바닥으로 밀어넣는다. 책상 옆에 붙은 콘센트에, 플러그를 꽂는다. 장이혁은 창가로 다가간다. 머뭇거리듯 깜박거리며 화실 간판, 초록빛 네온이 켜진다.

팔월…… 팔월 미술학원

〔『세계의문학』, 2000년 가을〕

김영희가 흘린 눈물 한 방울

대문을 닫고 돌아서려는데 문득 손등으로 눈물 한 방울이 뚝 떨어졌다.
나는 손등에 떨어진 눈물 한 방울을 물끄러미 바라보았다.
골목엔 아무도 보이지 않았다. 골목을 다 벗어나 큰길 앞에서 잠깐 망설였다.
그리고 깊은 숨을 토해낸 후 지하철 역 쪽으로 길을 잡았다.
어디든 사람이 살고 새가 울고 나무가 자라고
친구가 찾아온다면 그곳이 바로 집이라는 생각을 하면서.

김영희가 흘린 눈물 한 방울

그 집을 처음 보았을 때 이현아빠는 그날 당장 계약하게 되리라는 것을 예감했다고 한다. 새로 살 집을 구하기 위해 한 달여 동안 이곳저곳을 헤매고 다닌 후였다. 더러는 턱없이 비싼 집값 때문이기도 했으나 딱히 살림을 풀고 싶은 집을 발견하지 못하고 있었다. 아마도 그건 수압이 낮거나 계단이 가파르거나 인근에 약수터나 산책할 수 있는 공원 같은 게 없다는 이유 때문만은 아니었을 것이다. 이현아빠를 잘 안다고 말할 수는 없지만 그는 단 한 순간의 느낌을 무엇보다 중요하게 생각하는 사람이다. 아무튼 대문을 미처 열어보기도 전에 그런 예감을 했다고 하니 그는 이미 오래전부터 그 집에서 살도록 정해져 있었던 건 아니었나 싶다.

이현아빠는 나무로 만들어진 대문의 낡고 녹슨 손잡이를 보는 순간 오랫동안 맨발로 다른 곳을 에둘러 다니다가 다시 옛집으로 되돌아온 느낌을 받았다. 대문을 열었을 때 마당 한가운데 하얗게 쏟아져내린 환한 햇살과 연탄광을 개조해 만든 욕실 위의 장독대부터 처마까지 끈을 따라 길게 늘어진 나팔꽃 이파리들에 더더욱 홀리지 않을 수 없었다. 가운데 마루를 두고 한쪽에 방 한 개, 다른 한쪽에 방 두 개인 좁은 실내를 슬쩍 둘러본 뒤 이현아빠는 정말 그날로 계약을 치렀다.

며칠 후 원영씨와 함께 그 집에 다시 왔을 때까지만 해도 그는 부엌이 재래식이라는 것, 그래서 한겨울이면 그녀가 딱딱하게 얼어붙은 슬리퍼를 신고 마루와 부엌을 오가며 상을 차려내야 한다는 사실을 미처 발견하지 못했다. 게다가 화장실은 안채에서 뚝 떨어진 대문 왼편에 자리 잡고 있었다. 여섯 살 이현이가 한밤에 혼자 화장실을 가는 건 무리가 아닐 수 없었다. 원영씨는 이현아빠의 부주의함과 무심함에 관해 타박하긴 했지만 계약을 파기하자는 말은 하지 않았다. 이현아빠가 구두 한 켤레나 가벼운 외투 한 벌을 사듯 그 집을 선뜻 계약했을 때는 그만한 이유가 있을 거라고 생각했던 것이다.

늦여름과 가을이 지나고 겨울이 시작되었다. 그 집에서 맞는 첫 번째 겨울이었다. 안방과 이현이가 쓰는 작은 방, 그리고 간신히 책상 하나 딱 들어가는 쪽방을 제외하곤 마루와 부엌에는 보일러 선이 깔려 있지 않았다. 집이 지어진 건 1962년이다. 원영씨는 겹겹이 옷을 껴입고 하루에 두서너 번씩 타일 위에 허술하게 장판이 깔린 차가운 부엌에서 음식을 만들어 밥상을 차렸다. 곱아오는 손으로 음식을 만드느라 겨우내 밥상은 뜨거운 찌개나 국, 몇 가지 밑반찬으로 단출해졌다. 밥상을 안방으로 들고 들어오는 건 고스란히 이현아빠의 몫이었다. 한밤에 요의 때문에 잠에서 깬 이현을 업고 화장실로 데려다주는 것도.

한겨울에 저녁 초대를 받아 그 집에 갈 적이면 한 번 다녀간 사람들은 양말을 두 켤레씩 껴신고 외투 속에다 목도리를 친친 둘러 매었다. 바닥이 차갑긴 하지만 삼겹살을 안방에서 구워먹을 수는 없는 노릇이었으니까. 늦가을까지만 해도 별이 총총 뜨는 밤 하늘 밑에서 마당에 자리를 깔고 앉아 고기를 굽고 원영씨가 담근 사과주를 조금씩 아껴가며 마셨다. 어디선가 귀뚜라미 울음 소리가 들리고 야트막한 담 너머로 이젠 시르죽이 시들어가는 들풀 냄새가 홀연히 맡아졌다. 술이 오르면 사람들은 해바라기와 분꽃과 봉숭아가 핀 장독대로 올라가 오리온이나 전갈자리에 대해 이야기하거나 마당과 마루 사이에 놔둔 긴 나무의자에 누워 잠을 자곤 하였다. 그 집에 한 번 다녀간 사람들은 이현이가 좋아하는 초코 케이크나 멜론, 안주로 먹을 싱싱한 대하나 고깃감을 사갖고 다시 왔다. 원체 그들 부부가 사람들을 불러 함께 저녁을 먹고 술 마시는 것을 좋아하긴 했지만 이 집으로 이사 온 후 그런 조촐한 저녁 모임이 더 잦아진 건 사실이다.

이현과 이현아빠, 원영씨는 이 집에서 1년여 동안 살았다.

골목을 지나 지하철 역을 빠져나가면 사직공원과 국궁을 쏘는 활터와 인왕산 쪽으로 빠지는 약수터가 있다. 이현아빠는 아침마다 이현의 손을 잡고 그 길로 산책을 나갔다. 집을 떠나면서 나에게 그 산책길을 가르쳐준 사람도 그였다. 오래전 성에서 일하던 중인(中人)들이 모여 살던 한옥 마을이라 그런지 오랜 시간이 흐른 지금도 동네는 고요하고 요적한 편이다. 더욱이 골목 가장 안쪽에 자리한 집이기 때문에 호객하는 상인들의 마이크 소리 같은 것들도 잘 들리지 않았다. 그 집에서 원영씨는 좁은 마루에 이젤을 세워놓고 그림을 그리고 이현아빠는 몇 년째 붙잡고 있던 시나리오를 마무리하고 이현이는 동화책을 읽거나 욕실 시멘트 벽과 장독대를 오르는 계단에 노란색 페인트 칠을 하고 있는 아빠를 그렸다. 그 애가 나를 그려준 건 집을 떠나기 이틀 전이다.

이 집에 와서 살게 되면서 나의 건망증은 부쩍 심해졌다. 그 사실을 발견한 건 지난달부터이다. 그전에도 건망증 때문에 사소하지만 몇 번의 당혹스러운 일을 겪긴 했다. 허나 그다지 심각한 정도는 아니라고 생각했다.

나는 10평짜리 오래된 아파트 3층에서 살고 있었다. 한 번은 엘리베이터에서 내려 현관문을 열고 신발을 벗으려는데 뭔가 발밑이 휑한 느낌이 들었다. 반사적으로 허리를 숙여봤다. 신발을 벗은 기억도 없는데 맨발이었다. 신발은 어디에도 보이지 않았다. 그렇다면 신발 신는 걸 잊어버리고 버스 정거장까지 산책을 하고 장을 봐왔단 말인가. 쓴웃음을 터트리면서 한 다리를 들어올려 발바닥을 살펴보았다. 흙이나 병조각을 밟은 흔적 없이 발바닥은 깨끗했다.

장봐온 주머니를 풀어놓고 있는데 인터폰이 울렸다. 경비원은 1층 엘리베이터 앞에 웬 슬리퍼 한 켤레가 놓여 있다는 사실을 알려왔다. 그 엘리베이터를 이용할 입주자는 다섯 가구밖에 없었다. 얼른 엘리베이터를 타고 1층으로 내려가보았다. 내 슬리퍼가 엘리베이터 앞을 향해 나란히 놓여져 있었다. 그러니까 나는 엘리베이터 문이 열리는 순간 그걸 현관문으로 착각하고 버릇처럼 신발을 벗고 탔던 것이다. 건망증이 그쯤 되면 심각한 게 아니라고는 말할 수 없을지 모른다. 그러나 나는 그 일도 대수롭지 않게 여겨버렸다. 어쨌거나 들고 있던 다리미가 수화기인 줄 알고 귀에 갖다댔다는 사람보단 가볍게 겪은 사건이었으니까. 건망증이라는 게 때로 너무 많은 것을 기억하려 애쓸 때 돌연히 찾아오는 것일 수도 있다. 아니다. 어쩌면 한꺼번에 너무 많은 것을 잊어버리려고 할 때 찾아오는 것이거나. 그러나 내 경우엔 어느 쪽이라고 쉽게 단정할 수는 없다. 나는 단 한 번도 나의 건망증에 관해 심각하게 고민해 본 적이 없었으니까.

그러나 이 집에 와 살게 되면서부터 나의 건망증에 관해 그 어느 때보다 심각하고 진지하게 되짚어보지 않을 수 없게 돼버렸다. 내가 이 집에 살기 시작한 지 벌써 한 달이 더 지나고 있다.

해가 이울기 시작하면 나는 마치 항적(航跡)을 좇아가는 늙은 갈매기처럼 느린 걸음으로 이현아빠가 산책했던 길을 따라 산 아래까지 갔다가 되돌아오곤 하였다. 공원 정문 앞의 향나무와 활터와 약수터와 비둘기들의 배설물로 인해 단청 색깔이 부식되고 있는 경복궁의 함화당과 집경당까지는 이제 눈을 감고도 찾아갈 수 있다. 그러나 매번 돌담이 끝나는 길에서부터는 공연히 서둘러 집으로 되돌아오곤 한다. 나는 돌담 끝이나 산 밑에서 새로운 산책로를 찾아 얼마쯤 더 먼 곳으로 가볼 수도 있고 아주 산을 넘을 수도 있을 터이다. 낯선 길에 대한 매혹은 사뭇 집요하고도 강렬한 데가 있다. 그러나 길에서 한번 이탈하면 다시 돌아오는 데 꽤 오랜 시간이 걸리는 법이라는 걸 잘 알고 있었다.

산책을 나가기 위해 쪽마루에서 몸을 일으킬 적이면 이따금씩 누군가 뒤에서 등을 떠민 것처럼 앞으로 나둥그러질 때가 있다. 누가 나를 밀었을까? 후딱 뒤돌아본다. 등 뒤에 누가 있을 턱이 없다. 오후 내내 나는 혼자 이 집에 있었다. 어제도 이 집엔 나 혼자뿐이었다. 별다른 일이 없다면 내일도 이 집엔 나밖에 없을 것이다. 그러나 마루 문 안쪽에 걸어둔 마른 장미꽃 이파리가 파삭거리며 한 잎 떨어지는 것을 나는 유심히 본다.

마당에 이마를 박을 듯 몸이 앞으로 쏠린 건 아마 풀어진 구두끈을 밟았기 때문일 것이다. 구두끈이 풀어지면 그건 누군가 나를 보고 싶어하는 거라고 한다. 나머지 한쪽도 풀어지면 그건 나를 보고 싶어하는 누군가가 저쪽에서부터 이리로 천천히 걸어오는 거라고도 들었다. 어디서 듣게 된 소리인진 기억나지 않는다. 그런 말이 정말 세상에 존재하는 것인지도 잘 모르겠다. 실은 날마다 구두끈이 풀어지기를 기다리고 있었던 듯 불쑥 그런 소릴 떠올리고 있었다. 그러나 끈이 풀어진 구두를 신고 줄곧 걷는다면 골목이나 큰길쪽에서, 아니 대문을 다 나서기도 전에 무릎이 깨질지도 모른다. 먼 길을 떠나는 사람처럼 구두끈을 꽉 조이고 밖으로 나간다.

집으로 돌아오는 길엔 국수나 부추, 톰보우 지우개 같은 것들을 사온다. 저녁 식사로 멸치를 우려낸 국물에 한 소쿠리씩 국수를 말아 먹고 밤에는 애꿎은 스케치북만 후륵후륵 넘겨보다가 텅 빈 종이를 지우개로 신경질적으로 문질러대고는 심야 뉴스를 보다 잠이 든다. 잠들기 전, 나는 아스라한 꿈속에서 내가 가보지 못한 돌담의 끝 길과 산 밑 어디쯤에 있을 여러 갈래 길을 떠올려보곤 한다. 그런데도 참 이상하다. 돌아가는 길은, 언제나 집이다.

노부부 단둘이 살던 집이라고 들었다. 나무 대문과 창호지 안쪽에 국화꽃 이파리를 댄 마루 유리문과 문지방은 깨끗하고 정갈했다. 이 집의 늙은 안주인은 사시사철 빳빳하게 풀을 먹인 한복을 입고 있었을 거란 짐작이 든다. 가을이면 깨끗이 씻어 말린 솔잎으로 술을 담거나 찹쌀과 흑임자를 튀겨 오색강정을 만들기도 했을 것이다. 한 번도 본 적 없는 사람들이긴 하다. 지병이 심해지자 노부부는 집을 전세 내놓고 강북 어딘가에 살고 있는 큰아들 집으로 거처를 옮겼다. 집을 떠나면서, 노부부는 이따금씩 집에 들러도 좋겠느냐고 물었단다. 그들이 아주 오랫동안 살던 집이라고 했으니. 이 집에 관한 많은 이야기들을 들려주다가 문득 이현아빠는 그 대목에서 깊은 숨을 내쉬었다. 그들이 다시 이 집을 보러 올 수 없을지도 모른다는 염려 때문이었을 것이다.

집은 대지 20평에 건평 15평이다. 은퇴한 노부부나 세 식구인 이현네 가족이 살기에 너무 크거나 넓지 않은 집이다. 내가 혼자 살기엔 제법 널찍한 편이다. 어느 땐 넓다 못해 황량하고 공소한 느낌까지 든다. 하지만 그것도 아주 이따금씩 뿐이다. 새벽녘 혼자 잠에서 깨어나거나 하루 종일 비가 내리고 있을 때, 때 아닌 밤바람이 불어들 때.

……아니다. 그런 느낌이 아주 드물게만 찾아오는 것은 아닐지도 모른다.

장독대 위 키가 큰 꽃들은 새가 지날 때마다 몸을 흔들고 마당을 가로질러 팽팽히 매어둔 빨랫줄은 해가 기울 때마다 조금씩 키가 낮아지고 깊은 잠 속에 빠져 있던 나는 누군가 내 이마를 짚는 투박하고 찬 손의 느낌 때문에 첫 꽃을 피워내기 위해 안간힘을 쓰는 식물처럼 부르르 몸을 떨어대며 퍼뜩 잠에서 깨어나고는 한다.

옛주인이나 원영씨처럼 살뜰한 살림 솜씨를 갖고 있는 것은 아니지만 나는 그래도 집을 깨끗하게 빌려 쓰고 살림에 내 흔적을 남기지 않기 위해 퍽 애를 쓴다. 제 집이 아닌 줄 본능적으로 깨닫고 모래 상자에 용변을 가리는 고양이나 흰털 강아지처럼 말이다. 그건 오랫동안 내 집이나 거처 없이 떠돌아다니기 시작하면서부터 생긴 버릇이다. 새 거처를 얻게 되면 나는 내가 쓸 방이나 욕실부터 확인하는 게 아니라 그 집 주인이 어느 장소에 책을 올려두는지 어떤 방송에 텔레비전 채널이 고정돼 있는지 그런 것부터 확인하곤 한다. 여럿이 함께 살고 있는 집의 잘 개어져 있는 빨래나 착착 접힌 신문 같은 것들이 때로 너무 강렬하게 느껴질 때도 있긴 하다.

아무려나 나는 이 집에 와서도 요리를 다 끝낸 후면 반드시 설거지를 하고 원래 있던 자리 이를테면, 싱크대 밑 선반에 식칼을 꽂아두고 부엌 창틀에 도마를 세워두고 마른 타월은 집주인이 그랬던 것처럼 동그랗게 둘둘 말아 간이 수납장에 넣어둔다. 신발도 코를 맞춰 마루 안쪽을 향하도록 나란히 세워두고 밤이면 커튼을 친다.

그러나 언제부터인지 모르게 신발은 마당 한가운데 아무렇게나 던져져 있고 식칼은 부엌 수납장이 아니라 쪽마루 위에 놓여 있으며 마루 한켠에 빼곡히 꽂혀 있던 LP 음반들은 건넌방 방바닥에 흩어져 있게 되었다. 정확히 언제부터 그런 일들이 벌어지게 되었는지 기억할 수는 없다. 중요한 건 내가 이 집에 혼자 살게 되면서부터 생긴 일이라는 사실이다.

부엌에 있어야 할 접시들을 이현아빠가 쓰던 쪽방 책상 위에서 처음 발견했을 때, 나는 그만 실소하고 말았다. 얼마 뒤 화장실 안, 두루마리 화장지를 걸어두는 고리에서 빨아 말려둔 타월을 발견했을 때만 해도 자조적으로 피식 웃고 말았다. 건망증 때문이라고 생각했다. 그러나 문이 열리는 엘리베이터를 현관문으로 착각해 신발을 벗고 탄 적은 있지만 그건 단 한 번뿐이었고 그뒤 그와 유사하거나 심각하게 염려할 정도의 일은 일어나지 않았었다. 그 집에 기거하면서부터 한 번도 쓰지 않은 새 접시를 쪽방 책상 위에 놔두었을 리가 없다. 간밤의 일을 암만 떠올려봐도 접시를 그 방에 갖고 들어간 기억이 없었다. 싱크대 맨 아래 서랍에 들어 있던 접시를 꺼낸 기억조차 없다.

건망증 때문이라고, 나는 스스로를 다독거렸다. 내가 아닌 다음에야 도대체 그런 일을 할 사람이 누가 있겠는가 말이다. 다음날 부엌 가스레인지 위에서 트렁크 맨 밑바닥에 들어 있던 겨울 외투를 발견했을 땐 도무지 어떻게도 웃을 수가 없었다. 다행히 가스 밸브는 잠겨 있었다.

내가 잠든 사이에 누군가 다녀갔을 수도 있다. 그런 가정이 아주 불가능한 것만은 아니었다. 간혹 커튼이 젖혀져 있거나 마루 유리문과 마당의 욕실과 화장실 문이 반쯤 열려 있던 적도 있었으니까. 그러나 이상한 건 대문은 단 한 번도 열려 있지 않았다는 점이다. 누군가 다녀갔다면 대문이 안쪽에서 질러져 있을 수는 없는 노릇이었다. 거스름돈을 넣어두는 부엌 안쪽의 작은 소쿠리 안의 얼마 되지 않는 지폐와 잔돈들, 그리고 내 지갑은 손을 탄 흔적이 없었다. 잔고가 얼마 되지 않은 통장을 부러 마루 문 앞에 놓아두고 잔 적이 있었다. 다음날 아침, 통장은 미키마우스가 프린트된 이현의 침대 시트 위에서 발견되었다.

나는 나를 의심하기 시작했다. 혼곤한 잠에 빠져 있을 때의 나를, 전화벨을 놓칠 정도로 이따금씩 무위한 상념에 빠져 있을 때의 나를 말이다. 어쩌면 건망증뿐만 아니라 중증의 몽유병까지 앓고 있는지도 몰랐으니까. 간밤에 내가 무슨 일을 저질렀는지 떠올리지 못하는 건 정말이지 치욕에 가까운 감정이었다. 며칠 후 장독대에서 갈가리 찢겨진 내 오래된 스케치북을 발견했을 때, 나는 내가 두려워지기 시작했다. 장독대 바로 옆은 잡풀이 무성한 공터다. 장독대는 꽤 높다.

앞을 바라보면 뒤는 놓치게 되고 왼편을 돌아보면 오른쪽은 잃게 된다는 말은 아마 사실일 것이다. 그러나 두 눈을 부릅뜨고 있어도 내 앞에서 벌어지는 일들을 명백히 목도할 수 없다면 그건 끔찍한 일이다. 아니, 그건 정말이지 끔찍한 일이었다. 두 눈을 크게 벌리고 있는데도, 자꾸만 고개를 휘휘 돌리며 사방을 둘러보고 있는데도 어쩐 일인지 두꺼운 자루를 뒤집어쓴 듯한 느낌을 떨쳐버릴 수 없었다. 밤마다 무슨 일인가 일어나고 있었다.

집을 떠나기 전 이현네 가족은 내게 별다른 말을 하지 않았었다. 그들이 떠나고 내가 혼자 들어와 살던 얼마 전까지만 해도 남향의 이 집은 팔월의 도토리나무처럼 풍요롭고 평화로웠다.

세수를 하고 들어와 마루 문을 잠그고 커튼을 둘러쳤다. 잠긴 문을 양쪽으로 힘껏 밀쳐보았으나 문은 열리지 않았다. 산책 갈 때 입는 헐렁한 오렌지색 바지와 티셔츠로 갈아입고 침대 머리맡에 쪼그리고 앉았다. 옷장에서 찾아낸 이현아빠의 넥타이 두 개로 차례차례 내 발목을 동여매 격자무늬 침대 머리맡 장식에 꼼꼼히 묶었다. 침대에 묶어둔 두 다리를 약간 벌리고 침대 발치에 베개를 베고 거꾸로 누웠다. 손을 뻗어 전등 스위치를 내렸다. 내 눈은 이제 막 앞을 가로막는 방 안의 어둠과 창을 뚫고 밖을 향해 열리기 시작했다. 그렇게 눈을 뜨고 있어도 간밤에 내가 나도 모르는 어딜 가게 된다면, 혹은 혼령처럼 집 안 여기저기를 떠돌게 된다면 어떤 흔적인가가 남겨져 있을 터였다. 나는 그렇게 기대했다. 차라리 유괴라도 당하길 기대했을지도 모른다. 누군가 식은땀으로 흥건한 내 이마를 짚는다면 벌떡 일어나 그 단단한 팔목을 꽉 쥘 테다. 두 눈을 크게 벌리고 두려움을 감춘 목소리로 물을 테다. 누구냐고, 당신의 이름은 무엇이냐고.

……눈을 떴다. 창 쪽에서 새어 들어온 아침 햇살에 방 안은 한꺼번에 수십 송이 꽃이 활짝 핀 것처럼 환하고 따뜻해 보였다. 그러나 나는 어쩐 일인지 지는 해를 온몸으로 받고 선 사람처럼 얼굴과 몸이 차츰 붉어지기 시작하는 것을 느끼고 있었다. 천천히 상체부터 일으켜 세웠다. 내 발목은 잠들기 전처럼 침대 머리맡에 꽉 묶여 있었다. 넥타이를 푼 흔적은 없었다. 숨을 몰아쉬며 방문을 열고 마루로 나왔다.

방문을 다 열기도 전에 나는 내 손거울과 공책과 겨드랑이께가 1센티쯤 찢어져서 기운 잠옷, 몇 권의 화집이 마룻바닥에 아무렇게나 던져져 있는 것을 봤다. ……침착하게 사위를 둘러보았다. 누군가 있을 턱이 없다. 어제도 이 집엔 나 혼자밖에 없었다. 별다른 일이 일어나지 않는다면 오늘도 이 집엔 나 혼자밖에 없을 것이다. 손가락으로 양쪽 눈을 위 아래로 크게 벌렸다. 그렇다, 구름 낀 산을 볼 땐 눈을 두 배로 밝혀야 하는 법이다. 마루 한가운데에 서서 나는 큰소리로 낄낄거리고 있었다.

그리고 비로소 깨닫기 시작했다. 이 집에, 누군가 또 살고 있다는 것을.

겨울이나 내년 봄? 혹은 내년 여름? 내가 언제까지 이 집에 살 수 있게 될지 정확하게 알 수는 없다. 가능하다면 올 겨울까지 만이라도 이 집에 머물고 싶다. 무거운 트렁크 하나를 끌고 겨울에 거처를 옮기는 건 다시 하고 싶지 않았으니까. 하지만 이젠 아무것도 장담할 수 없다. 내가 사는 동안 이 집에서 줄곧 겪어야 할 한밤의 괴이한 일들을 언제까지 감당해낼 수 있을지 자신하기 힘들기 때문이다. 불과 얼마 전의 날들처럼 햇빛 쏟아지는 마당에 서서 오랫동안 가슴을 열고 있어봐도 더 이상 햇빛 한 점 내게 들어올 것 같지 않을 거란 느낌이 든다. 짐작했던 시기보다 빨리 이 집을 떠나게 될지도 모른다. 일교차가 10여 도 이상으로 벌어지기 시작했지만 트렁크에서 가을 옷이나 가벼운 스웨터 같은 것들을 꺼내지 않았다. 며칠 머물다 곧 떠날 사람처럼 접시나 국그릇 같은 것도 내가 사용하던 것만 쓰고 새 것은 아무것도 꺼내지 않았다.

내가 이 집에 살게 된 건 아주 우연이다.

이현아빠가 찍게 될 영화는 전생이 얽힌 세 명의 무사(武士)들의 운명을 다룬 이야기였다. 촬영 장소는 중국의 베이징과 베이푸투어로 결정되었다. 촬영을 끝낼 동안 이현아빠는 중국에 머물러야 했고 원영씨는 그 영화의 아트디렉터를 맡고 있었다. 어린 이현을 데리고 그들 가족은 함께 중국으로 건너가기로 결정하였다. 그런 이야기가 진행되고 있는 동안 나는 새로 기거해야 할 장소를 찾고 있었다. 2년 동안 프랑스로 그림 공부를 하러 가 있던 선배가 돌아왔기 때문이었다.

마땅한 장소를 찾지 못한다면 다시 학교 앞, 월세 20만 원의 쪽방으로 들어가는 수밖에 없었다. 그것도 그리 나쁜 일만은 아니었으나 나는 어느새 남의 집에 들어가 사는 데 제법 익숙해져 있었던 모양이다. 학교 앞 작업실의 그 비좁은 공간에 이젤을 놓고 그림 그릴 엄두가 나지 않았다. 환기도 잘 되지 않아 기름 냄새에 질식할 위험도 있다. 한 번은 기름 냄새에 질식한 옆방의 친구가 앰뷸런스에 실려간 걸 본 적도 있었다.

그렇다고 그 무렵의 내가 그림에 몰입해 있었던 건 아니다. 그건 지금도 마찬가지이긴 하지만. 다만 나는 언젠가 내가 다시 그림을 시작하게 되리라고 막연히 믿고 있었다. 건강한 것은 전혀 느낄 수 없지만 질병은 느낄 수 있는 것처럼 연필을 놓고 있을 때면 몸 어딘가가 아프다는 것만은 느낄 수 있었으니까. 그러나 미련만 갖고 오랫동안 지속할 수 있는 일은 그다지 많지 않을 것이다. 실력이 따르지 않는 자존심처럼 무서운 것은 없다는 걸 새삼 깨우치고 있었다.

중국으로 떠날 날을 얼마 앞두고 또 몇몇이 이 집에서 모였다. 마당에 자리를 깔고 앉아 삼겹살을 구워먹고 소주를 마셨다. 나이 마흔에 첫 영화를 찍게 될 기회를 갖게 된 이현아빠와 그가 시나리오를 쓰고 있는 동안 그림 레슨을 하면서 혼자 생활비를 벌어왔던 원영씨는 다소 상기된 얼굴이었다. 나 이외에도 두세 편의 연극에 출연한 신인 배우와 시나리오 작가, 스크립터 등 몇몇이 함께 있었던 걸로 기억한다. 늦여름의 습습한 기운이 목덜미로 내려앉을 시간까지 누군가는 경기도 명성산에 만발하기 시작한 억새꽃의 풍광이나 백령도 해안가에서 오수를 즐기는 물범을 본 이야기를 했고 또 누군가는 스키를 타고 에베레스트 정상에서부터 하산에 성공한 이국의 스키인에 관해 이야기하였다. 아마 술기운 탓이었으리라. 나는 다소 침울한 목소리로 내가 곧 새로 살 집을 구하지 않으면 안 된다는 사실을 이야기해버렸다. 그 말을 하면서도 딱히 무슨 길이 열릴 거라는 기대는 하지 않았다. 다만 나는 그들처럼 억새꽃이나 한 번도 본 적 없는 물범에 관해 이야기할 수 없었을 뿐이다.

며칠 후 원영씨에게 전화가 왔다. 8월 29일 토요일 아침, 나는 무겁고 커다란 트렁크 하나와 원영씨가 피우는 박하담배 한 보루와 이현에게 줄 색연필 한 다스가 든 비닐 봉지를 들고 경복궁 역 출구에서 크라운베이커리 쪽 방향으로 빠져나오고 있었다. 얼떨결에 난데없이 날아든 커다란 소포 꾸러미를 받은 사람의 얼굴을 하고서 말이다.

나 이외에 누군가 이 집에 살고 있다면 언젠가 그의 얼굴을 볼 수 있을 것이다. 나는 더 이상 두려움에 떨거나 외면하지 않고 밤의 그의 얼굴을 봐버리기로 작정하였다.

해가 기울고 나면 기온은 점점 더 떨어지고 아래 지방에서는 때아닌 가을 태풍이 몰려들고 있는 참이었다. 추위는 눈 깜짝할 새 몰려온다. 어떻게든 이 집에 머물고 있어야 했다. 악어의 모든 것이 딱딱한 것만은 아니듯 밤이면 유령처럼 집 안 곳곳을 떠도는 접시나 칼, 옷, 공책 같은 사물들만 아니라면 이 집에서 지내는 데 아무런 불만도 불편함도 없다. 이현아빠가 처음 본 순간 계약을 결정했을 만큼 이 집은 사람을 끄는 데가 있었다. 조용한 사람의 오랜 손때가 묻은 집 안 곳곳의 나뭇결이나 집 근처의 산책로뿐만 아니라 아침에 변기에 앉아 있을 때 등 뒤로 환한 햇살이 쏟아져 들어오는 화장실, 장독대 위로 올라가 바라보는 현현하고 굼깊은 인왕산의 실안개 낀 모습도 빼놓을 수 없다. 처마 밑으로 뚝뚝 떨어지는 빗소리도 좋다. 게다가 이현아빠의 일은 빨리 진행된다고 해도 돌아오는 봄까지 끝내긴 힘들 터이다. 도망치듯 내가 이 집을 떠나야 할 아무런 이유가 없었다.

여느 때처럼 대문을 걸어 잠그고 마당의 화장실과 욕실 불을 끄고 안으로 들어왔다. 안방과 이현의 방, 쪽방의 불을 모두 끄고 나서 마루 한가운데 다리를 끌어안고 앉았다. 이 밤이 다 가기 전에 밤의 그의 얼굴을 볼 수 있을지도 모른다는 기대와 끝내 아무것도 볼 수 없을지도 모른다는 기대 속에서 눈을 딱 부릅뜬 채 미동도 않고 있었다. 마루 한쪽에 걸린 괘종시계가 두 번을 치고 또 세 번을 치는 동안 내 앞엔 아무것도 나타나지 않았다. 간혹 마당 한가운데까지 왔던 하현달이 비켜가고 멀리 있던 두 개의 물방울이 겹쳐지는 듯한 미세한 소리가 들려오기도 했다. 누군가 얼핏 내 이름을 부르는 것도 같았으나 그건 확신할 수 없었다. 가을밤 풀밭에 오래 앉아 있을 적처럼 발가락 사이가 축축해져왔다. 내 눈앞에 보이는 것은 어둡다거나 피처럼 붉고 따뜻하다고 말할 수 없는 어둠뿐이었다. 그러나 나는 온몸으로 느끼고 있었다. 저쪽 어딘가에서 밤의 그들이 나를 지켜보고 있다는 것을. 등줄기와 솜털들이 빳빳하게 일어섰다. 그들이 나를 발견할 수 없도록, 할 수만 있다면 나는 마루 한켠에 빼곡히 세워져 있는 한 장의 납작한 LP음반이나 액자 속의 그림이 되어 숨어버리고 싶었다.

나는 자리에서 벌떡 일어나 밖으로 나갔다. 단단하게 질러놓은 대문 빗장을 풀어버렸다. 숨어서 나를 지켜보던 그들은 이제 확연히 알 것이다. 이 밤, 기어이 내가 자신들을 기다리고 있겠다는 의지를 말이다.

……어딘가에 숨어 있겠다면, 그것이 확실하다면 이번엔 내가 그들을 먼저 찾을 수도 있겠다. 그들이 원하는 건 내가 그들을 기다리는 게 아니라 내가 먼저 그들을 발견해주는 것일지도 모른다. 얼마쯤 더 마당을 서성거리다가 거칠게 마루 문을 밀치고 안으로 들어갔다. 안방으로 들어가 장롱을 활짝 열어보았다. 옷걸이들을 다 집어내 방바닥으로 집어던졌다. 두꺼운 솜이불들도 바닥으로 끌어내렸다. 아무도 보이지 않았다. 침대 위로 올라가 장롱 맨 위에 있는 커다란 종이 상자들도 끌어내렸다. 두꺼운 먼지들이 방 안을 떠돌기 시작했다. 침대 밑까지 뒤져보았지만 아무것도 발견할 수 없었다. 쿵쿵 발소리를 내며 마루를 지나 이현의 방으로 갔다. 책상 서랍들과 침대 시트를 들춰보고 하다못해 이현이 두고 간 그림 일기장들까지 넘겨보았다.

이현아빠가 작업실로 쓰고 있는 쪽방으로 들어갔다. 쪽방은 딱 책상과 의자 하나만 들어갈 수 있을 만큼 크기가 작았다. 책상 위로는 디귿자 모양으로 된 나무 선반이 둘러쳐져 있었다. 사방이 벽이라는 게 실감날 만큼 비좁은 방이다. 책상 밑을 둘러본 후 서랍들과 수십여 권의 책들을 일일이 빼내 바닥으로 패대기쳤다. 방바닥은 내가 발 디딘 부분만 제외하고는 책들과 필기구나 호치키스, 투명 테이프, 이면지, 두루마리 휴지들로 가득 찼다. 대체 그들은 어디 숨어 있는 것인가. 내 몸은 발바닥부터 점점 더 뜨거워지기 시작했다. 이제 그들은 나를 비웃고 있을 것이다. 어디에도 보이지 않는 그들을 쏘아보면서 손에 집히는 대로 집 안의 모든 사물들을 내던져버렸다. 책꽂이에 남아 있던 마지막 책 한 권을 집어던지려다 말고 후딱 책상 위의 선반을 올려다봤다. 이제 남은 장소는 그곳뿐이다. 실내를 둥둥 떠다니던 먼지들이 일제히 바닥으로 가라앉고 있었다. 뭔가 스륵, 거리며 다급히 몸을 숨기는 듯한 소리가 귀 안쪽으로 파고들어왔다.

……그랬군, 거기 숨어 있었군 그래. 나는 꽉 다문 입 끝을 올리며 소리없이 웃었다. 의자를 끌어당기곤 성큼 밟고 올라갔다.

사직공원 정문 앞에 있는 향나무는 수령 250년이 넘었다. 정확하지는 않지만 높이는 17,8여 미터쯤 돼 보이고 둘레는 2미터가 넘는다. 내가 그 나무를 처음 본 건 집을 떠나기 전 이현아빠가 이현과 나를 데리고 산책을 나갔을 때였다.

커다란 손을 가진 굶주린 혼귀가 한 줌씩 뜯어먹은 것처럼 향나무는 군데군데 줄기가 떨어져나가 있고 왼켠으로 기울고 있었다. 이현아빠의 말에 의하면 관리 소홀로 인해 나무가 차츰 기울고 있는 데다 도로변에 있어서 가지치기를 자주 하는 바람에 형체가 흉하게 변하고 있다고 했다. 게다가 커브 길에 접해 있기 때문에 차량들이 들이받는 사고가 잦아 병이 더 깊어진 것 같다고 덧붙였다. 향나무의 상태가 나빠지기 시작한 건 90년대 초반 사직로 확장 공사로 인해 공원 일부가 잘려나가면서 공원 안에 있던 나무가 졸지에 공원 밖으로 쫓겨나면서부터이다. 그러니까 250여 년이 넘도록 한 자리에 뿌리내리고 있던 향나무가 담 밖으로 밀려나버린 셈이다. 이현아빠가 처음 이곳에 와 보았을 때보다 향나무는 더 기울어 보인다고 하였다. 내가 보기에도 보호수로 지정해 특별 보호를 하지 않는 이상 나무의 상태는 더 좋아질 것 같지 않다.

강한 땅의 기운을 달래기 위해 오래전 옛 사람들이 이 향나무를 심어 지기(地氣)를 누르고 마을 사람들의 평안을 빌었다는 이야기가 구전으로 전해져 내려오고 있다. 그러나 기온이 떨어진 가을날 공원 밖의 향나무는 길 잃은 키 큰 여자애의 머리칼처럼 서늘한 바람에도 건듯건듯거리고 금방이라도 누군가 손을 내밀면 그곳이 어딘지 묻지도 않은 채 말없이 땅속 깊이 박힌 뿌리를 쑥 뽑아 성큼성큼 따라나설 것만 같다. 생명은 남아 있지만 어딘가 서서히 썩고 있는 냄새가 난다. 이따금씩 사람들이 그 곁을 스칠 때마다 나무는 놀란 사슴처럼 움찔거리며 눈에 띄게 뒤로 물러서곤 한다. 어쩌면 세상엔 어떡해도 영원히 보상이 안 되는 게 존재할지도 모르겠다.

향나무 앞까지 갔다가 다시 지하도를 지나 집으로 되돌아온다. 길은 예전처럼 넓지 않다.

일자리를 구하고 있던 내게 그를 소개해준 사람은 원영씨였다. 그는 모델이 돼줄 사람을 찾고 있었다. 그때 나는 일주일에 두 번 나가던 미술 학원을 그만두고 새 일을 알아보고 다니던 참이었다. 원영씨와 그가 같은 미대 선후배라는 관계 외에 내가 그에 관해 알고 있는 건 아무것도 없었다. 그리고 나는 내가 모델 일을 하게 되리라는 것도 짐작하지 못했다. 직업적으로 모델을 할 수 있을 만큼 독특하거나 특별한 생김새를 갖고 있던 것도 아니었으니까. 아무튼 새 일이 절실하게 필요하던 때였고 원영씨가 제시한 보수도 나쁘지 않았다. 모델 일을 한다는 건 입시학원에서 아이들을 가르치거나 편의점이나 백화점에서 아르바이트하는 것과는 다른 느낌일 터였다. 버스를 갈아타고 원영씨가 가르쳐준 위치로 그를 찾아간 건 지난 시월의 어느 날이다. 미술학원이란 간판이 걸려 있긴 했지만 수강생은 받지 않고 혼자 작업실로 쓰는 공간이었다.

나는 일주일에 세 번 화실에 나갔다. 그는 양쪽 어깻죽지에 단단한 스테인리스로 만들어진 목발을 두 개 짚은 채 세 시간씩, 보푸라기가 일어난 털 스웨터와 유행이 한참 지난 모직 스커트를 입고 있는 나의 밋밋한 이마와 검은 머리카락과 방심한 목덜미와 맨발로 의자에 쪼그리고 앉은 모습을 그렸다. 간혹 붓을 놓고 쉬는 시간이면 그와 나는 인스턴트 커피를 한잔씩 마셨다. 시간보다 내가 일찍 간 날이면 볶음밥이나 잡탕 같은 중국 음식을 배달시켜 먹곤 했다. 6개월여 동안 그는 수십 장의 나를 그렸다. 그러니까 나는 그에게 모딜리아니의 잔느 에뷔테른느나 엔드류 와이어드의 헬가나 크림트의 미지 같은 모델이 돼 있던 셈이었다.

초라하지만 때로 모자와 양산으로 나름대로 멋을 부린 가난한 사람들의 결혼식에 가는 하객들처럼 어쩌다 새 옷을 입고 화실로 갈 때면 그는 고개를 내젓곤 했다. 다음날 다시 밑창이 닳은 운동화에 날깃날깃 깃이 닳아버린 외투를 입고 갔다. 화실은 그 무렵의 내겐 또 다른 집이었다. 한동안 그 집에 살기 위해선 집주인의 성향이 어떤지 재빨리 파악해야 할 필요가 있었다. ……오래전 일이다. 이제 와서 그에 관한 이야기를 하는 건 사실 곤혹스럽기 짝이 없다. 게다가 다시 만날 거라고는 짐작조차 못했던 사람을.

그와 나는 지난 이월에 헤어졌다. 간밤에 나는 그를 다시 만났다.

이현아빠의 쪽방 선반에서 찾아낸 건 아주 오래된 사진첩 몇 권이었다. 그 사진첩 속에서 앞머리를 눈썹 선에 맞춰 반듯하게 자른 사내아이의 수없이 많은 얼굴을 보았다. 내가 모르는 얼굴이었다.

첫번째 앨범을 다 봤을 때도 내가 아는 얼굴일 거라고는 상상할 수 없었다. 페이지를 넘길 때마다 아이는 소년이 되었고 소년은 청년으로 성장했으며 마지막 권 앨범에서는 어깨가 딱 벌어진 장년이 돼 있었다. ……! 청년으로 자란 그의 얼굴을 봤을 때, 한 그루 가시나무를 삼킨 듯 돌연한 통증이 가슴께로 지나가는 것을 느끼고 있었다.

아이가 소년으로 성장할 무렵, 소년은 양 어깨에 목발을 짚고 있었다. 내가 아는 그가 틀림없다면 일곱 살 무렵 고열에 시달리던 소년은 한밤에 응급실로 실려갔을 것이다. 어머니는 울부짖었다. 혼수상태 속에서 그는 어머니의 먼 울음 소리를 들었다고 하였다. 나는 그가 한때 내가 알고 지냈던 사람이 아니기를 끔찍이 바라며 끝까지 사진첩을 넘겼다. 아마도 청년의 어머니가 보낸 편지일 터이다. 그가 유학 떠나 있던 시절에. 엽서에는 반듯한 글씨체로 그의 이름이 씌어 있었다. 더 이상 내가 모르는 사람이길 바라는 헛된 기대를 지속할 수 없었다. 눈앞을 가로막고 있던 안개가 희끔하게 걷히고 있는 느낌이었다. 그러나 왜 그가 여기에 있는가. 나는 사위를 휘둘러보며 혼자 중얼거렸다. 의표를 찔린 듯한, 간절히 붙잡고 있던 것을 일시에 내던지는 듯한 목소리로.

수개월이 흐른 지금도 그의 이름과 얼굴과 그의 아픈 다리와 고른 치아와 물감 냄새가 배어 있던 화실의 밤 풍경이 떠오를 때가 있다. 그럴 때마다 나는 물기를 짜던 빨랫감을 내려놓거나 읽던 책을 덮고 가만히 손을 멈추곤 누가 내 양쪽 어깨를 지그시 누르고 있는 듯 한동안 움직이지 않는다. 달리 무엇을 해야 할지 모르기 때문이다. 그 화실에서 모델로 앉아 있었던 시간, 그와 함께 보낸 시간은 짧다고만은 말할 수 없다. 그리고 지금은 아주 잊었노라고도.

약속한 시간이 끝나고 나면 대개 밤 11시가 넘어 있기 일쑤였다. 그는 자동차를 몰아 내가 사는 집 근처까지 데려다주었다. 나는 그의 자동차 안에서 풍겨나는 재스민 향기와 한밤에 도로를 달리는 속도감이 좋았다. 때로 작정도 없이 도심을 벗어나 소사 휴게소까지 내달렸다 돌아온 적도 있었다. 그의 자동차를 타고 다니는 동안 나는 거처를 세 번이나 옮겼다. 그에게 새 동네의 위치를 설명해주는 건 부끄럽거나 곤혹스럽게 느껴지지 않았다. 그랬더라면 그의 자동차를 타고 집으로 돌아갈 생각은 하지 않았을 테니까.

……아주 이따끔씩 그는 젖은 눈으로 나를 바라봤다. 일시적으로 내가 혼란스러움을 느꼈던 사실만큼은 이제 와서도 부인할 수는 없다. 깊은 눈이었다. 아무도 모르게 뚜벅뚜벅 걸어 들어가 물을 떠먹고 싶은 눈이었다. 그러나 그 안에 들어가 결코 오래 머물고 싶지 않았다. 나는 내일이면 집을 또 옮겨야 했고 날마다 양말과 식용유와 연필과 물감을 사야 했다. 그때 그의 넓은 이마는 내겐 하나의 길이었다. 그의 이마는 넓은 마당이었고 나는 그 안에서 햇빛이 사라질 때까지만 머물고 싶었다. 돌아보면 사방이 길이고 마당이라는 것을 나는 알고 있었으니까. 단지 그 시절의 내 옆엔 그가 있었을 뿐이다.

이제 나는 알겠다. 아직도 맨눈으로 바늘에 실을 꿸 수 있을 만큼 정정하다던 사람, 솔잎주를 담고 오색강정을 만들던 옛 주인은 그의 어머니였다, 이 집은 그가 유년시절을 보낸 장소다, 그는 이 마당에서 뛰어놀고 항아리들마다 장이 그득그득 담겨 있던 장독대를 오르내리고 형들과 아버지 손을 잡고 저 산 가까이 산책을 나갔다. 상상은 단숨에 비약한다.

오후에 원영씨에게 전화가 걸려왔다. 중국으로 건너가고 나서 처음 온 전화였다. 원영씨는 내게 별일 없느냐고 물었다. 선뜻 말을 못하고 뭐라 웅얼거리다가 이현과 이현아빠의 안부를 물었다. 여태도 40도에 육박하는 폭염과 예기치 못한 모래 바람 때문에 영화 진행이 더딘 것 외에 특별한 일은 없다고 하였다. 나는 원영씨와 이현아빠 앞으로 온 우편물 몇 개와 그동안 걸려온 전화 메모를 간단하게 전했다. 그녀가 미처 지불하지 못하고 간 세금과 청소비에 관해서도 짧게 이야기했다.

전화를 끊기 전, 원영씨는 또 내게 별일 없느냐고 되물었다. 입을 다물고 있다가 아무 일도 없다고 불쑥 대꾸했다. 밤마다 제자리를 떠나 집 안 곳곳에 내동댕이친 듯 놓여 있는 옷가지나 접시들, 칼, 그림들, 신발에 관해서 말하지 않았다. 틀어놓은 물이 갑자기 칼로 싹둑 벤 것처럼 끊어져 샴푸를 하거나 손빨래를 할 때 허둥거리며 자꾸만 뒤를 살핀다거나 한밤에 불이 나갔다가 들어온다거나 하는 사실에 관해서도 말하지 않았다. 이젠 잘 때나 한낮에도 방방마다 불을 환하게 켜두고 간신히 잠을 잔다고도. 누구도 지금 내가 이 집에서 겪는 일에 관해 믿으려 하지 않을 거였다. 이 집의 주인인 이현의 가족들조차도. 전화를 막 끊으려는 원영씨를 다급하게 불러세웠다. 전화는 이미 끊겨 있었다. 영화일이 계획보다 더디게 진행된다면 아마 내년 초여름까지진 이 집에 머물 수 있을 터이다. 불원간 이 집을 떠나게 될 것이다.

이제 아침이면 잠에서 깨어나 세수를 하고 쌀을 씻어 안치는 게 아니라 집 안 곳곳에 함부로 어질러져 있는 사물들, 노트와 타월과 옷가지들과 슬리퍼와 숟가락들을 원래 있던 자리에 도로 갖다 놓는데 꽤 많은 시간을 보낸다. 누군가 내게 마당에 한 가마니씩 부려져 있는 잡곡들 속에서 쌀과 조를 구분해내야 할 형벌을 내린 것처럼 묵묵히 며칠이고 그 일을 지속하였다. 그러니까 나는 접시와 종이들과 음반과, 슬리퍼들과 사투를 벌이고 있는 셈이었다. 낯설고 사납고 길들여지지 않는 한 마리 개나 고양이가 아니라, 장롱이나 29인치 텔레비전, 변기같이 무거운 것들이 한자리에 남아 있는 건 차라리 다행이 아닐 수 없었다. 집 안을 정리하고 나면 정오가 가까워져 있다. 그제야 씻은 배추김치를 썰어 맑은 국을 끓이고 밥을 지어 먹는다. 밤새워 그림을 그리고 난 듯 피곤하고 온몸은 땀에 절어 있다. 하루는 순식간에 지나가버린다.

나는 더 이상 내 발목을 침대에 묶어두고 자거나 뜬눈으로 밤을 지새는 일을 하지 않게 되었다. 그건 이현아빠의 방 선반에서 낡은 사진첩을 발견했기 때문만은 아니다. 무슨 예감 같은 게 있었을까. 이 집에 사는 동안 내가 감내하지 않으면 안 될 일이라는 걸 어렴풋이 깨닫고 있었던 것이다. 밤의 보이지 않는 그들과의 전의를 상실하고 나자 차라리 긴장이 풀리고 두려움이 사라진 건 사실이다. 내가 전의를 상실했다는 걸 깨닫자 그들은 부주의해지기 시작했고 더욱 노골적으로 적의를 드러내기 시작하였다.

때 아닌 단수와 한밤의 정전이 시작된 건 며칠 전부터이다. 온수를 틀어놓고 샤워를 하고 있는데 갑자기 물이 끊어져버렸다. 막 온몸에 비누칠을 하고 있던 참이었다. 하는 수 없이 대야에 담긴 찬

물을 아껴 비눗기를 제거하곤 몸을 덜덜 떨며 욕실을 나왔다. 욕실 문을 닫으려는데 콸콸 물 쏟아지는 소리가 들렸다. 방금 잠근 수도꼭지에서 거짓말처럼 물이 쏟아져나오고 있었다. 한기가 느껴지는 목덜미에 타월을 두르면서 다시 수도꼭지를 잠갔다. 그제야 한밤의 돌연한 정전에도 놀라지 않을 수 있었다. 물이 안 나올 수도 있다. 정전이 시작될 수도 있다. 그러나 내가 정말 궁금한 건 왜 딱히 이 집에만, 그것도 내가 물을 쓰거나 불을 켜둘 때만 그런 일이 벌어지느냐 하는 게 아니었다. 나는 그들의 의도를 알고 싶었다. 왜 내게 그런 납득할 수도 이해할 수도 없는 사건을 겪게 하는지 말이다. 혹시 그들은 내게 무슨 말인가가 하고 싶은 건 아닐까.

어쩌면 밤의 그들도 그날을 기억하고 있는 건 아닐까.

……그런 분류가 가능하다면, 그는 어둠이 아무리 깊거나 두 사람 사이에 극복하지 못할 장애가 있어도 사랑의 빛을 다 가릴 수는 없다고 믿는 사람에 속했다. 그와 나 사이엔 오해가 있었을 것이다. 그는 고집스럽게 그 오해를 묵인했고 나는 그 오해를 외면하며 그를 만났었다. 나는 젊었고 무엇보다 쌀과 집이 필요했었으니까. 그가 나를 사랑이라고 생각했다면, 그래서 사랑이 얼어붙은 땅에 내려앉기 시작하는 투명한 온기라고 생각했다면 차라리 나는 투명한 온기가 아니라 가벼운 입김에도 날아갈 정도로 사소한 공기라고 생각했다.

청각 장애인에게 수화를 나눌 수 없는 밤이 가장 두려운 것처럼 장애 2급의 소아마비인 그에게는 상대의 거부와 반박이 뭣보다 견디기 힘든 고통이었다는 걸 아주 나중에서야 짐작하게 되었다. 그러나 만져도 멀게 느껴지는 게 있다면 그건 아마 사랑이 아닐지도 모른다.

저녁 식사를 마치고 꼼꼼히 설거지를 했다. 밥그릇과 국그릇은 건조대 속에 포개어놓고 숟가락과 젓가락은 수저통에 세워두었다. 행주는 싱크대 위에 펴놓고 슬리퍼는 부엌 문지방 안쪽에 가지런히 세워놓았다. 내일 아침이면 그 모든 것들은 다 마당이나 마루에 흐트러진 채 놓여 있겠지만 말이다. 욕실로 들어가 물을 틀어보았다. 워낙 수압이 센 편이긴 했지만 여느 때보다 콸콸 물이 쏟아져 나왔다. 뒤를 돌아다봤다. 아무도 보이지 않았다. 욕실 거울 앞에 가 섰다. 나 이외의 얼굴은 보이지 않았다. 그렇다고 내가 안도를 했거나 방심한 건 아니다. 단지 나는 거울로 확인을 해보고 싶었을 뿐이다. 몸을 돌리려는데 갑자기 누군가 문을 확 밀친 것처럼 욕실 문이 닫혔다. ……히뜩 거울을 돌아다봤다. 검은 그림자가 슥, 지나가고 있는 걸 놓치지 않았다.

허겁지겁 욕실 문을 힘껏 밀쳐보았다. 문은 열리지 않았다. 안쪽에서 잠그게 돼 있는 문이었다. 누군가 밖에서 무거운 장롱을 옮겨다 문 앞에 세워둔 것이거나 여럿이서 문이 열리지 않도록 가로막고 있는 게 틀림없었다. 꽉 쥔 주먹에 통증이 느껴지도록 세차게 문을 두드리면서 악을 써댔다. 공포 때문인지 내 목소리는 단 한 마디도 밖으로 새나오지 않았다. 욕실 바닥에 놓여 있던 빨래판을 집어 들어 문을 두드리며 소리치다가 입을 다물어버리고 말았다. 어떻게도 문을 열 수 없을 것이었다. 밖에서 그들이 열어주지 않는다면. 나는 단념했다. 물기가 흥건한 욕실 바닥에 철퍼덕 주저앉고 말았다.

마술을 부리듯 내가 납작한 음반이나 그림, 혹은 빨래판이나 한 개의 칫솔로 변해버린다고 해도 그들은 나를 찾아낼 것이다. 오늘밤엔.

욕실 문 위쪽 불투명 유리문으로 엿보이는 마당이 급격히 어두워지고 있었다. 마루 불도 꺼졌다. 누군가 집 안 곳곳을 돌아다니면서 불을 끄고 있는 것 같았다. 더 이상 두려움에 사로잡히지 않기 위해서 눈을 크게 떴다. 밖에서 집 안을 분주히 오가는 발소리가 들리기 시작했다. 이윽고 욕실 불도 꺼졌다. 손을 들어 내 얼굴과 내 귀와 덜덜 떨고 있는 어깨를 만져보았다. 꿈일 리가 없다. 조롱하듯 철철 물소리가 들리기 시작하였다. 얼른 몸을 펴고 일어나 수도꼭지를 잠갔다. 헛힘만 들어갈 뿐 수도꼭지는 좀체 잠기지 않았다. 드럼통으로 들이붓는 것처럼 물살은 급격히 빠른 속도로 차오르기 시작했다. 욕실 문은 잠겨 있다. 물은 곧 내 발목과 무릎과 허벅지를 지나 가슴팍까지 차오를 것이다. 목덜미와 입술과 귓바퀴 안쪽으로까지. 퉁퉁 불어터진 하얀 몸으로 욕실 문을 열고 밖으로 나가는 내일 아침의 나를 떠올려본다. 그렇게라도 나갈 수만 있다면.

나는 어떻게든 그들과 이 불화의 느낌을 해결하고 싶었다. 이 집과 화해하고 싶었다. 지금 내가 할 수 있는 방법은 그저 이 모든 일들을 묵묵히 견뎌내는 것밖에 없다. 욕실 문을 열고 밖으로 나가는 것도 물이 더 이상 차오르지 않기를 기대하는 것도 모두 포기하고 말았다. 그새 물은 내 복숭아뼈를 지나 종아리까지 올라오고 있다.

몇 번인가 그의 집엘 간 적이 있었다. 화실에서 일을 끝내고 나온 한밤이었다. 그때 나는 거처를 정하지 못해 며칠 묵어야 할 장소가 필요했던 때였다. 그는 성북동의 한 빌라에서 혼자 살고 있었다. 그가 침실로 들어가고 나면 나는 거실에 혼자 남아 텔레비전 심야 프로그램을 보다가 소파에 누워 잠을 자곤 했다. 아침에 일어나면 그는 벌써 화실로 나갔는지 보이지 않았다. 내 집인 양 이물없이 빵을 구워먹고 청소를 하고 화분에 물을 주고 거실 한쪽 벽에 부착된 커다란 수족관을 바라보다가 집을 나왔다.

그러나 그날은 여느 때완 달랐다. 나는 머물고 있던 집도 있었으며 몇 번 그랬던 경우처럼 그의 시간에 맞춰 다음날 아침 일찍 화실로 나갈 필요도 없는 날이었다. 그가 얼마쯤 내 옆얼굴을 물끄러미 지켜보다가 시외에 있는 먼 나의 집을 돌아 차를 성북동으로 몰 때도 나는 잠자코 있었다. 그는 아무런 말도 하지 않고 느린 속도로 차를 몰았다. 빌라로 들어가는 도로변 편의점에 들어가 생수와 양말 한 켤레를 샀다.

……그러고 보니 아주 많은 걸 잊고 살았다는 생각이 든다. 그날 밤 그와 그런 식으로 헤어진 후 한 번도 그 밤을 떠올려보지 않았다. 그런데 하필이면 이렇게 물이 자꾸만 내 몸 위로 차오르고 있는데 불쑥 그 밤을 떠올리고 있다니.

그는 거실 소파 옆 작은 스탠드 하나만을 켜두었다. 침침한 어둠 속에서 테이블을 사이에 두고 마주 앉아 한동안 이야기를 나누었다. 그가 내게 무슨 이야기를 했는지는 기억나지 않는다. 나는 내가 한 말들은 정확히 기억하고 있다. 무슨 이야기 끝엔가 헤어진 남자에 관한 이야기를 했다. 그건 이미 그도 알고 있는 이야기이긴 했다. 여태 빼내지 못한 옛 애인이 약지손가락에 끼워준 반지를 만지작거리면서. 어쩌자고 나는 이야기를 계속하고 있었다. 헤어지긴 했지만 이따끔씩 만나 밤을 함께 보낸다는 사실과 얼마 전엔 그의 음모에서 새치 같은 흰 털 한 오라기를 발견했다는 것까지도.

한마디 더 덧붙였다. 내 육체의 일부분은 이미 그 사람의 것일지도 모르겠다고. 그리고 나서 나는 웃었다. 정확히 기억할 순 없지만 정말이지 난 돌연한 웃음을 터트렸을 것이다. 아무런 대꾸도 없이 입을 꽉 다물고 내 이야기를 듣던 그 사람 앞에 마주 앉아서. 그때 그의 표정은 기억할 수 없다.

……물은 이제 내 목 언저리에서 찰랑거린다.

내가 욕실에 들어가 이를 닦고 나오는 새에 그는 하루 종일 오른쪽 다리를 감싸고 있던 보조기를 풀었던 것 같다. 내가 욕실에서 나오는 걸 보고 그는 한쪽 어깨에만 목발을 짚은 채 욕실로 들어갔다. 나는 소파에 몸을 묻고 앉았다. 그리고 소파 한쪽에 서 있는, 내 허벅지까지 올라올 만큼 길고 텅 빈 살구색의 보조기를 처음 봤다. 보조기 밑은 발 모양의 단단한 철심이 박혀 있고 다리를 고정할 수 있는 몇 개의 풀어진 끈이 축 늘어져 있었다. 생경하긴 했지만 그건 그 사람 몸의 일부였다. 그런데도 선뜻 손을 내밀어 만질 수가 없었다. 아니 나는 그때 이미 나도 모르게 소파에서 스르르 일어나버렸는지도 모르겠다.

욕실 문이 열리고 가벼운 면 티셔츠와 짧은 트렁크를 입은 그가 목발을 짚은 채 뚜걱거리며 걸어나오고 있었다. 소파에서 일어선 나는 엉겁결에 한 걸음 뒤로 물러났다. 뚜걱, 뚜걱. 어둠 속에서 그가 점점 내 앞으로 다가오고 있었다. 뚜걱, 뚜걱. 나는 보았다. 병든 새의 다리처럼 발육 부진으로 인해 가늘고 희디흰 그의 오른쪽 다리를. 15센티미터쯤 바닥에서 떠올라 허공에서 흔들흔들거리고 있는 그의 다리를. 뚜걱, 뚜걱. 그가 내 쪽으로 다가올 때마다 그 한쪽 다리가 바람을 못 이긴 채 나부끼는 가을 억새처럼 자꾸만 흔들흔들거리고 있는 것을.

나는 잽싸게 가방을 챙겨들고 뒤로 물러섰다. 뒷걸음질치는 나를 그가 목발을 짚지 않은 한쪽 팔로 뼛속에 각인이라도 새길 듯 힘차게 끌어안았다. 서툴게 부딪친 젖가슴들처럼 그와 나의 심장이 쿵쿵 뛰는 게 느껴졌다. 해묵은 분노를 폭발해버린 듯 그를 힘껏 밀어뜨리곤 현관문 쪽으로 달려나갔다. 쿵, 소리를 내며 등 뒤에서 그가 넘어지는 기척이 들렸다. 현관문 앞에서 숨을 멈추곤 고개를 발딱 젖힌 채 잠깐 뒤돌아봤다. 고통으로 일그러진 저쪽의 얼굴이 물끄러미 나를 바라보고 있었다. 목발이 저만치 떨어져나가 있었다. 아마도 그는 거실 바닥을 엉금엉금 기어서야 목발을 손에 쥘 수 있을 거였다. 그러나 나는 단 1초도 망설이지 않고 현관문을 열고 밖으로 나왔다. 떠밀 듯 힘껏 문을 닫았다. 문이 닫히면서 굉음이 울려퍼졌다. 빌라의 모든 벽들이 일시에 덜덜 흔들리는 느낌이었다. 단숨에 계단을 뛰어내려가는 내 머릿속엔 덜렁, 덜렁거리는 짧고 가늘고 흰 그의 오른쪽 다리만 가득 차 있을 뿐이었다.

그날 밤 이후 나는 다시 화실에 나가지 않았다.

……여기가 어디인가. 설핏 눈을 떴다. 나는 욕실 안에 있었다. 헝클어진 물건을 제자리에 갖다놓듯 간밤의 일들이 두서 없이 떠올랐다. 벽에 기댄 채 잠에 빠져 있었던 듯하다. 황급히 욕실 문을 밀어보았다. 삐걱, 소리를 내면서 문이 열렸다. 청명하고 서늘한 아침 기운이 한꺼번에 몰려들었다. 마당 한가운데 서서 내 몸을 굽어보았다. 코밑까지 차오르던 그 차가운 물들은 다 어디로 갔을까. 아무런 흔적도 없이 옷은 바삭바삭 말라 있었다. ……꿈이었을까.

낮잠에 빠져 있다가 초인종 소리에 놀라 퍼뜩 잠에서 깨어날 때가 있다. 누굴까. 웃옷을 걸쳐 입고 상기된 얼굴로 마루 문을 짚고 섰다가 슬리퍼를 끌고 대문을 열어본다. 혹여 내가 아는 얼굴일지도 모른다는 헛된 기대를 하면서 말이다. 대문 밖에 서 있는 사람은 원영씨나 이현아빠 앞으로 온 등기 우편물을 갖고 온 우편배달부이거나 동네 소식지를 나눠주기 위해 들른 통장이다. 나는 더 이상 초인종 소리에 놀라지 않게 되었다. 이제 이 집에서는 아무런 일도 일어나지 않는다. 아침에 눈을 떠봐도 신발과 스케치북과 음반과 접시들은 간밤에 내가 정리한 자리에 한 치도 흐트러지지 않고 놓여 있다. 부러 내가 신발을 마당 한가운데 놔둬보기도 했었다.

기온이 떨어지고 첫서리가 내렸다는 소식이 들려왔다. 그러나 한낮의 햇살은 아직도 어깻죽지가 따가울 만큼 강렬하고 화사했으며 비둘기들과 고궁에서 아이들이 날린 긴 꼬리연들이 하늘을 날아다녔다. 오후의 산책도 나가지 않은 채 여러 날을 기다렸다. 평소보다 일찍 불을 끄고 누워 잠을 청하기도 하였다. 한로(寒露)가 지나고 새 주가 시작될 때까지 아무런 일도 일어나지 않았다. 며칠 전 그 밤의 일은 보이지 않는 숨들이 내게 전하는 또 다른 언어였을지도 모른다고 어렴풋하게나마 짐작하게 되었기 때문일까. 나는 내가 이제 이 집을 떠나야 할 때가 왔다는 걸 알아차렸다. 초인종이 울리거나 긴 밤이 지나가도 누군가 다시 오지 않을 터이다.

나는 청소를 시작했다. 빛이 좋은 날엔 내가 쓰던 침구를 빨아 널고 여러 번 삶은 걸레를 들고 방방마다 바닥과 선반과 장롱 위의 먼지들을 제거하고 음반과 책을 정리했다. 내가 쓰던 수저와 밥공기들도 잘 닦아 놓았으며 기름때가 낀 가스레인지도 윤이 나도록 닦았다. 락스를 풀어 변기와 욕실 바닥도 닦았다. 장독대의 항아리를 말끔하게 닦고 마당 곳곳을 쓸었다. 화분들 옆엔 물통을 놓아두고 물통과 화분에 수건을 걸쳐두었다. 새 주인이 올 때까지 식물들은 물통에 연결된 수건을 통해 수분을 흡수할 수 있을 것이다. 개나 고양이를 기르지 않은 게 다행이다. 살던 집을 떠날 때면 늘 드는 생각이다. 청소를 다 끝내던 날, 마지막으로 내내 마루 한 귀퉁이에 처박아두었던 그의 옛 사진첩도 선반 위로 올려두었다. 선반 위로 올려두기 전에 다시 한 번 사진들을 천천히 넘겨보았다.

그의 집에서 도망치듯 나온 후, 한 번 더 그를 만난 적이 있다. 화실 앞에 서 있다가 그가 내려오길 기다렸다. 자동차에 열쇠를 끼우다 말고 그가 화실 바로 옆 건물 입구에 서 있는 나를 돌아다봤다. 천천히 그에게로 걸어갔다. 한 시간여 동안 그를 기다리면서 나는 오랫동안 손가락에 끼고 있던 반지를 빼 주머니에 넣었다. 그는 나를 차에 태우지 않았다. 찻집으로 걸음을 옮기는 그를 따라 묵묵히 걸어갔다.

쾌활한 편이긴 했지만 그는 그날 유독 말을 많이 했다. 새로 작업을 같이 시작한 모델에 관해서 혹은 볼링 모임에 새로 들어온 여자나 나이트클럽에서 만난 어린 여자애에 관해서 말이다. 나는 반지를 뺀 손으로 찻잔을 만지작거리면서 그의 이야기에 귀 기울이고 앉아 있었다. 이따금씩 말을 멈추고 움푹 파인 뺨을 한 손으로 문질러대며 그는 자조적으로 웃곤 하였다. 그는 동그랗게 자국이 남은 내 손가락을 보았을지도 모르겠다. 그러나 그는 나에 관해서는 단 한 마디도 하지 않았다. 내가 줄곧 입을 다물고 있자 그는 새 모델과 볼링 모임이나 나이트클럽에서 만난 여자들에 관해 되풀이해 말을 했다. 나는 반지를 뺀 손으로 입을 가리고 약간 웃었다. 그리곤 수긍하듯 고개를 끄덕거렸다. 아마 그것이 장애를 가진 그가 세상을 살아가는 하나의 방식이라는 데 생각이 미쳤기 때문일 것이다. 세상으로부터 상처받지 않겠다는 단단한 금 같은 것 말이다. 그의 말을 가로막지 않았다. 나는 자꾸만 고개를 주억거리고 앉아 있었다.

그날 밤, 뛰쳐나오듯 그의 집을 나오긴 했지만 나는 아마 그와 내가 아주 헤어진 거라는 생각은 미처 하지 못했던 것 같다. 그러나 내가 모르는 새 그는 이미 나와 헤어져 있었다. 내가 어떻게 해도 그와 나는 다시 작업을 같이 하거나 밥을 먹거나 함께 자동차를 타고 밤의 고속도로를 달리거나 생수를 사들고 그의 집으로 갈 수 없을 것이었다. 반지를 뺀 손을 슬그머니 탁자 밑으로 내려뜨리고 말았다.

찻집 앞에서 그는 나에게 이렇게 말했다. 건강하세요. 그의 무표정한 얼굴을 올려다봤다. 그리곤 또 아무 말도 없이 고개를 끄덕거렸다. 건강하세요…… 다시 올 사람은 그런 말은 하지 않을 테니까. 나는 그에게 악수를 청했다. 크고 딱딱하게 못이 박인 그의 손을 잡고 서 있다가 결연히 등을 돌렸다. 몇 걸음 채 떼기도 전에 그의 자동차가 바닥을 긁어대듯 날카로운 소음을 내면서 아주 빠른 속도로 달려나가는 소리가 들려왔다. 그에게 차마 하지 못한 말들이 내 몸 어딘가를 비집고 나오려는 듯 목울대며 눈두덩이가 쓰라려왔다. 그는 알까. 그날 이후 내가 다시 그 반지를 끼지 않았다는 것을.

짐을 정리하다 말고 나는 생각했다. 이젠 내가 그의 집에서 도망쳐나온 밤이 아니라 눈 내리던 소사 휴게소에서 그에게 우산을 받쳐준 일을 더 자주 기억하게 될 거라는 사실을 말이다.

장애 때문에 그가 밖에서 술을 많이 못 마신다거나 마라톤이나 골프를 할 수 없다는 것, 그리고 팔을 둘러 내 어깨를 안을 수 없다는 건 알고 있었지만 우산을 받쳐들 수 없다는 것까진 알지 못했다. 휴게소 간판이 보이기 시작할 무렵 함박눈이 쏟아지기 시작했다. 우산이 있느냐고 묻는 나에게 그는 트렁크에서 살이 떨어져나간 몹시 낡은 우산 하나를 내게 건네주었다. 나는 이렇게 물었다. 왜 이렇게 우산이 낡았어요? 양말과 열쇠 고리 하나를 사도 꼭 백화점에 가서 구입하던 사람이었으니까. 그가 입가를 일그러뜨리며 말했다. 난 우산을 쓸 수 없잖아요. ……! 커피를 뽑기 위해 눈이 쌓이기 시작하는 미끄러운 땅 위를 조심스럽게 목발로 짚고 가는 그의 옆으로 바싹 다가가 우산을 펼쳐들었다. 우산 위로 툭툭 눈발이 떨어지는 소리가 들렸다. 그가 흘긋 내 옆얼굴을 돌아봤다. 나는 그를 쳐다보면서 함빡 웃었다. ……아마 우리가 사랑이라고 느꼈다면 그건 우산 때문이었을 것이다. 우산을 쓰고 가면서 슬그머니 그의 팔짱을 꼈다. 오랫동안 목발을 짚느라 근육이 생긴 그의 단단한 팔이 잡히는 게 아니라 덜컥덜컥 앞으로 움직이는 차갑고 냉기가 도는 금속만이 손에 잡혀왔다. 그는 외면하듯 슬쩍 내 손길을 뿌리치고는 우산 밖으로 성큼 걸어나가고 있었다.

그날 밤 이후 그는 줄곧 나를 기다린 건 아니었을까.

이른 아침이다. 짐을 다 챙긴 트렁크를 마당에 내려놓고 두꺼운 외투를 껴입고 목덜미에 스카프를 둘러맸다. 욕실과 화장실에 들어가 수도꼭지가 꽉 잠겼나 확인하고 보일러와 가스 밸브도 다시 잠갔다. 안방과 이현의 방, 부엌의 창문도 모두 닫고 고리를 걸었다. 마루 유리문까지 닫고 신발을 신고 나자 달리 더는 할 일이 없었다. 허리를 굽혀 신발끈을 꽉 조여맸다. 그리고는 뚜벅뚜벅 화장실로 걸어 들어갔다. 그 집에서 내가 마지막으로 한 일은 등 뒤로 햇빛이 쏟아져 들어오는 화장실 변기에 앉아서 아주 오랫동안 똥을 눈 일이다.

무거운 트렁크를 들고 대문 밖으로 나왔다. 반쯤 열어둔 대문 밖에서 고개를 안쪽으로 들이민 채 얼마쯤 마당을 둘러보았다. 흰 깃털 구름 사이로 환한 아침 햇살이 마당으로 떨어져내리고 있었다. 쾅, 소리가 나지 않도록 조심하면서 슬그머니 대문을 닫았다. 오랜 손때가 묻은 나무 대문이 삐걱거리며 스르르 닫혔다. 대문을 닫고 돌아서려는데 문득 손등으로 눈물 한 방울이 뚝 떨어졌다. 나는 손등에 떨어진 눈물 한 방울을 물끄러미 바라보았다. 누군가 이 눈물을 보아주기를 바라면서. 골목엔 아무도 보이지 않았다. 눈가를 훔치고 나서 트렁크를 들고 골목을 벗어나기 시작했다. 가까운 어느 날엔가 누군가 이 골목을 돌아서 대문 앞에 설 것이다. 겹겹이 손때가 묻은 대문을 밀고 들어가 마당의 환한 햇살에 탄성을 지를지도 모른다. 사진첩을 두고 간 걸 깨닫게 된다면 아마 옛 주인이 이 집으로 돌아오게 될지도 모른다. 그들이 아니면 공원 앞의 오래된 향나무 한 그루나. 얼마 전 받아본 소식지에는 마을 주민들이 그 향나무를 특별관리 보호수로 지정해줄 것을 구청 측으로부터 약속받았다는 이야기가 실려 있었다.

골목을 다 벗어나 큰길 앞에서 잠깐 망설였다. 그리고 깊은 숨을 토해낸 후 지하철 역 쪽으로 길을 잡았다. 어디든 사람이 살고 새가 울고 나무가 자라고 친구가 찾아온다면 그곳이 바로 집이라는 생각을 하면서.

해가 바뀌고 수개월이 흐른 뒤에 나는 다시 그 집에 초대받아 가게 되었다. 이현네 가족은 이른 봄에 집으로 돌아왔지만 내 거처가 불분명했기 때문에 연락이 쉽게 닿지 않았다. 한 번인가 어렵게 전화 통화를 하긴 했다. 나는 먼 시외 쪽에 살고 있었고 주중과 주말까지 새 일을 시작하고 있었기 때문에 나들이가 쉽지 않았었다. 일요일 오후에 시외버스와 지하철을 두 번 갈아타고 경복궁 역에서 하차하였다. 빵집에 들러 초코 케이크 한 상자를 샀다. 그 집을 떠났던 어느 날처럼 골목 입구에서 잠깐 망설이긴 했지만 곧 붉은 돌담들을 따라 대문 앞에 섰다. 몇몇 사람들이 먼저 와 있는지 떠들썩한 소리가 반쯤 열려진 대문 밖으로 흘러나오고 있었다. 녹슨 대문 손잡이를 만지작거리다가 문을 열고 안으로 쓱 들어갔다. 투명하고 엷은 오후의 햇살이 마당을 지나 장독대 위에서 아련히 머물고 그 빛과 그늘 속에서 벌써 누군가는 돗자리를 깔아놓은 마당에서 고기를 굽거나 술잔을 기울이고들 있었다. 시간을 거슬러 올라간 듯 내가 처음 이 집을 방문했을 때와 하나도 다를 게 없는 풍경이었다.

정말이지 나는 이 집에 처음 온 손님처럼 신발도 벗지 않은 채 쪽마루에 엉거주춤하게 앉았다. 그리 오랜 시간은 아니지만 내 손때가 묻었을 마루를 손끝으로 문질러보고 내가 잠자던 안방과 욕실과 화장실 문에도 차례로 눈을 두었다. 어디에도 한때 내가 이 집에 머물렀던 흔적은 보이지 않았다. 그러나 지금 원영씨가 사과

와 멜론을 깎고 있는 저 접시나 과도, 밥그릇과, 몇 장의 수건들, 슬리퍼와 항아리나 아직도 이 집에 남아 있을 그들은 한때 내가 이 집에 살았었다는 것을, 한동안 머물다 간 손님이었다는 것을 기억할 것이다. 나는 자리에서 일어나 마당으로 내려앉았다.

불에 탄 고기를 한쪽으로 들어내면서 이현아빠가 안부를 물어왔다. 우물쭈물 말을 잇지 못하고 있다가 요즘 새로 그림을 그리기 시작했다고 대답했다. 과일을 깎고 있던 원영씨가 내 옆얼굴을 한 번 쳐다보더니 무턱대고 고개를 끄덕거렸다. 그림을 다시 그리기 시작한 건 불과 얼마 전이다. 나는 거울을 옆에 갖다 놓거나 사진을 들여다보면서 주로 내 얼굴을 그린다. 그건 작업할 수 있는 공간이 비좁아서이거나 달리 모델이 없기 때문이 아니라 아마 그때, 거기 내가 존재했었다는 사실을 확인하고 싶은 것인지도 모르겠다. 그건 정말 진실일 테니까. 그 이후에 무엇을 그리게 될지는 아직 나도 알지 못한다.

아이는 눈에 띄게 부쩍 키가 자라 있었다. 꽤 무거운 이현을 무릎 위에 앉혀놓고 그 애의 보드라운 뺨에 입을 맞췄다. 이현이 까르르 웃음을 터트리며 원영씨 뒤로 숨었다. 나는 원영씨에게 장독대 항아리 옆 분꽃은 아직도 오후 5시쯤 피느냐고 물어보았다. 원영씨는 요즘은 해가 길어졌기 때문에 4시쯤이면 분꽃이 성성히 벌어진다고 대답했다. 병을 앓고 있던 국수집 주인과 문방구 주인의 안부를 묻기 위해 입을 열었다가 도로 다물고 말았다. 그건 손님이 할 수 있는 질문이 아니라는 생각이 들었기 때문이다. 그러고 보니 아직도 이 집과 동네에 관해 퍽 많은 것을 기억하고 있던 모양이다. 그러나 공원 앞의 향나무와 사집첩을 두고 간 옛 주인에 관해서는 묻지 않았다. 이현아빠는 계약을 더 연장했다고 했다. 별다른 일이 일어나지 않는다면 그들은 앞으로 2년쯤 더 이 집에서 살게 될 터이다. 그들이 이 집에 사는 동안 나는 오늘처럼 몇 번 더 저녁 초대를 받아 오게 될 것이다.

계절이 바뀌고 아이가 자라고 이현아빠가 두번째 연출할 시나리오를 쓰고 원영씨가 개인전을 준비하고 있는 동안 나는 여러 집을 전전하다가 시 외곽에 자리를 잡게 되었다. 언젠가는 떠나게 될 집이다. 거처를 자주 옮겨다니기는 하지만 이제 난 어느 집을 떠날 때도 문을 쾅, 닫고 돌아서지 않게 되었다. 다시 돌아가고 싶은 마음이 생길지도 모르니까.

아이가 손가락으로 하늘을 가리키며 어? 하고 자리에서 일어났다. 아이의 손끝을 따라 고개를 들어 봤다. 흰 나비 한 마리가 아이의 머리를 지나 장독대 쪽으로 날아가고 있는 게 보였다. 나비를 따라 장독대로 올라가려는지 운동화 뒤축을 꺾어 신은 아이가 계단으로 한 발을 내디뎠다. 나는 아이의 이름을 부르려다 말고 피식 웃는다. 문득 아이의 이름이 생각나지 않는다.

〔『문학사상』, 2000년 11월〕

마리의 집

갯굴요? 그게 뭡니까? 굴의 일종이에요.
아, 먹는 굴 말입니까? 굴은 돌에만 잘 붙어서 자라는 건 아네요. 갯벌이고 나무고 바위고,
그저 정붙여 살 곳만 있으면 그대로 눌러붙어 자라요. 그게 갯굴의 특성이죠.
심지어 어떤 놈은 타이어에 붙어서 자라는 것들도 있어요. 마리씬 별 걸 다 아는군요.
그런데 갑자기 웬 굴 얘기를. 그녀는 먼저 포크를 집어든다. 국수가 식겠어요, 어서 먹죠.

마리의 집

휴가가 끝난 후 첫 출근이다. 혜화 역에 내렸을 때는 이미 출근 시간이 10분이나 지나 있었다. 오전에는 한산한 편이기는 하지만 아직 방학이 끝나지 않았다. 요즘 관람객들은 방학 숙제를 하기 위해 부모 손에 끌려오는 초등학교 아이들이 대부분이다. 9시 반이면 관장의 비서에게서 전화가 올 것이다. 별일 없습니까? 네, 별일 없습니다. 여기서 무슨 별다른 일이 일어나겠어요, 하는 말은 한 번도 해보지 못했다. 휴가 기간은 일주일이었다. 그녀는 이번 여름 휴가를 반납하고 싶었지만 그 말도 하지 못했다. 휴가 기간 동안 어디를 갈까 고민하는 데 사흘이 지나갔다. 다시 집에, 그 갯벌에 가봐야겠다고 작정하고 나니 휴가가 딱 하루 남아 있었다. 그 하루 동안 그녀는 킴스클럽에 가서 쇼핑을 했다. 열무 두 단과 4킬로그램짜리 쌀 한 봉지, 바나나 우유와 아오리를 샀다. 잔고가 떨어진 것보다 냉장고가 비어 있는 게 훨씬 더 불안하다. 휴가 기간 내내 벽시계 건전지를 빼두었다. 그러나 저녁을 먹기 위해 된장찌개와 달걀찜을 식탁에 차려두고 텔레비전을 켜면 어김없이 9시 뉴스가 시작되고 있었고 앞집 여자의 자동차가 들어왔나, 창문을 열고 내다볼 적이면 새벽 3시가 되어 있었다. 새벽 3시가 넘어도 여자의 자동차가 보이지 않는 날이 더 많다. 앞집 여자, 정미림이 술을 마시는 날이다. 정미림은 휴가 기간 동안 파리에 다녀오겠다고, 지난 봄부터 입버릇처럼 말했었다. 어쩌면 그의 소식을 들을 수 있을지도 몰랐다.

가방에서 비닐 봉지 안에 든 아오리 하나를 꺼내 와삭, 한입 크게 베어문다. 샘터사와 KFC 사이 골목으로 들어간다. 집에 가지 못한 이유는 휴가 기간이 딱 하루밖에 남지 않아서였을 따름이다. 그곳까지 가는 데만 해도 반나절이 걸린다. 광활한 갯벌에서 펼쳐질 낙조를 보기 위해서 이번 여름철에도 관광객들이 퍽 몰려들었을 게 분명하다. 갯벌은 얼핏 보면 그저 물 빠진 맨숭맨숭한 땅 같아 보이지만 가까이 다가가면 여기저기 살아 움직이는 생물들을 발견할 수 있다. 갯지렁이가 펄 사이로 숨어들고 불가사리가 바지락을 잡아먹느라 지금도 안간힘을 쓰고 있을 것이다. 그 모든 것들이 어제 보고 온 듯 눈에 환하다. 바닷물이 빠진 갯가를 보고 있노라면 그녀도 마을의 여느 아낙들처럼 나무로 만들어진 뻘썰매를 타고 갯벌 끄트머리까지 나가 깊은 뻘에 무릎까지 다리를 빠트리고 양동이 하나 가득 패류들을 채우고 싶었다. 그녀는 가지 않았다. 아오리를 한입 베어물 때마다 갯지렁이, 불가사리, 바지락, 참고막, 하고 패류들의 이름을 불러본다. 관광객들이 빠져나가면 마을 사람들은 하나둘씩 갯벌로 몰려나가 갯벌 임자라는 걸 표시하기 위해 여기저기 세워둔 막대들을 점검하느라 분주할 것이다. 누군가는 틈

틈이 파도에 휩쓸려온 패트병이나 폐선 조각들을 건져내기도 할 것이다. 그래야 조개들이나 다른 패류들이 더 잘 자랄 테니까.

골목으로 들어와 바탕골 소극장 앞까지 왔을 때쯤 그녀는 길바닥 한가운데 곧게 그려져 있는 자주색 선 하나를 발견한다.

……?

자세히 들여다보니 선이 아니라 철물점에서나 파는 물건을 묶을 때 사용하는 두툼한 노끈이다. 뒤를 돌아다본다. 골목 안쪽에서부터 그 끈은 계속 이어져 있다. 골목을 되돌아나가 큰길까지 도로 나가본다. 끈은 지하철 역 입구에서부터 이어져 있다. 길바닥에 그려진 듯 붙어 있는 끈 중간중간에는 일정한 간격으로 초록색 테이프로 고정되어 있다. 고개를 들고 위에서 부감하듯 내려다보면 마치 노끈을 커다란 호치키스로 딱딱 찍어놓은 듯 보인다. 테이프로 고정된 끈 위에 화살표 모양의 안내문도 함께 붙어 있다. 매직으로 써넣은 작은 안내문에는 '심재혁과 이지현의 결혼피로연 장소'라고 씌어져 있다. 끈을 따라 좀더 위로 올라가니 '비어할레 가는 길'이라 씌어진 안내문이 발에 밟힌다. 길을 걷다가 종종 이런 식으로 장소를 표시해둔 끈을 본 적이 있긴 했다. 주로 대학가 근처다. 학생들이나 무슨 동호회에서 하는 행사 장소를 알리는 게 대부분이었다. 결혼식장을 알리는 안내문도 보았고 간혹은 무슨 나이트클럽 같은 것도 있긴 했다. 그 끈을 따라갈 일은 한 번도 생기지 않았다. 출근 시간은 20여 분쯤 지나고 있다. 그녀는 속대만 남은 아오리를 한 손에 들고서 끈을 따라 느릿느릿 걷는다. 끈은 '민들레영토' 앞과 주차장을 지나 비어할레라는 맥주집 앞까지 길게 이어져 있다. 아직 비어할레가 문을 열 시간은 아니다. 퇴근 후에 비어할레에 와서 미술관 위층에서 근무하는 미스 박과 맥주를 마신 적이 있다. 문이 닫힌 것을 알면서도 그녀는 피로연에 온 손님처럼 비어할레 문 손잡이를 사뭇 흔들어본다. 유리문 앞에 심재혁과 이지현의 결혼피로연 장소라는 안내문이 또 붙어 있다. 어제 날짜다. 오후 6시 반. 어제는 일요일이었다. 어제 이 비어할레에서 심재혁이라는 남자와 이지현이라는 여자의 결혼피로연이 있었다. 누구도 아직까지 장소를 표시한 저 끈을 땅바닥에서 떼어낼 생각은 하지 못한 모양이다. 다 베어 먹은 아오리 속대를 아무렇게나 비어할레 앞에 툭 던져버린다. 관장의 비서에게서는 벌써 여러 번 전화가 왔을 텐데. 뒤돌아 한 블록 도로 밑으로 내려간다. 아프리카 미술관은 한성빌딩 5층에 있다. 엘리베이터는 4층에서 멈춰선 채 꼼짝도 않는다. 이 시간에 대체 누가 온 걸까.

남자는 자신의 이름부터 밝혔다. 그녀는 남자의 이름을 듣지 못했지만 되묻진 않았다. 카메라 가방을 든 남자는 안내 데스크 앞으로 바투 다가온다. 그녀는 한 걸음 뒤로 물러난다. 뒤로 물러나 봐야 막다른 벽이다. 벽에는 미술관을 홍보하는 커다란 패널이 걸려 있고 그 패널 속에는 흑단목으로 만들어진 우자마라는 인간 피라미드가 담겨 있다. 무슨, 일이신데요? 그녀는 더듬거리며 묻는다. 남자가 뒤를 한 번 흘긋 돌아다보더니 미간 사이에 진 주름을 활짝 펴고 웃는다. 아, 난 말입니다, 영화를 만들고 있습니다. 영화요? 그럼 영화감독이신가요? 뭐, 그렇게 생각하셔도 좋구요. 그런데 제게 무슨…… 난 지금 이미지를 찾아다니는 중입니다. ……이미지라뇨? 뭐, 지금 여기서 자세한 건 말하기 힘들구요, 거두절미하고 부탁 하나 합시다. 남자는 이미지 컷을 만들고 있는 중이라고 했다. 이미지 컷이 뭐예요? 그녀는 묻지 않았다. 스토리보드라는 말이 나왔을 때도 그게 뭐냐고 물어보지 않았다. 남자는 미술관 안에 있는 작품들을 몇 점 사진을 찍었으면 한다고 말한다. 그건 좀 곤란. 아, 압니다, 곤란하다는 거 알죠. 얼른 몇 컷만 찍게 해주십쇼. 이게 사실 다 남들 보라고 전시해놓은 거 아닙니까. 그건 제 소관이 아녜요, 관장님이나 아니면 기획실에 미리 연락을…… 변명 같겠지만 그럴 시간이 없었습니다. 한번 봐주십시오, 이렇게 부탁드립니다. 남자는 웃는다. 웃으면서 한쪽 손으로 이마로 쏟아진 머리칼을 넘긴다. 그녀는 입술을 꾹 다물었다 천천히 뗀다. 그럼, 이게 영화로 만들어지는 건가요? 글쎄요, 여기 있는 게 영화로 나오는 건 아니구요, 뭐랄까, 제가 새로 만들 영화 내용에 맞는 이미지를 찾아내기 위한 작업인 셈이죠. ……영화 만드는 일, 참 어려운 거 아닌가요? 그으럼요, 그게 얼마나 어려운 일인데요. 뭘 좀 아시긴 아시네. 하지만 세상에 어렵지 않은 일이 있습니까, 산다는 게 다 그렇죠. 남자는 또 큰소리로 하하 웃는다. 곤란한 일이기는 하지만, 누가 보기 전에 얼른 찍으셔야 돼요. 이거 정말 고맙습니다, 고마워요. 근데 아가씨 이름이……? ……제 이름은 왜요? 이런 데서 일하면 꿈자리가 사납지 않습니까? 저 귀신 같은 가면들이라니. 남자는 그녀의 이름을 다시 묻지 않고 카메라 가방을 투둑 연다.

남자는 진열대 안에 있는 탄자니아의 인간 피라미드와 피그미족의 표범 가죽과 구슬, 조개로 만들어진 화려한 의상과 가면, 그리고 세누푸 엽북 같은 것들을 촬영하기 시작한다. 남자가 쇼케이스에 들어 있지 않은 모로코 왕의 칼에 손을 댔을 때 그녀는 버릇처럼 만지지 마세요! 낮게 소리친다. 남자가 머쓱한 얼굴로 그녀를 돌아본다. 손, 손대지는 마시라구요. 아, 알겠습니다. 잠깐 찍겠다던 남자는 30분이 지나도록 돌아갈 생각을 하지 않고 실내를 돌아다니고 있다. 관람객들은 아직 한 명도 없다. 점심 시간이 지난 후부턴 몇몇이 모여들 것이다. 미스 박은 아직 출근을 하지 않은 것일까. 위층에서는 아무런 기척이 없다. 남자가 사진을 찍는 동안 그녀는 마치 제자리에서만 맴돌 뿐인 장식용 프로펠러처럼 비좁은 안내 데스크 안쪽에서 제자리 걸음을 하고 있다.

고맙다는 인사를 하고 남자가 나간 것은 11시가 넘어서다. 남자가 나간 후 그녀는 출입구 앞에 있는 니얌 위지 추장의 의자에 놓여진 비디오테이프 하나를 발견한다. 남자가 한 손에 들고 있던 테이프다. 그가 머리카락을 쓸어넘길 때 왼손에서 오른손으로 바꿔 쥐던. 그녀는 얼른 비디오테이프를 집어들곤 문을 밀치고 나간다. 엘리베이터는 벌써 3층으로 내려가고 있다. 그녀는 타다닥 계단을 뛰어내려간다. 주차장 쪽으로 걸어가고 있는 남자의 뒷모습이 보인다. 저기요! 그녀는 한 손에 든 비디오테이프를 깃발처럼 휘두르며 큰소리로 남자를 부른다. 걸음을 멈춘 남자가 뒤돌아본다. 여기, 이거요, 이거 댁 거죠? 남자가 앗차차! 손바닥으로 제 이마를 세게 친다. 이거 정말 큰일 날 뻔했네, 정말 고맙습니다. 이게 얼마나 중요한 테이프인데, 아 내가 요즘 정신이 하나도 없다니깐요, 그놈의 이미지 컷인지 뭔지 때문에. 아무튼 정말 고맙습니다. 그런데 아까 아가씨 이름이 뭐라고 그랬습니까? ……장, 말희요. 아, 장마리씨요? 그녀는 망설이다가 고개를 끄덕거린다. 장마리, 마리, 정말 이쁜 이름이군요.

정미림의 자동차는 골목 바깥쪽에 주차돼 있다. 그 안쪽에 그녀의 자동차가 있다. 그녀는 가방에서 정미림의 자동차 열쇠를 꺼낸다. 정미림이 앞집 2층으로 이사를 온 것은 1년 전쯤이다. 좁은 골목을 마주보고 있는 그녀의 집과 정미림의 주인집엔 주차장이 있었고 정미림이 사는 집 옆 골목에 주차하는 사람은 그녀밖에 없었다. 정미림이 이사 온 후부터는 골목에 차 두 대를 세워야 했다. 그녀가 퇴근한 후 저녁 8시가 넘어서 초인종이 울렸다. 어깨까지 내려오는 긴 파마 머리를 한 여자가 대문 밖에 서 있었다. 미안하지만, 차를 좀 빼주셔야겠어요. 그녀는 앞집 여자를 내려다봤다. 들릴 듯 말 듯한 작은 목소리 때문이기도 했지만 우선 가로등 불빛을 받고 서 있는 그녀의 키가 너무도 작아 보였다. 그늘 속에서 자란 보랏빛 붓꽃 같은 느낌이 드는 여자였다. 그녀는 저녁에 퇴근했고 정미림은 밤에 출근했다. 자동차 키를 한 벌씩 복사해서 나눠갖자는 말은 정미림이 먼저 했다. 그녀의 자동차는 녹색 마티즈였고 정미림의 자동차는 같은 차종의 금색이었다. 정미림은 자신의 열쇠 한 벌을 먼저 그녀에게 건넸다. 그날 저녁 그녀는 정미림과 함께 저녁을 먹었다. 채 150센티미터가 넘을까. 굽 높은 신발을 벗고 실내로 들어온 앞집 여자의 키는 더욱 작아 보였다. 앞집 여자는 맥주를 마셨다. 난 말예요, 아직도 새해 첫날이면 키를 재봐요. 그녀는 웃었다. 믿기지 않겠지만 간혹 내 키가 자라 있기도 해요, 눈에 띌 정도는 아니지만. 그래요? 그녀는 고개를 끄덕거렸다. 하루에 2센티미터씩 자라는 인도네시아 나무들처럼. 정미림은 뒤엣말은 하지 않았다.

바깥쪽에 세워진 정미림의 자동차를 골목 한가운데로 빼고 자신의 녹색 자동차를 골목 아래쪽으로 뺀다. 정미림의 차를 다시 골목 안쪽으로 주차시킨다. 정미림의 차 안에서 민트향이 난다. 소형 자동차가 썩 잘 어울리는 여자다. 정미림을 답삭 안아올린다면 웨하스처럼 가벼울 것 같다. 약속 시간은 6시 반이다. 그의 이름은 이성현이라고 했다. 전화 속에서 그의 목소리가 우렁우렁 컸다.

정미림의 자동차에 타보는 것도 꽤 오랜만이다. 그녀는 지하철을 타고 출근하고 혜화에서 종로까지 버스를 타고 나가 거기서 다시 버스를 갈아타고 퇴근한다. 그가 파리로 떠난 다음부터는 자동차를 몰고 나갈 일이 거의 없다. 적금을 해약하면서까지 자동차를 산 것도 그 사람 때문이었다. 퇴근 후 집에 들렀다가 그가 퇴근하던 밤 10시 반쯤 그녀는 자동차를 몰고 장충동의 레스토랑으로 그를 데리러 가곤 했다. 사장의 추천으로 함께 일하는 레스토랑 스태프 중 한 명과 그가 파리로 떠난 것은 6개월 전이다. 거기서 그는 식당들을 순례하면서 시식을 하고 그걸 기록하고 새로운 레시피를 만들고 있을 것이다. 그와 함께 떠났던 주방장은 3개월 전에 돌아왔다. 그는 아직 돌아오지 않는다. 잠이 오지 않는 밤이면 그녀는 이따금씩 자동차를 몰고 장충동으로 나간다. 비상등을 켠 채 자동차를 세워두고 광고회사 건물 2층에 있는 그 식당을 물끄러미 올려다본다. 촛불과 이파리가 작은 꽃들로 장식해놓은 식당 창가에는 언제나 성장한 사람들로 꽉차 있다. 그는 거기서 랍스터로 맛을 낸 파스타와 어린 송아지 다리로 만든 스테이크를 구웠었다. 퇴근 후면 그는 늘 의자를 바짝 뒤로 젖힌 채 자동차 안에서 잠을 잤다. 새로운 레시피를 만들 때까지 그는 돌아오지 않겠다고 했다. 그는 그런 말을 한 적이 없다. 함께 떠났던 주방장은 3개월 전에 돌아왔다. 정미림의 차를 골목 안쪽으로 깊숙이 주차해둔다. 어쩌면 이건 민트 냄새가 아닐지도 모른다. 쇠의 냄새를 가장한 향기일지도 모른다고 그녀는 생각한다. 정미림의 칼 때문이다. 정미림은 아직도 그 칼을 기억하고 있을까. 정미림은 그 뒤로 한 번도 그 이야기를 꺼낸 적이 없다. 오산당병원 앞을 지나 예술의전당 쪽으로 차를 몬다. 이성현, 그 남자보다 5분 늦게 도착하려면 시간을 잘 맞춰야 한다.

마리씬 왜 집을 떠나왔어요? 정미림이 물었다. 그건. 난 말예요. 그녀의 말이 채 시작되기도 전에 정미림이 말을 이었다. 고등학교 2학년 때였어요. 그 수업 시간에 내가 뭘 잘못했는지, 지금은 잊어버렸어요. 내가 아마 약간 떠들어서 수업을 방해했거나 아니면 선생이 낸 문제를 풀지 못했을 거예요. 아무튼 그건 생각 안 나고 내가 선생한테 받았던 그 벌만 생생하게 기억나요. 여선생이 물었죠. 너, 뺨을 열 대 맞을래 아니면 이 사탕을 다 먹을래? 교탁 위에는 지난 시간에 숙제를 안 해온 애들이 벌로 사갖고 온 사탕 다섯 봉지가 있었어요. 난 선생의 눈을 똑바로 쳐다보면서 말했죠. 차라리 뺨을 맞겠어요. 그래? 그럼 이 사탕을 지금 다 먹어라. 난 기억해요. 사탕 한 봉지에는 50개의 사탕이 들어 있었어요. 난 사탕 봉지를 깠어요. 하나둘씩 그걸 깨물어먹기 시작했죠. 내가 그걸 다 먹는 동안 선생은 교탁 위에 턱을 괴고 앉아선 내가 그 사탕을 다 먹을 때까지 곁눈질 한 번 하지 않고 날 똑바로 쏘아봤어요. 교실에는 침묵이 흘렀어요. 내 짝이었는지 그 뒤에 앉았던 누구였는지 흐느끼는 소리가 들리기도 했죠. 난 입속으로 사탕을 마구 우겨넣었요. 오드득 오드득 깨물고 또 깨물어 먹었죠. 사탕은 250개였어요.

……수업이 끝났고, 출석부를 든 선생이 천천히 교실 밖으로 나갔어요. 아무 일도 없었다는 듯이. 누구도 움직이는 아이들이 없었죠. 난 뒷문을 열고 밖으로 나갔어요. 그리고 생각했죠. 그 앞에서 울지 않은 건 정말 잘한 일이라고. 대장장이 아저씨한테 칼 하나를 샀어요. 다른 이유가 더 있었지만 그뒤로 난 더 이상 학교를 다닐 수 없게 되었어요. 칼을 들고 교문 밖에서 여선생을 기다리곤 했어요. 죽일 수도 있었어요. 그런 기회가 아주 없었던 건 아네요. 집을 떠나오면서 나는 그 칼을 장독대 밑에다 묻고 왔어요. 그 칼, 아직도 거기 있을 거예요. 지금 내가 그 여선생 나이가 됐어요, 그게 우스워요. 사탕이 달다는 말을 난 믿지 않아요. 그리고 정미림은 큰 소리로 웃었다. 거무스름한 기미가 낀 눈 밑으로 주름이 골처럼 패어 있었다. 웃던 정미림이 갑자기 입을 딱 다물어버렸다. 그녀는 칼에 찔린 것처럼 마음이 아팠다.

갈비집 주차장엔 차들이 빼곡히 들어차 있다. 약속 장소를 정한 건 이성현이다. 주차 관리인에게 자동차 키를 맡기고 실내로 들어간다. 차가 많이 막혔어요, 늦어서 미안합니다. 남자는 겨우 5분인걸요 뭐, 하지만 바람맞는다는 생각은 하지 않았습니다, 라고 말하며 씩 웃는다. 잘 웃는 남자구나, 그녀는 생각한다. 미술관에 와서 무턱대고 사진을 찍겠다고 부탁하면서도 이쪽에서 뭐라 할 틈도 안 주고 자주 웃었던 남자다. 남자는 갈비 2인분과 소주를 시킨다. 난 술 안 마셔요. 그녀가 불쑥 말한다. 차를, 차를 가져왔거든요. 이성현은 고개를 끄덕거린다. 갈비는 좋아하십니까? 그녀는 글쎄요, 말을 흐린다. 뭐 특별히 좋아하는 거라도 있습니까? 제가 오늘 밥을 사기로 한 건데. 아, 그 비디오테이프 잃어버렸으면 전 정말 큰일 날 뻔했거든요, 우리 감독이…… 이성현씨가 감독이라고 하지 않았어요? 네? 아, 예에, 근데 아직 제 작품이 없어서요. 그는 요즘 새로운 시나리오를 쓰고 있다고 덧붙인다. 그녀는 무슨 이야긴지 물어봐도 되느냐고 묻는다. 아, 마리씨. 난 24시간 내내 내가 만들 영화를 생각하고 어떡하면 기찬 시나리오를 쓸까 고민하고 있어요. 정말이지 머리가 터질 지경이죠. 지금은 그냥 마리씨랑 즐겁게 밥만 먹고 싶어요. 네……, 난 사실 고긴 별로 좋아하진 않아요, 하지만, 하지만 가끔은 먹어요. 가끔은 고기도 먹는 게 좋다고 하더군요. 마리씬 뭘 좋아하시는데요? 다음엔 제가 그걸 대접하겠습니다. 이성현이 고기를 뒤적거리면서 묻는다. 그녀는 잠시 입을 다물고 있다가 조그만 목소리로 루콜라요, 라고 대꾸한다. 루, 뭐라구요? 루콜라요. 그게 뭡니까? 전 생전 처음 들어보는 음식인데요. 야채 이름이에요. 아, 야채요. 네, 어린 건 꼭 쑥갓처럼 생겼고 좀더 자란 건 상추같이 생겼어요. 그런데 그건 우리나라에선 재배가 안 되는 거라네요. 그럼 마리씬 그걸 어떻게 먹어봤습니까. 그녀는 이성현이 내민 고기 한 점을 젓가락으로 집어든다. 지난 휴가 때 파리에 다녀왔어요. 아, 파리요. 참 좋은 델 다녀오셨네요, 그쪽으로 한 번 로케 나갈 기회가 있었는데 하필이면 맹장이 터져서 못 갔어요, 정말 재수가 없었던 거죠. 무슨 영화였는데요? 마리씬 얘기해도 모를 거예요, 중간에 엎어졌거든요. 난, 거기 내 친구가 있어요. 그 사람은 요리사죠. 우린 하루에 두 군데씩 식당을 돌아다녔어요. 그게 거기서 그 사람이 하는 일이거든요. 난 일주일 만에 돌아왔는데, 거기서 먹었던 음식 중에서 그게 제일로 맛있었어요. 그럼 어떡하나, 난 그걸 마리씨한테 사줄 수가 없겠군요. 저기, 여기 몇 군데 식당들 중에선 그 야채를 수입해와서 요리하는 데도 있어요. 휴가가 끝난 후에 제일 먼저 그 식당에 가서 루콜라가 든 샐러드를 먹기도 했는걸요. 그에게 마지막 전화가 온 건 3개월 전이다. 그녀는 언제 돌아올 거냐고 물었다. 그는 여기서 먹는 루콜라 맛은 서울에서 먹는 것과는 비교도 안 될 정도로 맛있고 신선하다고 말했다. 루콜라. 그녀는 그게 여자 이름이라고 생각했다. 이성현은 엎어둔 그녀의 잔을 세워 술 한 잔을 따른다. 그럼 마리씨 친군 언제 돌아옵니까? 이성현이 그녀 잔에 제 잔을 부딪쳐온다. 그녀는 마지못한 듯 잔을 들어올린다. 아마 늦어도 가을이 지나기 전까진 돌아올 거예요. 아주 친한 친군가 봐요? ……네. 남자죠? ……네. 이런, 고기가 다 타겠어요, 루콜라는 없지만 좀 드세요, 마리씨.

남녀 공용 화장실 안에 한 남자가 뒷모습을 보인 채 서 있다. 그녀는 도로 밖으로 나온다. 자리로 돌아가려다 말고 발을 멈춘다. 고개를 푹 수그린 이성현이 일수꾼처럼 능숙한 손놀림으로 반으로 딱 접힌 지폐를 빠르게 한장 한장 세고 있다. 한 번 센 돈을 다시 한 번 거푸 세본다. 그녀는 밖으로 나와 찬 공기를 들이마신다. 두 잔을 마신 소주 때문에 얼굴이 홧홧 달아오르고 있다. 밥을 다 먹고 난 후에 이성현은 영화를 보러 가자고 했었다. 그리고는 소주 한 병을 다 비웠다. 그녀는 이제 그만 집으로 가야겠다고 생각한다. 영화까지 보고 들어간다면 자정이 넘을 것이다. 다음 약속엔 10분 이상 늦어야겠다고 작정한다. 그녀는 안으로 들어간다. 숯불에 탄 고깃점들이 꾸덕꾸덕 말라 있다. 계산대 앞에서 주머니를 뒤적거리던 이성현이 갑자기 난처한 얼굴로 그녀를 돌아다본다.

……왜요? 이것 참. ……? 이성현은 지갑을 집에 두고 왔다고 말한다. 그리곤 빈 두 손을 허공으로 치켜올리며 이걸 어쩌죠, 마리씨? 그녀를 내려다본다. ……저 돈 있어요. 그녀는 가방을 열고 계산을 치른다. 정말 미안합니다, 마리씨. 괜찮아요. 어쩔 수 없이 다음에 제가 한 번 더 마리씨한테 밥을 사야겠는걸요. 전, 정말 괜찮아요. 아닙니다, 이렇게 두 번씩이나 신세를 질 순 없죠. 안 그래요? 이성현이 그녀를 쳐다보면서 치아를 다 드러낸 채 활짝 웃고 있다.

그녀는 미스 박을 도와 위층에 있는 전시물들을 아래층으로 옮긴다. 촬영을 하러 온 남자 두 명이 일을 도와주고 있긴 하지만 역부족이다. 사진 촬영이 끝난 전시물들을 위층에 있던 것은 도로 위층으로, 아래층에 있던 것은 제자리로 옮겨놓는 작업을 반복하고 있다. 그러나 대부분 무거운 나무로 만들어진 작품들이라 혼자서 들기에는 벅차다. 계단 모퉁이에 작품을 놔두어도 훔쳐가는 사람이 없는 건 그 이유 때문인지도 모른다. 새 팸플릿을 만들기 위한 사진 촬영은 오전부터 시작되었다. 출근하고 난 후 10분쯤 지났을 때 관장의 비서에게 전화가 걸려왔다. 별일 없습니까?로 시작된 전화는 지방 전시를 하기 위해서 새 팸플릿을 만들어야 하기 때문에 촬영팀이 곧 도착할 거다, 라는 말로 끝났다. 먼저 전화를 받았는지 위층의 미스 박이 내려왔다. 미스 박이 그녀가 근무하는 아래층 전시물들의 목록을 그녀에게 건네주었다. 거기에는 사진을 찍어야 할 작품들에 따로 표시가 돼 있었다. 촬영팀이 도착했을 때 그녀가 가장 먼저 한 일은 CCTV와 경보 장치를 끄는 것이었다. 스위치를 내리지 않는다면 미술품들을 옮길 적마다 경보음이 울릴 것이다. 5층으로 올라오는 계단 벽에는 아프리카 곳곳의 풍광과 부족들을 담은 사진 패널이 걸려 있다. 문 입구 가장 안쪽에 붙어 있는 패널을 잡아당겼다. 마치 명화 뒤에 은밀히 숨겨진 비밀 금고처럼 거기에 전기 단자가 있다. 그걸 아는 사람은 미술관에서 근무하는 직원밖엔 없다. 스위치를 올린다. 출근해서 맨 처음 하는 일도 퇴근할 때 가장 마지막에 하는 일도 스위치를 내리고 올리는 것이다. CCTV는 아래층의 그녀와 위층의 미스 박 모습까지 환히 비춘다. 그녀가 거길 들여다보는 시간은 거의 없다. 그러나 그녀는 미스 박이 위층 안내 데스크에 앉아 스낵을 씹으며 하루 종일 CCTV를 들여다보고 있다는 걸 안다. CCTV가 안내 데스크까지 비추는 이유를 종내 이해할 수 없다.

수요일, 관람객들이 가장 없는 날이다. 게다가 아직 점심 시간 전이다. 바닥에는 사진 촬영을 기다리는 요루바 머리탈과 이코이 부족의 이비비오 가면이 차례를 기다리고 있다. 아프리카 가면은 중앙아프리카와 서아프리카를 중심으로 각종 의식에서 중요한 소품으로 사용되어왔다. 이름을 지어주는 명명식이나 할례의식, 부족의 세례식, 성인식이나 결혼식 등에서 널리 사용되었고 재앙으로부터 가족이나 부족을 보호해주는 자비로운 존재라고 그들은 믿었다. 한 번도 머리에 써본 적은 없지만 가면들은 대개 한 손으로 들기에도 벅찰 정도로 무게가 나간다. 그녀는 이비비오 가면을 슬쩍 두 손으로 움켜 쥐어본다. 이비비오 가면은 야자나무 줄기와 동물 가죽으로 만들어진 머리 양쪽에 양이나 무소의 뿔처럼 둥글게 휘어진 뿔들이 각각 두 개씩 달려 있다. 뿔은 바깥쪽이 아니라 가면을 쓴 사람의 관자놀이를 향하도록 안쪽으로 휘어져 있다. 뿔이 안쪽으로 휘어진 이유가 뭘까. 그녀는 무릎을 구부리고 앉아 생각한다. 아무래도 뿔은 밖으로 뻗어 있어야 하는 게 마땅한 것 같다. 뿔이라는 건 애초부터 자신을 보호하기 위해 존재하는 것일 테니까.

사진 촬영을 하는 남자 두 명과 함께 미스 박이 점심 식사를 하기 위해 밖으로 나간다. 그녀는 미스 박이 돌아오면 교대하기로 한다. 전시관이 텅 비어 있다. 증명사진을 찍을 때 쓸 법한 커다란 카메라 한 대와 여기저기 바닥에 아무렇게나 놓여 있는 전시물들, 빈 유리 쇼케이스들로 실내는 어지럽다. 그녀는 흑단목으로 만들어진 인간 피라미드 앞으로 간다. 수백여 명의 사람들이 세상에서 가장 높이 쌓은 파이처럼 켜켜이 쌓여 있는 전시물이다. 한 사람이 다른 사람의 발목을 잡고 있고 그 사람은 옆엣 사람의 귀를 잡고 있고 그 사람의 머리를 발로 밟고 선 사람은 옆 사람의 어깻죽지를 잡고 손가락을 물고 머리카락을 잡아당기고 발가락을 물고 허리를 껴안고 축 늘어진 성기를 잡고 혓바닥을 움켜쥐고, 그 틈에도 사람들은 악기를 연주하고 절구를 찧고 음식을 먹고 노래를 부르고 싸움을 하고…… 그렇게 수백여 명의 인간들이 서로 산란기의 개미처럼 얽혀 있다. 이 우자마가 들어 있던 쇼케이스가 이 층에선 가장 크다. 우자마의 크기는 그녀의 목 아래까지 찬다. 먼 오지의 나라 사람들, 그들의 귀와 어깨와 발목과 성기와 장딴지를 매만지던 그녀가 문득 뒤를 돌아다본다. 아무도 없다. 엘리베이터가 올라오는 소리도 들리지 않는다. 점심 시간은 한 시간이다.

빈 쇼케이스 유리 상자를 나무 받침대로부터 두 팔로 끌어안아

신중하게 들어올린다. 양손으로 유리 상자를 어깨 높이로 꽉 붙들고 나무 받침대로 올라선다. 사각형 유리로 만들어진 쇼케이스 안으로 그녀는 엉거주춤 들어간다. 유리 상자 양쪽 면을 들어올리고 있던 두 손을 나무 받침대 홈에 맞춰 내려놓으면서 몸을 더 웅크린다. 직사각형의 유리 상자 안에 갇히 꼴이 된다. 그녀는 투명한 쇼케이스 안에 쭈그려 앉는다. 그리곤 짐짓 단단한 상아로 만들어진 어느 부족의 추장 여인 조각처럼 한쪽 무릎을 세우고 그 위에 손을 올려놓는다. 쇼케이스 안에 가쁜 입김이 뿌옇게 서린다. ……째깍거리는 벽시계 소리도 실로폰을 치듯 이따금씩 가볍게 땡, 울리던 엘리베이터 소리도 위층의 미스 박이 늘상 켜두는 시끄러운 라디오 소리도 들리지 않는다. 숨이 더 가빠진다. 눈을 크게 부릅뜬다. 쇼케이스 안에 침묵이 흐른다. 그녀는 그 침묵에 귀를 연다. 침묵은 완벽하게 조용하지는 않지만 마치 무성영화의 정적처럼 필름이 약간 긁히는 듯한 작고 불규칙한 소음이 은밀히 섞여 있다. 지루한 걸 참을 수 없을 때는 컴퍼스로 제 손등을 콱 내리친다는 정미림의 말이 생각난다. 그녀는 인상을 팍 썼었다. 컴퍼스로 제 손등을 내리치는 것보단 이렇게 쇼케이스 안에 들어가 있는 게 한결 낫다고 생각한다. 그런데, 이상하다. 고개를 둘러 주위를 살핀다. 아무도 없다. 관람객들은 한 명도 눈에 띄지 않는다. 그녀는 자신이 들어 있는 투명한 쇼케이스 유리를 손바닥으로 탕, 탕, 친다.

남자가 약속 장소를 '디마떼오'로 정한 것은 미술관과 가까운 거리 때문일 거라고 짐작했다. 디마떼오는 미술관 위로 한 블록 더 떨어져 방송통신대 쪽으로 좀더 걸어 올라가는 곳에 위치해 있다. 가까운 거리에 있긴 했지만 그 식당에 가본 적은 한 번도 없다. 예일디자인학원 앞에는 수업을 끝낸 학생들과 저녁 거리를 지나다니는 행인들로 붐빈다. 그 인파들 속에서 한 손에 확성기를 든 늙은 남자가 예수를 믿읍시다! 우리 모두 함께 천당엘 갑시다! 큰소리로 외치고 있다. 고함에 가까운 소리다. 그녀는 인상을 찌푸리며 걸음을 재촉한다. 10분 늦게 약속 장소에 도착한다. 얼핏 둘러봐도 빈자리가 없는 것 같다. 테이블마다 커다란 이태리식 피자가 놓여 있고 사람들이 빽빽이 둘러앉아 있다. 구석 자리에 앉았던 이성현이 한 손을 번쩍 들어올린다. 미안합니다, 일이 좀 늦게 끝났어요. 남자가 웃는다. 희고 길고 반듯한 치아를 가진 남자다. 그녀는 가방을 옆 의자에 올려놓고 남자가 건네준 메뉴판을 들여다본다. 남자는 여기선 스페셜 피자를 먹어야 하지 않겠느냐고 묻는다. 그래요, 스페셜 피자. 메뉴판을 몇 장 뒤로 넘겨보는 시늉을 하다가 그녀는 고개를 끄덕거린다. 시나리온 잘되고 있나요? 남자가 인상을 찡그린다. 아무래도 웃는 게 더 잘 어울리는 사람이라고 그녀는 생각한다. 얘기가 잘 안 풀려요, 차라리 다른 걸 써봐야겠어요. 우리 감독이…… 저기, 이성현씨가 감독이라고 하지 않았어요? 물 한 모금을 마신 이성현이 냅킨으로 입 언저리를 닦아내더니 내가 언제 그런 말을 했습니까? 되묻는다. 마리씨가 잘못 들은 거겠죠, 난 그냥 조감독입니다. 아, 네 조감독이요. 그녀는 또 고개를 끄덕인다. 감독이나 조감독이나. 그녀는 자꾸만 고개를 끄덕거리고 있다. 새로 쓰고 싶은 이야기가 무엇인지 그녀는 묻고 싶다. 이성현이 말을 잇는다. 있잖아요, 마리씨. 이런 얘긴 어떨까요? 뭔데요? 어떤 남자가 있어요, 나이는 한 오십 중반쯤으로 하구요, 그런데 그 남잔 하루 종일 화만 내는 거예요, 시장에 가서도 상인들한테 막 화를 내고 교회에 가서도 목사한테 화를 내고, 가족들한테 화를 내는 건 말할 것도 없구요, 마치 화를 내는 게 자신의 본분인 양 하루 종일 만나는 사람들한테 화를 내는 거예요, 그 남자 눈엔 못마땅하고 부당한 것들만 보이는 거죠. 그러면 제목이 '화내는 남자'쯤 되겠군요. 아뇨, 제목을 그런 식으로 가면 안 되죠, 도대체 그 제목을 보고 누가 영화를 보러 오겠어요. 아무튼, 그렇게 화만 내던 늙은이가 마지막 장면에선 딱! 한 번! 씩, 하고 웃는 거예요. 이성현은 말을 마치고 그녀를 향해 싱긋 웃는다. ……왜요? 그녀는 피자 한 조각을 접시에 덜어내며 이성현에게 묻는다. 왜냐구요? 아, 마리 씨, 그건 지금 얘기하면 재미가 없죠. 나중에 직접 제 영활 보러 오셔야지. ……화만 내던 그 남자가 마지막 장면에선 왜 웃었을까요. 다른 얘깃거리도 있는데 한번 들어볼래요? 쓰고 싶은 얘기는 정말 무궁무진하게 많은데. 난 정말 좋은 영활 만들 자신이 있다구요. 이성현은 피자 위에 올려진 초록색 야채를 그녀 접시에 담뿍 덜어준다. 여기가 피자 맛있기로 소문난 디마떼오예요. 그런데 디마떼오가 무슨 뜻이에요? 그녀는 씀바귀처럼 쓴 맛이 나는 야채를 접시 한쪽으로 밀어내며 이성현에게 묻는다. 마떼오네 집, 마떼오의 집,이란 뜻일 거예요. 아, 마떼오의 집이요? 네. 이를테면 마리의 집, 같은 의미죠. ……아, 말희의 집이요? 그렇죠, 마리의 집. 여긴 정말이지 너무나 따뜻하고 향기로운 냄새로 가득하군요. 성탄절이나 축제일도 아닌데 말예요. 그녀는 주위를 둘러본다. 돌화로에서 갓 구워낸 피자에서는 연신 뜨거운 김이 피어오르고 사람들은 맥주나 와인 잔을 부딪치며 음식을 먹고 이야기를 나누고 있다. 실내에 있는 사람들은 이성현처럼 큰소리로 자주 웃는다.

맛있어요? 맛있죠? 이성현이 연거푸 묻는다. 그녀는 가볍게 고개를 까닥거리다 조그만 목소리로 말한다. 피자 맛이란 게 다 비슷비슷하죠 뭐. 아니 그거 말고 이거요, 이거. 이성현이 스페셜 피자 위에 듬뿍 올려진 야채를 포크로 콕콕 찍어 가리킨다. 그녀는 뚱한 눈으로 이게 뭔데요? 이성현을 쳐다본다. 하, 그러고 보니 우리 마리씨 유머도 할 줄 아시네. 내가 오늘 여기 마리씨 데리고 오려고 별렀단 말예요, 이것 때문에. 근데 이상하네, 왜 이렇게 잘 안 먹어요? 이성현이 그녀가 접시 한쪽으로 치워둔 야채를 가리키며 묻는다. 너무 쓰고 향이 강한걸요. ……? 이성현이 의아하다는 듯 그녀를 본다. 정말 농담 잘하시네 우리 마리씨. 이게 마리씨가 좋아한다는 루콜란가 뭔가 하는 서양 야채잖아요. ……! 그녀는 피자 조각을 자르기 위해 들고 있던 나이프를 테이블 위로 툭 내려놓는다. 이성현이 그녀를 뚫어지게 쳐다본다. 그녀는 눈을 내려뜨리며 테이블 밑으로 두 손을 얽어쥔다. ……그러고 보니. 이성현이 한음절씩 한음절씩 굳은 목소리로 입을 연다. 당신도. 그는 이제 웃지 않는다. 그녀는 옆 의자에 놓았던 가방을 집어든다. 나랑. 그녀는 한쪽 손으로 테이블을 민다. 비슷한 족속이잖아, 이거. 그녀는 화다닥 의자를 밀치곤 밖으로 뛰쳐나간다. 화급하게 뛰어나가는 통에 그녀와 부딪친 사람들의 포크와 물컵과 접시가 바닥으로 떨어지는 소리가 들린다. 그녀는 정신없이 디마떼오를 뛰어나온다. 갓 구운 뜨거운 피자와 향기롭고 달콤한 포도주 냄새 대신 시큼한 땀 냄새가 확 끼친다. 디마떼오 입구에 있는 환하게 켜진 전기 해충기로 맹렬하고도 급격하게 달려든 모기와 날벌레들이 탁탁 죽어 떨어지는 소리가 들린다. 그녀는 가방으로 귀를 틀어막은 채 예일디자인학원 쪽으로 성큼 뛴다.

주차장 한켠에서 숨을 고른다. 허겁지겁 뒤따라나온 이성현의 모습이 저쪽에 보인다. 그는 사방을 휘둘러본다. 그녀는 어두운 주차장 안쪽으로 숨어든다. 자동차와 자동차 사이에 낮게 몸을 수그린다. ……그는 갔을까. 무릎걸음으로 주차장 입구까지 나와 본다. 그때 커다랗게 웅웅 울리는 이름이 귀에 들어온다. 이성현이, 그때까지 서서 전도를 하던 늙은 남자의 확성기를 빼어든 채 거기에 입술을 꼭 붙이곤 그녀의 이름을 부르고 있다. 장마리씨, 마리씨, 어딨어요! 마리씨, 마리씨. 마치 가까운 곳에 그녀가 이렇듯 숨어 있기라도 한 걸 알고 있다는 듯이. 사람들이 흘긋흘긋 쳐다보며 수군대는 것도 아랑곳하지 않고 이성현은 확성기에 대고 큰소리로 그녀의 이름을 연신 부른다. 마리씨, 마리씨, 대체 어딨는 거예요, 마리씨, 마리야! 마리야!

……저 소린 마치 한 마리 개의 이름을 부르는 것 같아. 그녀는 푹, 고개를 떨군다.

여권을 찾아온 날이다. 카페에 있던 정미림이 전화를 한 건 밤 12시가 넘어서다. 정미림의 목소리엔 취기가 올라 있었다. 새로 발급된 여권을 만지작거리고 있던 그녀는 내가 그쪽으로 갈까요? 물었다. 단골 손님이 아니면 여긴 찾기 힘들어요, 길을 모를 테니까. 여긴 정말 찾기 힘든 곳이라니까요. 정미림은 깔깔거리며 웃었다. 웃음 소리가 오래 참았다 내뱉는 깊은 한숨 소리처럼 들렸다.

그녀는 냉동실에 들어 있던 한치 한 마리를 굽고 마요네즈와 간장을 친 소스에 간 마늘을 약간 넣어 섞는다. 소스에 간 마늘을 넣는 것은 카페 여주인인 정미림에게서 배웠다. 정미림의 방에 불이 환하게 켜 있다. 골목 안쪽에 녹색과 금색 소형 자동차 두 대가 주차돼 있는 것이 보인다. 구운 한치와 소스 접시를 쟁반에 받쳐들고 계단을 내려간다. 정미림의 현관문은 반쯤 열려 있다. 그새 취기가 가셨는지 정미림의 얼굴은 칸나처럼 희다. 나 오늘, 여권 만들어왔어요. 맥주캔을 받아들며 그녀가 말한다. 휴가도 다 지났잖아요. 정미림의 말에 그녀가 고개를 끄덕거린다. 어디로 가고 싶은 거냐고 정미림이 묻는다. 그녀는 한치를 집어들어 다리를 찢는다. 아프리카로 갈 거예요? 아니면 파리로? ……그것도 아니면 어디로? 미림씨, 이번 여름휴가에 어쩌면 파리로 갈지도 모른다고 했잖아요. 웬걸요, 그렇게 먼 데를 어떻게 가. 그리고 나한테 무슨 여름휴가가 있겠어요. ……그땐 갈 수 있을 거라고 했잖아요. 난 아무데도 못 가요. 그녀와 정미림은 서로 아무 말도 하지 않는다. 어쩌면 난. 정미림이 그녀를 본다. 어쩌면 난 일본으로 갈지도 몰라요. 거긴 또 뜬금없이 왜? 거기가. 거기가? 여기서 제일로 가까운 데잖아요. 그녀가 소리없이 웃는다. 멀건히 그녀를 바라보고 있던 정미림이 뒤늦게 따라 웃는다. 그런데도 인파가 빠져나간 밤의 경기장처럼 아무런 소리도 들리지 않는 것 같다. 갑자기 음악이 꺼져서 그런 건지도 몰라. 그녀는 정미림의 등 뒤로 음반이 다 돌아간 미니 컴퍼넌트를 바라보고 있다. 난 말예요, 마리씨. 정미림이 입을 연다.

술을 마시다가도 사람들은 새벽 2시나 아니면 새벽 3, 4시쯤엔 모두들 집으로 돌아가요. 새벽 3시. 집에 들어가기에는 너무 늦은 시간이다. 불청객이 찾아오기에도 늦은 시간이다. 그때쯤이면 갯벌의 조개나 바지락도 입을 꽉 다물고 잠을 자는 시간이다. 우리

가게에 오는 사람들은 아주 오랫동안 봐온 사람들이죠. 그런데, 그때쯤이면 우우 몰려왔던 사람들이 또 한꺼번에 우르르 빠져나가는 거예요. 화장실을 못 찾아 냉장고 문을 열고 오줌을 눌 만큼 취했던 사람들도 그땐 자리에서 벌떡 일어나요, 테이블 위에 아무렇게나 머리를 떨구고 자던 사람들도 그때는 모두 가겠다고 비틀비틀 일어나는 거죠. 그녀는 턱을 괴고 앉아 있는 정미림의 얼굴을 물끄러미 바라본다. 그들이 모두 가고 나면 정미림 혼자 카페에 남을 것이다. 정미림 혼자 빈 맥주병과 안주 접시들을 치우고 테이블을 정리하고 바닥에 뒹구는 휴지 따위를 치우고 담배꽁초가 수북이 쌓인 재떨이를 비울 것이다. 잘 있어. 사람들은 말해요. 또 이렇게 말하죠. 그 다음 말은 그녀가 한다. 또 올게. 정미림이 손바닥으로 제 무릎을 치며 깔깔 웃는다. 그래 맞았어요, 또 올게. 자기들은 다 그렇게 일어나 집으로 돌아가면서 난 언제까지나 어두운 그 카페에 남아 있는 걸로 생각해요. 같이 나가자는 말은 누구도 안 해요. 그때는 나도 취했고 나도 빨리 집으로 돌아가서 양말을 벗고 싶은 시간인데. 바로 큰길 앞까지만이라도 함께 나갔으면 좋겠는데. 사람들은 언제나 내가 가장 마지막까지 혼자 남아 있는 걸 당연하게 생각하는 것 같아요. ……문이 닫히는 소리가 들려요. 갑자기 사람들의 발걸음이 빨라지는 걸 느끼죠. 서서히 지진이 시작되는 것처럼, 난 거기 혼자 앉아서 그런 미미한 기척을 느낄 수가 있어요, 납작하게 엎드려 한쪽 귀를 땅에 대고 있었던 것처럼요. 정미림이 파리에 가지 않겠다면 그의 소식을 들을 수 있는 길은 없다. 여권을 찾아오던 길에 공중전화 부스로 들어갔다. 레스토랑 사장을 바꿔달라고 했다. 사장은 자리에 없었다. 그녀는 전화를 받은 사람에게 그의 이름을 대곤 바꿔달라고 말했다. 지금 여기 없는데요. 그럼 그 사람은 지금 어디 있는데요? 그녀는 반박하듯 되물었다. ……누구세요? 그녀는 전화를 끊어버렸다. 이젠 혼자 있는 것도 겁나고 둘이 있는 것도 겁나요. 정미림의 말이 이어지고 있다.

퍼뜩 잠에서 깨어난다. 새벽 3시다. 모두들 집으로 돌아가는 늦은 시간이다. 골목 맞은편, 정미림의 방엔 불이 꺼져 있다. 어떤 동물을 잡기 위해선 바로 그 동물이 돼서 생각해보는 거야. 그녀는 짐짓 아랫입술을 꽉 깨문다.

귀뚜라미 소리가 들린다. 처서가 지난 후부터는 밤에 귀뚜라미 울음 소리가 들리기 시작했다. 도둑고양이들은 해가 지자마자 동네 옥상이나 분리용 쓰레기통 주변으로 몰려들어 분홍빛 혓바닥을 파르르 떨며 하품을 해댔고 등나무 이파리는 파삭파삭 말라갔다. 여름은 갑자기 꺼진 촛불처럼 순식간에 지나가고 있다. 그녀는 계단을 내려간다. 골목은 오래 비워둔 창고처럼 조용하다. 어느 술집 문을 닫고 나왔을 사람들의 늦은 발소리도 여긴 들리지 않는다. 민둥산을 밀어내고 새로 지은 높다란 아파트 몇 채에서만 간신히 불빛이 새나오고 있다. 먼 불빛이다. 사람들은 모두 잠이 든 모양이다. 골목을 빠져나와 큰길 쪽으로 내려간다. 하루 종일 햇볕이 드는 창가에서 빵을 굽던 베이커리도 아이스크림을 파는 상점과 꽃이나 분식을 팔던 상점의 문들도 모두 닫혀 있다. 굳게 닫힌 문들을 손바닥으로 탁탁 쳐가면서 지하철 역 쪽으로 방향을 잡는다. 자동차들이 붉은 신호를 무시한 채 빠른 속도로 고개를 넘어가고 있다. 자동차 창문은 활짝 열려 있다. 그러나 안에 앉아 있는 운전자의 얼굴은 보이지 않는다. 새벽 3시의 거리엔 사람이 없는 빈 자동차들이 휙휙 차도를 지나다니고 누군가의 전화를 기다리는 듯 유리가 깨진 공중전화 부스 안에서 서서 잠을 자는 키 큰 타조들이 여럿 들어 있고 꿀벌들이 잉잉거리며 밤별을 찾아가고 있다. 벌의 다리에 실을 묶어두면 물이 있는 장소를 찾을 수도 있다고 했었지. 걸음을 재촉한다. 갑자기 한 손으로 눈을 가린다. 눈을 쏘아대는 것 같은 환한 불빛에 눈알이 쓰라리다. 24시간 편의점 앞이다. 그녀는 내처 걸음을 옮긴다. 지하철 역 입구에서 비닐 봉지에 든 노끈과 초록색 두꺼운 테이프를 꺼낸다. 그녀는 길바닥에 쪼그려 앉는다. 노끈을 풀어 그 한쪽을 지하도 입구 한가운데 대고 테이프로 고정시킨다. 왔던 길을 2미터쯤 앞으로 되돌아가 거기다 끈이 움직이지 않도록 테이프를 단단하게 붙인다. 비닐 봉지에 든 색지 한 장을 꺼내 끈 위에 덧붙인다. 색지는 밝은 노란색이다.

한 손엔 노끈 뭉치를 들고 한 손엔 가위와 색지가 든 비닐 봉지를 든 채 왔던 길을 고스란히 걸어간다. 문득문득 걸음을 멈추고 쭈그려 앉아선 테이프로 끈을 고정시킨다. 테이프를 붙여놓고도 마음이 놓이지 않아 보리 싹을 밟듯 발로 꾹꾹 밟는다. 골목 안쪽으로 들어온다. 어느 집의 채 걷지 않은 옥상 위의 빨래가 희다. 검은 아청빛 허공 위엔 까만 전깃줄들이 소문처럼 얽혀 있다. 정미림의 방 불은 아직 꺼져 있다. 그녀는 맞은편, 자신의 2층 방을 올려다본다. 커튼 사이로 희미한 불빛이 새나온다. 바람이 분다. 커튼이 슬쩍 휘날린다. 누군가 숨어서 그녀가 하는 양을 보고 있기라도 한 듯 검은 그림자 하나가 휙 커튼 사이를 빠져나간다. 타조 한 마리가 들어왔을까? 아니면 웬 밤의 새 한 마리가? 그녀는 목이 뻣뻣해지도록 오래 서서 자신의 빈집을 올려다본다. 색지는 이제 한 장

남았다. 담벼락에 색지를 밀착시키고 서선 다시 천천히 글자를 쓴다. 한 뭉치가 다 풀려나온 노끈 맨 끝자락을 잡고 서 있다가 정미림의 대문 앞에 고정시킨다. 그 위에 색지를 덧붙인다. '정미림의 집으로 가는 길.' ……그녀는 후딱 고개를 든다. 그녀 창의 커튼이 커다란 브라키오사우루스의 날숨처럼 창밖으로 한 자락 후륵 빨려나오고 있다.

촘촘한 개막이 그물에 걸린 물고기들은 눈을 부릅뜬 채 이쪽을 향해 노려보고 있었다. 어째서 그 밤에 갯벌에 나갔는지 기억에 없다. 그녀는 무릎까지 올라오는 긴 장화를 신고 한밤의 갯벌, 그것도 하필이면 개막이 그물 앞에 가 있다. 달빛을 받은 물고기들의 은빛 비늘이 투명하게 반짝거린다. 그물에 걸린 물고기들은 수백여 마리도 넘어 보인다. 마을 사람들은 간만의 차가 심한 갯벌에 나무 기둥을 대 그물을 쳐놓은 뒤 밀물 때 바닷물을 따라 들어왔던 물고기떼가 썰물 때 밀려나가다가 그물에 갇히는 원리를 이용해서 물고기들을 잡곤 한다. 그 마을에 살았을 적에도 그녀는 개막이 그물이 쳐진 곳까지는 잘 나가지 않았다. 무심코 밀물 때 밀려들어왔다 그물에 갇힌 물고기의 눈을 들여다보는 것이 무엇보다 두려웠다. 꼬리지느러미를 축 내려뜨린 채 죽어 있었지만 까만 눈동자는 구슬을 박아넣은 듯 투명하게 빛났다. 모자 위에 수건을 길게 둘러쓴 아낙들이 긴 나무 막대를 중심으로 둘러쳐진 그물 안으로 들어가 채망에 물고기들을 따는 것을 이따금씩 먼발치에서 바라보기만 했다. 그물을 빠져나온 물고기들 몸통엔 붉고 선명한 생채기가 나 있기도 했다. 아가미와 창자가 나달나달 헤진 것도 있었다. 밀물이 밀려올 때면 그녀는 물 밑으로 솨솨솨 몰려들 물고기떼를 떠올리며 진저리를 쳐댔다. 개막이 그물 앞에서 도망치듯 후딱 돌아선다. 밤의 갯벌에 발이 잘못 빠졌다간 돌아갈 길을 잃기 십상이다. 돌아서는 그녀의 팔을 누군가 사납게 낚아챘다. 흠칫 뒤를 돌아다본다. 물고기 한 마리가 그녀의 팔을 덥석 물고 있다. 그 촘촘한 개막이 그물에 걸린 물고기가. 밀물 때 잘못 들어와 거기에 갇혀 죽은 물고기가. 그녀는 소리친다.

그녀를 깨운 사람은 새로 입장한 낯선 관람객이다. 여자의 허리에 팔을 두르고 서 있던 예닐곱 살쯤 돼 보이는 여자애가 그녀를 빤히 쳐다보고 있다. 여기, 입장권 주세요. 데스크 책상에 놓인 입장권을 여자에게 건넨다. 여자가 아이를 데리고 제사를 지내는 제단인 바마나 볼리 쪽으로 걸어간다. 그녀는 벽거울을 들여다본다. 한쪽 팔을 이마에 대고 잠든 탓인지 이마에 손목 자국이 가로로 선명하다. 거울 속에 콕콕콕 점을 찍은 듯 물고기들의 까만 눈동자들이 가득한 것 같다. 그녀는 얼른 뒤돌아선다. 한쪽 팔목을 잡힐까봐 팔을 옆구리에 꼭 곁붙인 채. 그에게 뻘을 기어다니는 방게에 관해 이야기해야겠다. 아니 죽합과 낙지와 참고막과 바지락에 관해 이야기해야겠다. 어쩌면 갯굴에 관한 이야기를 할지도 모른다.

디마떼오에서 헤어진 후 이성현에게서는 연락이 없다. 미술관으로 걸려오는, 그러다가 이쪽에서 받으면 간간이 끊어지곤 하는 전화를 그의 것이라고 짐작하기는 힘들다. 전화를 내려놓을 때마다 그녀는 주위를 흘깃거리며 지폐를 세고 있던 그를 떠올린다. 희고 고른 치아를 드러내놓고 활짝 웃던 그를 떠올린다. 그녀 접시 위로 연녹색 야채를 담뿍 놔주던 남자를 떠올린다. 니얌 위지 추장 의자에 놓여 있던, 그가 잊고 간 비디오테이프를 떠올리곤 한다. 그는 그 의자에 얽힌 전설을 아직 모를 것이다. 타다닥, 계단을 뛰어내려가던 그녀의 발소리도 그는 듣지 못했을 것이다. 수화기를 든다. 벨이 채 두 번도 울리기 전에 한 남자가 전화를 받는다. 그녀는 이성현 감독을 바꿔달라고 말한다. 이성현 감독이 누굽니까? 상대편 남자가 묻는다. 이성현 감독을 모르세요? 그녀는 되묻는다. 남자가 수화기에 입을 댄 채 그쪽 누군가에게 묻는다. 야, 우리 사무실에 이성현 감독이라는 사람이 있냐? 누구요? 이성현 감독. ……아아, 연출부 이성현요? 야, 이성현이 아니구 이성현 감독 좀 바꿔달란다. 이게 벌써 몇 번째 전화냐. 에이, 거기 다 들리겠어요. 없다구 그러세요, 걔 요즘 안 나온 지 꽤 됐잖아요. 그녀는 수화기를 내려놓지 않는다. 여보세요? 네. 그녀는 기다렸다는 듯 얼른 대꾸한다. 이성현 감독님 얼마 전부터 여기 안 나오시는데요. 네, 잘 알겠습니다. 더 물어볼 거 없습니까? 뭐, 집 전화번호라든가. 아녜요, 이성현 감독님 나중에 다시 나오시거든 장말희한테 전화 왔었다고 전해주세요. 그녀는 또박또박 말한다. 남자가 먼저 전화를 끊는다. 골 때리는군. 남자는 전화를 끊는 순간까지 부주의하다. 에어컨을 끄고 빌딩 외벽으로 난 창문을 연다. 여름 내내 뒷골이 당겼다. 잠을 잘 이루지 못했다. 이제 구월이다. 시월이 올 것이다. 도요새가 올 때다. 천지간 물새떼가 장관을 이룰 때다. 갯벌의 가을은 그렇게 시작된다.

아이와 함께 들어와 잠을 깨웠던 여자가 나간 후로 몇 명 더 관람객들이 입장한다. CCTV에선 위층 미스 박이 콘칩 봉지를 든 채 이쪽을 빤히 쳐다보고 있다. 그녀가 깜빡 잠든 것도 수화기를 든 채 우두커니 서 있던 것도 모두 보았을 것이다. 그녀는 관람객들 사이를 돌아다니기 시작한다. 만지지 마세요! 미술품을 슬쩍 만지던 사람들이 어깨를 움찔거린다. 그녀는 따박따박 구둣소리를 내며 쇼케이스 사이를 걸어다닌다. 이제 빈 쇼케이스는 없다. 사진 촬영이 다 끝난 후 늦은 시간까지 미술품들을 모두 제자리로 옮겨 놓았다. 앉을자리를 잃은 사람처럼 그녀는 아무데도 자리를 잡지 못한 채 손대지 마시라구요! 낮게 소리치면서 좁은 실내를 연신 왔다갔다 한다. 오래된 나무 냄새가 코를 찌르는 듯하다. 사방이 온통 죽은 자들의 유물들뿐이다. 관람객들은 쇼케이스 사이로 무연히 고개를 들이밀거나 그녀가 보지 않는 틈을 타 벽에 걸린 미술품들을 손으로 만져보곤 한다. 사람들은 참 이상해. 그녀는 혼자 중얼거린다. 왜 아무도 저 칼을 훔쳐가지 않을까. 모로코 왕의 칼은 모두 세 개다. 한 개는 1미터가 넘게 크지만 그 옆에 나란히 붙어 있는 칼 두 개는 20센티미터도 안 되는 작은 크기다. 칼들은 벽에 걸린 고정못에 쇠줄로 손잡이가 둘둘 묶여 있기는 하다. 훔치기로 작정한다면 못 풀 것도 없다. 눈여겨 지켜보는 사람이 없다면. 그녀는 자꾸만 고개를 갸웃거린다. 왜 칼을 훔쳐가는 사람이 아무도 없을까. 구리와 쇠와 동과 가죽으로 만들어진 모로코 왕의 칼이 까맣게 번쩍 빛나고 있다.

마지막까지 남아 있던 관람객들이 나간 후 그녀는 문 밖으로 나가 계단에 있는 전기 단자 스위치를 내린다. CCTV 화면이 꺼진다. 책상 서랍에서 열쇠꾸러미를 찾아 든다. 잠긴 쇼케이스들의 문을 연다. 그녀는 피그미 부족의 주술사가 의식을 행할 때 입는 표범 가죽과 조개로 만들어진 두꺼운 옷을 걸쳐입는다. 죽은 자의 영혼을 기릴 때 사용하는 길고 검은 모시 가면을 얼굴에 푹 눌러쓴다. 실내 맨 왼쪽 끝에 세워진 세누푸 북을 손바닥으로 둥둥 두드린다. 그녀는 야윈 두 팔을 날개처럼 퍼덕거리며 야생의 짐승처럼 비좁은 실내 여기저기를 겅중겅중 뛰어다닌다. 그녀가 뛰어다닐 때마다 바닥에 세워진 의자와 미술품들이 아무렇게나 쓰러져 뒹군다. 물에도 가라앉을 정도로 단단한 흑단으로 만들어진 조각들이 쇼케이스를 덮치며 쓰러진다. 쇼케이스 유리 하나가 박살난다. 우리에서 갑자기 풀려난 성난 원숭이떼들이 실내를 급습한 것처럼 금세 아수라장이 된다. 벽에 걸린 눈을 감은 가면들, 눈을 부릅뜬 수십여 개의 가면들이 제멋대로 머리를 움직이며 서서히 꿈틀거리고 있다. 생명을 상징하는 카나가 가면이 떨어지고 미래를 상징하는 전갈 가면이 비처럼 떨어져내린다. 가면을 쓰고 춤을 추는 사람은 자신은 없어지고 그의 육체 안으로 죽은 자의 조상이나 혼이 들어온다. 그녀는 실내를 쿵쿵 뛰어다니며 손바닥으로 입술을 북처럼 두드린 채 오오오, 오오오 소리를 친다. 손대지 마세요, 만지지 마세요! 그녀는 자꾸만 소리친다. 죽은 영혼들이 속삭인다. 모시 가면이 툭, 얼굴에서 떨어진다.

그녀는 정확히 6시에 퇴근한다.

창밖을 내다보는 버릇이 생긴 건 정미림이 이쪽으로 이사를 온 후부터이다. 정미림이 이사 오기 전, 맞은편 2층집은 오래 비어 있었다. 한밤에 잠에서 깨어나 밖을 내다볼 적이면 그 방엔 언제나 불이 꺼져 있었다. 옥상 위 빨랫줄엔 사철 이불을 내다걸어도 여유가 있을 정도로 넉넉했다. 정미림이 이사 온 후부터 맞은편 집 옥상 위엔 반짝거리는 스팽글과 구슬이 달린 블라우스와 스커트가 널려 있곤 했다. 빨랫줄이 모자랄 지경이었다. 새벽에 일어나 밖을 내다보면 그 방 안이 옥상에 널린 빨래처럼 환하게 불 켜져 있었다. 이따금씩 창가를 서성거리던 정미림과 눈이 마주치기도 했다. 양쪽 2층 방 사이 골목은 좁았다. 그런데도 정미림의 집으로 건너가거나 정미림이 그녀 방으로 올라치면 뻣뻣하게 디귿자로 휘어진 계단을 내려와야 했고 골목을 가로질러야 했고 다시 계단을 올라야 했다. 그래도 그건 잠깐이었다. 지금은 다시 저 맞은편 방으로 갈 수 없다. 정미림의 자동차가 보이지 않기 시작한 건 열흘 전부터다. 커튼을 친 방 안은 늘 어두웠다. 그녀는 정미림이 드디어 여름휴가를 떠난 거라고 짐작했다. 나흘이 더 지났다. 귀뚜라미 울음소리가 더욱 선명하고 사나워졌다. 여름휴가치고는 꽤 긴 편이라고 생각했다. 하루 종일 비가 내렸다. 그녀는 창밖을 내다보며 물속에서 죽은 나무 한 그루를 떠올렸다. 비가 그쳤다. 정미림은 돌아오지 않는다.

그녀는 맞은편 집 대문을 밀고 들어간다. 좁은 마당에 돗자리를 펴둔 채 주인집 여자가 여섯 접도 넘어 보이는 마늘을 혼자 까고 있다. 이웃집 주인 여자 앞에 가 돗자리 한 끝에 털썩 주저앉는다. 주인 여자는 그녀 앞으로 작은 과도 하나를 던져준다. 주인 여자가 하는 양을 지켜보고 있다가 과도로 마늘 꼭지를 따고 껍질을 벗긴다. 다 벗긴 마늘을 커다란 소쿠리로 던져넣는다. 대체 이 많은 마늘을 엇따 쓰시려구요? 김장 준비해야지, 곧 겨울이 닥칠 텐데. 주인 여자는 희미하게 웃는다. 무슨 소리예요, 아직, 가을도 오지 않았는데. 그녀는 공박한다. 웬걸, 요즘 해 짧아지는 거 못 봤어? 금방 겨울이 올 거라니깐. 주인 여자는 아랑곳하지 않는다. 미림씨, 어디 먼데 갔나 봐요? 무심한 목소리다. 주인 여자의 시선이 이마에 와 닿는다. 몰랐어? 뭘요? 친한 줄 알았더니. 물에 채 불려지지 않은 마늘은 껍질이 잘 벗겨지지 않는다. 정미림이 이사를 간 건 벌써 여러 날 전이라고 한다. 그녀는 새 마늘 한 통을 집어들곤 쥐어짜듯 양손으로 힘껏 비튼다. 왜 그렇게 갑자기. 도둑이 들었던 모양이다. 하긴 유난히 좀도둑이 잦은 동네이긴 하다. 그럼 카페로 찾아가서 만나면 되겠구나, 생각한다. 그런데 정미림은 왜 아무 말도 없이 떠난 것일까. 저 그 카페에 가봤어요. 카페? 무슨 카페? 주인 여자가 의아한 얼굴로 그녀를 본다. 미림씨가 하는 카페요. 무슨 소리야, 그 여자 노래방에 나갔었잖아, 몰랐어? ……아뇨. 근데 이 마늘 언제 다 까실라구요. 카페면 차라리 낫지, 그 여자 노래방에서 왜 손님들이 찾으면 들어가서 노래도 불러주고 거 뭐야, 춤도 추고 기분 맞으면. 아줌만 암것두 몰라요. 뭘 몰라? 빨래 좀 일찍 일찍 걷으세요, 왜 그렇게 자주 빨래 걷는 걸 잊어버리세요. 웬 타박이야. 제가 언제 타박을 했다고 그러세요, 아줌마 오늘 이상하시네. 이사 간다고 말 안 하고 갔나 부지? 그럼, 새로 누가 들어오나요? 아니, 갑자기 방을 빼놔서, 좀 기다려봐야지, 요즘 방 잘 안 나가잖아. 그래도 월세니까 빠지긴 빠질 거야. 전세 아녔어요? 월세였어. 아줌만 미림씨가 노래하는 거 들어봤어요? 무슨. 노래 진짜 잘해요. 그러게, 그렇게 노래도 잘하고 춤도 잘 추고 또 뭐냐. 아줌마, 근데 이 마늘 되게 맵네. 그녀는 공깃돌을 휙 뿌리듯 까던 마늘을 돗자리 위로 던져버린다. 카페나 노래방이나. ……이런 제길, 카페나 노래방이나. 그녀는 혼잣말을 한다. 자리에서 일어나 앞섶을 툭툭 턴다. 주인 여자가 중얼거린다. 카페는 무슨 카페. 그녀는 대문을 밀고 나온다. 그런데 도둑이 들었다고? ……누가 오긴 온 모양이다. 그녀는 114에 전화를 건다. 신호음이 길게 울린다. 안내원이 전화를 받는다. 저기, 용산에 있는. 네, 용산에 있는? 카펜데요. 네, 상호가 어떻게 됩니까? 용산에 있는. ……그녀는 전화를 끊는다. 자동차 열쇠를 돌려줘야 할 텐데. 그녀는 골목 안쪽에 주차돼 있는 소형 자동차 한 대를 오래 바라보고 서 있다.

남자는 용의주도하지 못했다. 그가 미술관 문을 밀고 들어올 때부터 그녀는 단박에 남자를 알아보았다. 실내엔 그 남자 외에 네 명의 관람객들이 있었다. 그중 초등학교 아이들 두 명은 지친 듯 바닥에 주저앉아 메모를 하고 있었다. 운동화를 신은 남자는 아주 느린 걸음으로 실내를 돌아다녔다. 모로코 왕의 칼 앞에서 그의 눈이 돌연 빛나는 것을 그녀는 놓치지 않았다. 가슴이 후들거렸다. 그녀는 지구 내부로부터 서서히 밀려나오기 시작하는 간헐천처럼 가슴이 급하게 뜨거워지는 것을 느꼈다.

관람객들을 실내에 남겨둔 채 밖으로 나온다. 계단 옆에 있는 그림의 패널을 잡아당긴다. 경보장치 스위치를 내린다. 그녀가 실내로 들어왔을 때도 남자는 모로코 왕의 칼 앞에서 걸음을 멈추고 서선 연신 들여다보고 있다. 손끝으로 칼 손잡이와 칼날을 만지는 것을 그녀는 본다. 만지지는 마세요. 손바닥으로 입술을 틀어막는다. 안내 데스크 의자에 앉아 고개를 숙이고 책을 펼쳐드는 척한다. 칼 앞에 서 있던 남자가 가면들이 걸린 벽 쪽으로 걸음을 옮긴다. 남자가 걸음을 옮길 적마다 빠닥빠닥 운동화 밑창이 바닥에 스치는 소리가 들린다. 소리나게 책장을 넘긴다. 메모를 끝낸 아이들 둘을 데리고 여자 둘이 미술관을 나간다. 남자는 점점 칼이 있는 위치에서 멀어지고 있다. 남아 있던 두 명의 관람객들이 위층으로 올라간다. 실내엔 남자와 그녀뿐이다. 경보기가 꺼진 것을 알면 위층 미스 박이 계단을 뛰어내려올 것이다. 빈 쇼케이스에 숨든 숨어서 유물이 되든 칼을 훔쳐가든 그건 이제 아무 상관없는 일이다. 그녀는 조급해진다. 남자가 모로코 왕의 칼 쪽으로 다시 돌아온 건 책장을 10쪽이나 넘긴 후다. ……잠자리 날개를 양쪽으로 맞잡고 부벼대는 듯한 미세한 소리가 들린다. 칼 손잡이 윗부분에 고정된 끈을 벽에서 푸는 소리다. 그녀는 빠르게 페이지를 넘긴다. 남자가 이쪽으로 걸어온다. 그녀 쪽을 한 번 일별한다. 문을 밀고 나간다. 경보신호음은 울리지 않는다. 엘리베이터 버튼을 누르는 소리가 들린다. 그녀는 화다닥 밖으로 뛰쳐나간다. 엘리베이터 앞에 서 있던 남자가 흠칫 돌아본다. 아저씨. 다급하게 남자를 부른다. 누굴 죽일 작정이라면 그 칼로 단번에 콱 찔러버리세요, 이렇게, 여기, 심장 한가운데를 콱 찔러버리시라구요. 엘리베이터 문이 열린다. 그녀는 열린 엘리베이터 문을 한 손으로 잡고 버티고 서선 또 아저씨, 남자를 부른다. 저기요, 그걸 갖고 가는 대신 내 부탁 하나만 들어주실래요, 저기 밖에 나가면 아마 확성기를 든 전도사가 있을 거예요, 그걸 뺏어서 제 이름 한 번만 불러주세요, 제 이름은요, 장말희예요.

여자는 횡단보도 앞에 서 있었다. 건조하고 마른 구월의 햇살이 여자의 이마와 어깨로 쏟아져내렸다. 그녀는 약국 문을 밀고 나오려다 말고 멈췄다. 햇빛을 피해보려는 요량인지 여자는 손바닥을 이마에 갖다붙였다. 양쪽 어깻죽지를 붙들고 살짝 뒤틀기라도 하면 종이 인형처럼 맥없이 쭉 찢어져버릴 것처럼 야윈 몸이다. 사람들 틈에 섞여 있어서인지 여자의 키는 그 어느 때보다 작아 보였다. 그녀는 약국 유리문 안쪽에 서서 횡단보도 맞은편에 서 있는 여자를 똑바로 쳐다보고 있었다. 여자는 그녀를 보지 못했다. 여자는 아무것도 쳐다보지 않는 것 같았다. 녹색불이 들어왔다. 사람들이 한꺼번에 길을 건너가기 시작했다. 여자는 꼼짝도 하지 않았다. 신호가 바뀐 사실도 알아채지 못하는 것 같았다. 이봐요, 녹색불이 들어왔잖아요. 그녀는 이쪽에서 여자에게 말을 건넸다. 여자는 고개를 푹 수그린 채 굽 높은 슬리퍼로 가로수 둥치를 툭툭 치고 있었다. 어서 길을 건너요. 여자는 숫제 나무 둥치에 제 등허리를 바싹 기대고 섰다. 어쩌면 집주인이 뭘 잘못 알았던 것은 아니었을까. 여자는 혼자 남겨진 밤의 카페 여주인처럼 정말이지 고독해 보였다. 간곡한 데가 있던 여자의 낮은 목소리가 아직도 귀에 선하다. 장독대 밑에 묻어두고 왔다는 그 칼은 아직도 거기 남아 있을까. 지금 여자에게 필요한 건 어쩌면 한 자루의 새 칼이 아닐까. 아니, 그녀는 여자에 관해서는 아는 것이 아무것도 없었다. 그러나 확실한 건 이제 여자의 키는 더 이상 자라지 않을 거라는 사실이다.

신호가 바뀐다. 여자가 천천히 길을 건너기 시작한다. 그녀는 유리문을 밀고 밖으로 나온다. 햇살이 물처럼 쏟아진다. 사위를 둘러본다. ……그 여자, 정미림. 여자는 아무데도 없다.

그녀는 수화기를 든다. 관장의 비서가 전화를 받는다. 무슨 일입니까? 비서는 오늘 아침에도 전화를 했었다. 그녀는 여느 때와 같이 아무 일도 없다고 말했었다. 별일이 있습니다. 그녀는 깍듯하게 경어를 쓴다. 비서는 잠자코 듣고만 있다. 모로코 왕의 칼 한 자루가 없어졌습니다, 맹세코 난 모르는 일입니다. 이것 봐요 당신! 그녀는 전화를 끊는다. 전화벨이 울린다. 그녀는 니얌 위지 추장의 의자 쪽으로 걸어간다. 그 의자 위에 이성현이 두고 간 비디오테이프가 놓여 있었다. 어쩌면 의자 위에는 아무것도 없었을지 모른다. 그녀가 계단을 타다닥 뛰어내려갔던 일조차 없던 일이었는지도 모른다. 빈 의자를 손바닥으로 쓸어본다. 의자 등받이 위엔 사람 머리 형상이 조각돼 있다. 넓은 등받이는 그 사람의 등이나 가슴처럼 보인다. 마치 심장을 들어낸 것처럼 등받이 왼쪽 부분이 움푹 패어 있기도 하다. 마을의 추장이나 지위가 높은 사람이 앉았던 의자다. 올바른 결정을 내리도록 하는 마력을 지녔다는 의자다. 전화벨이 연신 울리고 있다. 그녀는 의자에 걸터앉는다. 의자가 기우뚱, 흔들린다.

그는 10분 늦게 도착한다. 그녀는 이성현에게 메뉴판을 내민다. 마리씨가 전화를 할 줄은 몰랐습니다. 우선 뭔갈 좀 먹어야 하지 않겠어요? 그가 종업원을 부른다. 난 스페셜 피자는 먹지 않겠어요. 늦어서 미안합니다. 괜찮아요, 저도 겨우 5분 먼저 와 있었는걸요. 요즘 정말 길이 많이 막혀요. 어디 먼 데를 다녀왔을까. 그의 얼굴이 검게 타 있다. 그녀는 물 한 모금을 마신다. 뭘 좀 물어보고 싶은 게 있어서요. ……! 이제 방학도 다 끝났나 봐요, 정말이지 오늘은 입장객 수가 채 10명도 넘지 않았어요. 방학이 끝난 게 아니라 새 학기가 시작된 거라고 그는 정정한다. 그녀는 고개를 끄덕거린다. 여름이 벌써 다 지나갔나 봐요. 가을이 시작되는 거죠. 그녀는 잠자코 이성현을 바라본다. 그는 웃지 않는다. 참, 그 루콜라 말입니다. 이성현이 넌지시 그녀를 건너다보며 말한다. 그거, 얼마 전까지만 해도 그쪽에서 공수해왔었는데 이젠 여기서도 얼마든지 구할 수 있답니다. …… 가락동 농수산물시장에 가면 특수 야채를 파는 데가 있대요, 거기서도 구할 수 있고 또 큰 백화점에 가면 따로 코너가 있다는군요. 그녀는 비뚤어진 포크와 나이프를 똑바로 놓으며 묻는다. 그런데 그걸 어떻게 알았어요? 여기 디마떼오 사장한테 물어봤죠. 그는 옆 테이블 쪽으로 고개를 돌린다. 혹시 갯굴에 관한 얘기 알아요? 갯굴요? 그게 뭡니까? 굴의 일종이에요. 아, 먹는 굴 말입니까? 굴은 돌에만 잘 붙어서 자라는 건 아녜요. 갯벌이고 나무고 바위고, 그저 정붙여 살 곳만 있으면 그대로 눌러 붙어 자라요. 그게 갯굴의 특성이죠. 심지어 어떤 놈은 타이어에 붙어서 자라는 것들도 있어요. 마리씬 별걸 다 아는군요. 그런데 갑자기 웬 굴 얘기를. 그녀는 먼저 포크를 집어든다. 국수가 식겠어요, 어서 먹죠. 이성현과 그녀는 국수를 둘둘 말아올린다. 실내엔 빈자리가 없어 보인다. 이성현은 좀체 말이 없다. 그녀는 음식을 말끔하게 비운다. 그는 채 반도 먹지 않는다. 그가 그녀에게 냅킨을 건넨다. 거기 입술 옆에 뭐 묻었어요. 그녀는 냅킨을 받아들곤 입가를 훔친다. 난 그동안 좀 바빴습니다, 아마 연락하기가 쉽지 않았을 겁니다. 마리씨한테 전화 한번 하려고 했었는데, 통 정신이 없었어요, 그날 그렇게 헤어져서. 있잖아요. 네? 그 남자. ……누구요? 이성현이 묻는다. 왜 그때 말했었잖아요, 영화 마지막 장면에서 딱 한 번 웃는다는 그 남자 말예요. ……아, 네에. 화만 내던 그 남자가 마지막 장면에선 왜 웃는 거죠, 그 이유가 정말 궁금했어요. 꼭 다시 물어보고 싶었어요. ……! 그 시나리온 완성

했나요? ……미안합니다. 이성현이 접시를 한쪽으로 밀어낸다. 그녀가 이성현을 쳐다본다. 실은 그건 내 게 아니라 우리 감독이 지금 쓰고 있는 시나리오예요. ……! 그래서 저도 모릅니다, 그 남자가 마지막에 왜 웃는지. ……그렇군요. 영화를. 그녀는 말을 하다 멈춘다. 그러니까, 이성현씬 정말 영화를 만들긴 만들 건가요? 마리씨, 나도 사냅니다, 그럼요, 꼭 해야죠. ……그럼 이제부터 당신이 해야 할 일은 당신만의 새로운 이야기를 만드는 거겠군요. 그렇죠, 마리씨. 이성현이 그제야 치아를 활짝 드러내며 웃는다. 음, 이런 얘긴 어떨까요, 마리씨. 그가 테이블 앞으로 상체를 바싹 당긴다. 어떤 얘긴데요? 그녀는 자못 궁금해 못 견디겠다는 듯 이비비오 가면처럼 눈을 크게 뜬다.

〔『문학사상』, 2001년 10월〕

코끼리를 찾아서

나는 새벽녘에 자주 잠에서 깨어나게 되었다. 누가 내 발치에 앉아 있거나 방바닥에 몸을 꾸부리고 누워 있다는 느낌을 떨쳐버릴 수 없었다. 마침내 나는 폴라로이드 카메라를 손에 든 채 잠을 잤다. ……숨을 멈추고 있다가 기습하듯 찰칵, 셔터를 눌렀다. 형체가 또렷하게 드러난 사진을 가만히 바라본다. 그건 죽은 친할머니도, 연숙이 고모도 그리고 도성이 삼촌의 모습도, 이 집의 전령도 아니다. 웬 커다란 코끼리 한 마리가 거기 있었다.

코끼리를 찾아서

내가 갖고 있는 폴라로이드 카메라는 '폴라로이드 스펙트라'다. 스펙트라는 일반 폴라로이드보다 필름 사이즈가 1.5배 정도 더 크고 값도 비싸다. 몇 년 전 일이지만, 내 생일에 그가 선물로 사준 것이다. 포장을 풀어보는 순간 그게 그토록 갖고 싶어했던 폴라로이드 카메라인 것을 알고는 몹시 기뻐했던 게 생각난다. 그가 첫 사진을 찍어주었다. 사진 속에서 나는 고개를 약간 숙인 채 눈을 살포시 내려뜨고 있다. 와인 잔에 립스틱 자국이 아직도 선명하다. 한 장 찍어줄까? 라고 나는 그에게 물었던 것 같다. 그는 고개를 저었다. 필름 한 통으로는 사진 열 장을 찍을 수 있었다. 아홉 장이 남았다. 싫다고는 했지만 그날 그의 사진을 한 장 찍어둘걸, 하는 후회가 된다. 그날 이후 우리는 갑자기 헤어져버렸다. 지금은 더 이상 사랑할 수도 미워할 수도 없는 사람이다. 나는 그걸 들고 집으로 돌아와 식탁에 모여 있던 가족들을 찍었다.

나는 주로 반듯하게 누워 자는 편이다. 위가 아픈 날엔 왼쪽으로 몸을 틀어 벽을 보고 잠을 잔다. 어떤 자세로 잠이 들어도 버릇처럼 한쪽 팔은 꼭 침대 밑으로 축 늘어뜨리곤 한다. 누군가 슬며시 내 손을 잡고 있구나, 하는 게 퍼뜩 느껴진다. 홀연히 잠에서 깨어난다. 방 안은 캄캄하다. 손바닥엔 아직 온기가 남아 있다. 침대 밑으로 늘어뜨린 손을 쥐락펴락 해본다. 누가 몰래 와서 방바닥에 누워 있는 것도 같고 침대 발치에 미동도 없이 앉아 있는 것도 같다. 하지만 난 벌떡 일어날 생각도 황급히 전등을 켤 생각도 하지 않는다. 왠지 그래서는 안 될 것 같기 때문이다. 물론 처음부터 그러긴 쉽지 않았다. 그런 기척은 너무나도 섬뜩한 것이어서 한동안 불을 켜둔 채 잠을 자기도 했으니까. 하지만 이젠 그 기척에 제법 익숙해졌다. 천천히 숨을 내뱉는다. 내가 잠에서 깨어난 걸 그가 눈치채주길 바라면서 말이다. 시간이 더 흐른 후에 불을 켠다. 아무도 없다. 누가 다녀간 흔적도 없다. 그러나 이제 나는 안다. '그'가 다녀갔다는 것을. 처음에 나는 그것이 이 집의 전령들은 아닐까 짐작했다. 아니면 죽은 할머니나 고모나 삼촌들일까?

아버지 고향은 여수다. 성년이 되어 내가 그곳에 가본 것은 단 한 번뿐이다. 내가 그곳을 싫어하는 이유는 거기가 아버지 고향이기 때문이다. 그곳에선 너무 많은 나쁜 일들이 일어난다. 아버지의 배다른 형제들은 술을 지나치게 많이 마시고 서로 자주 싸우고 운다. 그 사납고 거친 바다 속에서 어떤 삼촌은 몇 달 동안 배를 타고 긴 항해를 하고 고기를 잡고 시장에서 생선을 다듬는다. 아버지는 아홉 살 때 고향을 떠나왔다. 첫번째 친할머니가 죽고 난 후다. 할머니의 생신이었다. 모처럼 먼바다에 나갔던 할아버지와 삼촌들, 고모들이 한자리에 다 모였다. 그런 날을 오래 기다렸던 것일까. 친할머니는 손수 복어국을 끓여 혼자 드시고 자살했다. 다른 날도 아니고 당신 생일에 말이다. 남아 있던 한 장의 사진으로 나는 할머니를 보았다. 유방암으로 일찍 돌아간 외할머니처럼 사진 속의 친할머니도 흰 옷을 입고 얼굴을 찡그리고 있었다. 할머니들은 모두 눈썹이 새까맣고 진하다. 나는 첫번째 친할머니를 좋아하기로 했다. 할머니의 죽음이 극적이라고 생각했기 때문이다. 그 죽음 이후 아버지는 고향을 떠나 이 도시로 상경했고 나의 어머니와 결혼한 후엔 본적도 아예 이곳으로 옮겨버렸다. 그러나 나는 아버지가 여수를 사랑하고 있다는 걸 안다. 언젠가 그곳으로 돌아갈 꿈을 혼자 몰래 꾸고 있다는 것도 안다. 「6시 내 고향」 같은 텔레비전 프로그램에서 여수 이야기가 나올 적마다 나를 흘깃 쳐다보는 것도 물론 알고 있다. 칫, 어림도 없다구요. 나는 고개를 팩 틀어버린다. 연숙이 고모는 아버지의 형제들 중 막내다. 고모는 아버지의 자식들, 그러니까 조카인 우리 자매들을 각별히 좋아했다. 계절마다 철철이 말린 서대나 민어, 홍어 같은 생선들을 택배로 보냈고 자주 전화를 걸어왔다. 고모는 이쪽으로 상경하고 싶어했지만 내가 성년이 된 후론 한 번도 온 적이 없다. 명절이나 제사 때마다, 내가 가야 하는데, 가서 느그들을 봐야 하는데, 하며 울었다. 아버지의 형제들 중 연숙이 고모는 특히 자주 울었다. 그래서 나는 연숙이 고모가 무서웠다. 긴 치마를 입고 까만 머리카락을 허리까지 길러 멋을 내던 연숙이 고모가 결혼을 했다. 배를 타던 고모부가(나는 딱 한 번 그의 얼굴을 본 적이 있다) 자주 때린다는 소식이 들렸다. 아이 둘을 낳고 고모는 이혼을 했다. 장사를 하고 바닷가에서 부업을 한 돈을 아이들 학비로 보내고 있다는 소식도 들었다. 억척스럽다고 했다. 나의 어머니는 연숙이 고모를 몹시 좋아했다. 그 어린 것이, 라고 했다. 그러고 보면 조카인 나와 별반 나이 차가 나질 않는다. 그런 연숙이 고모가 애인과 싸우고 난 후 애인의 아파트 5층에서 뛰어내렸다. 자살이었다. 아버지 형제들은 고모의 애인을 몰아세우며 타살이라고 주장했다. 부검을 하는 날, 아버지 바로 아랫동생인 도성이 삼촌이 아버지 대신 부검실로 들어갔다. 아버지는 연신 헛구역질을 하고 있었고 술에 취해 있었다. 지금까지 아버진 딱 세 번 담배를 끊은 적이 있다. 고모를 화장하고 돌아온 날 아버지는 처음 담배를 끊었다. 부검을 하긴 했지만 고모의 죽음은 자살인지 타살인지 밝혀지지 않았다. 고모의 애인이었던 사내가 장례를 다 맡아 치렀다고 했다. 그건 아마도 장례 비용을 말하는 것일 게다. 나는 그 모든 소식을 이쪽에서 다 듣고 있었다. 여수엘 내려가다니. 진저리를 쳤다. 장례식장은 난장판이 되었다. 살아남은 다섯 형제들은 모두 술에 취했고 서로 멱살을 잡고 악을 쓰고 울어댔다. 그날 밤, 처음으로 내 방에서 그 괴이한 기척을 느꼈다. 한동안 숨을 죽이고 누웠다가 스르르 자리에서 일어났다. 침대 발치를 쳐다보고 방바닥을 내려다봤다. ……연숙이 고모? 나는 깜깜한 방에서 죽은 고모 이름을 불러보았다. 찬 기운이 휙 얼굴을 스치고 지나갔다. 그런 밤들이 아주 오래 이어졌다. 나는 그걸 엄마나 자매들에게 이야기하지 않았다. 가족들은 죽은 사람을 입에 올리는 걸 두려워했다. 나는 혼자 익숙해졌다. 그러다가 그 기척을 전혀 느끼지 않게 되었다. 내가 다시 한밤에 그 기척을 느낀 건 삼촌이 죽고 난 다음

날이다. 연숙이 고모의 부검을 두 눈으로 목도했던 도성이 삼촌 말이다. 도성이 삼촌이 세브란스 병원에서 간암 진단을 받은 건 연숙이 고모가 죽고 난 2년 후다. 병원을 다니는 동안 삼촌은 우리집에 와서 머물렀다. 몹시 야위었고 얼굴이 까맸다. 아버지 형제들은 모두 키가 크고 기골이 장대한 편이다. 그런 삼촌이 안방을 마다하고 거실 소파에서 다리를 오그린 채 잠을 잤다. 한밤에 요의를 느껴도 나는 아래층에 내려가지 못했다. 삼촌이 그냥 거기서 죽어 있을까봐 무서웠다. 방광이 터질 것 같았다. 삼촌은 염소처럼 까만 얼굴로 여수로 내려갔다. 내려간 지 두 달 만에 죽었다. 그때도 나는 여수에 가지 않았다. 아버지는 다시 담배를 끊었다. 나는 새벽녘에 자주 잠에서 깨어나게 되었다. 누가 내 발치에 앉아 있거나 겨우 한 사람쯤 누울 수 있을 만한 공간인 방바닥에 몸을 꾸부리고 누워 있다는 느낌을 떨쳐버릴 수 없었다. 손바닥이 늘 땀으로 끈적거렸다. ……도성이 삼촌? 하고 그의 이름을 불러봤다. 연숙이 고모도 도성이 삼촌도, 그리고 오래전 자살한 친할머니도 나에게 응답하지 않았다. 마침내 나는 폴라로이드 카메라를 손에 든 채 잠을 자게 되었다.

폴라로이드 사진엔 일련 번호가 찍힌다. 그가 찍어준 첫 사진, 그러니까 생일에 내가 동네 카페에 앉아 고개를 떨구고 있던 사진 뒷면에는 0318 4149, 라는 번호가 찍혀 있다. 아마 내가 그 다음에 그의 얼굴을 찍었다면 그 사진 뒷면엔 0318 4150, 이라고 찍혀 있었을 것이다. 0318 4150이 찍힌 건 내 가족들의 사진이다. 작은 케이크가 놓인 식탁에 막 저녁 외출을 마치고 돌아온 가족들이 둘레

둘레 모여 있다. 자, 모두 여길 봐요. 그와 헤어지고 돌아온 나는 찰칵, 셔터를 눌렀다. 열 장째 사진 번호인 0318 4158까지 나는 그 카메라로 생일을 맞은 친구의 얼굴을 찍어주었고 막내여동생의 남자 친구가 집에 왔을 때 그 둘을 거실에 세워두고 찍었다. 막 잎이 벌어지기 시작하는 목련도 찍었고 내 오래된 운동화도 찍었다. 그렇게 필름 0318 4151을 쓰고 4152, 4155, 4157을 다 써버리는 동안 겨울이 가고 봄이 오고 여름이 지나갔다. 그의 얼굴을 찍을 수 있는 기회는 다시 오지 않았다. 0318 4158, 마지막 한 장이 남았다. 나는 필름 한 장이 남은 폴라로이드 카메라를 들고 잠을 잤다. ……잠에서 깨어났다. 숨을 멈추고 있다가 기습하듯 찰칵, 셔터를 눌렀다. 잡아 뺀 듯 필름이 툭 빠져나왔다. 얼른 불을 켰다. 사진이 빨리 인화되도록 땀으로 축축하게 젖은 따뜻한 손바닥으로 필름을 꽉 눌렀다. 희미한 형체들이 서서히 나타나기 시작했다. 폴라로이드 사진을 찍는 즐거움은 사진을 그 자리에서 즉각 볼 수 있다는 것과 인화되는 그 짧은 시간을 기다리는 동안에 있다. 그건 출입구 문이 열릴 때마다 내가 기다리는 사람이 들어올 것을 기대하는 것과 비슷한 설레임이다. 그러나 그날 밤, 그런 흥분은 느낄 수 없었다. 흥분이라니. 되레 나는 누군가 두 손으로 내 목덜미를 틀어쥐고 있는 듯한 두려움을 느끼고 있었으니까. ……! 나는 9×7.3 크기 안에 색체와 형체가 또렷하게 드러난 사진을 가만히 바라본다. 그건 죽은 친할머니도, 연숙이 고모도 그리고 도성이 삼촌의 모습도, 이 집의 전령도 아니다. 웬 커다란 코끼리 한 마리가 거기 있었다.

내가 이 집에 살기 시작한 건 11년 전부터이다. 지금은 다세대

주택 모양을 하고 있지만 11년 전 이 집은 좁은 마당이 있던 단층짜리 작은 주택이었다. 아버지가 이 집을 샀다. 집을 헐고 아버지가 설계한 도면에 따라 새로 집을 올렸다. 집을 짓는 동안 이웃동네 단칸방에서 다섯 식구가 함께 살았다. 언성을 높여 싸울 일이 있으면 아버지와 엄마는 동네 여관에 갔다. 아버지는 옥상 위에 방 한 칸을 더 올렸다. 그것이 지금껏 내가 살고 있는, 이 글을 쓰고 있는 나의 옥탑방이다. 원래 이 방은 막내여동생 방이었다. 나는 아래층 방바닥에 쭈그리고 앉아 글을 썼다. 커다란 책상이 갖고 싶었다. 막내여동생이 오래 집을 비운 사이, 둘째여동생의 남자 친구들을 불러 아래층 내 방을 비우고 이쪽으로 이사를 했다. 그날 밤 막내여동생에게 편지를 썼다. 잘했어 큰언니. 막내에게 답장이 왔다. 옥탑방에도 책상을 놓을 수 있을 만한 공간은 없었다. 작은 하이그로시 식탁을 하나 샀다. 지금은 군데군데 테두리 칠이 벗겨지고 다리가 흔들거리긴 하지만 아직 쓸 만하다. 널찍한 방이 생긴다고 해도 이젠 책상을 바꿀 마음은 없다. 하지만 아직도 층층이 서랍이 달린 커다란 책상이 하나 갖고 싶긴 하다. 사람은 늘 부족한 대로 만족하는 법을 배워야 하는 거다. 엄마는 늘 그런 말을 하였다. 옥탑방에서 나는 책을 읽고 글을 쓰고 심야통화를 했다. 깜짝할 새에 몇 년이 흘렀다. 글이 잘 써지지 않거나 가족들 중 누군가와 심하게 다툴 적마다 나는 이 집을 떠나고 싶어졌다. 밤에 화장실엘 가기 위해 옥탑방에서 아래층으로 내려가다가 컴컴한 거실 바닥에 누워 자고 있는 가족들의 다리나 배를 잘못 꾹 밟기도 했다. 그 어둠 속에서 우리는 서로 깜짝 놀라 누구야? 너 누구얏? 짧은 비명을 질러댔다. 옥탑방 벽을 두 주먹으로 쾅쾅 두드렸다. 벽은 무너지지 않았다. 아버지가 지은 집은 생각보다 단단했다.

일요일 오후에 과천 서울대공원에 갔다. 코끼리를 봤던 며칠 후의 일이다. 바람이 몹시 불었고 인파들로 붐볐다. 동물원에서는 국화꽃 축제가 열리고 있었다. 만개한 색색깔의 국화 앞에서 사람들은 사진을 찍었고 그 옆 홍학 우리에서는 긴 다리를 가진 홍학떼들이 날개를 퍼덕거렸다. 나는 곧장 코끼리 우리 앞으로 갔다. 아프리카 코끼리는 S자로 휘어진 넓은 우리 안에서 긴 코를 휘적거리며 느릿느릿 걸어다녔다. 나는 실망하지 않을 수 없었다. 짐작했던 것보다 코끼리와 이쪽의 거리가 너무 멀었다. 사진을 찍는다고 해도 별반 소용이 없을 거리다. 코끼리와 좀더 가까운 거리를 찾아 코끼리가 왼편으로 가면 그쪽으로 뛰고 몸을 틀어 방향을 바꾸면 잽싸게 오른쪽으로 뛰어갔다. 코끼리가 단연 인기다. 길게 휘어진 우리 난간마다 어른 아이 할 것 없이 몰려 있었다. 나는 우리 안에 있는 저 아프리카 코끼리가 늙은 수컷일 거라고 짐작했다. 늙은 수컷은 단독생활을 하는 법이다. 이른 아침이나 저녁엔 풀을 뜯어먹고 낮에는 나무 그늘에서 쉰다. 잠은 선 채로 잔다. 옆으로 누워서 잘 때도 있긴 하다. 내 방에 왔던 코끼리는 그 육중한 몸을 잔뜩 오그린 채 비좁은 방바닥에 누워서 잤다. 코는 도르르 말아 몸속으로 집어넣은 채. 마치 내가 제 코를 훔쳐가기라도 할 듯 말이다. 큰 엄니가 있는지 확인하진 못했으니 그게 수컷인지 암컷인지는 알 도리가 없다. 똑같은 코스로 우리 안을 왔다갔다 하던 코끼리는 이따금씩 무슨 사색에 잠긴 듯 굵은 다리를 멈추고 서선 우리 밖을 휘우뚬히 쳐다보기도 했다. 그리고는 아무것도 아니라는 듯 다시 왔던 길을 되짚어 뚜벅뚜벅 걸음을 옮겼다. 코끼리의 두 귀가 펄럭거릴 때마다 옷 앞섶으로 찬바람이 들이쳤다. 나는 어깨에 메고 있던 가방에서 폴라로이드 카메라를 꺼냈다. 새로 필름을 갈아끼웠다. 폴라로이드 스펙트라보다 더 좋은 종류의 폴라로이드가 있었다면 그는 아마 그것을 샀을 것이다. 그런데 필름을 구하기가 쉽지 않았다. 단골 사진관 주인에게 특별히 주문을 했다. 필름을 찾으러 갔을 때, 사진관 주인이 일러주었다. 스펙트라는 보급이 잘 안 돼서 앞으로도 필름을 쉽게 구할 수 없다고. 구입한 곳으로 가면 일반 폴라로이드로 바꾸어준다고 했다. 일종의 환불인 셈이다. 나는 한꺼번에 필름 세 통을 더 주문했다. 그건 그가 나에게 준 마지막 선물이다. 갑자기 코끼리가 걸음을 멈추곤 우리 안쪽 난간에 앞다리를 턱하니 올려놓는다. 2, 3미터쯤 거리에 다른 우리가 있고 그 사인 도랑처럼 푹 패어 있다. 거길 훌쩍 뛰어넘을 듯하다. 나는 긴장했다. 어쩌면 코끼리가 새처럼 푸득 날아오르는 걸 볼 수 있을지도 몰랐으니까. 코끼리가 긴 코를 들어올리는 순간, 셔터를 눌렀다. 필름이 튀어나왔다. 코끼리가 앞발을 내려놓더니 몸을 돌렸다. 예민한 동물. 셔터 소리를 들었을 리 만무하지만 나는 그렇게 말해버렸다. 철문을 열고 사육사가 나왔다. 코끼리는 사육사가 건네주는 식빵을 코로 받아먹었다. 오후 4시 40분. 코끼리는 사육사를 따라 철문 안으로 사라져버렸다. 코끼리가 사라지자 사람들은 일제히 우리 앞을 떠났다. 나는 그 옆, 아시아 코끼리 우리 앞으로 갔다. 아시아 코끼리는 이미 보이지 않았다. 안내문을 읽었다. 아시아 코끼리, 시력이 약하고 목이 짧아 뒤는 볼 수 없다. ……뒤를 볼 수 없다니. 나는 확신했다. 그날 밤 나를 찾아온 것은 아시아 코끼리가 아니라 아프리카 코끼리였다고. 코끼리. 시력은 약하지만 청각과 후각은 뛰어나다. 달리는 속도는 약 시속 50킬로미터. 몸 표면엔 굵은 센털이 나 있다. 위턱의 앞니는 길게 자라서 엄니를 형성한다. 코끼리, 지상에서 가장 큰 동물.

뭔가 석연치 않다고 느끼긴 했다. 그러나 더는 깊이 알고 싶지 않았다. 나는 자꾸만 집 밖으로 돌았다. 간절히 집을 나가고 싶었으나 아무데도 갈 데가 없었다. 어느 날 그는 여러 종류의 생활정보지를 들고 왔다. 그는 나의 손을 잡고 방을 보러 다녔다. 공교롭게도 네 군데 모두 옥탑방이었다. 나는 그가 보는 앞에서 생활정보지를 짝짝 찢어버렸다. 따뜻한 국밥을 먹었다. 우리는 건널목을 건너 새로 지어진 20층짜리 오피스텔 안으로 들어가봤다. 관리인이 열쇠를 건네주었다. 커다란 책상도 있고 옷장도 있고 침대도 있고 반짝 윤이 나는 싱크대도 있었다. 나는 그의 손을 끌어 잡았다. 차들이 쌩쌩 달리고 있는 창밖을 가리켰다. 여긴 좀, 곤란하겠어. ……좀 그렇지? 응, 너무 시끄러울 것 같잖아. ……내 생각도 그래. 열쇠를 도로 건네주고 오피스텔을 나왔다. 우리는 치킨을 먹으러 갔다. 저녁을 먹은 지 30분도 안 된 시간이었다. 지금도 나는 옥탑방 계단을 올라오는 엄마 발소리를 들으면 가슴이 뛴다. 엄마가 내 방에 올라왔다. 우리 가족이 이 집을 떠나야 할 거라고 말했다. 내 부모가 그동안 세 딸들에게 함구한 것이 너무도 많았다. 집은 경매에 넘어갈 거라고 했다. 두 차례에 걸쳐 아버지에게 돈을 건네받은 백부는 종적을 감춰버렸다. 아버지를 탓할 수는 없었다. 다 잘살아 보자고 한 일이다. 하루아침에 길거리에 나앉게 생겼다, 는 말을 그때 처음 이해했다. 아버지는 담배를 끊었다. 하루 종일 안방에 들어가 나오지 않았다. 밥도 따로 먹었다. 아버지 얼굴은 죽은 도성이 삼촌처럼 까맣게 타들어갔다. 엄마 귀에서 피가 흘러나왔다. 나는 여동생들이 학업만은 계속 하길 원했다. 그건 내 부모가 세 딸들에게 그간의 사정을 함구해왔던 심정과 다르지 않을 것이었다. 나는 이 집 붉은 벽돌 사이에 식칼을 박아넣었다. 집은 너무나 단단했다. 집을 지키기 위한 사투가 시작되었다. 나는 이리 뛰고 저리 뛰었다. 누군가는 하지 않으면 안 될 일이었다. 아무것도 도와주지 못해서 미안해. 그가 말했다. 난, 이 집을 잃게 되는 것보다 당신을 잃는 게 더 두려워. 집을 잃게 될 것이 너무도 두려운 나머지 나는 재빨리 그렇게 말해버렸다. 그가 울었다. 울지 마. 난 그를 위로했다. 나는 울지 않았다. 내가 급기야 참았던 눈물을 터트린 건 코끼리가 다시 찾아왔을 때였다. 나는 커다란 코끼리 배에 얼굴을 묻은 채 손바닥으로 입을 틀어막곤 읍읍읍, 울었다.

이따금씩 그는 나에게 전화를 한다. 잘 있니? 그 목소리가 슬프지만 다정하다. 나는 피식, 웃는다. 잘 지내니? 그건 나에 대한 안부이기도 하고 내 집에 대한 안부이기도 할 것이다. 그리고 그는 또 묻는다. 코끼리가 또 왔니? 라고. 어쩌면 그가 나보다 더 코끼리의 안부를 궁금해하는 건 아닌가 싶을 때가 있다. 동물원에 간 날 나는 세 장의 사진을 찍었다. 난간 위에 앞다리를 올려놓고 있던 코끼리, 코를 하늘 위로 불쑥 세우고 엉덩이를 흔들며 걷던 코끼리, 고개를 푹 수그리고 해가 지는 쪽을 따라 뒤우뚱 걷던 코끼리.

고독한 나의 코끼리.

나는 지금껏 내가 어떻게 이 집에 살게 되었을까, 생각해보곤 한다. 나에게는 틀림없이 여기가 아닌 다른 곳에서 살게 되었을 우연이 있었을 것이다. 그 우연들 속에 나의 스무 살이 있고 아직도 가족들 모두 기억하는 유괴사건 같은 것들도 있다. 이상하리만치 나는 나의 20대 시절이 떠오르지 않는다. 그건 아마도 누구에게도 그날들에 관해 얘기해본 적이 없어서일 거다. 지난해 가을, S대학에 특강을 간 적이 있다. 강의실에 들어가려는데 누군가 내 앞을 가로막고 섰다. 그녀가 내 이름을 불렀다. ……? 그녀의 얼굴을 뚫어지게 쳐다보다가 아, 연정언니, 탄식하듯 불렀다. 캠퍼스 게시판에서 이 행사 포스터를 봤단다, 정말 내가 알고 있는 니가 맞는지 싶었어. 나는 눈에 띄게 주춤거리고 있었다. 명함을 받고 서둘러 작별 인사를 건넸다. 언니는 그뒤 줄곧 컴퓨터 그래픽을 공부했던 모양이다. 명함을 들여다보니 그 대학 영상미디어연구소 책임 연구원으로 되어 있었다. 강의실에 들어가서도 나는 한동안 아무 말도 하지 못하고 우두커니 앉아 있었던 걸 기억한다. 연정언닌 그 시절, 나를 알고 있는 사람들 중 하나다. 연락을 하겠다고 했는데, 나는 연락하지 않았다. 1년이 지났다. 마침내 얼마 전에 그녀에게 이메일을 보냈다. 연정언니, 그 시절 만났던 사람들이 나를 어떻게 기억하고 있는지 궁금해요, 그리고 그때 그 사람들은 지금 다 어디로 갔을까요, 언니는 아직도 그때의 내 모습을 기억하나요? 어떤 웹사이트 편집장과 저녁 식사를 하고 차를 마시기 위해서 신사동 거리를 걷고 있었다. 뒤에서 누군가 나를 부른다. 야,

조뚱! ……! 나는 걸음을 멈추지 않는다. 뒤돌아보지도 않는다. 찻집이 왜 이렇게 눈에 안 띄는 거지? 종종걸음을 친다. 동행이 조심스럽게 내 팔꿈치를 잡는다. 저기, 누가 부르는 것 같은데요. 나는 야, 소리만 듣고도 그게 누구 목소리인 줄 대번에 기억하고 있었다. 신기한 일이다. 그 사람들을 만났을 때가 스물두엇이었으니 벌써 10년도 넘은 일인데. 나를 부르는 목소리가 집요하게 들린다. 무심한 눈으로 고개를 돌린다. 야, 조뚱! ……아, 안녕하십니까. 하, 이거 정말 너 맞냐? ……오랜만입니다. 나는 정이사와 박대리에게 깍듯하게 인사한다. 어라? 쟤 좀 봐라. 그들이 픽, 하고 웃는다. 생전 처음 한 파마 머리를 시골 처녀처럼 뒤로 동여묶고 나는 직장에 다녔다. 아침이면 늘 샴푸를 했고 스타킹도 신었다. 젖은 머리카락을 드라이어기로 말릴 때마다 오늘은 어디로 갈까, 생각했다. 나는 자주 결근했다. 일주일에 연거푸 세 번씩 결근한 날도 있다. 점심 시간이면 따로 떨어져나와 회사 맞은편 건물에 있던 대형 서점에 갔다. 그땐 서점 지하에 패스트푸드점이 있었다. 거기서 햄버거를 먹고 책을 읽었다. 책 한 권을 다 읽었다. 책을 읽다가 지치면 누군가에게 공중전화를 걸었다. 회사 주변에 있는 화실들을 기웃거려보기도 했다. 그러다가 회사에 들어오면 동료들이 힐난하듯 눈치를 줬다. 점심 시간이 네 시간이나 지나 있었다. 나는 회식 자리에도 가지 않았고 퇴근 후에도 동료들과 어울리지 않았다. 가끔은 혼자 회사에 남아 책을 읽고 동료들이 만들다 간 4차원 컴퓨터 그래픽 영상을 오래 들여다보기도 했다. 동료들은 컴퓨터 그래픽으로 별도 만들고 사막을 걷는 낙타도 만들고 아파트도 지었다. 텔레비전에 나갈 CF 애니메이션 영상도 만들었다. 지금은 방영되지 않지만 모 제약회사의 '부루펜'이라는 감기약 광고가 있었다. 열이 오른 아이에게 부루펜 약병을 기차처럼 타고 쌩 달려가는 애니메이션 광고다. 그 프레임 작업에 나도 참여했었다. 그들은 못 만드는 것이 없었다. 혼자 남은 나는 마우스를 쥐고 이것저것 버튼을 눌러댔다. 아침이면 동료들이 기겁을 해대는 소리가 들렸다. 누구야? 누가 이걸 다 지워놨냔 말야! 나는 늘 무표정한 얼굴이었다. 화장실에 가기 위해 계단을 내려가는데 뒤에서 누군가 제 아랫도리로 내 허리를 와락 끌어당겼다. 당신, 웃을 줄 몰라? 회사에 자주 들락거리던 인테리어 디자이너였다. 퇴근길에 박대리가 나를 집 근처까지 데려다주기로 했다. 나는 그의 자동차에 올라탔다. 박대리가 안전띠를 매라고 했다. ……! 나는 안전띠를 길게 잡아뺐다. 망설이다가, 그걸 목에 걸었다. 야, 너 안전벨트 맬 줄 모르냐? 나는, 무슨 문제가 있나요? 하는 뚱한 얼굴로 박대리를 쳐다봤다. 어처구니없다는 표정이 아직도 생생하다. 지금도 나는 남의 자동차를 얻어탈 때마다 그때처럼 안전띠를 잘못 맬까 봐 혼자 전전긍긍한다. 너, 글을 쓰더구나. 정이사와 박대리는 내 근황을 알고 있었다. ……예. 언제 연정이랑 김정희 대리랑 한번 만나자. ……예. 나를 만난 게 정말 무척이나 반가웠나 보다. 정이사와 박대리가 자꾸만 킬킬 웃는다. 내 연락처를 적어달라고 했다. 무슨 번호인가 썼다. 그게 어느 집 전화번호인지는 나도 모른다. 나는 뚱뚱한 내가 싫었고 결근을 자주 하는 내가 싫었고 거짓말하는 내가 싫었고 읽어내지 않으면 안 될 컴퓨터 그래픽 매뉴얼을 해석하지 못하는 내가 싫었다. 칠 개월 동안 그 회사에 다녔다. 사표를 냈다. 다시 한 번 생각해봐, 라고 말했던 사람이 정이사다. 대체 뭘 할 건데? 그가 물었었다. 신사동이나 강남 쪽을 나갈 때 간혹 '월드북 센터'를 쳐다볼 때가 있다. 책방 안쪽엔 스물두 살의 내가 아직도 거기 서서 무슨 책인가를 골똘한 표정으로 읽고 있는 게 보인다. 그 시절에도 나는 이 도시에서 살고 있었다. 연정언니에게선 답장이 오지 않는다.

그때 내가 다시 집으로 돌아오지 못했다면 내가 사는 곳은 지금 여기가 아닐 것이다. 내 가족들도 지금의 가족이 아닐 것이다. 네 살 때 나는 유괴당했다. 나를 유괴했던 사람은 아이를 갖지 못한 중년 여자였다. 내 외양을 바꾸기 위해서 그녀는 나를 미용실로 데리고 갔다. 파마를 해달라고 했던 모양이다. 그녀가 잠시 미용실을 비웠다. 기회는 그때였다. 나는 자지러질 듯 울어댔다. 네 살의 나는 봉신교회를 기억해냈다. 미용실 주인이 내 손을 잡고 봉신교회로 갔다. 그래서 나는 다시 집으로 돌아왔다. 그때 내가 살던 집은 철거되었으나 봉신교회는 아직도 거기 남아 있다.

나는 아버지보다 먼저 밥숟갈을 들게 되었다. 늦게 귀가할 때면 자매들은 나에게 먼저 전화를 건다. 아버지는 다시 담배를 피운다. 아침이면 엄마는 내 구두를 닦는다. 옥탑방엔 점점 더 책들이 쌓여간다. 니 방에 짐이 너무 많구나. 아버지가 걱정을 했다. 나는 아랑곳하지 않았다. 텔레비전도 들이고 프린터도 들여놨다. 발 디딜 틈이 없다. 책들의 일부를 아래층 거실로 옮겼다. 책장도 새로 들였다. 거실 소파도 치워버렸다. 냉장고 옆면에도 소파가 있던 자리에도 책장을 들여놨다. 책장을 하나씩 새로 들여놓을 적마다 나무 한 그루를 옮겨놓는 느낌이었지만 그 느낌은 반나절 이상 지속되진 않았다. 자매들이 함께 쓰던 옷장과 거실의 짐들은 안방으로 옮겨졌다. 아버지가 1층 거실에 기둥을 하나 세웠다. 내 옥탑방을 받쳐놓기 위해서다. 그래도 아버지는 혹시나 하중을 못 견딘 옥탑방이 무너질까 봐 매일 노심초사하며 아래층을 왔다갔다 하고 나는 딸들의 짐들로 들어찬 비좁은 안방에서 내 부모가 어떻게 발을 뻗고 잠을 잘까, 초조해한다. 아무것도 도와줄 수 없어서 미안해, 라고 그가 말했던 그날 밤, 그는 나에게 긴 편지를 썼다. 스스로에 대한 무력감과 회한으로 쓴 편지였다. 편지 끝에 그는 이렇게 덧붙인다. 진정으로 간절한 것은 오래 지속될 수밖에 없다, 라고. 사람들은 언제나 똑같은 방식으로 살고 사랑하지 않는다, 아무것도 처음처럼 견디지는 못한다, 라고 썼다. 변하지 않기 위해 우리는 변해야 한다, 라고 썼다. 그리고 그는 또 이렇게 썼다. 사랑은 그렇게 자라나야 한다, 라고. ……편지. 편지, 라는 말은 참 슬프다. 헤어진 후 나는 한 번도 그 편지를 다시 꺼내 읽은 적이 없다. 내가 다시 꺼내보지 못한 편지가 또 하나 있다. 이따금씩 나는 생각해본다. 그런데 우린 왜 헤어졌을까, 하고. 결국 나는 집을 얻는 대신 그를 잃었다. 생일날 그와 헤어져 집으로 돌아온 후 찍었던 가족 사진을 들여다본다. 가족들은 식탁이 코끼리 머리인 줄 모르고, 소파가 코끼리 등허리인 줄도 모르고 거기다 뾰족한 팔꿈치를 받쳐세우곤 함빡 웃고 있다. 봐, 이게 그 코끼리라니깐. 그렇게 말한다면 가족들은 재 또 소설 쓰네, 피식 웃고 말 것이다. 코끼리는 잠든 척하고 눈을 감고 있지만 나는 그가 잠든 게 아니라는 걸 안다. 빠다코코넛 같은 비스킷이나 바나나를 항시 비축해두는 걸 잊지 않는다. 언제 다시 코끼리가 올지 모르기 때문에.

아버지는 세 딸들을 훈장처럼 거느리고 여수로 내려갔다. 1996년도 일이니, 내가 스물여섯 살이었고 대학에 들어간 해다. 그날 밤 술판이 벌어졌다. 누군가는 취했고 울음을 터트렸다. 친지들 틈에 끼어서 나도 제법 술을 마셨다. 다음날 그 많은 대가족이 함께 어울려 소풍을 갔다. 봉고차를 빌려서 해안도로를 타고 한참 달렸다. 거기서 배를 탔다. 멀리, 오동도가 보였다. 뜨거운 한여름이었다. 지금은 아무도 그 섬의 이름을 기억하지 못한다. 나 역시 그때 우리가 간 섬이 어느 곳인가 암만 생각해도 떠올릴 수 없다. 하긴, 여수라는 곳은 수없이 많은 이름없는 섬들을 품고 있는 곳이니까. 어쩌면 여수에 없는 섬일지도 모른다는 생각이 지금에서야 든다. 연숙이 고모가 음식들을 다 장만해왔다. 삼촌들과 사촌들과 고모들은 불판 앞에 모여 고기를 굽고 피조개를 구웠다. 친지들은 바다에 뛰어들어 수영을 하고 공놀이를 했다. 제 아버지들을 닮은 사촌들은 하나같이 다리가 길고 늘씬했다. 뜨거운 햇살 속에서 사촌들이 깔깔거리고 웃는다. 그 웃음 소리에 놀라 나는 들고 있던 양산을 툭 떨어뜨리고 만다. 아버지가 수영하는 모습을 처음 봤다. 아버지는 물개처럼 날렵하고 유연했다. 생전 처음 보는 모습이다. 나는 그곳이 아버지의 고향이라는 걸 깜박 잊고 있었던 모양이다. 긴 항해를 마치고 돌아온 도성이 삼촌은 됫병짜리 소주를 입에 달고 있었다. 삼촌, 술 너무 많이 드시는 거 아녜요. 나는 아버지에게 하듯 싫은 소리를 했다. 아마 도성이 삼촌은 그때부터 간을 앓고 있었을 것이다. 냅둬라. 아버지가 말했다. 정작 음식을 준비해온 연숙이 고모는 좀체 뭘 먹을 틈이 없었다. 고기를 굽던 불판을 치우고 겨우내 냉동실에 꽝꽝 얼려놓았던 조개와 해산물들을 굽고 닭들을 삶아내기에도 바빴다. 숙모들은 목소리가 큰 연숙이 고모 지휘 아래 설거지를 했다. 숙모들도 됫병짜리 소주를 나눠마셨다. 돌산 갓김치 한 통이 금방 다 동이났다. 엄마는 소주 세 잔에 취해 자리를 깔고 누웠다. 햇살이 정말 뜨거웠다. 바다는 한없이 깊어 보였다. 삼촌들과 사촌들이 저만치서 나를 향해 손을 까닥거렸다. 나는 고개를 흔들었다. 우리 세 자매 중 수영을 할 줄 아는 사람은 아무도 없다. 태어나자마자 바다에 그냥 풍덩 던져버리더라. 연숙이 고모가 말했다. 신고 있던 양말을 벗어던졌다. 물에 들어가는 덴 용기가 필요했다. 자매들 손을 잡고 한발 한발 바다로 들어갔다. 셋째삼촌인 도윤이 삼촌이 기습적으로 내 등을 확 밀어버렸다. 옷 입은 그대로 바다 속으로 고꾸라졌다. 고모들과 삼촌들, 사촌들의 웃음 소리가 깊은 바다 밑으로까지 들려왔다. 나는 겁나지 않았다. 어쩌면 나도 연숙이 고모처럼 생래적으로 팔다리를 휘저으며 수영을 할 수 있을지도 모를 테니까. 멸치 똥만 봐도 뭘 먹었는지 아는 아버지의 딸이니까. 허겁지겁 물속을 걸어나왔다. 내 옆으로 아버지와 세 명의 삼촌과 세 명의 고모들, 여섯 명의 사촌들이 유유히 헤엄치고 있었다. 지금은 그들 중 이미 두 사람이 죽고 없다. 남은 사람들은 자주 내 엄마에게 전화를 한다. 한 삼촌은 얼마 전부터 무릎에 물이 고이기 시작했고 다른 삼촌은 허리를 다쳐 배를 타지 못한다고 했다. 사람들이 자꾸만 죽는 게 두렵다. 장마도 싫고 폭설도 싫고 전쟁도 싫다. 이따금씩 죽은 자들의 얼굴을 다시 보고 싶을 때가 있다. 하지만 그건 더 먼 훗날에야 가능한 일일 것이다. 해가 기울었다. 소주도 떨어지고 수박도 문어도 불고기도 상추도 다 떨어졌다. 연숙이 고모 남편이 뒷정리를 도맡아 했다. 운전도 그가 했다. 사람을 개 패듯 팰 것처럼 생기지는 않았지만 약간 치켜올라간 눈이 마음에 걸렸다. 먼 길을 돌아 삼촌 집으로 몰려들 갔다. 아버지와 삼촌과 고모들은 그날 새벽까지 술을 마셨다. 누군가 싸움을 하고 울었지만 금방 또 깔깔거렸다. 집으로 돌아오는 내내 아버지는 아무 말도 하지 않았다. 팔순을 넘긴 두번째 친할머니가 돌아가신다면 그때 나는 여수에 내려가게 될까. 할머니 머리에선 다시 까만 머리카락이 속속 돋아나고 있다. 아버지는 술에 취하면 그 여름날 소풍 이야기를 꺼낸다. 그리고 아버지의 청년시절을 다 보낸 사우디아라비아와 이란, 쿠웨이트에 관한 얘기도 한다. 아버지는 일주일에 두 번씩 우리에게 편지를 썼다. 엄마는 날마다 아버지에게 편지를 썼고 세 자매들은 엄마 성화에 못 이겨 꼬박꼬박 일주일에 한 번씩 편지를 썼다. 아빠, 우리는 다 건강하고 학교도 잘 다니고 있습니다, 공부 잘 할게요, 라고 쓰고 나면 더 이상은 할 말이 없던 편지. 사막의 모래 바람을 건너온 아버지의 편지 역시 마찬가지다. 엄마 말씀 잘 듣고 공부 열심히 하거라, 이 아빠는 건강하단다, 날짜만 달랐던 편지. 그렇게 10여 년을 우리 가족들이 서로 주고받았던 편지는 옥상 위, 커다란 항아리 안에 들어 있다. 김장 김치를 묻듯 항아리 안에 비닐을 한 겹 씌워 편지들을 넣곤 밀봉했다. 아버지가 한 일이다. 그 항아리를 나는 지금껏 한 번도 열어보지 않았다. 훗날 아버지가 돌아가고 난 뒤엔 그 편지들을 어떻게 해야 할까, 벌써부터 나는 걱정이다. 날마다 집을 갖고 날마다 집을 잃고 있긴 하지만 다행히 아직 크게 달라진 건 없다. 아침이면 아버지는 계단에 떨어진 조간 신문을 챙겨오고 엄마는 구두를 닦고 자매들은 출근한다. 게발선인장 꽃이 피었는데 아무도 관심을 갖지 않는다고 아버지는 내가 듣지 않는 데서 서운해하고 엄마는 우리들에게 눈치를 준다. 엄마는 내 옥탑방에 올라오지 않는다. 전화가 걸려오면 수화기를 방문 앞에 내려놓고 도로 계단을 내려간다. 관절을 앓는 엄마가 언제까지 저 계단을 오르내릴 수 있을까. 책을 읽거나 글을 쓰다가도 나는 자주 아래층에 내려간다. 자매들 중 누군가 빨리 결혼하여 이 집을 떠나주었으면 좋겠다. 방이 비면 안방에 있던 짐들도 그리로 옮기고 마루에 소파도 놓을 수 있을 텐데. 그러나 나는 자매들 중 내가 가장 마지막까지 이 집에 남아 있을까 봐 두렵기도 하다. 아버지는 여전히 옥탑방이 무너질까 가슴을 떨고 나는 딸들의 짐들과 책들로 잠식당한 안방이 걱정된다. 나는 세상에서 가장 행복한 사람은 아니지만 가장 불행한 사람도 아니다. 마음 상한 일이 있거나 자존심이 상할 땐 한 시간이고 두 시간이고 식탁에 앉아 멸치를 다듬는다. 멸치가 없으면 땅콩 껍질이라도 깐다. 가끔은 이쁜 옷을 차려입고 이탈리안 레스토랑에 가서 파스타를 먹고 와인을 마시기도 한다. 엄마는 지금도 사람은 부족한 대로 만족하는 법을 배워야 한다고 말씀하신다. 나는 이제 그 말이 무슨 뜻인지 안다. 시간이 너무 많이 걸리긴 했지만 말이다. 나는 아직 이 집에 살고 있다. 가장 행복했던 순간과 가장 불행했던 순간이 남아 있는 집이다. 옥탑방은 따뜻하다. 지금은 겨울이니까. 아래층 식탁에 숟가락 올려놓는 소리가 들린다. 밥 먹자! 엄마가 내 방을 향해 크게 소리친다. 나는 얼른 넷, 대답하곤 쿵쾅쿵쾅 계단을 뛰어내려간다.

그가 전화를 해주었으면, 하고 기다릴 때가 있다. 나의 코끼리 이야기를 이해해주고 귀 기울이는 사람은 그밖에 없으니까. 나는 수화기를 붙잡고 코끼리 얘기만 갖고도 한 시간쯤은 수다를 떨 수 있다. 이제 나는 더 이상 사진을 찍지 않는다. 그래도 보이는 게 있다. 이따금씩 집이 꿈틀, 움직일 때가 있다. 그러면 나는 아, 코끼리가 왔구나, 짐짓 생각하는 것이다.

〔『문학동네』, 2001년 겨울〕

나는 마을의 이발사

가오리가 곁에 있다는 사실은 그에게나 나에게나 다행한 일이 아닐 수 없었다. 셋이 함께 있는 건 아무런 문제도 되지 않았다. 그가 꾸벅꾸벅 졸기 시작하면 나는 그녀를 도와 설거지를 하면서 시간을 보냈고 그들이 섹스를 하고 싶어하는 눈치가 보이면 나 혼자 슬그머니 방을 나오면 그만이었다. 셋이서 의견이 맞지 않거나 언쟁을 해야 할 일도 좀처럼 생기지 않았다. 만약 문제가 있다면 그건 그가 죽고 난 이후다.

나는 마을의 이발사

그 소식을 나에게 전해준 사람은 가오리였다. 다소 통절하게 들리는 목소리이긴 했지만 아마 그녀는 콩깍지 같은 방에서 페티큐어를 바르고 있거나 아니면 손톱을 깎고 있을 것이었다. 그건 수화기를 들고 앉아서도 얼마든지 할 수 있는 일이다. 그가 죽었다. 죽기에는 아까운 나이라고 나는 생각했다. 나, 그만 일을 나가봐야 할 시간이에요. 가오리가 먼저 전화를 끊었다. 나는 수화기를 들고 그대로 서 있었다. 신호음이 모스 부호처럼 뚜, 뚜, 뚜뚜뚜, 불규칙적으로 울리고 있었다. 그가 죽었다는 게 정말 사실일까. 나는 냉장고에서 캔맥주를 꺼내 풀링을 세게 잡아당겼다.

*

내가 그를 만난 것은 1년 전이다. 외출을 할 때면 셔츠 위에 두꺼운 카디건을 걸치거나 얇은 점퍼를 손에 들고 나가야 할 정도로 일교차가 심한 계절이었다. 나는 병원에 가서 독감 백신 접종을 받았다. 오늘은 절대로 술을 드시면 안 됩니다. 의사가 충고했다. 나는 고개를 끄덕거리며 병원을 나왔다. 항체는 2주 뒤부터 생길 것이다. 병원 앞에서 잠시 망설이지 않을 수 없었다. 5분 후, 10분 후. 나는 어디에 서 있을까. 문득 그런 생각이 머리를 스쳤기 때문이었다.

정거장으로 걸어가 아무 버스에나 올라탔다. 그날 오후에 나는 그를 처음 만났고 우리는 당연하다는 듯이 맥주를 마셨다. 그것밖에는 달리 할 일이 없었던 게 사실이기도 하다.

꿈속에서는 여러 가지 일들을 그냥 저절로 알게 되는 것처럼 그를 처음 만났을 때 나는 그를 이미 잘 알고 있는 듯한 느낌을 받았다. 나중에 그도 나에게 그런 말을 했다. 그러니까 우리는 한눈에 서로를 알아버린 것이다. 세상에는 얼마든지 그런 만남이란 게 있는 법이다. 그러나 우리가 만난 것은 결코 꿈속의 일은 아니다.

나는 서초동에서 내렸다. 내리고 보니 아무 버스에나 올라탄 게 아니라는 생각이 들었다. 계단을 이용해 3층으로 올라갔다. 그는 여느 때처럼 정부간행물실 왼쪽 창가 자리에 앉아 한 손으로 턱을 괸 채 꾸벅꾸벅 졸고 있었다. 흐음. 나는 손바닥으로 얼굴을 쓸었다. 그리곤 철 지난 시사 잡지 한 권을 들고 그에게서 약간 떨어진 자리에 가 앉았다. 오후 4시가 지나면 그는 펼쳐둔 책 위에 아예 얼굴을 파묻고 잠이 들 것이다. 그리고 5시 50분쯤 되면 퍼뜩 일어나 주위를 휘휘 살펴보곤 주섬주섬 책을 챙겨 밖으로 나간다.

내가 그를 봐온 것은 한 달이 넘었다. 그러나 나는 될 수 있으면 그 청년의 눈에 띄고 싶지 않았다. 이따금씩 거울을 들여다보면서 내가 나에게 이런 말을 하곤 했다. 이것 봐, 그런 건 그다지 고민할 게 못 돼. 단순하게 생각하는 거야. 이를테면 오는 멸치는 잡고 가는 멸치는 흘려 보내는 식으로 말이지. 그냥 그물을 던져놓고 기다리는 거야. 그리고는 재밌다는 듯 쿡쿡 혼자 웃었다. 멸치라. 아무튼 나는 그의 눈에 띄지 않기 위해서 제법 노력했다.

졸고 있던 그가 잠에서 깨어난 것은 휴대전화 벨소리 때문이었다. 올 것이 오고야 말았군, 나는 그런 표정으로 책장을 후룩 넘겼다. 곧이어 그가 자리를 박차고 나가는 소리가 들렸고 실내의 공기는 약간 산만해지기 시작했다.

그는 엘리베이터 앞에 서 있었다. 그가 먼저 내게 눈인사를 보냈다. 주의력을 잃은 눈빛이었다. 그와 나는 1층에서 내렸다. 나는 휴게실로 성큼 걸어 들어갔다. 자동판매기에서 음료수를 뽑아든 그가 머뭇거리더니 내 맞은편 쪽으로 다가와 섰다. 앉아도 좋아, 나는 고개를 끄덕거렸다.

"정말 시끄러워서 견딜 수가 없어요"라고 그가 말했다.

오랫동안 숙면을 취하지 못한 얼굴이었다. 그가 도서관에 와서 하는 일도 대부분의 남자들처럼 과월호 시사 잡지를 펼쳐든 채 잠을 자는 일밖엔 없었다.

"그래도 여긴 좀 나은 편이지" 하고 나는 말했다.

데꾼한 눈을 들어 그가 "하긴 그런 편이죠." 말을 받았다.

그리고는 손가락을 들어 내가 쓰고 있는 모자의 상표를 가리켰다.

"그거 꼭 부메랑같이 생겼어요."

"부메랑을, 던져본 적이 있나?"

그는 고개를 저었다. "던져도 돌아오지 않잖아요."

"웬걸. 자리를 좀 옮길까?"

나는 그가 다시 3층으로 올라가기를 바라며 그렇게 물었다. 그가 나를 따라온다면 더는 하는 수 없겠지만 말이다.

도서관 입구를 걸어나와 나무의자에 가 나란히 앉았다. 그가 담배를 꺼내 물었다. 나는 가방에서 캔맥주 한 개를 꺼내 그에게 건넸다.

"부메랑 얘길 계속해도 될까?" 나는 그에게 정중하게 물었다.

"불량품을 샀던 모양이군. 아니면 던지는 방법을 잘 몰랐던가. 스포츠용품으로 만들어진 제품들은 꼭 다시 돌아오지. 이렇게 말야."

나는 쓰고 있던 나이키 모자를 들어 허공을 향해 휙 던졌다. 모자는 큰 원을 한바퀴 그리며 허공을 가른 뒤 정확하게 다시 돌아왔다. 그가 눈을 휘둥그레 떴다. 나는 이 정돈 아무것도 아니야, 라는 뜻으로 어깨를 한 번 으쓱 올렸다 내렸다. 나는 단지 모자를 든 팔을 크게 휘둘러 내뻗었을 따름이다. 무슨 의미인지 그가 고개를 끄덕거리고 있었다.

"몇 번인가 그쪽을 봤어요."

"……"

"정말이지 어디고 시끄러워서 견딜 수가 없어요. 이젠 다른 장소를 찾아봐야 할 것 같아요."

나는 흘깃 그를 쳐다보며 이렇게 말했다.

"이봐. 아편 냄새를 숨기기 위해서는 양파를 가득 실은 트럭이 한 대 필요한 법이라구. 그런데 난 말야,"

그게 무슨 말입니까? 하는 표정으로 그가 나를 돌아다봤다. 이런 쯧쯧. 나는 가볍게 혀를 찼다.

*

약간 큰 신장과 그 신장에 비해 모자란 듯 보이는 체중, 그리고 오래 손질하지 않은 듯 길고 헝클어진 머리카락 때문에 얼핏 보면 그는 산발한 버드나무처럼 보이기도 했다. 그러나 별반 눈에 띌 정도의 사람은 아니었다. 한 가지 이유가 있다면 내가 볼 때마다 그가 꾸벅꾸벅 졸고 있었다는 정도.

그날 이후 그와 나는 자주 만나게 되었다.

내가 매일 도서관에 가는 것은 아니었다. 그건 그도 마찬가지였다. 도서관에 가서 그가 보이지 않는 날에도 나는 다른 때와 마찬가지로 철 지난 잡지를 읽다가 1층 휴게소에 가서 음료수를 마셨다. 폐관 시간이 다가올 때면 도서관 앞뜰 나무의자에 앉아 캔맥주를 마시다가 집으로 돌아오곤 했다.

휴게실 메모판에 메모가 남겨 있는 걸 본 적도 있다. 이름은 씌어 있지 않았지만 나는 그가 내게 남긴 메모라는 걸 알아차릴 수 있었다. 난 아편을 사려는 게 아닙니다, 같은 문구들. 그건 아무나 할 수 있는 소리는 아니었으니까 말이다. 그 이외의 내용은 여기 소개하지 않는 편이 낫겠다. 이 세상 사람이 아니긴 하지만 어쩐지 그가 원치 않을 것 같다. 아무튼 나는 메모를 발견한 다음날엔 무슨 일인가 있어도 폐관 시간에 맞춰 도서관에 갔다.

우리는 일주일에 두어 번 정도 만났다. 그 횟수는 줄어들지도 더

늘지도 않았다. 어느 틈엔가 내가 그의 집으로 가기도 하고, 그가 내가 사는 곳으로 와 함께 밥을 먹거나 맥주를 마시기도 했다. 그가 내 방에서 자고 가는 날도 있긴 했으나 그건 겨우 한두 번에 불과한 일이다. 그 무렵 그는 가오리라는 여자와 교제를 시작하고 있었다. 가오리. 참 매력적인 이름이다.

첫 만남이 있던 며칠 뒤 그와 나는 다시 도서관 앞뜰 나무의자에 앉아서 캔맥주를 마시고 있었다. 벌써 사흘째 잠을 못 잤다는 그는 불안정한 정서 때문인지 가끔씩 격정적인 어휘들을 내뱉곤 했다.

"새벽 2, 3시에도 이 도신 정말 시끄러워요." 영화관에서 태연히 휴대전화를 받는 사람을 보면 살의를 느낀다고 말한 뒤였다. 나는 잠자코 그의 이야기에 귀를 기울이지 않을 수 없었다.

"처서가 지나니까 이젠 귀뚜라미가 걷잡을 수 없이 울어대지 뭡니까. 그리고 청소차는 왜 새벽에 다니는 겁니까. 도무지 잠을 잘 수가 없어요."

"그것뿐만이 아닐 테지" 라고 나는 짧게 응수했다.

라디오, 텔레비전, 휴대전화 벨 소리, 풍선껌, 확성기, 폭주족. 나는 그것들을 차례대로 머릿속으로 그려보았다.

"그런데 말이지, 자넨 왜 그렇게 소리에 민감하게 됐지? 모두들 그 속에서 잘들 자고 일을 하고 책을 읽고 영화를 본다구."

딴에는 꽤 망설이다가 한 질문이었다.

"……군대에 있을 때였어요. 어느 날 연병장에 2천 명 정도가 모였어요. 간식으로 사과 한 개씩을 지급하더군요." 그가 자조하듯 내뱉었다.

사과. 2천 명. 거기까지 듣고 나서 나는 캔맥주 하나를 더 꺼냈다.

"실시! 라는 구령 소리에 맞춰 연병장에 모여 있던 2천 명이 한꺼번에 와삭, 사과를 씹기 시작했죠. 와삭와삭…… 그건 정말이지 끔찍한 소리였어요. 아마 상상이 잘 안 갈 거예요."

상상이 잘 안 가는 일이긴 하다. 그러나 그의 표정으로 미루어보아 정말 견디기 힘든 소음이었으리라고 짐작할 따름이었다. 그 이야긴 직접 듣는 것보단 차라리 영화나 그 밖의 다른 영상으로 표현하는 게 더 효과적일 것 같았다.

나는 갑자기 사과가 먹고 싶어졌다. 이맘때면 부사가 맛이 들었을 때다.

그리고 그는 모로코의 섬 이야기를 내게 들려주었다. 1년에 한 번씩 거대한 유람선이 들어오는 항구가 있다. 그 유람선과 거기에 탑승한 유명 인사들을 촬영하기 위해서 각국의 사진 작가들과 취재진들이 몰려든다. 유람선이 항구로 들어올 때쯤, 일제히 수백수천 대의 카메라 셔터 소리가 터진다는 이야기였다. 그는 마치 그 장소에 있어봤던 사람처럼 진저리를 치고 있었다. 사실 그건 한꺼번에 2천 개의 사과를 씹는 것보다는 내 흥미를 끌지 못하는 이야기였다.

"군대를 제대한 후론, 그러니까 지금까지 줄곧 깊은 잠을 자질 못했습니다."

그것처럼 끔찍한 일은 없을 텐데. 나는 그에게서 숙면을 취했다는 소리를 듣고 싶었다. 시간이 지났지만 그런 일은 생기지 않았다. 젊은 데다 가난하기까지 한 건 슬픈 일이다. 게다가 잠까지 잘 수 없다니. 나는 진정으로 그를 염려하고 있었다.

"자, 이제 그만 저녁을 먹으러 갈까?" 하고 나는 의자에서 일어났다. 폐관 시간이 15분이나 지난 후였다. 엉거주춤 따라 일어나면서 그가 내 얼굴을 바라봤다.

"더 좋은 생각이 있나?"

잠자코 나를 따라오던 그가 내게 무슨 일을 하느냐고 물어보았다. 나는 내가 하고 있는 일에 관해서 간략하게 이야기했다. 그는 무턱대고 고개를 끄덕거리고만 있었다. 대체로 그는 말을 많이 하는 편은 아니었고 나는 그 점을 높이 샀다. 더 시간이 지난 후 깨닫게 되었지만 우리의 대화란 한 사람이 말을 하면 다른 한 사람은 그냥 고개를 끄덕이고 마는 식이었다. 질문이 불필요한 관계였다고나 할까. 나는 우리의 관계가 좀더 오래 지속되기를 바랐다. 그런 관계란 쉽게 만들어질 수 있는 게 아니었으니까.

"중요한 건 과녁을 갖는 것이지" 하고 나는 말했다. 이번에는 그가 이 말뜻을 알아들었을 거란 확신이 들었다.

"그래, 자네의 과녁은 뭔가?"

나는 내가 너무 서두르고 있는 건 아닌가 싶었다.

잠시 생각하던 그가 이렇게 대꾸했다.

"조용한 세상."

가오리는 스물예닐곱쯤 돼 보이는 여자였다. 향기(香). 그러고 보니 그녀에게 퍽 잘 어울리는 이름이라는 생각이 들었다. 자신이 직접 지은 이름이라고 했다. 우리 중 누구도 그녀의 본명을 알지는 못했다. 그가 가오리를 만난 건 'K 요리사 서비스'라는 업체를 통해서였다. 요즘에는 하루가 다르게 별의별 서비스 직종이 생기곤 하는 모양이다. 전화 한 통이면 원하는 요리 재료를 든 요리사가 직접 집을 방문한다. 물론 요리사는 모두 젊은 여자들이다. 가명이 필요한 직업이긴 할 것이다.

누가 창안해냈는지 모르겠지만 퍽 괜찮은 서비스 직종이다. 혼자서 밥을 먹는 것에 지친, 그러나 딱히 다른 상대가 없는 혼자 사는 사람들을 위해서는 말이다. 게다가 가격도 그리 비싸지 않았다. 요리가 끝나면 요리사는 손님과 식탁에 앉아 함께 저녁을 먹는다. 단, 매춘은 하지 않는다.

뜨거운 해물탕이 먹고 싶었던 그는 그 업체에 전화를 걸었다. 처음 온 요리사가 가오리라는 여자였다. 벨소리가 나기도 전에 그는 현관문을 열었다. 장바구니 가득 새우며 조개, 낚지 따위를 든 젊은 여자가 서 있었다. 그날 저녁 그는 약간 맵게 끓인 듯한 해물탕을 가오리와 나눠 먹었다. 설거지까지 끝낸 가오리는 정확히 세 시간 뒤에 돌아갔다.

그 얼마 뒤 된장찌개와 달걀찜이 먹고 싶어졌을 때 그는 다시 'K 요리사 서비스'에 전화를 걸어 가오리라는 여자를 오게 해달라고 부탁했다. 손님과의 교제도 금지돼 있었다. 그들은 교제를 시작했다. 처음 섹스를 하던 날 가오리는 그의 귀에 대고 이렇게 속삭였다고 한다. 당신은 뜨거운 요리만 먹는 사람.

"그때 그녀의 입에서 양파 냄새가 났어요." 그 말을 하면서 그는 겸연쩍다는 듯 웃었다.

오후에 도서관에 가서 책을 읽다가 앞뜰에 앉아 우면산 너머로 해가 지는 것을 바라보며 그와 맥주를 마시는 일에 서로 익숙해져 갔다. 그건 모든 뉴스의 끝이 일기예보로 끝나는 것처럼 지극히 당연한 일처럼 여겨질 정도였다. 그러나 그는 여전히 잠을 자지 못하고 있었다.

그의 집에 처음 갔던 날, 그는 수화기를 들곤 대뜸 내게 무얼 먹겠느냐고 물었다.

"스파게티가 좋겠군."

얼마 뒤에 한 여자가 장바구니를 들고 그의 집으로 왔다. 그가 가오리를 내게 소개했다. 가오리가 명함을 내밀었다. 알파벳으로 말하면 전체적으로 길게 늘인 대문자 Y의 느낌이 드는 여자였다. 가슴은 커 보였고 허리는 가늘었으며 다리는 길었다. 게다가 요리 솜씨까지 훌륭하다면 적절한 직업을 갖고 있는 것일 터였다. 나는 그녀에게 면을 좀 오래 삶아달라고 주문했다. 요리 솜씨도 그만하면 나무랄 데가 없었다.

우리는 셋이서 저녁을 먹고 얼마쯤 텔레비전을 보다가 맥주를 마셨다. 세 시간이 지나도 가오리는 돌아가지 않았다. 망설이다가 나는 그녀에게 돈을 지불했다. 그녀는 받지 않았다. 그날은 쉬는 날이라고 했다.

그후로 셋이 함께 만나는 횟수가 늘었지만 우리에겐 아무런 문제가 생기지 않았다. 문제라니. 되레 우리는 오랫동안 절친했던 친구들처럼 누군가의 새끼손가락이 약간 휘어진 것과 허벅지 안쪽에 붉은 반점이 있다는 것, 그리고 충치 때문에 왼쪽 어금니 한 개가 없다는 사실까지도 다 알 정도로 서로 친밀해졌다. 일이 점점 더 어려워지고 있다고 느끼기 시작한 건 그녀 때문은 아니었다. 나도 그들과 저녁 식사를 하는 게 즐거웠고 혼자가 아닐 때라도 불편하지 않을 수 있다는 걸 깨닫기 시작했기 때문이다.

그와 함께 가오리의 집에 간 적도 있었다. 그녀의 집은 아주 외딴 곳이다. 그때만 해도 나는 그녀의 집에 별다른 관심이 없었다. 그랬는데도 그녀의 집이 훌륭하다고 생각한 건 상대적으로 그가 사는 장소와 비교가 되었기 때문이었다. 그의 집은, 조건이 좋지 않았다.

지금 돌이켜봐도 즐겁고 유쾌한 시간들이었다. 이따금씩 나는 가오리의 커다란 젖가슴에 얼굴을 묻고 깊게 잠들어 있을지도 모를 그를 떠올려보기도 했다. 그러나 어쩐 일인지 가오리와 밤을 보내고 난 그 이튿날에도 그의 얼굴은 핼쑥하기만 했다. 허파나 간 어느 구석에 호두처럼 단단하게 뭉친 소음 덩어리들이 몸속을 둥둥 떠다니고 있는 듯 보이기까지 했다. 그러나 그는 가오리를 만나기 이전보다 쾌활해졌고 이따금씩 농담을 섞기도 했다. 아무튼 가오리가 곁에 있다는 사실은 그에게나 나에게나 다행한 일이 아닐 수 없었다. 그것이 비록 일시적인 정열이었다고 해도 말이다.

정말이지 셋이 함께 있는 건 아무런 문제도 되지 않았다. 그가 꾸벅꾸벅 졸기 시작하면 나는 그녀를 도와 설거지를 하면서 시간을 보냈고 그들이 섹스를 하고 싶어하는 눈치가 보이면 나 혼자 슬그머니 방을 나오면 그만이었다. 셋이서 의견이 맞지 않거나 언쟁을 해야 할 일도 좀처럼 생기지 않았다. 만약 문제가 있다면 그건 그가 죽고 난 이후다.

그 무렵, 나는 꽤 여러 명의 사람들을 한꺼번에 만나고 있었다. 공교롭게도 모두 남자들이었다. 모두 도서관에서 만난 사람들은 아니었다. 그랬더라면 좀더 그를 자주 만날 수 있었을 텐데. 가능하다면 나는 그의 죽음이 내게 얼마나 큰 고통을 주었는가 말하고 싶은 충동을 느낄 때가 있다. 그러나 그건 소용없는 짓일 게다. 분명한 건 그는 죽었고 나는 지금 살아 있다는 것일 테니까. 깊은 밤이나 이른 새벽녘에 아주 가까운 곳에서 그의 숨소리를 느낄 때가 있다. 나는 두렵지 않다.

그에게 변화가 생겼다.

도서관에 가도 그를 볼 수 없는 날이 늘어갔다. 휴게실 메모판을 꼼꼼히 살펴보았지만 낯익은 그의 필체를 찾을 수 없었다. 나는 초조해졌다. 그에게서 다른 연락이 오기를 기다렸지만 보름이 넘도록 아무런 연락이 없었다. 나는 매일 도서관에 갔다.

도서관에서 그를 발견한 건 그 며칠 후였다. 그는 여전히 책을 펼쳐놓고 꾸벅꾸벅 졸고 있었다. 흐음. 간행물실 입구에서 나는 손바닥으로 수염이 까칠하게 자란 턱을 쓰다듬었다. 그의 뒷자리에 가 앉아 두 시간 동안 책을 읽었다. 초가을 햇살이 창가에 앉은 그의 정수리와 어깨를 지나 바닥으로 내려앉고 있었다. 나는 먼저 자리에서 일어나 도서관 앞뜰로 갔다.

휴관 시간은 넉넉하게 남아 있었다. 등나무 줄기 사이로 따가운 햇살이 빗살무늬처럼 사선으로 떨어져내렸다. 지붕 위로 올라가 붉은 고추나 말리면 좋을 날씨로군. 혼잣말을 하면서 가방에서 캔맥주를 꺼냈다. 도서관 현관에서 그가 이쪽으로 주춤주춤 걸어오고 있는 것이 보였다. 나는 그에게 맥주캔을 건넸다.

"자네, 왼손잡이와 왼손잡이가 만났을 때 어떻게 악수를 하는지 아나?" 하고 나는 말했다.

"……제가 왼손을 쓰는 걸 알고 계셨군요."

"물론. 자네도 알다시피 사람들을 관찰하는 게 내 직업이잖나."

"어떻게 악수를 합니까?" 그다지 흥미가 없다는 어조로 그가 말했다. 어차피 흥미를 끌기 위해 시작한 말은 아니니까. 나는 말을 이었다.

"그냥 서로 왼손으로 하는 거지. 아주 간단한 거야. 그런데 주춤거리다가 오른손을 내미니까 서로 손이 엇갈려버리는 거지. 사람들은 가끔씩 아주 단순한 걸 잊어버릴 때가 있단 말야."

"……?"

"혹시 '칼과 방패의 이론'이라는 거 들어봤나?"

해쓱해진 얼굴을 들어 이번에는 그가 나를 똑바로 쳐다보았다.

"그건 말이야, 인간이 오른손을 사용하는 이유를 묻는 것과 똑같은 질문이라네. 인간은 누구나 신체 왼쪽 편에 심장을 가지고 있기 때문에 왼손으로는 방패를 들고 오른손으로는 칼을 들어 심장을 보호하게 됐지. 이게 오른손을 쓰게 된 이유란 말야." 나는 간략하게 설명했다. 무슨 말을 하고 있는지 그가 모른다면 하는 수 없지만.

"처음부터 방패가 없는 사람도 있을 수 있잖습니까" 하고 그가 침울한 목소리로 말했다. 쯧쯧. 나는 또 속으로 혀를 찼다.

"그건 만들기 나름이지." 나는 자리에서 일어났다.

그는 그대로 의자에 앉아 있었다. 나는 그만 집으로 돌아가고 싶었다. 나는 갈 수 없었다. 이제 슬슬 그와 내가 도서관을 벗어나야 할 때가 온 것일지도 모른다는 직감이 들었기 때문이다. 조금 이른 감이 없진 않다. 털썩, 도로 자리에 주저앉고 말았다.

"대체 무슨 일이 있었던 거지?"

"……그녀와 헤어졌어요, 모두 제 탓입니다."

그녀라면, 가오리를 말하는 건가? 나는 잠시 머릿속을 정리해보았다. 그와 그녀가 만난 것은 벌써 8, 9개월이 넘어가고 있었다. 그건 거의 1년에 가까운 시간이다. 그러나 얼마든지 헤어질 수 있지. 그가 말하는 건 헤어졌다는 게 아니라 헤어진 특별한 이유일 것이다.

"어떻게 해야 잠을 잘 수 있는지 모르겠습니다. 정말이지 이대로 가다간 미쳐버릴 것만 같아요." 그가 소리죽여 이를 갈아붙였다.

"……"

"믿기 힘드시겠지만," 하고 그가 말을 멈췄다.

"교성 때문이었어요. 그 소리 때문에, 정말이지 더는 참을 수 없었어요. 그래서 헤어지고 말았습니다."

그랬군. 나는 맥주 한 모금을 꿀꺽 소리 나게 넘겼다. 가오리의 교성은 들어본 적이 없다. 그러나 그를 이해했다. 그리고 한 가지 분명한 사실을 깨달았다. 이제는 우리가 정말 도서관을 떠나야 할 시간이 왔다는 사실 말이다. 그건 단지 장소의 문제가 아니었다.

*

후회는 언제 해도 늦은 거라고 한다. 그건 정말 사실이다. 금요일 오후에 만난 그가 야구장에 가자고 했을 때까지만 해도 나는 아무것도 염려하지 않았다. 나는 가오리와 헤어진 후 혼자가 된 그를 어떻게든 위로해주고 싶었다. 그렇지만 내가 그에게 금붕어나 꽃다발 따위를 사줄 수는 없는 노릇이었다. 나는 될 수 있으면 그와 함께 있는 시간을 자주 갖도록 노력했다. 그게 내가 할 수 있는 최선의 방법이라고 여겼다. 야구장? 그거 좋지. 나는 간단히 응수했다.

사당 역에서 7770번 버스를 타고 수원 구장으로 갔다. 그날은 현대와 두산의 게임이 있었고 마침 준플레이오프 1차전 경기가 시작되는 날이었다. 야구장을 찾는 것도 오랜만이라 나는 약간 흥분하고 있었던 것도 사실이다. 꽤 많은 인파들이 구장 안을 메우고 있었다. 일반석 표를 산 후 우리는 3루 내야석 쪽으로 가 자리를 잡고 앉았다. 그가 아래층으로 내려가 캔맥주를 사왔다.

경기는 아직 시작 전이었다.

나는 문득 가오리를 떠올렸다. 야구장을 떠올렸고 그 즉시 캔맥주와 김밥이 생각났기 때문일지도 모른다. 지갑을 뒤져 그녀의 명함을 들여다보았다. 전화번호는 아주 외우기 쉬운 숫자였다. 'K 요리사 서비스'에 전화를 건다, 가오리라는 여자를 부탁한다, 메뉴는 김밥, 장소는 수원 야구장. 아주 간단한 일이다. 그의 옆얼굴을 흘금거려 봤다. 가오리. 교성을 크게 내지르는 여자. 거기까지 생각하자 정말이지 간절히 그녀가 보고 싶어졌다. 나는 내가 그녀에게 전화를 걸지 말아야 할 이유들을 곰곰이 짚어보았다. 아무런 이유도 없었다.

"이봐, 가서 김밥 좀 사오지 그래." 나는 공연히 퉁명스런 어투로 그에게 말했다. 그리고 덧붙였다. "막대 풍선도."

"두통이 시작될 것만 같아요." 그런 말을 하며 그가 다시 지하로 내려가고 있었다.

뭔가 일이 잘못되고 있다고 느낀 건 그 순간이었다.

경기가 시작되기 전에 두산 응원석으로—우리가 앉은 자리가 두산 응원석이라는 건 그때서야 알게 되었다—치어리더들이 올라와 관중들에게 응원 연습을 시키기 시작했다. 관중들은 이미 커다랗게 분 흰 풍선과 베어스 로고가 새겨진 막대 풍선을 준비하고 있었다. 우리가 앉은 자리 앞뒤로, 아니 3루 내야 쪽에 앉은 관중들 모두 치어리더들을 따라 흰 풍선을 흔들고 삼삼칠 박수를 변형한 두산 응원박수에 맞춰 길고 팽팽한 막대 풍선들을 두들겨대기 시작했다. ……정신이 번쩍 드는 느낌이었다.

비닐 봉지를 든 그가 계단을 올라왔다. 나는 아무 말도 하지 않았다. 이제 내가 할 수 있는 일이란 더는 아무것도 없을 테니까. 의외로 그는 침착해 보였다.

응원 연습이 끝났다. 경기가 시작되었다. 빈 좌석을 찾아 관중들이 빽빽이 들어찼다. 야구 경기는 아무리 짧게 끝난다 해도 세 시간이다. 그가 이곳에서 세 시간을 버틸 수 있을 거라고는 생각하지 않았다. 2회말이 지날 무렵까지 그는 아무런 동요도 보이지 않았다.

나는 천천히 맥주를 마시고 김밥을 먹었다. 승부에는 관심이 없다. 어차피 스포츠란 건 한쪽 팀이 이기고 한쪽 팀이 지게 돼 있으니까. 그러나 야구는 좋다. 야구는 멘탈 스포츠다.

"무슨 생각을 하는 거지?" 라고 그에게 슬쩍 말을 붙여보았다.

"우리가 지금 야구장에 있다는 거요. 한 5천 명쯤은 돼 보이는군요."

"웬걸, 기껏해야 2,3천 명이겠는걸." 다급히 말을 얼버무렸다.

"자, 이거 받아요." 그가 내게 막대 풍선 두 개를 내밀었다.

팽팽하게 부푼 긴 막대 풍선을 손바닥으로 쓸어보았다. 그 역시 두 개의 막대 풍선을 손에 들고 있었다. 나는 야구 모자를 푹 눌러썼다.

3회초, 무사 상황에서 두산의 7번 타자가 2루타를 치고 출루했다. 관중들이 일제히 우르르 자리에서 일어나 막대 풍선을 두드려대기 시작했다. 그건 마치 양철로 만들어진 양동이 두 개를 양손으로 맞잡고 두들기는 듯한 크고 가는 쇳소리였다. 나는 입에 든 김밥을 채 삼키지도 못하고 그를 쳐다보았다.

그가 벌떡 자리에서 일어났다. 그리고는 터질 듯 부푼 막대 풍선을 들곤 탕탕탕! 두드리기 시작했다.

"뭐 해요? 응원 안 해요?" 그가 내게 버럭 소리쳤다. 눈이 히뜩번득이고 있었다.

나는 얼떨결에 자리에서 일어나 막대 풍선을 두들겨대지 않을 수 없었다. 차라리 그가 더는 못 견디겠다고 자리를 박차고 나가버리기를 간절히 바라면서 말이다. 우려했던 일은 기어이 벌어지고야 만다. 2루타 후 8번 타자가 투런 홈런을 치고 말았다. 함성 소리가 귀를 찢을 듯했다. 막대 풍선 소리는 더 말할 것도 없었다. 나는 점점 더 불안해지기 시작했다. 탕탕탕! 응원 소리에 맞춰 나는 있는 힘껏 막대 풍선을 쳤다.

결국 석 점을 뽑아낸 두산의 공격이 끝나고 상대의 공격이 시작되자 관중들은 막대 풍선을 놓고 자리에 앉았다. 그러자 이번엔 상대편 관중들의 응원이 시작되었다. 나는 연거푸 맥주를 비웠다. 그가 바닥에 고개를 숙이고 꾸역꾸역 토하기 시작한 건 그때였다. 이런이런. 나는 얼른 검은 비닐 봉지를 그의 입에 갖다댔다. 옆자리에 앉았던 여자가 꽥 비명을 지르며 자리를 피했다. 지하 화장실에 데리갈 요량으로 그의 어깨를 부축해보았다. 그는 한 발짝도 움직이지 못했다.

나는 그의 몸이 점점 더 뜨거워지고 있는 걸 느꼈다. 그는 그 자리에 앉아 연신 구토를 하고 있었다. 시큼한 냄새가 확확 풍겼다. 그의 등을 두드리다 말고 얼굴을 돌리고 말았다. 짐승의 목덜미를 찍어누르듯 누군가 그의 숨통을 짓누르고 있는 것만 같았다. 그는 숨조차 제대로 쉬지 못했다. 나는 차가운 눈으로 바닥에 떨어진 막대 풍선을 노려보았다.

경기는 계속 진행되고 있었다.

4회초. 이제 그만 집으로 돌아가야 할 시간이다. 탈진한 듯 몸을 제대로 가누지 못하는 그의 겨드랑이께를 잡아 힘껏 들어올렸다. 나는 절레절레 고개를 흔들었다. 가장 큰 불행은 인간은 변하지 않는다는 거다. 막대 풍선을 쓰레기통 속으로 처넣어버렸다. 야구장을 나오면서 나는 한 마디도 하지 않았다. 그 역시 그랬다. 그러나 우리는 이미 알고 있었다. 그는 이제 타석에 들어선 것이다.

야구장에 다녀온 며칠 후 나는 그의 전화를 받았다. 누군가에게 전화를 걸기에는 좀 늦은 시간이었다. 그는 한참 동안 말을 하지 않았다. 침묵이 오래 흘렀다. 문득 나는 마치 한 그루 분재처럼 온몸을 철사줄로 꽁꽁 묶인 듯한 통증을 느끼고 있었다. 그건 몹시 낯선 감각이었다. 이따금씩 그 침묵 속으로 그의 마른기침 소리가 섞여들었다. 나는 그 침묵을 해석했다. 그가 내게 한 가지 제안을 하고 있었다.

사흘 뒤, 그와 나는 다시 만났다. 내 짐작은 틀리지 않았다.

*

그 전화를 끝으로 가오리에게서는 아무런 연락이 없었다. 나는 자주 전화기 앞에서 서성거렸다. 어쩌면 내가 기다린 건 그녀의 전화가 아니었을지도 모른다. 아무튼 나는 그가 죽었다는 사실, 그러니까 이제 더는 예전처럼 우리가 다시 도서관에서 만날 수 없다는 사실을 인정할 도리밖에 없었다. 이따금씩 나는 도서관에 가서 그의 모습을 찾아 두리번거리고 있는 나 자신을 발견하기도 했다. 그럴 때마다 목 안으로 뜨거운 덩어리가 치밀어오는 것을 느꼈다. 하는 수 없이, 나는 가오리에게 전화를 걸었다. 금요일 오후였다.

도서관 앞뜰 나무의자에 앉아 그녀를 기다렸다. 그녀에게 왜 전화를 하지 않으면 안 되었을까, 그녀를 기다리면서 그런 생각을 하고 있었다. 그에 관한 어떤 이야기를 하고 싶었던 걸까. 우리 셋이 보낸 시간들을? 그건 불 켜진 방에 촛불 하나를 들이대는 것처럼 무의미한 일이다. 나는 약간 긴장되는 것을 느꼈다. 가오리가 아니라 그가 이쪽으로 뚜벅뚜벅 걸어올지도 모른다는 상상을 했기 때문이다.

폐관 시간이 가까와 오면서 도서관을 나가는 사람들이 늘어났다. 그중 몇몇인가는 현관 앞에서 이쪽에 있는 내게 끄덕 고갯짓을 하곤 돌아섰다. 여긴 너무 오래 다녔다. 다행히 오후 6시 5분 전에 도서관 입구 쪽으로 걸어온 사람은 그가 아니라 오렌지빛 긴 치마를 입은 가오리였다. 내 옆에 털썩 주저앉는 그녀에게서 낯익은 냄새가 났다. 이게 무슨 냄새일까. 코를 킁킁거려보았다. 딱히 그게 무슨 냄새라고, 얼른 떠오르지 않았다.

"하필이면 왜 여기서 만나지고 했죠?"라고 가오리가 말했다. 무슨 문제가 있나? 나는 대꾸했다.

"여긴 싫어요. 왠지 음침하고 답답하잖아요."

"그렇지 않아, 여긴 정말 좋은 장소지. 이 도시에서 이만한 장소를 찾기도 쉽지가 않아."

그러나 여기가 왜 좋은 장소인가, 그녀를 납득시키는 건 어려운 숙제다. 장소를 잘못 정했다는 생각이 들었다. "그만 자리를 옮길까." 나는 먼저 자리에서 일어났다.

나는 그녀를 나의 집으로 데리고 갈 수도 있었다. 그건 관계를 지속시켜야 한다는 부담이 따른다. 나는 그녀와 관계를 지속하고 싶은 마음이 결코 없다.

그와 나는 이따금씩 그녀의 집을 방문하기도 했다. 나는 맥주를 사갔고 그는 덮밥 같은 도시락이나 포장 김치를 사곤 했다. 가오리는 집에서는 요리를 하지 않는다. 그녀의 집은 인근과 외따로 떨어져 있었다. 그녀의 집이 어디인가, 어떻게 다른 집들과 떨어져 있나 하는 것을 좀더 상세히 설명할 수도 있지만 그건 썩 좋은 생각 같진 않다. 거기에 혼자 사는 젊은 그녀를 위해서 말이다. 아무튼 그곳에서 우리는 카드를 치거나 셋이서 번갈아가며 노래를 부르기도 했다. 이제는 다 지난 일이지만. 그녀 집에 갈 때마다 나는 그곳이 몹시 훌륭한 장소라고 생각했다. 마치 도서관처럼 말이다.

"더 궁금한 게 있나요?" 가오리가 테이블 위에 맥주를 꺼내놓으며 물었다. 아니, 라고 짧게 대꾸했다.

"정말 조용한 집이야." 나는 아주 시원하고 와일드한 맛의 맥주 첫 모금을 막 삼켰을 때처럼 감탄하며 말했다.

"너무 조용한 집이죠." 무심한 어조로 그녀가 말했다.

"……이런 질문 어떨지 모르겠지만, 그냥 궁금해서 말이지" 하고 나는 말을 끊었다. 그녀의 표정을 살피기 위해서다.

"상관없어요. 이젠 다 지난 일이잖아요."

내가 단 한 번이라도 가오리를 좋아한 적이 있었다면 아마 그녀의 이런 점 때문일 것이다. 좋아, 나는 말을 이었다.

"혹시 그가 왜 가오리랑 헤어지자고 했는지, 그 이유를 알고 있나 해서."

"……"

"곤란하면 그만두고." 나는 한 걸음 뒤로 물러났다.

"내가 하는 일이 싫다고 했어요. 그만두라고 했죠. 하지만 보시다시피 난 그럴 수 없었어요. 그게 다예요."

도서관으로 장소를 정한 것은 정말 실수였다. 나는 그녀의 교성이 듣고 싶어졌다. 한번 해도 될까. 망설이다가 나는 그녀에게 물었다. 그녀가 피식 웃었다. 그와 상관없이 만난 여자가 아니었다면 그렇게까지 물어보지는 않았을 거다. 나는 문득 부끄러워졌다.

"그는 가끔 그걸 하는 도중에도 까무룩히 잠이 들곤 했어요."

지금도 나는 그에게 어떤 문제가 있었다고는 생각하지 않는다. 그는 다만 다른 사람들과 약간 달랐을 뿐이다. 어투로 미루어보아 그녀도 그걸 알고 있는 듯했다. "그럴 때 가오린 어떻게 했지?"

"난 그냥 계속 혼자 움직였죠. 이렇게요."

그녀가 내 위로 올라앉았다. 나는 가볍게 신음 소리를 토해냈다. 그녀가 내 귀에 대고 속삭였다. 어쩌면 차라리 그를 위해서는 잘된 일일지도 몰라요, 그는 정말로 깊이깊이 잠들고 싶어했잖아요. 나는 고개를 끄덕거렸다. 자살이든 타살이든 그건 이제 상관없다. 그의 죽음은 완벽했으니까.

나는 반대편 결로 쓸려진 융의 표면을 쓰다듬듯 부드럽게 그녀의 등을 쓰다듬었다. 그녀와 섹스를 할 마음은 없었다. 그녀와 내가 이렇게 된 건 그의 죽음을 잊을 만한 별다른 방법이 없기 때문일 것이다. 그도 그걸 이해할 거라고 생각한다. 그녀의 교성은 그다지 특별한 것도 귀를 틀어막고 싶을 정도로 시끄러운 것도 아니었다. 나는 약간 실망했다.

"내가 그걸 말했던가요?" 허리를 움직이면서 그녀가 다시 속삭였다. "그가 어떻게 죽었는지 말예요." "……아니." 그러고 보니 나는 그 문제에 관해서는 한 번도 진지하게 생각해본 적이 없는 것 같다. 내가 궁금한 건 그가 어떻게 죽었는가가 아니었을 것이다. 그가 정말 죽었는가, 하는 것이 더 중요했을 테니까.

"막대 풍선으로 목을 짓눌렀어요."

"……!"

"그가 정말 스스로 그런 짓을 했을까요?"

……아, 멸치. 나는 그제야 생각났다. 가오리에게서 풍겨나는 건 그물에 막 끌려올라온 죽은 멸치 냄새였다.

"이거 정말 미안한데, 이제 그만 하지." 나는 금방 풀이 죽어버렸다. 그녀에게 해야 할 마지막 질문이 생각났기 때문이다.

소리가 나는 곳을 향해 귀를 종끗 세웠다. 새벽 2시가 넘은 시간이었다. 나는 한번 잠들면 어지간해서는 아침까지 깨어나지 않는 편이다. 그렇다고 귀가 어두운 건 아니다. 아무튼 나는 잠에서 깨어났다. 소리는 인근 공터에서 들려오고 있었다. 공원인가 노인 복지시설인가를 짓기 위해서 오랫동안 방치해두고 있는 땅이었다.

새벽 2시에 폭죽 놀이를 하는 이들은 어떤 사람들일까. 문득 궁금해졌으나 밖으로 나가볼 만큼의 호기심은 생기지 않았다. 의아한 게 있다면 그 깊은 시간에 내가 잠에서 깨어났다는 사실이다. 처음 듣는 소리도 아니었으면서 말이다.

다시 잠을 잘 요량으로 이불 속으로 파고들었다. 이불을 머리끝까지 뒤집어썼다. 한번 의식하기 시작한 시계 소리처럼 폭죽 소리는 내 귓가에서 사라지지 않았다. 창문을 활짝 열어젖혔다. 먼 곳에서 붉고 파랗고 노란 빛깔의 폭죽이 가늘게 밤 하늘을 솟구치다가 맥없이 떨어져내리고 있었다. 그 불빛 속에서 문득 나는 해쓱한 그의 얼굴을 떠올리고 말았다. 뼈마디가 우둑우둑 드러나는 깡마른 손으로 두 귀를 틀어막는 그의 모습을. 내 잠을 깨운 것은 폭죽 소리가 아니라 어쩌면 그의 절규일지도 모른다는 짐작이 들었다. 목덜미께가 쭈뼛 서는 것을 느꼈다.

폭죽 소리는 계속 이어지고 있었다. 차라리 폭주족의 오토바이 엔진 소리보단 낫지. 나는 혼자 위안하고 있었다. 그렇다고 해서 두려움이 사라지는 건 아니었다.

어디든 하이라이트란 게 있기 마련인가 보다. 물론 죽음의 순간에도 그런 게 있기는 하다. 그저 간간이 피융, 폭, 폭, 피융, 하고 들리던 소리가 멈추더니 이윽고 귀를 찢을 듯 커다란 굉음을 울리며 폭죽 하나가 허공을 가르고 치솟아 올랐다. 하늘을 뚫고 아주 먼 우주 저편까지 날아오를 듯한 기세였다. 나는 그 폭죽이 오래, 아주 오래 허공에 머물러 있길 바랐다. 선 하나로 시작된 폭죽의 붉은빛은 둥글고 팽팽한 원 모양을 만들며 폭발하듯 사방으로 산산이 부서져버렸다. 그 잔상이 별똥별처럼 시야에서 한참 사라지지 않았다. 불꽃이 꺼지는 것은 다시 한 번 힘차게 타오르기 위해서라는 말은 사실이 아니다.

폭죽 소리는 더 이상 들려오지 않았다. 놀이는 끝났다. 나는 내 어깨를 감싸고 있던 두려움이 순간적으로 사라져버린 것을 느꼈다. 그건 마지막 폭죽이 하늘을 향해 치솟아 오른 바로 그때였다. 나는 그걸 하나의 신호탄이라고 여겼다. 내가 해야 할 일이 분명해진 것을 깨닫게 된 순간이다.

내 마지막 질문에 나는 그녀가 어떤 대답도 하지 않길 바랐었다.

다음날 오후에 'K 요리사 서비스' 업체에 전화를 걸었다. 난 해물탕을 먹고 싶다고 요구했다. 시간은 저녁 8시. 그리고 가오리라는 이름의 요리사를 불러달라고 부탁했다. 일은 순조롭게 끝났다.

나는 그녀에게 전화를 걸었다. 벌써 업체를 통해 연락을 받았는지 그녀는 내 목소리를 듣자마자 해물탕, 하고 농을 걸 듯 말했다. 그래, 난 해물탕이 먹고 싶은 거야, 단지 그것뿐이라구. 그리고 덧붙였다. 그런데 말야, 장소를 좀 변경했으면 좋겠는데. 어디로요? 나는 8시까지 그녀 집으로 가겠다고 말했다. 그녀가 웃었다. 그 이야기도 순조롭게 끝났다. 오늘은 예감이 좋다.

문득 그녀의 본명이 궁금해졌다. 그녀를 만나면 우선 그것부터 물어봐야겠다. 그녀와 내가 헤어지는 마지막 순간에, 난 어떤 비명처럼 그녀의 이름을 부르고 싶어질 테니까. 샤워를 하고 단정하게 수염을 깎았다. 거울 앞에 오랫동안 서 있었다. 그녀는 재료를 다듬고 펄펄 물을 끓일 것이다. 난 그녀 등 뒤로 간다. 이것 봐, 난 오늘 아무것도 먹고 싶지 않아.

마치 부메랑을 던지듯, 벗어두었던 야구 모자를 창밖으로 휙 날렸다. 모자는 다시 돌아오지 않을 것이다.

*

나는 여전히 도서관에 다닌다. 내 얼굴을 아는 사람들 대부분이 사라져버렸기 때문이다. 날마다 낯선 사람들이 도서관에 와 책을 읽고 나는 그 낯선 사람들의 얼굴을 새로 익히는 걸로 시간을 보내고 있다. 산책을 하는 시간도 길어졌다. 미술관에도 가고 공원도 가고 단풍 길로 지정된 시내 여러 산책길을 찾아간다. 이즈음엔 혼자 산책을 하는 사람들도 꽤 늘고 있다. 나는 약간 바빠졌다. 그러나 이따금씩 혼자 도서관에 앉아 생각해보곤 한다. 그날 그는 왜 나에게 야구장에 가자고 한 걸까, 하고 말이다. 그러나 곧 누군가 나에게 뚜벅뚜벅 다가온다. 그 문제에 관해서 오래 집중하고 있을 시간이 없다. 내 연락처는 전화번호부 책 이천오백칠십칠 페이지에 나와 있다. 전화번호부는 1년에 한 번씩 바뀐다는 걸 잊지 마시라. 아 참, 깜박 잊고 그에게 말하지 못한 게 하나 있다. 최초의 부메랑은 멀리 날아가는 걸 목적으로 만든 사냥용이다. 그건 돌아오지 않는다. 지금도 그를 생각하면 나는 눈물이 난다.

〔『문학·판』, 2001년 겨울〕

라메르 모델 하우스

"그래요, 어쩌면 사람들은
집을 보러 오는 게 아니라 이 공간을 둘러싼 가구와 인테리어를 보고
매혹을 느끼는 건지도 몰라요. 여긴 정말 없는 게 없죠." "하지만 이 집에도
뭔가 없는 게 있을 거예요, 단지 그걸 찾지 못했을 뿐이지.……여긴 마치 인형의 집 같아요.
저기 저렇게 웃고 노래 부르고 입 맞추고 와인을 마시는 사람들 모두가 인형들처럼 보여요."
술잔을 들고 서서 진은 손목시계를 들여다보았다. 축제는 곧 끝날 테니까.

라메르 모델 하우스

2000년 12월 31일. 오후부터 진눈깨비가 흩날리기 시작했다. 저녁 약속을 위해 세수를 하거나 입고 나갈 옷을 고르고 있던 사람들은 잠깐 손을 놓고 창문을 내다보았다. 성에꽃이 피기 시작한 창문을 긁어대며 눈보라가 휘몰아치고 있었다. 갑자기 날씨가 왜 이래? 사람들은 약속을 확인하기 위해서 일제히 수화기를 들었다. 날씨 따위에 약속을 바꿔서야 되나. 이 밤이 가고 나면 새로운 태양이 뜰 거라구. 수화기를 내려놓은 사람들은 다시 화장을 하고 속옷을 갈아입고 지갑을 챙겼다. 해돋이를 보기 위해 동해안으로 떠나고 있던 사람들은 극심한 정체 때문에 영동고속도로와 경주, 포항 간 국도에서 멈춰 있었다. 환호성을 지르며 스키를 타는 사람들이 있었고 또 누군가는 희망의 대합창 행사를 보기 위해 광화문으로 달려갔다. 집을 지키고 있던 노인들은 반으로 뚝 자른 오이로 검게 핀 저승꽃을 문질러대면서 텔레비전 앞으로 모여들었다.

그날 밤, 2001년 1월 1일 오전 12시 45분. 압구정동 S병원 사거리, 구 만리성 건물에서 대형 화재가 일어났다. 화재가 일어난 지 15분 경과 후 사이렌 소리를 울리며 소방차가 도착했다. 5백여 명의 사람들이 목숨을 잃었다. 최崔와 진眞, 생존자는 단 두 명뿐이었다.

기획사 직원들과 저녁 식사를 하고 들어온 박朴은 시나리오를 펼쳐들었다. 기획사에 소속된 작가가 예닐곱번째 고쳐온 시나리오였다. 젊은 여자 작가는 그 원고를 내던지듯 건네주고는 더는 다시 고칠 수 없다고 못박았다. 사장은 선금으로 준 5백만 원 중 절반을 돌려달라고 말했다. 시나리오 작가는 사장과 박을 쏘아보더니 숟가락을 놓고 식당을 나가버렸다. 박은 그 작가가 모 방송사에서 공모하는 극본을 준비하는 중이라는 사실을 알고 있었다. 박은 자리를 박차고 일어나는 사장을 만류했다. 시나리오 작업은 1년 반을 넘게 끌어왔다. 작가와 기획사 직원들 몇몇과 강원도 영월에 가 며칠씩 합숙을 하며 시놉시스에 관해 토론을 하고 원고를 고치기도 했지만 일은 진척되지 않았다. 시나리오는 대사만 조금 손보았을 뿐 지난번 원고와 달라진 게 전혀 없었다. 이번에도 엎어지면 벌써 네번째다. 해가 바뀌면 박은 마흔아홉 살이 된다. 사장의 서랍엔 수십여 편의 시나리오들이 쌓여 있다. 초조해진 박은 담배를 피워물고 음반을 뒤적거려 드뷔시를 찾아 걸었다.

선잠에 빠졌다가 퍼뜩 눈을 뜬 박은 수화기를 들었다. 이제 막 구두를 벗고 집 안에 들어온 것인지 숨이 찬 듯한 안安의 목소리가 들려왔다. "여보세요?" 박은 금세 아래께가 팽팽하게 부풀어오르는 것을 느꼈다. 그녀를 만난 지 이제 두 달밖에 되지 않았다. 그녀에게 별다른 문제만 일어나지 않는다면 앞으로 22개월은 더 만날 수 있다. 박은 한 여자와 2년 이상 관계를 지속하지 않는다는 스스로의 약속을 철저하게 지키고 있었다. 헤어지는 고통보다는 자신과의 약속을 실현했을 때 박은 더 큰 기쁨을 맛볼 수 있었다. "내일 행사가 몇 시에 시작되냐?" "첫 행사는 9시에 시작한다죠. 쇼는 2부에 열리니까 아마 10시쯤일 거예요. 감독님은 몇 시까지 오실 건데요? 참, 초대장은 있죠?" "응. 그저께 최의 식당에 갔는데 그 녀석이 한 장 주더구나. 누구랑 올 거냐고 묻길래 그냥 혼자 간다 그랬다. 널 보러 가는 거라고 말해도 되겠냐?" "그럼 어떨라구요. 우린 앞으로 좋은 파트너가 될 건데요 뭐." "내일 행사 끝나고 어딜 갈까?" "친구한테 가평에 있는 별장 열쇠를 빌렸어요. 차 갖고 오시는 거 잊지 말구요. 그리고 거기선 술 마시면 안 돼요. 가평 가서 둘이 밤새껏 마시자구요. 알았죠?" "그럼 그럼." "저 이제 샤워하고 얼른 자야겠어요. 연말이라 내내 불려다녔더니 피부가 엉망이에요. 감독님은 지금 뭐 하고 계신데요?" "어? 어, 난 지금 시가를 피우면서 드뷔실 듣고 있지." "피, 벌써 푹신한 소파에 앉아서 드뷔시나 듣고 있을 나이는 아니잖아요?" 안이 깔깔거렸다.

박이 비디오테이프를 들고 1층으로 내려갔을 때 오吳는 소파에 등을 기대고 앉아 텔레비전을 보고 있었다. 박은 비디오테이프를 밀어넣었다. "지금 내가 보고 있잖아요." 오가 짜증을 숨긴 낮고 빠른 음성으로 말했다. 박은 오를 돌아다봤다. 며칠 만에 보는 얼굴이었다. "당신, 잠든 줄 알았지." 박은 말을 얼버무리며 ㄱ역사로 놓여 있는 맞은편 소파에 가 앉았다. "내일이 올해 마지막 날인데, 당신은 무슨 특별한 계획 있수?" 오가 채널을 돌리며 무덤덤한 어조로 물었다. "패션쇼지 뭔지 한다는데 군이 날 오라는군. 그러는 당신은?" "난 내일 음악회에 가. 찬조 출연을 하기로 했는데 목감기가 낫질 않았어. 그래도 가봐야지. 그럼 내일 집에 아무도 없겠네요." "아버진?" "아버님은 기원 사람들과 저녁 모임이 있다고 하시데요. 그래도 자정 전에는 들어오시지 않을까. 당신 그때까지 들어올 수 있어요?" "아마 힘들걸." "나도 그래요. 그럼 내일 또 못 만나겠네. 지금 새해 인사 합시다. 여보, 해피 뉴 이어." "당신도 해피 뉴 이어." 박과 오는 오랜만에 눈을 맞추고 새해 인사를 나눴다.

그들이 새해 인사를 나누던 그 시간, 현賢은 희熹와 통화하고 있었다. "그런 덴 대체 뭘 입고 가야 하죠?" 수화기를 든 채 옷장을 뒤적거리며 희가 물었다. "크리스마스 때 내가 사준 옷, 그거 입으면 되지 않을까요? 희씨는 뭘 걸쳐도 맵시가 날 겁니다." "그건 너무 평범하지 않아요? 그래도 댄스 파틴데. 현씨 친구들도 오기로 했나요?" "아니, 하지만 소개해주고 싶은 사람들은 있어요. 최도 그렇고 아마 또 아는 몇몇 사람들이 더 올 것 같은데." "아무래도 내일 파티 가기 전에 숍에 좀 들러야겠어요." "대충 입어도 돼요." "어머! 그럴 순 없죠. 댄스 파티도 있는데다가 내일이 올해 마지막 날이잖아요." "아, 마지막 날." "그런데 왜 이렇게 통화가 길었어요? 핸드폰은 꺼져 있고. 1분 간격으로 지금 몇 번째 시도한 전화인 줄 알아요?" "음, 누구랑 좀 할 얘기가 있어서요. 오늘이 그렇잖습니까, 새해 인사도 하고 덕담도 나누고. 평소에 못 만났던 사람들하고 말이죠. 수첩 펼쳐놓고 전화 한 번 쫙 돌렸죠." 진에게서 전화가 걸려왔었다. 보름 만의 전화였다. 꿈에서 당신을 봤어. 현은 얼른 대꾸했다. 꿈이란 게 그런 거지 뭐. 그렇게 말할 줄 알았어. 당신은 정말 변했어. 예전의 당신이라면 이렇게 말했을 거야. 꿈에서 우리 둘이 뭘 했니? 라고 말야. 뭔가 더 할 말을 떠올리는 듯하다가 진이 현에게 물었다. 내일 무슨 약속 있나요? 없으면…… 난 어딜 가봐야 해. 그렇군요. 실은 난 내일 경매장에 가요. 그림 경매를 한다는데, 회사일이에요. 그래? 그럼 좋은 시간 보내라구, 행복하구. ……당신은 헤어지면서도 나한테 그렇게 말했어요. 행복하라구. 대체 헤어지자고 해놓구선 어떻게 그런 말을 할 수가 있죠? 진의 목소리가 대뜸 날카로워졌다. 현은 덜컥 전화를 끊어버렸다. "으응 그랬군요. 그럼 내일 몇 시에 만날까요?" 희의 목소리 사이로 옷장 문을 닫는 소리가 들려왔다. "아마 자정이 다 가까워져서 시작될 겁니다. 그전에 미리 만나 저녁을 먹어야죠. 내일 희씨 집으로 데리러 가기 전에 전화할게요."

현과 전화를 끊은 최는 정鄭에게 전화를 걸었다. "아무래도 잠이 오질 않아, 내일 행사를 잘 치를 수 있을까." "처음 치르는 행사도 아니잖아. 조명이랑 음식 준비는 차질 없겠지?" "요리사는 다섯 명쯤 빼놨어. 조명은 내일 오전 중으로 설치할 거구. 그쪽은 어떻게 됐냐? 모델들이랑 서교수 시간 좀 다시 확인하지 그랬어." "아휴, 걱정 마. 지난해 한 번 거르긴 했지만 형하고 이 행사 진행하는 거 벌써 세번째야. 그 정도도 체크 안 했을까 봐. 우리쪽 일은 걱정하지 마." "그나저나 많이들 올까. 그래도 내일이 특별한 밤일 텐데." "무슨 소리야, 우리가 특별한 이벤트를 만들어줘야지. 많이 올 거야. 초대장 다 돌렸지?" "응. 정실장은 다 돌렸어?" "다른 잡지사 신입 기자애들까지 다 불렀다구. 그나저나 내일 몇 시까지 올래?"

"조명 설치하기 전에 미리 가 있어야지. 정실장은?" "나도 될 수 있는 대로 일찍 갈게." "그럼 내일 보자." "그래, 내일."

진은 동작 역에서 지하철을 타고 사당에서 2호선으로 갈아타 강남 역까지 갔다. 눈은 그쳐 있었지만 모자를 날려버릴 만큼 세찬 바람이 지속적으로 불어오고 있었다. 강남 역에서부터는 택시를 탔다. 길이 막히는 것은 둘째치고 동작에서부터 압구정동까지 택시를 탄다면 요금이 만만치 않을 거라는 판단에서였다. 압구정동까지 가는 도로는 정체돼 있었고 기사가 틀어놓은 라디오에서는 서울 시내와 고속도로가 귀경길을 방불케 할 만큼 정체되어 있을 뿐만 아니라 밤이 되면서부터 기온이 급속하게 떨어져 내일 아침엔 수은주가 영하 12도까지 내려갈 거라는 소식이 흘러나오고 있었다. 팔짱을 낀 연인들은 종종걸음을 치며 크리스마스 트리가 장식된 식당이나 카페로 몰려갔다. 자동차들이 꼬리를 물고 선 차도는 택시를 잡기 위해 나온 사람들로 붐볐다. 진이 압구정동 S병원 사거리 구 만리성에 내린 것은 9시 5분 전이었다. 요금을 지불하고 택시에서 내려서서도 진은 한동안 입을 벌린 채 그 자리에 서 있었다. 흰색으로 마감한 3층짜리 건물은 창마다 눈이 부실 듯 성성하게 불이 켜져 있었고 1층 전체는 통유리로 돼 있었다. 그 통유리 안으로 성장을 한 사람들이 유리잔을 들고 느릿느릿 오가거나 등을 젖히고 크게 웃거나 두 팔을 활짝 벌리며 앞사람을 껴안고 등을 두드리는 모습이 환히 들여다보였다. 진은 초대장을 꺼내들고는 다시 한 번 장소를 확인했다. 라메르 모델 하우스. 진은 외투 깃을 바싹 세우고 입구를 막아서듯 줄지어 주차돼 있는 자동차들을 피해 행사장 안으로 들어갔다.

행사장 입구 안쪽 왼편에는 크리스찬 디올에서 준비한 메이크업 부스가 마련돼 있었다. 크리스찬 디올의 아티스트들에게서 메이크업 서비스를 받기 위해 20여 명도 넘어 보이는 젊은 여성들이 세 줄로 나란히들 서 있었다. 그 옆에는 하얏트 플라워 갤러리라고 작게 씌어진 꽃바구니와 화분들이 줄줄이 놓여 있었다. 진은 몸을 피하듯 입구 한쪽 벽으로 바싹 다가갔다. 낡은 구둣굽엔 진흙이 묻어 있을 터였다. 그림 경매를 한다고 했었는데. 진은 누군가 자신의 앞으로 다가올 적마다 초대장을 꽉 움켜쥐었다. 짙은 화장에 등이 파인 검은 원피스에 큐빅이 박힌 샌들을 신고 진주 목걸이를 두른 여자들, 흰 와이셔츠 흰 나비넥타이에 검정색 양복을 입은 남자들. 저마다 성장을 차려입은 사람들은 망고와 치즈와 햄이 들어간 카나페와 피자와 와인 잔을 들고 서서 담소를 나누고 있었다. 누군가 행사장 안으로 들어올 때마다 그쪽으로 몰려가거나 큰소리로 이름을 불러대곤 했다. 진은 우두커니 서서 행사장으로 들어오고 있는, 텔레비전에서나 보았던 탤런트 A와 P, 배우 Y와 L 부부, 그리고 이름을 알 수 없는 모델들과 패션디자이너, 코미디나 쇼 프로그램에 종종 등장하곤 하는 야구선수 K와 재즈싱어, 그리고 먼발치서 본 적 있는 미술 평론가들의 얼굴을 보았다. 진은 도로 밖으로 나가려다 말고 발을 멈추었다. 행사장 안쪽에서 마이크를 든 경매사의 목소리가 들려오고 있었다. 진은 어깨를 잔뜩 옹송거리고는 담소를 나누고 있는 사람들 사이를 지나 무대 쪽으로 들어갔다. 간신히 빈 자리를 발견한 진은 몇 사람의 무릎을 지나 자리에 앉았다.

무쏘를 주차시키고 나서 입구로 걸어 들어가던 박은 눈에 익은 자동차를 발견하곤 뒤를 돌아 차번호를 확인했다. 음악회에 간다고 했는데. 박은 어깨를 한 번 으쓱거리곤 입구로 들어갔다. 입구에서 초대객들에게 일일이 인사를 나누고 있던 최가 그에게 다가왔다. 최의 옆에는 최와 함께 오늘 행사를 주관하는 Q잡지사 정실장이 있었다. 정이 박에게 손가락을 까닥거리며 알은체를 해보였다. 흰 와이셔츠에 검은색 양복을 입은 최의 얼굴이 붉게 상기돼 보였다. "형, 일찍 왔네." "어, 차가 막힐까 봐 여유 있게 출발했다." "있잖아. 형. 오선생 와 있어." "차 세워져 있는 거 봤다. 누구랑 왔냐?" "K선생하고 P선생하고 오셨던걸. 웬만하면 같이 오지 그랬어." "안은 왔냐?" "안은 왜 찾아? 걘 리허설 하느라고 아까부터 와 있지. 아마 분장실에 있을 거야. 걔가 요즘 형 이거야?" "그런데 오늘 패션쇼만 하는 거 아니었냐?" "참내, 형은 초대장도 안 봤어? 1부가 미술품 경매고 패션쇼 2부잖아. 음악횐 3부에 시작되고." "그랬구나." "저기 뒤쪽으로 가봐, 우리 애들이 지금 피자를 굽고 있는데 반응이 아주 좋아. 와인도 좋은 거 많이 내놨으니까 실컷 마시고." "패션쇼는 몇 시에 끝나냐?" "경매가 10시쯤 끝나니까 그때부터 시작될 거야. 20분밖에 못해. 의상 협찬해주기로 한 데서 몇 벌 펑크가 났고 기집애들 몇이 안 왔어. 연말이라 애들 잡기도 힘들고. 형, 저기 D감독 온다, 이따 봐." 최가 여배우 T와 함께 입구로 들어서고 있는 D감독 쪽으로 걸음을 옮겨갔다. D는 박이 CF를 찍던 10년 전에 데리고 있던 조감독 중 한 명이었다. 박은 고개를 돌렸다. 마흔을 전후로 해서 박은 이제 자신이 후배들을 두려워하게 된 나이라는 걸 실감하고 있었다. 카메라를 맨 청년을 데리고 정실장이 박에게 다가왔다. "감독님, 오랜만이에요. 저기 맨 앞자리 지정석에 오선생님 앉아 계신데. 오신 김에 사진 한 장 부탁드려요. 저희 잡지 2월호 특집에 나갈 거예요." 찌푸린 인상을 펴기도 전에 플래시가 펑 터졌다. "정실장, 너 안 춥냐?" 박은 목선이 푹 파인 모피 드레스를 입은 정실장에게 툭 쏘아붙이고는 뒤쪽으로 걸어갔다. 갓 구워낸 피자와 샌드위치, 잘게 썬 치즈들이 은쟁반에 그득그득 쌓여 있었다. 박은 와인 한 잔과 피자 세 조각을 담은 접시를 들고 빈 의자를 찾아다녔다. 중견 탤런트 K와 이혼 후 지금은 활동을 중단하고 있는 가수 P와 함께 맨 앞자리에 앉아 있는 아내의 뒤통수가 얼핏 보였다.

경매 품목은 진이 기대했던 것과는 달리 그림이 아니라 각종 예술품들이었다. 그중에는 패션디자이너가 만든 이불보나 비즈 팬츠, 여성용 재킷, 햅번 스타일의 블랙 코트 같은 것들도 포함돼 있었다. 그들이 내놓은 명품의 수익금 전액은 '나눔의 모임'이라는 봉사 단체에 전달된다고 했다. 경매가 끝나자 진은 좌석을 빠져나왔다. 곧이어 P사의 봄·여름 컬렉션을 미리 볼 수 있는 패션쇼가 열린다는 안내 방송이 이어졌다. 쇼를 위한 무대 장치를 새로 설치하느라 야구 모자를 눌러쓴 스태프들이 분주하게 오갔다. 진은 허기를 느꼈다. 피자와 샌드위치, 석쇠와 팬에서 바삭 구운 양갈비와 조개 소스에 조린 적도미 조림이 행사장 뒤쪽 벽을 둘러가며 죽 놓여 있었다. 진은 접시에 버섯 크림소스를 얹은 스파게티를 듬뿍 담고 허겁지겁 면을 말아 올렸다. 왕새우가 구워지고 있는 오븐 앞에서 음식이 나오기를 기다리고 있을 때 누군가 진의 어깨를 툭 쳤다. "아까부터 누군가 했습니다. 이제 생각났어요. 진씨 맞죠?" 진이 고개를 끄덕거렸다. 현과 함께 만나 저녁을 먹고 맥주를 마시기도 했던 최가 진을 내려다보고 있었다. 진은 얼른 손등으로 입술을 닦았다. 최는 현의 대학 선배다. 헤어지기 바로 전까지만 해도 현은 다니던 회사를 그만두고 청담동에 있는 최의 레스토랑 두 군데를 관리하고 있었다. "여긴 어쩐 일로……?" "그림 경매를 하는 줄 알았어요. 이런 송년 파티일 거라고는. 이제 그만 가보려구요." "현에게 얘기 들었어요. 뭐, 만나고 헤어지고 또 만나는 게 사람 사는 일이죠. 편하게 생각하세요. 헤어진 지 꽤 됐죠?" "……네." "참, 현이 곧 올 거예요. 짜식, 일찍 와서 일 좀 거들어달라고 했더니 여태 안 온 모양인데요." "……!" "현이도, 진씨가 올 거라는 거 알고 있습니까?" 진은 입술을 물고 가만히 있었다. 그러다가 재빨리 고개를 끄덕거렸다. "아, 그랬군요. 음식 맛이 어떻습니까?" "아주, 맛있어요. 정말, 정말로요." 진이 최를 올려다보며 웃었다. 최는 미소를 짓고는 요리사 쪽으로 다가가 무어라 빠른 어조로 말을 하기 시작했다.

짙은 재색 체크무늬 양복을 입은 현은 주름이 잡힌 블랙 네크라인 톱과 피톤 니렝스 스커트에 굵은 스팽글 벨트로 포인트를 준 희의 어깨를 감싸 안고 행사장 안으로 들어왔다. 추위 때문인지 자동차 안에서 외투를 벗은 희가 어깨를 떨고 있었다. 입구에 서 있는 카메라맨을 향해서 현은 포즈를 취해주듯 잠깐 걸음을 멈추고 희의 어깨를 바싹 끌어안았으나 카메라 렌즈는 막 현의 뒤를 따라 들어선 주식회사 테라 대표이사 부부를 향해 있었다. 얼핏 보기에도 실내에 모인 사람들은 최소한 3,4백 명은 넘어 보였다. 최와 정실장이 뿌린 초청장은 6백여 장에 달한다고 들었다. 최는 보이지 않았다. 현은 와인 두 잔을 받아들고는 좌석을 찾기 위해 두리번거렸다. 그때 무대 왼쪽에 설치된 대형 멀티비전을 지켜보고 있던 희가 귓속말로 소곤거렸다. "어머, 저 여자 G 아니에요? 난 요즘 저 디자이너가 새로 만든 퍼퓸을 쓰고 있는데. 샌들 우드에 오이, 미나리 향을 추출한 거예요. 나한테 좋은 냄새 안 나요? 어머어머, 저 사람은 얼마 전에 티베트에서 돌아온 포토그래퍼 M이잖아? 저기 G교수랑 같이 있는 여잔 메이크업 아티스트 C고. 저 야구선수는 여긴 웬일일까. 이런 사람들하고 함께 오늘 밤을 보내게 될 줄은 정말이지 몰랐어요. 현씨, 나, 막 흥분되는 거 있죠." "형 식당에 가면 매번 보는 얼굴들인데요 뭘. 봄에 형 레스토랑에서 작은 음악회를 할 예정이에요. 저기 재즈싱어 E 있죠? 그 여자가 형하고 친해요. 그때 희씨도 초대할게요." "한데 댄스 파티는 언제 열리는 거죠? 이런 장소에서도 파티를 다 하는군요." "아마 자정이 다 돼서 시작될 겁니다. 앞에 행사가 끝나는 대로 플로어를 새로 만들 거예요. 우리가 너무 일찍 왔나 본데요." "어머? 저기 좀 봐요. 이제 패션쇼가 시작되려나 봐요. 우리도 저기 앉아서 보죠."

화장실에 가기 위해 2층으로 난 계단을 오르고 있는데 뒤에서 최가 박을 불러세웠다. "형, 어디 가는 거야?" "어, 화장실이 어딨냐?" "화장실은 저기 무대 뒤쪽에 있어. 아까부터 사람들이 무대 옆을 왔다갔다 하고 있는 거 안 보여? 차라리 중앙 무대를 이쪽으로 설치할걸 그랬어. 거긴 올라가지 마. 우리가 오늘 밤에 계약한 공간은 1층뿐이라구." 박은 도로 계단을 내려왔다. "장소가 여기밖에 없었냐? 하필이면 왜 모델 하우스 로비야." "에이 형. 이게 얼마나 비싼 덴 줄 알아? 형이 아마 대박을 터트려도 이런 집은 사기 힘들걸. 이거 대여하느라고 고생했다구. 지난 가을에 왜 E선생하구 뮤직 페스티벌 열었었잖수. 그때도 여기서 했다구. 여기가 최근 들어서 복합문화 공간으로 각광받고 있는 곳이야." "문화 공간 좋아하시네." "에에? 그 까다로운 C교수가 기획한 '환경과 인간 아트페어'도 여기서 한걸. 지난달엔 H스포츠 컬렉션하고 R아트 송년 기획전도 열렸었지. 요즘 모델 하우스는 그냥 단순하게 집을 팔기 위한 데가 아니라구, 형." "임마, 빨리 건축된 만큼 쉽게 허물어버릴 수도 있는 게 여기 아니냐. 그럼 이 행사 끝나고 나면 앞으로 이 모델 하우슨 어떻게 되는 거냐?" "그거까지야 내가 알 수 있나." "제길, 화장실이나 편하게 가게 해둘 것이지." 최가 한쪽 눈을 찡긋거리며 손가락으로 출입구 쪽을 쿡쿡 가리켰다.

무대 장치를 바꾸는 동안 빈 와인 잔을 채우기 위해 사람들이 뷔페 쪽으로 오가고 있는 틈을 이용해서 진은 무대 뒤편에 있는 화장실에 갔다. 화장실 옆쪽 분장실 파티션 틈으로 곧이어 무대에 설 모델들이 반라를 드러낸 채 옷을 갈아입고 머리를 만지고 있는 모습이 엿보였다. 그중에는 분장한 입술을 조심스럽게 벌려 김밥을 먹고 있는 모델들도 있었다. 화장실 안도 분장실처럼 메이크업을 새로 고치고 스타킹을 갈아 신고 담배를 피우는 여자들로 붐볐다. 진은 거울 앞에 선 여자들 몇몇을 가까스로 제치고 나서 거울을 들여다봤다. 손에 물을 묻혀 삐친 머리카락을 매만지고 까칠하게 마른 입술에 침을 발랐다. 외투를 벗어 한쪽 팔에 걸쳤다. 가방을 고쳐 메고 나서 화장실을 나왔다. 무대 양쪽과 스탠딩 자리 뒤쪽에 세워진 대형 조명기구에서 번쩍번쩍 불이 들어오기 시작했다. 와인 잔을 든 사람들이 하나둘 자리를 찾아 앉고 있었다. 진은 허리를 숙이고 무대 옆을 지나 입구 쪽으로 갔다.

메이크업 부스 앞에는 대여섯 명의 여자들이 차례를 기다리고 있었다. 진은 줄 끝에 가 서서 뒤꿈치를 들고 주위를 살펴보았다. 눈이 시리도록 부신 조명 때문인지 입구를 오가는 사람들의 얼굴 윤곽이 뚜렷하게 보이지는 않았다. 현은 언제 올까. 진은 행사장 입구에 시선을 고정시켰다. 시간이 지날수록 점점 더 많은 인파들이 행사장으로 몰려들고 있었다. 진의 차례가 되었다. 짧은 머리카락을 샛노랗게 염색한 메이크업 아티스트가 진의 맨얼굴을 몇 초쯤 흘긋 바라보더니 파우더를 묻힌 두툼한 분첩으로 뺨을 두드리기 시작했다. 아티스트는 눈 깜짝할 사이에 진의 눈두덩을 보랏빛과 와인색으로 칠했고 아이라인으로 눈꼬리를 길게 올려 그렸다. 입술에는 눈두덩이에 칠해진 것과 같은 와인색으로 둥글고 도톰하게 립스틱을 칠했다. 메이크업을 끝낸 아티스트는 진에게 거울을 보여주었다. 꼬리가 올라간 눈과 작고 두꺼운 입술 때문인지 화장을 한 얼굴은 화사하고 생기 있고 다소 육감적으로 보이기까지 했다. 메이크업 부스 옆에는 누구든 자유롭게 시향을 할 수 있도록 크리스찬 디올의 새로운 향수 'remember me'가 디스플레이 돼 있었다. 진은 리멤버 미를 뿌렸다.

사냥을 시작하는 듯 둥둥둥 커다란 북소리가 울리고 천장의 샹들리에 불이 꺼지는 것과 동시에 패션쇼가 시작되었다. 18킬로와트짜리 대형 조명기구에서 긴 원뿔 모양의 파랗고 노란 스포트라이트가 켜졌다. 객석 가운데로 길게 난 무대로 호랑무늬 모피 원피스를 입은 모델과 저지, 실크, 울로 만들어진 의상들을 입은 모델들이 뒤를 이어 무대로 나와 워킹을 시작했다. 오가 앉은 좌석 뒷

줄 다섯번째 줄에 앉은 박은 안경을 꺼내 썼다. 오는 K와 P와 함께 고개를 숙이고는 뭔가 이야기를 나누고 있었다. 그러고 보니 가까운 거리에서 오의 뒷모습을 지켜보는 것도 아주 오랜만의 일이다. 박은 고개를 흔들었다. 어젯밤, 박은 오와 눈을 마주 보면서 새해 인사를 나눈 사실을 떠올렸다. 여보, 해피 뉴 이어.

첫 무대에서 안은 그린 컬러의 스웨이드 소재로 된 트렌치 코트와 발목을 감싸는 스트랩 슈즈와 파스텔톤의 가방을 들고 나왔다. 안이 크고 활달한 워킹으로 무대 바로 옆 의자에 앉아 있는 박의 곁을 스쳐 지나갔다. 오일을 바른 검게 그을린 종아리가 매끈하고 단단해 보였다. 박은 손에 들고 있던 와인을 한 모금 마셨다. 다음 무대에서 안은 긴 블랙 스커트에 어깻죽지가 다 드러나는 민소매 카키색 탑을 입고 나왔다. 단정히 빗어 넘겨 묶은 그녀의 머리카락이 도도록이 뼈가 드러나는 등줄기에 일자로 늘어져 말총처럼 흔들리고 있었다. 무대 끝에서 모델들이 포즈를 취할 때마다 카메라 플래시가 터졌다. 안은 턱을 치켜들고 두 손으로 골반을 짚은 채 뿌옇게 먼지가 피어오르는 허공을 응시했다. 그 포즈는 무대가 아닌 다른 장소에서도 박에겐 매우 익숙한 것이었다. 안은 오늘 밤부터 사흘 동안 쉰다고 했다. 사흘. 박은 가평에서 사흘을 다 보낼 것인지 아니면 눈꽃 축제가 열리고 있는 제주로 떠날 것인지 궁리했다. 다시 중앙 무대로 들어가기 위해 턴을 한 안이 박의 곁을 지날 때 오른손 손가락을 살짝 튕겨 경쾌한 소리를 냈다.

좌석이 부족해 뒤쪽에 서서 행사를 지켜보는 인파에 섞여 있던 최와 정은 들고 있던 와인 잔으로 건배를 했다. "자, 봐봐, 벌써 5백 석이 다 찼다구. 서 있는 사람들까지 합하면 족히 6백 명은 넘겠는

걸. 형한텐 걱정하지 말라고 말했지만 난 사실 불안했었어. 왜 재작년엔 너무 썰렁했었잖아." "그땐 경기가 최악이었잖냐. 야, 정말 대단하다. 저기 좀 봐. 사람들이 계속 입장하고 있잖아. 아직 메인 행사도 시작 안 했는데 말야. 한 7백 명쯤 오지 않을까." "이만하면 대성공이야. 벌써 다섯 군데 잡지사에서 다음달 기사를 써주기로 했어." "충분히 홍보가 되겠지. 내년엔 좀 장사가 되려나. 작년엔 행사를 걸러서 그랬는지 어쨌는지 레스토랑이 완전 적자였어. 올핸 니네 잡지 부수도 제법 나가겠다." "그래야지. 이게 돈을 얼마나 쏟아부은 행산데. 그런데 말야. 오선생이랑 박감독은 아직도 저래?" "하루이틀 일이냐. 그나저나 서교수가 멋지게 카운트다운을 해주셔야 할 텐데. 그 시간이 하이라이트 아니냐. 서교수 학생들은 다 왔는지 체크해봤냐?" "걔들 리허설 끝내고 지금 분장실에서 밥 먹고 있어. 서선생도 같이 있을 거야. 이번엔 출연료 좀 올려줘야 하잖아. 그래야 내년에 또 같이 공연하지." "근데 아무래도 조명이 너무 많은 거 아닌가 싶다. 멀티비전도 있는데." "아냐, 지금이 딱 좋아. 화려하잖아. 신경 써서 차려입는다고 입었는데 왜 이렇게 나랑 똑같은 옷을 입은 여자들이 많은지 모르겠어, 짜증나게." "똑같으면 어떠냐, 이쁘기만 하면 되지. 아, 정말 아름다운 밤이다." "그래, 아름다운 밤." "자, 마시자." 최와 정은 다시 축배를 들었다.

서교수에게는 이미 찬조 출연을 못 한다고 말을 해놓은 상태였다. 음악회 1부가 시작되기 전에 오는 와인을 가지러 가기 위해 K와 P와 함께 자리에서 일어났다. 뷔페 앞에서 오는 빈잔을 갖다 놓고 돌아서려던 박과 마주쳤다. K와 P가 오를 곁눈질하다가 주춤

거리며 박에게 인사를 했다. “가겠다는 데가, 여기였어요?” “당신은? 큼, 음악횐 이제 시작될 거 같은데. 오늘 노래 안 해?” “목이 아프다고 했잖아요.” 무대 의상을 갈아입고 청바지와 흰 셔츠 위에 바닥이 질질 끌릴 정도로 긴 털코트를 걸친 안이 목을 쑥 빼고 사위를 두리번거리는 게 보였다. 박은 안에게 손짓을 했다. 오가 그쪽을 돌아다봤다. 안이 박 옆으로 성큼 다가왔다. “내 친구야.” 박이 오에게 안을 소개했다. 안이 오에게 악수를 청했다. “저, 선생님 노래 참 좋아해요. 오늘 선생님도 출연하신다고 해서 노래 들으려고 했는데.” “다음에 공연할 때 이이랑 같이 오세요. 조금 전에 쇼 잘 봤어요. J선생이 아까 안씨 무대 매너가 아주 좋다고 칭찬하시더군요.” “어머! J선생님이 오늘 여기 오셨어요? 한 번도 인살 못 드렸는데. 아무튼 만나서 반가웠습니다.” “그래요, 나도.” 오가 등을 돌렸다. 박이 오를 불렀다. “당신, 2부까지 다 보고 갈 거야?” “댄스 파티가 끝날 때까지 있을 거야.” 오가 인파 속으로 사라졌다.

소프라노 서(徐)가 화려한 핀 라이트를 받으며 무대에 등장했다. 첫 곡으로 이탈리아 가곡 「그리운 님 멀리 떠나」를 불렀다. 이어서 푸치니의 아리아 「오, 사랑하는 나의 아버지」가 이어졌다. 다음 곡은 「아침의 노래」. 희가 현에게 속삭였다. “아직 댄스 파티도 시작 안 했는데 「아침의 노래」가 다 뭐예요.” 현은 귓속으로 파고드는 희의 뜨겁고도 달콤한 입김을 느꼈다. 현은 한 손으로 희의 턱을 받쳐들고는 말했다. “희씨, 우리가 만난 지 얼마나 됐죠?” “갑자기 그건 왜……요? 아마 한 3주쯤?” “그래? 그럼 우리 이제 말 트는 게 어때? 영 어색하지 않나?” “……좋아. 실은 나도 좀 불편했어. 이제부터 말 까기로 하자. 근데 아까부터 궁금한 게 있는

데 말야. 그 최라는 사람, 왜 이런 행사를 하는 거야? 돈도 되게 많이 들어갔을 것 같은데." "형이 혼자 하는 건 아니구. 아까 입구에서 못 봤냐? 까만 털 달린 원피스 입고 있던 여자 말야. Q잡지사 실장이야. 형하고는 아주 각별한 파트너지. 실은 두 회사가 조인해서 잡지사랑 형이 운영하는 레스토랑을 홍보하는 자리다." "무슨 홍보를 이렇게 해? 차라리 광골 때리지." "그거보다 이게 훨씬 효과가 있다니까. 일단 장안의 유명 인사들은 다 모이잖아. 그들이 여기 오는 것부터 벌써 효과가 나타나기 시작한 거라구."

소프라노 가수가 안드레아 보첼리의 「이제 다시는 헤어지지 말아요」에 이어 「주기도문」을 부르고 있을 때 누군가 현의 어깨를 가볍게 툭툭 쳤다. 현은 뒤를 돌아다봤다. 짙은 화장을 한 진이 현의 뒷자리에 앉아 미소짓고 있었다. 현은 훅 숨을 들이마셨다. 진이 말했다. "나도 여기 있어요." 그리곤 무표정한 얼굴로 진은 무대 쪽으로 시선을 돌렸다. 희가 현에게 누구냐고 물었다. 현은 그냥 아는 사람이라고 대꾸하고는 허리를 숙이고 자리에서 일어났다. 현은 손아귀에 잔뜩 힘을 주고는 진의 한쪽 팔을 잡아끌었다. 현과 진은 생크림으로 장식된 카나페 은쟁반 앞에 가 얼굴을 마주 보고 섰다. "뭐야? 니가 왜 여기 있는 거냐?" 현의 눈썹이 꿈틀거렸다. "당신 눈썹이 그리웠어." "제발 그딴 소리 좀 그만 해. 여긴 니가 올 자리가 아냐. 좋게 말할 때 얼른 가버려." 현은 옆사람에게 들리지 않도록 낮게 이를 갈아붙였다. "내가 올 자리가…… 아니라구?" "제발 정신 좀 차려. 너랑 나랑은 헤어졌잖아. 근데 왜 이렇게 물귀신처럼 물고 늘어지냐. 이젠 미행까지 하고 말야." "…… 그래, 널 미행했다. 어쩔 거야?" "보다시피 난 지금 동행이 있다."

"당신은 날 사랑한다고 했었잖아. 그걸 잊었어? 다 잊은 거야? 어떻게 그걸 잊어?" "그따위 소리 이젠 지긋지긋해. 너 대체 왜 이러냐? 이렇게 부탁한다. 날 좀 그만 내버려둬." "음악회 끝나고 나면 댄스 파티가 시작될 거야. 난 오늘 밤 혼자 있고 싶지 않아." 진이 현의 미간을 쏘아보았다. 현이 진의 뺨을 후려쳤다. "난 끝까지 여기 남아 있을 거야. 난 춤을 추고 싶어." 두 번 세 번, 현이 진의 뺨을 갈겼다. 주위에 있던 사람들이 현과 진을 흘깃거리며 자리를 피하고들 있었다. 갑자기 진이 깔깔거리며 큰소리로 웃기 시작했다. 현은 손을 내려뜨리고는 허리를 앞뒤로 젖혀가며 악을 쓰듯 웃고 있는 진을 노려봤다. 정과 와인을 마시고 있던 최가 현과 진을 향해 황급히 달려오고 있었다. "이 밤이 가고 나면 정말로 새로운 해가 뜰까?" 웃음을 뚝 그친 진이 눈썹을 모로 세우고는 현에게 내뱉었다.

자정이 가까워올 무렵부터 인파는 발 디딜 틈도 없이 급속하게 불어났다. 요리사들은 표백제에 담갔다 뺀 듯 희고 퉁퉁 부은 손으로 쉴새없이 수십 병째의 와인 뚜껑을 열고 오븐 칸칸마다 피자 반죽을 새로 넣었으며 카나페를 만들고 왕새우를 구웠다. 음식 찌꺼기가 묻은 접시들이 플라스틱 바구니들마다 쌓여갔고 담뱃재가 든 종이컵들이 바닥을 굴러다녔다. 앉을자리를 찾지 못한 사람들은 무대 뒤쪽이나 뷔페 앞, 그리고 멀티비전 앞에 모여 서서 일행들과 음악회를 지켜보고 있었다. 세 대의 대형 조명기에서는 날카로운 광선이 끊임없이 쏟아져나왔다. 누군가는 음악회 도중 자리를 뜨고 그 자리에 새로운 사람이 와 앉았다. 사람들은 뷔페의 신선하고 달콤한 음식에 관해 칭찬을 하고 또 누군가는 투명하면서 빛나고 둥글며 좌우대칭의 수정으로 만들어진 천장의 샹들리에의 아름다움에 관해서 이야기했다. 통유리를 스치고 지나가는 차도의 자동차 불빛과 밖에 내다둔 음식물 쓰레기 봉지를 뒤지고 있는 도둑고양이와 노파를 유심히 바라보고 있는 사람도 있었다. 그러나 무대 왼쪽, 바깥 통유리 쪽에 세워진 대형 철제 조명기구에서 점멸하듯 반짝, 불꽃이 튀어오르는 것을 본 사람은 아무도 없었다. 그 불빛은 땡볕, 한여름 오후의 물의 파문처럼 잔잔하고 소리도 없이, 그러나 멀리 퍼져나갔다.

뜨겁고 건조한 열기 속에서 열대의 과일처럼 축제의 밤이 무르익어가고 있었다. 음악회 2부가 시작되었다. 소프라노 서가 백색의 턱시도를 입고 무대로 나왔다. 서는 폴더를 연 핸드폰을 악보대 위에 올려놓았다. 깜박깜박거리며 시간이 자정을 향해 치닫고 있었다. 서는 2부 첫 곡으로 피아노 반주에 맞춰 「사랑에 빠질 때」를 불렀다. 그 팝송이 끝날 때쯤 해서 실내의 모든 조명이 꺼졌다. 무대 앞쪽, 서서 행사를 지켜보고 있는 인파 쪽에서부터 까만 연미복을 입고 촛불을 든 청년 일곱 명이 한 줄로 나란히 무대 쪽으로 입장하고 있었다. 노래를 마친 서는 관중들에게 자신이 출강을 나가는 대학의 학생들을 소개했다. 학생들은 첫 곡으로 「축배의 노래」를 합창하기 시작했다.

"저 파란 불빛과 와인의 이 붉은빛과 어깨동무를 하고 노래를 따라 부르는 저 사람들의 뒷모습을 한번 봐봐요. 얼마나 아름다운 광경입니까. 진씨, 오늘 밤은 모든 것을 잊고 즐겨봐요." 최가 진의 어깨에 팔을 두르며 말했다. 진은 멍하니 서서 「축배의 노래」를 부르고 있는 청년들, 그들이 들고 있는 촛불과 무대로 쏟아지는 조명의 뜨겁고 화려한 불빛을 바라보고 있었다. "이렇게 커다란 집엔 대체 누가 살고 있는 건가요?" 고저가 없는 음성으로 진이 최에게 물었다. "물론 이 집엔 지금 아무도 살고 있지 않죠. 앞으로도 누구도 살지 않을 겁니다. 여긴 그냥 보여주기 위한 공간일 따름이죠." 최가 단호하게 대꾸했다. "그럼, 이 집은 가짜로군요. 아무도 살지 않는다면 말이죠. 하지만 믿을 수 없어요. 난 아까 혼자 2층에 올라가서 다 봤어요. 부엌의 그 최신형 조리 기구들과 욕실에 놓여 있던 바디 제품들과 거실과 방방마다의 커다란 가구들을 말이죠." "그래요, 어쩌면 사람들은 집을 보러 오는 게 아니라 이 공간을 둘러싼 가구와 인테리어를 보고 매혹을 느끼는 건지도 몰라요. 하지만 진씨, 거긴 올라가선 안 됩니다. 기물이라도 파손된다면 그건 제가 다 물어내야 하거든요. 여긴 정말 없는 게 없죠." "파손당할 만큼 가벼운 것들은 아무것도 없었어요. 하지만 이 집에도 뭔가 없는 게 있을 거예요, 단지 그걸 찾지 못했을 뿐이지. ……여긴 마치 인형의 집 같아요. 저기 저렇게 웃고 노래 부르고 입 맞추고 와인을 마시는 사람들 모두가 인형들처럼 보여요." "자, 술 좀 마셔봐요. 기분이 훨씬 나아질 겁니다. 진씬 항상 너무 긴장하고 있는 것 같아 보였어요." 최는 들고 있던 술잔을 진에게 건네주었다. 진은 가득 들어 있던 와인을 단숨에 마시고 잔을 비웠다. 최가 새 잔을 가져다주었다. 술잔을 들고 서서 진은 손목시계를 들여다보았다. 2층에 지금 누군가 있다는 말은 하지 않았다. 축제는 곧 끝날 테니까.

청년들의 합창이 끝나자 서의 의상에 맞춘 듯 까만색 턱시도를 입은 발라드 가수 B가 등장했다. 사람들이 환호성을 질렀다. B는 서와 함께 화음을 맞춰 「문 리버」를 부르기 시작했다. 사람들은 어깨를 양옆으로 천천히 움직이며 노래를 따라 불렀다. 서는 핸드폰 화면의 시계가 11시 59분을 가리키는 것을 보았다. 환호와 박수로 응답하는 사람들의 소음이 가라앉을 때까지 잠시 기다렸다가 서는 이제 카운트다운을 시작해야 할 때라는 사실을 상기시켰다. 누가 먼저랄 것도 없이 실내의 수백여 명의 사람들은 일제히 시계를 들여다보았다. 찰칵찰칵. 마이크를 든 서가 먼저 하나! 하고 외쳤다. 둘, 셋, 넷. 사람들이 입을 모아 외쳤다. 아듀, 2000! 무대에 병풍처럼 늘어서 있던 청년들이 촛불을 높이 들어올리자 조명이 꺼졌다. 다섯, 여섯, 일곱. 굿바이 2000!

누군가 이쪽을 들여다보고 있는 것 같은 기척에 박은 얼른 화장실 문을 열고 밖을 내다봤다. 아무도 보이지 않았다. 박은 2층 화장실 문을 걸어 잠갔다. 쇼가 끝난 후 곧 행사장을 빠져나가려던 박을 잡은 건 안이었다. 안은 한사코 디자이너 J를 꼭 만나고 가겠다고 우기고 있던 참이었다. 박은 고개를 끄덕거리고는 안의 팔을 잡아끌어 2층으로 올라갔다. 최는 스탠딩 인파에 묻혀 보라색 코트를 손에 든 여자와 술잔을 부딪치고 있었고 이쪽을 보고 있는 사람은 아무도 없었다. 화장실 문을 잠그고 나서 박은 성급하게 안의 아랫입술을 빨았다. 안은 한쪽 팔로 박의 목을 두른 채 다른 팔로는 외투를 벗고 박의 허리띠를 풀었다. 아래층에서 카운트다운을 시작하는 합창이 들려오고 있었다. "아아, 정말 행복한 밤이에요." 안이 신음 소리를 토해냈다. "청바지 좀 내려봐." 박이 안의 가슴을 두 손으로 움켜쥐면서 말했다. 그때 갑자기 화장실 불이 꺼졌다. 안은 박을 밀쳐냈다. 박은 화장실 문을 열고 밖을 둘러보았다.

“정전된 것 같은데.” “아, 난 갑자기 무서워졌어요. 우리 이따 하면 안 돼요? 어두운 데서 하는 건 싫단 말야.” 안이 가슴 앞으로 두 손을 모으고 박의 가슴팍으로 파고들어왔다. “괜찮아, 괜찮아. 곧 불이 들어올 거야.” 박은 바지 주머니에서 핸드폰을 꺼냈다. 폴더를 열자 액정 화면에서 연둣빛 야광 불빛이 새어나왔다. 박은 폴더가 열린 핸드폰을 마치 플래시처럼 들고는 안의 얼굴과 침으로 범벅이 된 입술, 그리고 가슴을 비췄다. 안이 깔깔거리며 웃었다. 박은 핸드폰 액정으로 안의 단단하게 선 유두를 문질렀다. 안이 허리를 비틀며 박의 귓불을 입술로 답삭 물었다. 박은 안을 욕조 가장자리에 앉히고 발목에서 청바지를 빼냈다. “불이 들어올 때까지, 자 어서.” 다리를 벌린 안이 박의 성기를 제 안으로 쑥 집어넣었다. 박은 안의 양쪽 귀빰을 두 손으로 감싸쥐고는 빠르게 허리를 움직였다. “엄마, 엄마!” 신음 소리를 토해내며 안이 움켜쥔 박의 허리를 밀었다 잡아당겼다 반복했다. “자정이 가까워오고 있나 봐요. 우리도 카운트다운을 해요.” “넷, 다섯.” “아아, 좋아, 엄마, 엄마!” “여섯, 일곱!” “여덟!” “아홉!” “오오, 나의 천사!” “아아, 열!” 박은 힘차게 사정했다.

여덟, 아홉, 열! 환호성과 박수 소리가 터져나오기 시작했다. 해피 뉴 이어! 서가 마이크를 대고 소리 높여 외쳤다. 해피, 해피 뉴 이어! 웰컴 투 2001! 사람들은 옆엣 사람과 어깨를 끌어안거나 앞뒤에 앉아 있는 사람들과 잔을 부딪쳤다. 새해 복 많이 받으세요. 건강하세요. 아, 정말 아름다운 밤입니다. 청년들이 훅 촛불을 불어 껐다. 조명이 하나둘 켜졌다. 인사를 나눈 사람들은 약속이나 한 것처럼 주머니에서 핸드폰을 꺼내들었다. 오늘 좀 늦게 들어갈 거 같으니까 먼저 자, 사랑한다 내 아들아. 사람들의 음성이 높아졌다. 옆엣 사람보다 더 큰 목소리를 내느라 누군가는 악을 쓰듯 외칠 수밖에 없었다. 여보, 해피 뉴 이어. 그 옆엣 사람은 아예 고함을 질렀다. 보고 싶어요. 여보세요? 여보세요? 에이 씨발, 안 들리잖아. 거 좀 조용조용하게 말할 순 없나. 이것 봐, 행복한 새해가 되길!

피아노 반주가 시작되었다. 서는 무대를 중앙에 두고 디귿자로 빙 둘러 놓여진 객석을 향해 손을 흔들었다. 「에델바이스」를 부른 서는 무대를 내려왔다. 앵콜을 외치는 관객들의 박수가 길게 이어졌다. 서와 B는 손을 잡고 무대로 다시 올라와 B의 10년 전 히트곡인 「세월이 흐른 뒤」를 듀엣으로 불렀다. 그 노래를 끝으로 음악회는 끝났다. 초대객들은 소프라노 가수와 B, 피아노 반주를 맡았던 연주자와 합창을 한 청년들, 그리고 무대 중앙으로 나와 신년 인사를 하고 있는 최와 정에게 열렬히 큰 박수를 보냈다. 오전 12시 17분이었다.

한강이 내다보이는 식당이나 스카이라운지에 앉아 야경을 보며 저녁을 먹고 맥주를 마신 몇 명의 사람들은 그 시간에 파트너와 함께 행사장에 도착했다. 음악회가 끝나고 5백 개의 의자가 한쪽으로 치워지는 동안 그때까지 행사를 지켜보았던 몇몇 사람들은 장소를 옮겨 축배를 들기 위해 행사장을 빠져나갔다. 오는 함께 왔던 K와 혼자 밤을 보낼 P의 집으로 몰려가기로 했다. 행사장을 나오면서 오는 뒤를 한번 돌아다봤다. 박의 모습은 보이지 않았다. 최와 정은 오의 일행들을 입구까지 배웅했다. 의자들이 한쪽으로 다 치워지고 중앙 무대와 실내로 사이키 조명이 들어오기 시작했다.

두 개의 앰프에서 쿵쿵거리며 음악이 쏟아져나오고 행사를 끝낸 모델들과 스태프들, 댄스 파티에 참석하기 위해 여태까지 기다리고 있던 수백 명의 사람들이 무대로 뛰어나와 몸을 흔들기 시작했다. 안이 동료들과 사진 작가 몇 명을 이끌고 무대로 나가는 것을 보면서 박은 뷔페 쪽으로 가 와인을 새로 받았다. 몇십 명의 초대객들을 배웅한 최와 정도 동료들의 손에 이끌려 주춤주춤 무대로 나갔다. 박은 취기를 느꼈다. 사이키 조명과 대형 철제 조명대에서 쏟아져나오는 불빛이 얼굴을 스치고 지날 때마다 박은 얼굴을 찌푸렸다. 테이블 곳곳에 놓여 있던 생화들은 차츰 생기를 잃고 있었고 음식들은 차갑게 식고 있었다. 요리사들은 더 이상 피자나 새우를 굽지 않았고 빈 접시와 유리잔들이 플라스틱 통 안에서 덜그럭거리며 요란한 소리를 내고 있었다. 불빛은 무대 중앙에 몰려 열광적으로 춤을 추고 있는 사람들의 거뭇거뭇한 겨드랑이와 맨살이 드러난 허리를 비추고 아직 물기가 남아 있는 수선화의 이파리들과 생크림으로 장식된 카나페와 담배 연기를 차례로 훑고 지나갔다. 테이블 밑과 사람들의 종아리께를 낮게 비행하고 있던 겨울 모기와 날벌레들은 후끈 달아오른 열기를 참지 못하고 떼를 지어 입구를 빠져나갔다. 음악이 바뀔 때마다 두꺼운 털코트와 머플러를 걸치고 있던 여자들은 옷을 벗어 아무데나 휙 던져버렸다. 바닥엔 담배 꽁초와 음식 쓰레기들, 옷 뭉치들과 뚝뚝 떨어진 꽃이파리들이 한꺼번에 굴러다녔다.

희가 현에게 악을 쓰듯 말했다. “신나지 않니?” “뭐라고? 안 들려?” 몸을 흔들면서 현이 희에게 소리쳤다. 희가 현의 귀를 잡아당겨 큰소리로 외쳤다. “기억나? 우리가 처음 만난 곳?” “그럼, 이렇게 깊은 밤이었지. 넌 혼자 중앙 무대에서 춤을 추고 있었잖나." "니가 날 줄곧 쳐다보고 있다는 걸 알고 있었어." "오늘 밤 넌 정말이지 무척이나 아름답구나." "댄스 파티가 끝나면 우리 어디 갈까?" "아, 어디 갈까. 우리 비행기를 타고 홋카이도로 날아갈까? 거긴 지금 눈 축제가 열리고 있을 거야. 유키마쓰리엔 눈과 얼음으로 만든 화려한 조각품들이 전시되고 너도밤나무와 떡갈나무로 둘러싸인 호수에서 온천욕을 할 수도 있을 텐데." "그리고 밤마다 수백 발의 환상적인 폭죽이 터지고 말야." "어때? 거길 갈까? 아니면 태백산으로 눈꽃 트래킹을 갈까?" "아, 아무데나 좋아. 아무데나 가자." "언제? 오늘? 아니면 내일 아침?" "내일 일은 난 몰라." "너, 정말이다. 그럼 여기서 나가는 대로 출발하는 거다." "그래. 자, 내 앞으로 더 가까이 와봐."

흰 캡과 흰 유니폼을 입은 요리사들이 칼과 국자와 커다란 은쟁반을 들고 무대로 나오자 춤을 추고 있던 사람들은 함성을 지르며 박수를 치기 시작했다. 패션쇼가 열릴 때 무대에 섰던 모델 중 한 명이 브래지어만 남기고 상의를 벗어던진 채 무대 중앙으로 뛰어오르자 사람들은 그녀를 중심으로 빙 둘러서서 역동적이며 충동적으로 팔과 다리를 흔들어댔다. 함성 소리와 파트너에게 뭐라 고함을 치는 소리와 박수 소리 때문에 통유리 전체가 덜덜 흔들리고 있었다. 통유리 밑바닥에 깔린 조명기구의 두껍고 긴 전선줄로 타닥타닥 불꽃이 튀어올랐다. 그 불꽃을 은폐하려는 듯 사이키 조명과 대형 철제 조명기에서는 아주 빠른 속도로 형광색 불꽃을 뿜어내고 있었다. 춤을 추고 있는 일행을 기다리느라 뷔페 쪽에 서 있던 누군가는 얼핏 그 불꽃을 보기도 했다. 그러나 그건 행사를 끝낸 스태프들이 연신 터트려대는 폭죽에 섞여 구분되지 않았다. 폭죽은 연달아 탁탁 터져나왔다. 색색의 종이들이 춤추는 사람들의 머리 위로 천천히, 봄의 바람을 타고 비행을 시작한 어린 나비의 몸짓처럼 느리고도 고요히 흩날리고 있었다. 칼을 내리치기 직전의 그 고요는 인도 쪽으로 난 통유리 쪽에서 펑, 하는 굉음이 울리는 것과 동시에 깨졌다. 이것도 이벤트 중 하난가? 춤을 추던 사람들 중 몇몇이 호기심 어린 눈으로 그쪽을 돌아다봤다. ……음악이 멈췄다. 조명이 꺼졌다. 무, 무슨 일이야? 어서, 으, 음악을 틀어, 얼른 조명도 틀고. 대체 뭣들 하는 거야! 사람들은 두려움과 떨림을 감춘 목소리로 외쳐댔다. 불, 불이다! 누군가 외마디 비명을 질렀다.

인도 쪽으로 난 통유리를 둘러가며 불꽃이 터지고 있었다. 불꽃은 걷잡을 수 없이 빠른 속도로 출입구 쪽으로 번져들었다. 사람들은 망연자실한 채, 꿈틀 살아 움직이며 서서히 기지개를 켜듯 키를 높이며 타오르고 있는 불꽃을 바라보았다. 침묵이 흘렀다. 그 침묵이 흐르는 동안 사람들은 등뼈에 못이라도 박히는 듯한 공포를 느끼고 있었다. 누군가 뒷걸음질치며 2층으로 난 계단을 뛰어올라가기 시작했다. 다른 누군가는 침착하게 핸드폰을 꺼내 꾹꾹 번호를 눌렀다. 이봐요, 이럴 땐 112야, 119야? 누구에게랄 것도 없이 고함을 질렀다. 소화기, 소화기를 찾아봅시다. 어딘가에 있을 텐데. 그쪽 구석에 없습니까? 그, 그런 건 없어요. 여긴 보이지 않아요. 그쪽을 찾아봐요. 구석으로 한데 몰려 있던 사람들이 주위를 샅샅이 둘러보며 대꾸했다. 자자, 걱정들 말아요, 이제 곧 소방차가 도착할 겁니다. 최가 사람들을 안심시켰다. 그러나 한번 번지기 시작한 불길은 이제 출입구 쪽에서 활활 타오르고 있었고 연달아 펑펑

유리들이 터져나가기 시작했다. 사람들은 춤을 추느라 여기저기 떨어져 있던 파트너와 동행들의 이름을 불러댔다. 얼이 빠진 채 그 자리에 서서 꼼짝도 않는 사람들과 저도 모르게 그동안 참고 있던 오줌을 질질 흘리는 사람들을 밀치고 떠다밀고 누군가는 바닥에 넘어진 사람들의 손가락과 등을 밟고서 보이지 않는 일행을 찾기 위해 아우성을 쳤다.

박은 술잔을 내던지고 빠르게 주위를 두리번거렸다. 짧은 커트 헤어스타일에 까만색 원피스를 입고 있던 오의 모습은 어디에도 보이지 않았다. 박은 오의 이름을 부르며 무대 쪽으로 달려나갔다. 안은 두 팔을 허우적거리며 이쪽으로 다가오고 있는 박을 향해 전력질주했다. 가슴팍으로 달려든 희를 껴안고 엉거주춤 서 있던 현은 비명을 지르며 2층으로 올라가거나 불길을 피해 출입구 쪽으로 달려나가기 위해 틈을 엿보는 사람들 어깨에 부딪쳐 바닥에 쓰러졌다. 어디선가 현의 이름을 부르는 소리가 들렸다. 희는 정신을 잃고 맥없이 쓰러져 있었다. 누군가 딱딱한 구둣굽으로 현의 손등을 찍고 지나갔다. 가까스로 일어서려던 현은 옆사람의 발에 걸려 도로 넘어지고 말았다. 아아, 얼른얼른 이 시간이 지나가버렸으면. 현은 탄식했다. 불에 덴 듯 뜨겁고 축축한 손이 쓰러진 현의 손을 꽉 잡았다. 현은 얼굴을 돌려 옆을 바라봤다. 바닥에 쓰러진 채 허리가 기역자로 꺾인 진이 현을 향해 희미하게 웃고 있었다. "내게로 더 가까이 와." 진이 현에게 말했다. 불꽃의 그림자가 진의 얼굴로 화닥화닥 피어올랐다. 현은 진의 손을 뿌리쳤다. 진은 바닥을 기어서 현에게 다가왔다. "나에게 입맞춰줘. 이젠 어쩔 수 없이 당신은 내 마지막 사랑이야. 이건 정말, 끝장일 테니까." 웃음을 그친

진이 싸늘한 눈으로 현을 쏘아보았다. 진의 눈동자에서 불꽃이 타다닥 튀어올랐다. "비켜, 비키란 말야!" 현은 진을 피해 상체를 들어올리다 말고 푹 고꾸라졌다. 인파에 밀려 용케도 쓰러지지 않고 오글오글 한데 모여 버티던 사람들은 2층으로 탈출하기 위해 넘어진 사람들을 밟고 살갗을 짓이기며 우르르 몰려 나가고 있었다. "아아, 저 불 좀 봐." 진은 현의 얼굴에 제 뺨을 갖다 댔다. 현은 미끼에 걸려든 물고기처럼 상체를 파닥거리며 진의 입술을 이빨로 물어뜯었다.

"이게 꿈은 아닐까?" 키를 넘기도록 타오르는 출입구 쪽의 불기둥을 피해 2층으로 뛰어올라가던 정이 최에게 악을 썼다. 뒷사람의 구두에 드레스 자락을 밟힌 정이 계단으로 풀썩 쓰러졌다. 최는 쓰러진 정을 그대로 놔둔 채 혼자 계단을 뛰어올라갔다. 계단을 오르던 사람들 중 한 명이 계단 손잡이 위에 올려져 있던 꽃병을 들어 최의 머리를 내리쳤다. 다, 당신 때문이야. 계단에 쓰러진 최는 고개를 입구 쪽으로 돌린 채 불길을 쳐다보았다. "이런 제기랄. 차라리 어디 다른 곳에서 하는 건데. 내년엔 여기가 아니라 다른 데로 옮겨서…… 아, 아 숨막혀."

진은 자꾸만 침침해지고 있는 눈을 비벼가며 출입구와 외벽을 빙 둘러싸며 타오르고 있는 불꽃을 바라보았다. 그 불꽃은 어둠에 가려 있다 마침내 빛을 되찾은 수천년 전 잊혀진 불나무처럼 영적이면서도 숭엄하고 슬픈, 어딘가 막연하면서도 동시에 추측과 미련을 남기는 듯, 수천 개의 아라베스크 무늬를 그리며 느리고도 맹렬한 기세로 타오르고 있었다.

〔『작가세계』, 2001년 봄〕

해설

괴이한 기척에서 원초에의 기억으로

김병익

조경란의 자전소설 「코끼리를 찾아서」는 작가 자신의 내밀한 모습 두 가지를 보여준다. 그 하나는, 그녀의 가족은 아니지만 매우 가까운 친척, 그러니까 할머니와 고모의 자살 그리고 삼촌의 죽음이 그것이다. 할머니가 왜 자살했는지는 밝혀져 있지 않지만 생일날 복어국을 끓여 혼자 드시고 자살했고 그 극적인 행위 때문에 작가는 "친할머니를 좋아하기로 했다." 작가와 별반 나이 차가 나지 않는 연숙이 고모는 남편과 이혼하고 아이들 학비를 벌기 위해 억척스럽게 돈벌이를 하다가 애인과 싸우고 난 후 아파트 5층에서 뛰어내렸다. 활달한 도성이 삼촌은 간암 진단을 받고 "염소처럼 까만 얼굴"이 되어 여수로 내려간 후 죽음을 맞는다. 조경란이 이 죽음들에 대해 어떤 소감을 갖는지는 밝히지 않는다. 그러는 대신 그녀는 "괴이한 기척"에 대해 이야기한다. 연숙이 고모가 죽자 그녀는 "찬 기운이 획 얼굴을 스치고 지나가는" 듯한 괴이한 기척을 느껴야 하는 밤을 오래 겪는다. 삼촌이 죽고 나서 그 기척은 다시 그녀를 찾아온다. 새벽녘 자주 잠에서 깨어나면 "한 사람쯤 누울 수 있을 만한 공간인 방바닥에 몸을 꾸부리고 누워 있다는 느낌을 떨쳐버릴 수 없"(p. 203)게 된다. 조경란은 그런 어느 날 밤, '그'가 헤어질 때 선물한 폴라로이드로 어둠을 향해 플래시를 터뜨렸다. 사진에는 "죽은 친할머니도, 연숙이 고모도 그리고 도성이 삼촌의 모습도 아닌" "웬 커다란 코끼리 한 마리"가 있었다. 그녀의 설명에 의하면 코끼리란 "예민한 동물"이고 시력이 약하고 짧아 뒤를 돌아볼 수 없으며 청각과 후각이 뛰어난, 지상에서 가장 큰 동물이다. 그녀는 그와 헤어지면서 찾아온 '코끼리' 배에 "얼굴을 묻은 채 손바닥으로 입을 틀어막곤 읍읍읍, 울었"고 동물원에서 찍은 코끼리 사진을 보며 그녀는 "고독한 나의 코끼리"라고 부른다. 그녀의 소설은 바로 이 코끼리, 가까운 사람들의 죽음과 괴이한 기척과 더불어 찾아오는 '고독한 코끼리 찾기'일지도 모른다: "그가 전화를 해주었으면 하고 기다릴 때가 있다. 나의 코끼리 이야기를 이해해주고 귀 기울이는 사람은 그밖에 없으니까. 나는 수화기를 붙잡고 코끼리 얘기만 갖고도 한 시간쯤은 수다를 떨 수 있다, 이제 나는 더 이상 사진을 찍지 않는다. 그래도 보이는 게 있다. 이따금씩 집이 쿰틀, 움직일 때가 있다. 그러면 나는 아, 코끼리가 왔구나, 짐짓 생각하는 것이다"(p. 219). 이제 우리는 그녀가 수다를 떨며 우리에게 해주는 코끼리 이야기를 듣고 그녀를 이해해주어야 할 것이다.

그녀는 그녀 자신의 말대로 수다스럽다. 그녀의 이번 창작집은 자전소설을 포함해 7편의 중·단편을 싣고 있는데, 그 이야기는 한 미술학원의 여러 성인 수강생들 간의 미묘하게 얽힌 관계들의 묘사이기도 하고 혼자 살고 있는 미술학도나 아프리카 미술관 안내원의 외로운 생활, 혹은 현란한 이벤트의 화재 사건이나 자살 기도한 조카의 병상에서 늘어놓는 이모의 넋두리이기도 하며 자살한 친구와 그의 애인을 소개하는 것이기도 하다. 서로 다른 이야기들을 그 이야기에 적절한 화법으로, 그러나 그녀는 쉼 없이 재잘재잘, 수다를 떤다. '수다'라는 것이 으레 그렇듯이, 조경란은 그렇게, 사건의 진행이나 인물의 모습이나 행동을 중심으로 한 줄거리 이야기보다는, 슬그머니, 그것들을 둘러싼 정황, 그것들을 당하고 겪으며 치르게 되는 자리의 분위기, 사건의 느낌, 행위의 내면, 반응의 기미들로 우리의 관심과 궁금증을 미끄러트린다. 그래서 우리가 처음 만난 소재는 수다를 통해 흐트러지고 비켜나며, 그 수다로 비켜나고 숨겨지는 주제로 슬그머니 그 무게를 옮겨놓는다. 중요한 것은 사건이나 인물이 만들고 있는 줄거리가 아니라 그것들에 관한 이야기 속에, 마치 짧은 스웨터 틈으로 살짝 보이는 배꼽처럼 그 모습을 가림으로써 비밀스레 드러내는 진정한 주제라는 것을, 그것이 우리를 그처럼 감응시킨다는 것을 그녀는 방법적으로 제시해준다. 그 '수다'의 이 효과는 활달하면서도 자재로운 그녀의 독특한 문체에서 먼저 피어난다.

조경란의 문체는 1990년대의 우리 문단에 일구어진 여성적 문체의 한 전형을 보여주고 있지만 그러나 그 줄기에서 그녀보다 약간 선배들인 가령 은희경의 외향적 수다와도 다르고 신경숙의 내향적 독백과도 거리가 있다. 그녀는 그 중간쯤에서, 아니 그 둘의 문체를 융합해서 외향적인 서술을 내면적인 독백으로 끌어들인다. 쉽게, 먼저 만나는 「우린 모두 천사」의 첫 대목, "칠월은 사슴이 뿔을 가는 달이다. 칠월은 천막 안에 앉아 있을 수 없는 달이며 옥수수 튀기는 달이다. 들소가 울부짖는 달이며 산딸기 익는 달이다. 열매가 빛을 저장하는 달이다"라는 풍요하면서도 아름다운 문장을 우리는 읽는다. 이 돌연한 첫 문장은 무엇을 서술하는 것일까. 그 다음 문단은 그것이 달력에 씌어진 인디언의 노래임을 우리에게 가르쳐주면서 그 문장을 읽는 김요옥이 "인디언처럼 두 다리에 단단히 힘을 주고 팔을 내려뜨"리는 모습이 소개된다. 그리고 지문으로 그녀의 내면 독백이 이어진다: "아무래도 달력 속의 나무들은 지나치게 까맣고 어둡다. 인디언들이 부르는 칠월의 노래를 연신 되뇌어봐도 적들로 가득한 한밤의 숲속에 홀로 남겨진 듯 사뭇 두려워지기까지 한다. 천막 안에 앉아 있을 수 없다면 저 먼 곳의 인디언들은 칠월엔 어디로 떠날까." 그녀는 그러니까 "사뭇 두려워지기까지" 하는 느낌을 가지고 있는 중인데 그런 내면을 달력에 씌어진 인디언의 칠월의 노래가 유도해내고 있다. 아마 신경숙이라면 인디언의 노래에서 떨어져 자신의 두려움을 속으로 반추하고 있을 것이며 은희경이라면 자신과는 떨어져 인디언의 어두움을 이야기할 것이다. 그러나 조경란은 나와 인디언의 노래 사이의 거리를 내면적인 문체로 지우면서 화자의 심중을 인디언이 노래하는 이미지로 발전시키는, 혹은 인디언의 가사로 자신의 내면을 조응시키는 방식을 취한다. 이 조응의 문체가 그럼에도, 놀라운 속도감을 발휘한다는 점에서 조경란은 그녀 특유의 힘을 보여준다. 이 문단의 마지막 "부족한 수면 때문일까. 가만히 서 있는데도 무르팍이 후들후들 떨린다"에서 그 앞의 김요옥이 왜 "두 다리에 단단히 힘을 주고 팔을 내려뜨렸는지"의 이유를 밝혀주는 데서도 그렇지만 가령 「나는 마을의 이발사」의 첫 대목에서도 그 속도감은 전형적으로 드러난다.

다음의 한 문단을 읽어보자: "그 소식을 나에게 전해준 사람은 가오리였다. 다소 통절하게 들리는 목소리이긴 했지만 아마 그녀는 콩깍지 같은 방에서 페티큐어를 바르고 있거나 아니면 손톱을 깎고 있을 것이었다. 그건 수화기를 들고 앉아서도 얼마든지 할 수 있는 일이다. 그가 죽었다. 죽기에는 아까운 나이라고 나는 생각했다. 나, 그만 일을 나가봐야 할 시간이에요. 가오리가 먼저 전화를 끊었다. 나는 수화기를 들고 그대로 서 있었다. 신호음이 모스 부호처럼 뚜, 뚜, 뚜뚜뚜, 불규칙적으로 울리고 있었다. 그가 죽었다는 게 정말 사실일까. 나는 냉장고에서 캔 맥주를 꺼내 풀링을 세게 잡아당겼다"(p. 223). 11개의 문장으로 이루어진 이 문단은 객관적인 서술과 주관적인 내면 술회, 직접 화법이 아무런 구분 없이 스타카토 방식으로 이어지고 있다. 그러나 이 짧은 몇 문장에서 그의 돌연한 죽음, 그녀의 무심한 전언, 그렇게 무심한 그녀의 모습에 대한 나의 무심한 추측, 그가 아깝다는 것이 아니라 그가 죽은 나이가 아깝다는 나의 무감동, 그럼에도 그의 죽음에 대한 의외성과 그것이 가져다준 약간의 분노 등의 여러 행위와 착잡한 심경이 압축되고 있다. 그 행위들은 객관적인 단문체로 처리되고 그 착잡한 내면들은 그녀가 전화를 하면서도 발톱 손질을 하고 있을지도 모른다는 짐작, 나이가 아깝다는 생각, 그리고 풀링을 세게 잡아당겼다는 행동으로 대치되고 있다. 돌연히 끊긴 전화의 뚜뚜거리는 신호음처럼 문장과 문장의 단절은 나-그-그녀(가오리) 간의 삭막한 관계를 암시하고 있는 듯하고 시점의 분방한 바뀜은 그 삭막한 관계를 빠른 시선으로 알아보도록 유인하고 있다. 그리고 이 속도감은 대체로, 사건의 진행을 빠르게 서술하고 있는 것이 아니라 하나의 화면을 구성하고 있는 이것과 저것들의 빠른 오고감, 시선의 분방한 움직임을 보여주고 있다. 그것은 접속사를 반복하여 사용할 듯한 신경숙과 다른 문체이고 접속사를 사용할 이유가 별로 없을 듯한 은희경과도 거리가 있는 수법인데, 시점만이 아니라 더러는 시제까지 바꾸어가며 우리의 손쉬운 읽기를 방해하는 이 문체의 지향은 그러니까 사건 혹은 시간의 공시태적 구성일 것이다. 그것은 이야기의 흐름을 하나의 평면 위에 몽타주 방식으로 공존시켜 펼쳐 그 장면의 다각적인 모습들을 한눈으로 보게 하면서 사건과 행위의 단순한 진행을 입체화시킨다. 그럼으로써 작가는 시간이 아니라 공간을, 줄거리가 아니라 이미지를 우리에게 제시한다. 작가의 인물 중 많은 사람들이 그림과 관계가 많은 것, 그 중에는 「우린 모두 천사」에서 색깔에 대한 전문적인 비평이 나온다는 점도 행위의 이미지화와 연관이 깊겠지만, 그의 아름다운 직유법의 묘사가 풍부한 이미지로 이루어지고 있다는 점은 강조되어야 할 것이다. "언제나 뛸 준비를 한 채 잠을 자는 토끼들의 눈처럼 붉게 충혈"된(p. 49) 네온 남자의 눈, 넋없이 석고상처럼 앉아 있는 김요옥이 "밀물 때 바닷물을 따라 들어왔다 썰물 때 밀려나가다 그물에 아주 갇혀버린, 생을 포기한 물고기처럼"(p. 54) 보였다든가 찬 가을날의 공원 밖 향나무가 "길 잃은 키 큰 여자애의 머리칼처럼 서늘한 바람에도 건듯건듯거"린(p. 136)다는 것, 그에 대한 그녀의 결코 죽지 않는 사랑이 "고산 지대 사막의 죽지 않는 메마른 소나무처럼"(p. 17) 살아 있다거나 정미림의 모습이 "그늘 속에서 자란 보랏빛 붓꽃 같은 느낌"(p. 165)이 든다는, 얼마든지 쉽게 찾아볼 수 있는 예문에서 그 비유는 극히 아름답고 풍요하며 싱싱하게 생동한다. 조경란의 이 비유법은 흔한 상투적 직유처럼 굳어 있는 명사로 끌어오는 것이 아니라 그 명사를 살아 있는 움직임으로 환치함으로써 비유의 대상을 회화화(繪畵化)하는 데서 거두어지는 수법이다. 조경란의 이 생동하는 직유적 수법과 그것이 일구는 풍요한 효과가 결코 사소한 장식이 아니라는 것은, 그녀의 소설들이 그가 다루고 있는 진지하고도 무거운 주제들에 대한 풍성한 시니피앙을 이루고 있다는 점과 관련될 것이기 때문이다. 구조주의가 말하는 것처럼 그 형식은 내용의 침전물이 되고 있는 것이다.

작가가 이야기의 전후 맥락을 중시하는 것이 아니라 그 이야기를 감싸고 있는 분위기를 묘사하는 데 기울고 있다는 것을 방증해 주는 또 다른 수법이 몇 가지 있다. 그 하나가 생략법이랄 수 있겠는데 작가는 어느 단계에 이르러 불현듯 서술을 중단함으로써 그 다음의 진행에 대해 더 이상 설명하지 않는 것이 그렇다. 가령 「우린 모두 천사」의 유상진은 박순례의 집 담을 훌쩍 뛰어넘어 들어가는데 그러나 그후에 어떤 일이 벌어졌는지 아무런 언급이 없고(p. 97), 이미란은 박순례와 만나기로 한 다방에서 그녀를 기다리며 무슨 이야기를 할까 궁리하면서도 정작 그녀를 만나 어떤 대화를 했는지, 왜 그녀와 만나려 했는지 역시 아무런 치닥거리 없이 돌연 서술을 멈추고 장면을 바꾼다(p. 102). 독자에 대한 작가의 불친절로 보일 수 있는 이런 크고 작은 미결 상태의 궁금증은 「우린 모두 천사」에서의 천사에 관련된 어사가 전혀 없다는 점 그리고 김요옥이 왜 자살하는지에 대한 궁금증을 전혀 풀어주지 않는다는 점, 「김영희가 흘린 눈물 한 방울」에서 김영희란 이름이 한번도 비취지 않는다는 점, "나는 손등에 떨어진 눈물 한 방울을 물끄러미 바라보았다"(p. 152)는 구절로 그녀가 이 소설의 화자가 김영희라는 암시를 줄 정도에서 보이는 그 불친절은 「나는 마을의 이발사」에서 이 제목을 설명 또는 시사하는 대목을 찾아낼 수 없다는 데서 더욱 심해진다. 이것은 그의 작품을 읽는 독자에게, 중요한 것은 스토리가 아니라, 그래서 사건의 전개와 진행이 아니라 그것들을 서술하고 묘사하는 정황과 분위기와 내면의식에서 작가가 제시하고 있는 은근한 주제를 느껴보라고 권고하고 있는 듯하다. 우리가 느끼기를 작가가 바라고 있는 그 분위기 혹은 정황을 작가는 자주 비현실적인 기척으로 서술하고 있다. 「김영희가 흘린 눈물 한 방울」에서 '누군가 다녀간 듯한'(p. 127) 흔적, 「코끼리를 찾아서」의 삼촌이 죽은 후 찾아오는 한밤의 '괴이한 기척' 혹은 어둠 속에 찍힌 사진 속의 코끼리가 그런 것들이다. 이 기척은 그러나 신경숙이 자주 끌어들이는 도구로서의 환상이 아니라 어떤 현실적인 상황 앞에서 화자가 느껴야 하는 심리적인 반응에 가깝다.

심리적인 반응이란 말을 썼지만 조경란의 많은 인물들은 심리적으로 결핍증을 가지고 있고 작가는 대체로 그 결핍증에 대한 친절한 해석을 가한다. 「나는 마을의 이발사」의 '그'는 시끄러움을 견딜 수 없어하는데 그것이 어느 정도인가 하면 그와 동침하는 가오리의 섹스 중에 지르는 소리 때문에 그녀와 헤어지겠다고 할 만큼이고 그래서 그는 늘 소음 때문에 불면증에 시달린다. 그의 소음에 대한 공포는 아마도 군대 시절 "연병장에 모여 있던 2천 명이 한꺼번에 와삭, 사과를 씹기 시작"할 때 돌연 터지는 듯한 그 '끔찍한 소리'(p. 229)에서 비롯되었을 것이다. 「김영희가 흘린 눈물 한 방울」의 나는 심한 건망증 때문에 괴로워하는데 스스로 몽유증이 아닐까 의심하는 그 건망증은 "간밤에 내가 무슨 일을 저질렀는지 떠올리지 못하는 건 정말이지 치욕에 가까운 감정"(p. 128)으로 여겨지는데 '나'의 설명에 의하면 건망증이란 "때로 너무 많은 것을 기억하려 애쓸 때 돌연히 찾아오는 것일 수도 있다. 아니다. 어쩌면 한꺼번에 너무 많은 것을 잊어버리려고 할 때 찾아오는 것이거나"(p. 123). 그녀의 경우 어떤 것이든 그리 고민하는 것은 아니었지만 '이현아빠'의 빈집에 들어 혼자 살면서 그 건망증은 몽유증의 수준으로 발전한다. 이와 더불어 그녀는 「코끼리를 찾아서」의 화자처럼 한밤의 기척을 느낀다. "그러나 나는 온몸으로 느끼고 있었다. 저쪽 어딘가에서 밤의 그들이 나를 지켜보고 있다는 것을" (p. 133). 심리적 결핍증이 가장 강하게 나타나는 것이 「우린 모두 천사」에서의 도벽이다. 김요옥이 운영하는 '팔월 미술학원'에 출입하는 거의 모든 인물들이 도벽을 가지고 있고 혹은 남의 것을 훔친다. 이미란은 유상진의 지갑을 훔치고 박순례의 아들 정훈이는 상습적인 도벽으로 문제아가 되며 그 때문에 고민하는 박순례 자신이 임신했을 때 슈퍼마켓에서 샴푸를 상습적으로 훔쳤다. 이미란의 남편 장이혁은 전날의 애인에게서 일기장을 훔쳐보았고 지금은 미술원장 김요옥의 사진을 지갑 속에 넣고 다닌다. 그리고 김요옥마저 이미란의 그림을 자신의 캐비닛에 숨겨둔다. 이 도벽에 대한 설명은 경우에 따라 다르지만, 그래서 "의지와 감각적인 욕구 사이의 갈등에서 의지가 약해진 경우에 나타나는 것이기도 하지만 때로 열등감이나 부족감을 채워가려는 심리에서도 발생"(pp. 55~56)하는 것으로 해설되기도 하고 '일과성 비행'이기도 하지만 "정서적 불안정과 인격 발달의 미성숙 같은 심리적인 원인이 행동으로 옮겨진 현상이거나. 그것은 그들이 사회에 적응하기 위한 일종의 왜곡된 자기 표현 양식"(pp. 66~67)으로 보이기도 하며 "지나친 소유욕을 억제할 때 기습적으로 찾아온다는 것을 부지불식간에 깨닫"(p. 82)게 되는, 요컨대 심리적 결핍 상태에서 나타나는 현상들이다. 미술학원의 수강생들은 김요옥의 시신 옆에서 바로 이 결핍의 심리학에 대해 토론한다 :

"우린 왜 그렇게 남의 것을 훔치려고 했을까요."

"……!"

"……!"

"아마도 그건……, 내 것과 남의 것을 구별하는 능력을 상실했기 때문이 아닐까요."

〔……〕

"그러나, 그러나 말예요,"

"……"

"……"

"가질 수 없다면, 훔치는 수밖에 어쩔 도리가 없잖아요."

(「우린 모두 천사」, p. 110)

어눌한 대화로 이루어지는 이 토론의 결론은 도벽의 원인이 내 것과 남의 것을 구별할 능력의 상실에서보다 "가질 수 없기에"에 더 강력한 이유가 있다는 것이다. 그렇다면 그들은, 조경란의 인물들은 무엇을 가지지 못하고 왜 그것들이 결핍되어 있는 것인가.

조경란의 이 작품집에서 또 하나의 강력한 모티프로 설정되고 있는 것이 「코끼리를 찾아서」에서 할머니, 고모와 삼촌의 경우로 예감되고 있는 죽음과 자살, 혹은 사라짐이다. 그것이 죽음이라 할 때 「라메르 모델 하우스」의 화재에서는 5백여 명이 몰살당하고 있거니와 「동시에」의 윤슬의 부모 역시 동대문 시장에서의 화재로 목숨을 잃고 그녀 애인 병하의 죽음이 그녀의 자살 기도의 동기를 이룬다. 자살이라 할 때 조경란의 소설들에서는 의외로 빈번해서 그것을 기도한 윤슬만이 아니라 그녀를 딸처럼 키운 이모의 젊은 시절 연인이었던 정수규도 자살했다는 소식이고 「나는 마을의 이발사」의 '그'도 자살했으며 누구보다도 「우린 모두 천사」의 중심 인물인 김요옥이 목을 매 자살한다. 비록 죽음은 아니지만 김요옥의 언니 다옥은 2년 전 홀연히 사라져 소식이 끊겨 있으며 「동시에」의 심한 화상을 입은 벌목꾼도 어느 사이 사라져 안부를 알 수 없게 되고 분위기는 다르지만 「마리의 집」의 정미림도 어느 날 갑자기 이사를 가 연락이 끊겨버린다. 사라짐은 비록 죽음은 아니지만 그럼에도 주변으로부터의 실종은 죽음과 다름없는 상실감을 야기한다. 살아 있는 것의 운명이 피할 수 없이 만나는 것이 죽음이지만 그것이 자연스러운 죽음이 아니고 더구나 자살이나 살인이라면, 그리고 그것이 빈번한 동기를 이룬다면 그 죽음과 자살, 그리고 실종은 사회적 · 문화적 혹은 그것들에서 빚어지는 심리적 문제가 되지 않을 수 없다. 조경란도 이 점에 대한 자신의 해석을 가한다. 김요옥이 녹음기에 일기 쓰듯 담아두는 말 속에는 "권좌를 빼앗긴 사자나 자유를 박탈당한 독수리, 또 짝을 잃은 비둘기들이 모두 심리적인 충격으로 죽게 된다고"(p.83) 하더라는 설명이 들어 있고 아들이 어머니를 토막 살인한 사건을 소개하면서 범죄심리학자들은 그 범행을 '분노 폭발'로 분석하며 "소심하고 사회성이 적은 데다 평소에 공격성을 배출하지 못하는 사람에게 분노가 쌓여 있다가 한꺼번에 폭발한 것"(p.93)이라는 설명을 끌어들인다. 왜 자살이든 병사이든 혹은 실종이든, 왜 이들은 공격성의 분노를 쌓고 또는 무엇을 상실했는가.

그것이 신경증적인 결핍으로 말미암은 심리적 결격이든 상실과 그것에서 빚어진 분노에 의한 자살과 죽음이든, 오늘의 우리가 겪고 보고 느껴야 하는 부정적 심리 현상들이 조경란이 고민하는 주제들이며 그녀가 이 소설들을 통해 폭로하고 있는 것이 이 병적인 상황과 그 상황에 묻어 병에 들린 사람들의 자학적인 정황들이다. 그의 7편의 중·단편들은 그 병리적인 상황에 대한 여러 증례들을 제시하고 있다.

「라메르 모델 하우스」는 할리우드의 영화를, 그것도 성대한 파티 중에 엄청난 화제를 만나 대소동이 벌어지는 「타워링」을 연상시키는, 그러나 소방수들의 영웅적인 활약으로 인명을 구해내는 것이 아니라 단 두 명을 제외한 5백여 명이 몰살하는 사건을 그리고 있다. 빌딩의 고층에서가 아니라 1층에 마련된 파티장에서 그 같은 엄청난 사태가 일어나기 힘들다는 의심이 들기는 하지만, 소설 속의 휘황한 망년 파티만이 아니라 그 장면들과 사람들과 움직임들을 묘사하는 문체와 문장까지도 묘사되고 있는 망년 모임처럼 현란하고 화려한 이 작품의 주제는, 그 사건의 원인과 결과가 아니라 그것들 속에 묻혀 있다 폭발하는 허위와 배반의 타락한 오늘의 세태이다. 당대의 예술 문화계 인사들을 초청하여 음악회, 패션 발표회, 미술품 경매 행사들을 겹친 새해 맞이를 위한 파티를 기획한 것은 상업적 전략 때문이며 그에 걸맞도록 파티 참석자들은 부부 혹은 연인 관계의 배신, 이기적 거래, 그리고 화장실에서 벌이는 섹스 등 오늘의 더러운 모습들을 한 곳에 모아 성대하게 잔치를 벌이는 것이다. 그런데 그 행사장인 '라메르'가 모델 하우스라는 데 이 소설의 야유가 발휘된다. "그냥 단순하게 집을 팔기 위한 데가 아니라" "최근 들어서 복합문화 공간으로 각광받고 있는" 이 모델 하우스는 그러나 "빨리 건축된 만큼 쉽게 허물어버릴 수도 있는" (p. 262) '가짜의 집'이다. "물론 이 집엔 지금 아무도 살고 있지 않죠. 앞으로도 누구도 살지 않을 겁니다. 여긴 그냥 보여주기 위한 공간일 따름이죠." 최의 이 설명을 들은 진은 "그럼, 이 집은 가짜로군요. 아무도 살지 않는다면 말이죠. 하지만 믿을 수 없어요" (p. 270)라고 대답한다. 이 짧은 대화가 '라메르 모델 하우스'의 정체를, 거기서 열리는 화사한 파티의 진실을, 이런 것들을 횡행하게 만드는 현대 사회와 문명의 진상을 촌철살인적으로 폭로해주는 것이다. 작위적이긴 하지만, 그 정체와 진실과 진상을 깨닫고 있는 최와 진이 그 가혹한 떼죽음에서 살아남은 단 두 사람이라는 점은 시사하는 바가 크다.

허위라는 점에서는 「마리의 집」에서도 그 배면을 깔고 있지만 화려한 「라메르 모델 하우스」의 그것이 풍요 속에서 허황한 삶을 향한 구조적 상황이라면 이 우울한 작품 속에서는 외로움과 결핍에서 빚어진 허위를 받아들이게 되는 내면적 상황을 보여준다. 아프리카 미술관에서 안내원으로 근무하는 장말희는 그녀의 이름을 잘못 들은 이성현이 '마리'라는 예쁜 이름으로 부르는 것을 그대로 수락하며 그에게 자기도 먹어보지 못한 '루콜라'라는 채소를 가장 좋아하는 식품이라고 말한다. 하긴 이성현 자신도 감독도, 조감독도 아니면서 영화감독으로 자신을 소개하고 그가 초대한 그녀와의 식사 후 거짓을 둘러대 그 비용을 그녀에게 떠넘기기도 하며, 말희가 사귀는 앞집 여인 정미림은 그녀가 문득 사라지고 난 다음에야 그녀가 카페 주인이 아니라 노래방 접대부임을 알게 된다. 서로를 속이고 속는 이들의 관계는 그러나 슬프고 안타깝다. 그들은 가난하고 고독하고 그것들이 빚어내는 분노마저도 삭여야 하는, 이 사회에서의 패배자의 모습들을 한결같이 보여준다. 그들이 안타깝다는 것은 그 외로움의 칼날, 그래서 갈게 되는 분노의 칼을 묻어둘 수밖에 없다는 점 때문인데 정미림은 자신에게 기이한 방식으로 벌을 주는 교사에게 항의를 하기 위해 식칼을 사지만 결국 장독대에 묻어버리고 말며(p. 168) 장말희는 그런 칼에 강한 유혹을 받지만 그것을 직접 휘두르는 대신 한 남자가 미술관에 소장된 모로코 왕의 칼을 훔쳐가도록 방조하면서 "누굴 죽일 작정이라면 그 칼로 단번에 확 찔러버리세요, 이렇게, 여기, 심장 한가운데를 콱 찔러버리시라구요"(p. 191)라고 당부할 뿐이다. 그녀는 적요에 못 견뎌 전시품의 쇼케이스에 들어가 앉아 쇼케이스 유리를 두드리기도 하고(p. 174) 텅 빈 전시실에서 아프리카 가면을 쓰고 춤을 추기도 하며 난장판을 만들기도 하고(p. 187), 정미림은 지루한 것을 참을 수 없을 때 컴퍼스로 제 손등을 콱 내리친다지만(p. 174) 그런 '분노의 폭발'은 말 그대로 '찻잔 속의 반란'에 그치는 것이어서 자신의 자학감을 드러낼 뿐 고독과 분노를 결코 해소시켜주지는 못한다. 이성현이, 아니 그가 일하고 있는 영화의 감독이 쓰고 있다는 시나리오에서 주인공은 평생 화만 내며 살다가 마지막 장면에서 딱 한 번 웃게 된다는데, 그가 왜 웃게 되는가, 「마리의 집」 마지막은 그 대답을 듣게 되는 장면에까지만 서술되고 그 답은 말해주지 않고 끝난다. 외롭고 분노하지만 그러나 결코 그것을 해소할 수 있는 방법은 작가도 못 찾고 있는 것인가, 아니면 독자들에게 그 해답을 떠넘기는 것일까.

「김영희가 흘린 눈물 한 방울」의 '나'는 「마리의 집」의 장말희의 변주이다. 그림을 그리는 그녀는 집이 없어 영화 촬영 때문에 일가가 중국으로 가 있는 동안 비우게 된 '이현아빠'의 집에 세들고 생활을 위해 불구로 목발을 짚어야 하는 화가의 모델이 되고 있었다는 점에서 「마리의 집」의 장말희와 다르고 이에 따라 작가가 두 여인의 삶에 대한 시각을 바꾸고는 있지만, 말희가 외로움에 지쳐 일종의 광증을 내연시키고 있는 것이나 김영희가 몽유증으로도 보이는 건망증과 그것을 빙자한 한밤의 혹은 혼자 있어야 하는 그녀에게 괴이한 기척으로 자신의 고독과 씨름하고 있는 것이 사랑을 상실한 고독한 여인의 내면을 보여주고 있다는 점에서 그 둘은 쌍생아에 가깝다. 장말희는 요리 견문을 위해 파리로 가서 돌아오지 않는 '그'에 대한 희망을 잃어가고 그 대신 감독으로 자칭하는 남자를 기다리고 있어 마이크로 '장마리의 이름'을 불러주기를 고대하는 외로움에 젖어 있었고 김영희는 불구 화가와의 사랑을 되찾는데 실패하고 그의 흔적이 곳곳에 남아 있는 '이현아빠의 집'에서

"밤마다 무슨 일인가 일어나고 있"(p. 128)음을 인정해야 했는데 그 기척은 「코끼리를 찾아서」의 '나'가 느껴야 했던 기척과 아주 비슷하지만 그 정도는 훨씬 심하고 집요해서 "누군가 내 이마를 짚는 투박하고 찬 손의 느낌 때문에 첫 꽃을 피워내기 위해 안간힘을 쓰는 식물처럼 부르르 몸을 떨어대며 퍼뜩 잠에서 깨어나고는"(p. 125) 하면서 "이 집에, 누군가 또 살고 있다는 것을"(p. 129) 깨닫게 될 정도이다. 그녀의 싸움은 불구 화가가 남긴 흔적들과의 싸움이고 그 흔적을 고스란히 느껴야 하는 그녀의 고독과의 씨름이며 누군가 만날 수 있기를 바라며 신발끈을 흐트리는 외로움과의 더불음이며 "한 장의 납작한 LP음반이나 액자 속의 그림이 되어 숨어버리고 싶"은(p. 133) 자기 은닉의 자학이다. "오후 내내 나는 혼자 이 집에 있었다. 어제도 이 집엔 나 혼자뿐이었다. 별다른 일이 없다면 내일도 이 집엔 나밖에 없을 것이다." 이 확인에 이어 소설은 '그러나'란 어휘를 썼지만 사실은 '그렇기에,' "마루 문 안쪽에 걸어둔 마른 장미꽃 이파리가 파삭거리며 한 잎 떨어지는 것을 나는 유심히" 볼 수 있게 되는 것이다(p. 124). 그러나 "눈물 한 방울" 흘리는 것으로 이현의 집을 하직한 후 김영희는 다행히 그림을 다시 그리기 시작한다. 그 그림은 거울로 보고 그리는 자기 얼굴인데 이렇게 자화상을 그리는 것은 오직 "그때, 거기 내가 존재했었다는 사실을 확인하고 싶은"(p. 154) 때문일 것이다. 오정희의 어느 모습을 연상시키는 「김영희가 흘린 눈물 한 방울」은 조경란으로서는 드물게 작은 희망을 비추고 있지만, 그 다음에는 무엇을 그릴지 모르고 있는 그녀가 "어디든 사람이 살고 새가 울고 나무가 자라고 친구가 찾아온다면 그곳이 바로 집"(pp. 152~53)일 안식처를 과연 찾을 수 있을까.

김영희가 견디어내야 하는 것이 '괴이한 기척'이라면 「나는 마을의 이발사」의 '그'가 싸우고 있는 것은 '소음'이며 세상이 시끄럽기 때문에 그에게 닥쳐오는 불면이다. 그는 도서관에 와서도 "시끄러워서 견딜 수 없어"(p. 226)하며 "새벽 2, 3시에도 이 도신 정말 시끄"럽(p. 228)다고 불평한다. 그는 꾸벅꾸벅 졸기는 하지만 소음으로 잠을 잘 수 없었고 그래서 "불안정한 정서 때문인지 가끔씩 격정적인 어휘들을 내뱉곤"(p. 228) 한다. 그는 '가오리(香)'란 이름의 요리사와 사귀고 그녀와 관계를 맺지만 "허파나 간 어느 구석에 호두처럼 단단하게 뭉친 소음 덩어리들이 몸속을 둥둥 떠다니고 있는 듯"한(p. 233) 병적인 증상을 결코 씻어내지 못한다. 그는 성교 시의 가오리의 '교성'을 더 참을 수 없어 그녀와 헤어졌고 '나'가 데리고 간 야구장에서 그는 관중들의 응원 소리에 마침내 구토를 하고 만다. 그가 소리에 대해 그처럼 신경질적으로 반응하게 된 연유가 연병장에 모인 2천 명이 한꺼번에 와삭 사과를 씹는 "끔찍한 소리"(p. 229)를 들으면서부터라고 술회하고 있다는 점, 자신의 '과녁'이 "조용한 세상"(p. 230)이라는 점은 다분히 해학적인 터치를 보이는 문체와 더불어 이 소설의 현실 비판적인 성격을 드러내고 있을지 모르겠다. '모르겠다'고 한 것은 그가 자살하기 전 전화로 '나'에게 '한 가지 제안'을 했다는데 그 제안이 무엇인지, 그가 죽은 후 그녀에게 '마지막 질문'이 생각났다고 했는데 그 질문이 무엇인지 소설 속에서는 아무런 설명이 없고 우리로서는 그 불현듯한 단절 때문에, 그의 죽음이 어떻게가 아니라 왜 이루어졌는지에 대한 궁금증과 함께 이 작품의 여러 대목이 제기하고 있는 문제들을 풀 수 없는 수수께끼로 남겨둔 탓이다. 분명한 것은 그가 막대 풍선으로 목을 짓눌러 죽었다는 것과 거리의 폭죽놀이의 소음 때문에 '나' 자신도 괴로움을 당하는 부메랑 현상이 일어났다는 점이고 세상은 여전히 시끄러우며 그는 "정말로 깊이 깊이 잠들고 싶어"한(p. 243) 뜻을 이루었다는 점이다.

「우린 모두 천사」의 김요옥 역시 「나는 마을의 이발사」의 '그'의 경우처럼 왜 자살했는지 구체적인 사연은 자세히 드러나지 않는다. 그가 유서처럼 남긴 마지막으로 녹음한 고백에서도 그 단서는 보이지 않고 그 앞에서도 그녀가 자살할 이유에 대한 어떤 분명한 시사도 나타나지 않는다. 다만, 그녀의 언니가 사라졌고 소식 없는 그녀를 꾸준히 그러나 허망한 기대로 기다리고 있다는 정황, "동공은 텅 비어 있었다 〔……〕 생을 포기한 물고기처럼"(p. 54)이라는 구절로 그녀의 자포자기적인 심상을 엿볼 수 있다는 정도만 가지고 있을 뿐이다. 그리고 내면적인 문체로, 시점은 번갈아가며, 김요옥이 원장으로 운영하는 미술학원의 성인 수강생들의 이야기로 이 긴 단편소설은 주도되고 있다. 그리고 이 수강생들 모두에게 집요한 공통점으로 드러나고 있는 것이 앞서 소개한 도벽이고 그 도벽이 여러 복합적인 원인들 가운데 "열등감이나 부족감을 채워가려는 심리에서도 발생한다"(p. 56)면 이 수강생들과 함께 이미란의 그림을 훔친 김요옥도 어떤 '열등감이나 부족감'을 가지고 있음을 그녀의 침묵 속에서도 짐작해볼 수 있다. 아니 부족감-결핍감이라면, 그래서 그것을 채우기 위해서 남의 것을 훔치고 싶어한다면 김요옥만이 아니라 이미란-장이혁-유상진-박순례 그 모두에게도 공통된 심리로 작용하고 있음이 은근히 드러난다. 식당을 경영하는 이미란과 네온 간판을 만드는 장이혁은 부부임에도 그런 관계로 보이지 않는 것이 오히려 자연스러운 상태이며 박순례의 남편은 지방의 발전소에 근무하고 있고 아들은 도벽으로 곧잘 사고를 저지르고 있으며 유상진은 아르바이트를 하는 청년이며 김요옥도 물론 혼자이다. 이들은 조경란의 다른 소설들처럼 가정을 못 가지고 있거나 있다 하더라도 독신과 다름없는 처지이며 그래서 이들을 둘러싼 분위기들은 서로가 외롭고 서로가 단절되어 있는, 그래서 내면적으로 결핍된 정황에 놓여 있다. 더욱 불행한 것은 자신의 결핍을 채워줄 상대는 다른 대상을 향하고 있고 그들 간의 관계는 『한 여름밤의 꿈』처럼 엇갈려 얽혀 있다는 점이다. 그런 그들은 한자리에 앉아서도 서로를 엇갈린 시선으로 바라본다: "김요옥은 유상진이 화실 문 쪽에서부터 안쪽으로 걸어와 이젤 앞에 가 앉는 동안, 그가 다시 일어나 사물함을 열고 붓과 팔레트를 꺼내는 동안, 정물이 놓인 테이블 앞쪽에서 그림을 그리고 있던 이미란이 그를 줄곧 지켜보고 있는 것을 발견한다. 이미란은 유상진을 보고 김요옥은 이미란을 본다. 유상진은 물통을 들고 자리에서 일어나 문 쪽으로 다가가고 있는 박순례의 등허리를 바라보고 있다"(p.82). 이런 묘한 장면은 화실에서만이 아니라 함께 갖게 되는 회식 자리에서도 반복된다: "장이혁은 자꾸만 붉어지고 있는 김요옥의 왼쪽 뺨을 보며 맥주 한 모금을 넘긴다. 박순례는 고개를 왼쪽으로 돌리고 맥주 한 모금을 마시고 있는 장이혁의 젖은 입술을 쳐다본다. 김요옥은 먹기 편하도록 훈제 치킨을 조각조각 찢느라 기름 범벅이 된 이미란의 손가락에 눈을 두고 있다"(p.89). 장이혁이 지갑에 김요옥의 사진을 간직하고 있고 그의 아내인 이미란은 유상진이 화실에 오는 날에만 화실에 가 그림을 그리며 유상진은 박순례의 집 담장을 넘기도 하고 김요옥은 그녀가 집요하게 바라보는 이미란의 그림을 훔쳐두고 있다. 그러나 이들의 엇갈린 욕망들은 실제적인 행동으로 실행되지 않고 오직 시선으로만, 옅은 도벽으로 해소될 수 있는 숨은 갈망으로만 살아 있을 뿐이다. 그 갈망은 그들이 지금의 자신들에 대한 결핍감에서 돋아난 것들이다. 가령 네온 간판을 만들고 있는 장이혁에게 달겨드는 자신의 왜소화에 대한 공포감이 그렇다 :

> 한 개의 네온 작업을 마칠 때마다 장이혁은 자신의 육체가 혹한기의 기후를 견디기 위해 신체의 돌출 부분이 점점 작아지고 둥그스럼한 체형으로 변하는 것을 목격하는 듯한 공포에 사로잡힌다. 관절이 구부러지고 소리 없이 살갗이 뭉그러져버리는. 나는 날마다 작아지고 있는 게 틀림없어, 이러다 언젠가 난쟁이가 돼버리지 않을까. 아니면 한 개의 돌멩이, 누구의 눈에 띄지도 않는 한 개의 작은 돌멩이. 완성된 네온사인은 한밤에 밖을 향해 빛을 뿜어낸다. 장이혁은 날마다 키와 체중이 서서히 줄고 있다는 착각을 떨쳐버릴 수 없다. (「우린 모두 천사」, p. 73)

장이혁은 이 절망감에 짓눌려 문득 한번도 가본 적이 없는, "세상에서 가장 먼저 태양이 뜬다는" 차탐이라는 곳, 그곳이 너무 멀다면 강원도 철원쯤이라도 떠나고 싶다는 갈망을 갖는다: "여기만 아니라면"(p. 74). '여기만 아니라면!'의 낭만주의적 갈망은 장이혁에게 그러나 이상적인 꿈을 향한 도약이 아니라 이곳만은 벗어나고 싶다는 절박한 도피의 심리일 뿐이다. 그는 실직을 했고 내키지 않는 네온사인 디자인 일을 하고 있으며 5년 전 애인에게서 환멸을 보았고 그리고 아내 이미란과는 타인과 같은 소외감을 지우지 못하고 있다. 그는 졸아드는 자신을 확인하면서 "여기만 아니라면"이라는 외침을, 그러나, 속으로만, 갖는다. 장이혁의 이 절망과 갈망은 크든 작든 혹은 어떤 형태로든 이미란과 유상진, 박순례와 김요옥 모두에게 드리운 심상이며 그 절망이 타자를 향하게 만들고 이곳을 탈출하고 싶은 욕망으로 솟아나게 한다. 그러나 더욱 불행한 것은 그 탈출의 길이 막혀 있다는 것이다.

"그런데 이상한 건, 아직 우리가 그 별로 갈 수 있는 통로는 발견되지 않았다는 거죠."
"별로 가는 길이라……" (「우린 모두 천사」, p.91)

그들은 박순례의 아들처럼 "자신에게 보다 주의 깊은 관심을 보여주길 원하는 심리" 그리고 "공허감을 떨쳐내는 수단"으로 물건을 훔치듯, 타인에게 눈길을 던지고 있는 것이고 자기 눈길을 받아야 할 타인은 또 다른 타인에게 눈길을 보내고 있는 엇갈린 관계로 갈등하고 있는 것이다. 어떻든 우리는 이들의 결핍과 절망을 '사랑의 부재'라고 바꾸어 불러도 좋을 것이다. 바로 그 때문에 스스로의 목숨을 거두었을 김요옥이 그렇게 설명하고 있는 것이다:

"어느 순간엔 정말이지 이 피곤함을 견딜 수가 없어요. 그러나 사랑이란 게 평범한 것들을 어떻게 변화시키는지 난 잘 알고 있죠.

그리고 사랑이 궁지에 몰리면 또 그것들은 어떻게 변화되는지도……" (「우린 모두 천사」, p. 84)

근래 읽을 수 있었던 어떤 소설보다 아름답고 비의적인 단편 「동시에」는 그 사랑의 아픔과 생명의 원천에서 비롯되는 사랑의 영원성에 대한 신비한 세계를 보여준다. 조경란의 다른 소설에서 보이지 않는 가족과 그들 간의 사랑의 의미가, 비록 이모와 조카의 관계일망정, 유달리 풍요하게 피어나는 이 소설은 어머니를 잃고 아버지는 떠나 이모 집에서 딸처럼 자란 윤슬이가 그녀의 사랑 한병하의 죽음을 따라 동맥자살을 기도하여 치료를 받는 병실에서 그 이모가 대를 이은 상실한 사랑의 고통과 나무를 통해 이어지는 근원적인 생명의 공감을 술회하는 독백으로 이루어지고 있다. "아주 오래전부터 이 땅에는 나무들이 자라났고 그 나무들이 모여 숲을 만들었고 사람이 생겨났다"(p. 9)는 설화적 문체로 시작되는 이 소설에서 우리는 이모의 젊었을 적과 처녀인 조카가 비슷하게 경험해야 했던 사랑의 아름다움과 그 상실의 아픔을 읽을 수 있고 "천년이 지나도 썩지 않는 씨앗처럼"(p. 17) 견고한 사랑의 비밀을 누군가에게라도 고백하지 않을 수 없는 갈망을 보게 되며 그리고 추악한 벌목꾼을 통해 생명 있는 나무들의 종족 보존의 의지와 그것들 간의 보이지 않는 교신(p. 26)을 관찰하게 된다. 그것들을 읽고 듣고 보는 우리의 마음도 함께 아프고 간곡해지고 슬프다. 그 슬픔은 인간의 원형과 태초의 기억을 상실함으로써 빚어진 오늘의 황폐한 삶을 돌이켜보게 만든다. 이 아름다운 경구를 보라 :

바람과 안개와 눈과 빗속에서 나무들은 자랐고 봄이 되면 나무의 씨앗 털들로 인해 세상은 눈가루를 뿌린 것처럼 희고 환해지기도 했다. 씨앗은 점점 더 멀리 퍼져나가 새로운 나무와 사람을 만들었으나 그들은 태초의 기억을 차츰 잊어버린 채 각각의 이야기를 만들며 늙고 병들어갔단다. 기억을 잃어버린 탓에 사람들은 제가 어디서 왔는지 숲은 어떻게 만들어지고 한 그루의 나무들은 어떻게 씨앗이 만들어졌는지 모두 잊어버리고 말았지. 그래서 숲과 함께 형성된 크고 작은 지역들은 한때 모두 큰 강의 하류였다는 것, 강 하류에는 원래 울창한 숲이 형성되어 있었으며 물이 풍부했었다는 사실도 까맣게 잊혀졌다. 그 지역들은 오늘날 모두 황폐해졌거나 사막이 되어버렸다. 숲이 사라졌기 때문이지. 곡식을 심고 경작하게 되면서부터 사람들은 숲을 파괴하기 시작했단다.

(「동시에」, pp. 9~10)

생명의 황폐화의 역사, 인간의 타락의 역사 속에서, 그렇구나, 조경란의 많은 인물들은 불면과 도벽의 신경증세로 괴로워하고 괴이한 기척에 시달리며 오지 않을 사람을 기다리고 외로움에 스스로를 희롱하고 타인을 속이고 허황한 삶에 의탁하고 드디어는 자살을 하고 혹은 죽음을 당하게 되는구나. 그렇다는 것을 「동시에」는 비의적으로 깨우쳐주고 나무들의 신호 교환을 경험함으로써 우리는 "자연의 자기 보존 기능"이 인간의 영원한 사랑에도 작용될 수 있다는 희망을 붙잡게 된다. 이모가 자신의 슬픈 이력을 술회하면서 마지막 윤슬에게 주는 소망의 메시지는 바로 우리 자신이 거두어들여야 할 말일 것이다:

나는 고개를 젓는다. 아무것도 모른다고, 숲이나 나무에 관해서는 아는 게 아무것도 없다고. 나무는, 씨앗이 땅에 떨어져 뿌리가 내리고 잎이 나고 줄기가 자라고 꽃봉오리가 맺히고 수술과 암술이 자라고 꽃가루받이가 끝나면 꽃은 지고 열매가 열리고 종자가 성숙해지면 바람과 태양을 따라 씨앗은 멀리멀리 퍼져나간다는 것도 정말 모른다고. 얘, 윤슬아, 병하라는 청년은 죽지 않았다. 네가 부르면 그는 네 목소리를 알아듣곤 곧장 심장을 쿵쿵거리며 네게로 올 거란다. 나의 그가 그러했듯이, 나의 나무가 그러했듯이.

(「동시에」, p. 44)

여기서 조경란은 원초적인 것에의 기억, 아마도 그것을 말해주고 있는 듯하다. 생명의 자연스런 의지, 그 생명들의 교신과 공감을 그녀는 나무의 끈질긴 생명력과 풍요한 열매를 품어내기의 비의로 설명하고 있는 것이며 그 원형적 생명의 형태를 기억하는 것이야말로 사랑의 실현임을 아름답게 제시하고 있는 것이다. 그러니까 그가 이제껏 그려온 인간의 고독과 실의와 자폐를 그 교신의 단절로 이해하고 있는 것이며 그런 상황을 극복하는 것은 사랑의 기억이라고 호소하고 있는 중이다. 아아, 소설이란 것, 문학이란 것이 바로 그 기억을 되살리고 그 기억을 보존하며 그 기억을 살기 위한 장치가 아니었던가. 조경란은 역시, 그리고 여전히, 소설가이며 원초적 삶에의 기억을 살려내는 영매인 것이다.

작가의 말

새 책을 내게 될 땐 늘 어딘가 다녀오곤 했으나 이번에는 그러지 않았다. 가고 싶은 곳만 지도에 표시를 해놓곤 숙소를 예약해놓곤 그리고는 아무데도 가지 않았다. 글을 쓰지 않는 시간이 길어졌다. 그 사이 운동화가 세 켤레로 늘어났다. 나는 자주 싸운다. 이미 남들이 다 밟고 지나간 길을 가는 건 아닌가, 이 세상의 가장 안쪽을 붙들고 있는 것은 무엇인가. 그리고 또 나는 갈등한다. 관용과 흡수와 이상과 정상과 금기와 상식과 내부와 외부와 현기증과 전율과 여행을 가자는 마음과 여행을 너무 많이 해서는 안 된다는 마음과 그리고 또…… 자매의 결혼을 앞두고 흑문조 한 쌍을 사 마루에 놓아두었다. 나와 자매들은 무심히 새장을 지나치고 부모는 모이를 주고 똥을 치운다. 막내여동생이 집을 떠날 땐 거북이나 염소를 한 마리 살까 생각 중이다. 내가 떠날 땐 무슨 동물을 사놓고 가야 할까. 자매들이 더 많았더라면 우리집은 동물원이 되었겠다. 집은 곧 적적해질 것이다. 나는 내가 내년 이맘 때도 여기 살고 있을까, 하는 생각을 요즘 들어 자주 한다.

꿈결처럼 2년이 흘러갔다. 그동안 갈팡질팡했던 흔적들을 여기 모았다. 어떤 글을 쓸 땐 아주 가깝던 이와 맹렬히 싸우고 돌아서기도 했고 어떤 글을 쓸 땐 더 가야 할까 여기서 그만 멈춰야 할까 정말 어떻게 해야 할까 망설이다가 소설을 다 썼노라고 가장 먼저 H에게 전화를 걸었다. 또 다른 글을 쓸 땐 몸이 너무나 아파 글쓰기는 정신과 관계된 것이 아니라 격렬한 통증이 동반되는 육체적 현상이라는 마리 르도네의 말을 실감하기도 했다. 그 시간들이 모두 지나갔다. 내가 혼자였다는 생각은 틀렸다. 그간 다소 몰린 듯한 기분이었던 것도 사실이지만 이젠 어쩔 수 없는 결핍에 대해서는 단념할 줄도 알게 되었으니 시간이 마냥 흘러간 것만은 아닌가 보다. 그러나 아무데고 빈 의자가 있다면 거기 앉고 싶을까 봐 두렵기도 하다. 대번 싫어지는 것 대번 좋아지는 어떤 것이 생겼으면 좋겠다.

해설을 써주신 김병익 선생님, 3년 동안 매번 책을 묶어주신 채호기 사장님, 문학과지성사의 편집부 여러분들께 각별히 감사드린다.

어느땐 발바닥이 쩍 갈라지는 듯한 아픔 때문에 잠을 깨곤 하지만 길을 잃는 것은 곧 길을 알게 된다는, 지푸라기가 많으면 코끼리도 묶을 수 있다는, 어느 날엔간 마른 손바닥에서 불쑥 싹이 돋는 날도 있을 거라는, 벌집의 조직처럼 연약하면서도 질서정연하며 향기롭고 달콤하며 타인에게 이로운 글 한 편 쓸 수 있을지도 모른다는, 진정으로 그가 존재한다는 것, 그것이 존재한다는 것, 그리하여 그 모든 것들이 각각의 서사시를 지녔다는 것을 깨닫게 되는,

그러한 희망의 위력으로, 나는 산다.

2002년 5월
조경란